W0414082

Vi Keeland/Penelope Ward

Can't Stop the Feeling

Roman

Ins Deutsche übertragen
von Antje Görnig

LYX

LYX in der Bastei Lübbe AG
Dieser Titel ist auch als E-Book und als Hörbuch erschienen.

Die Bastei Lübbe AG verfolgt eine nachhaltige Buchproduktion.
Wir verwenden Papiere aus nachhaltiger Forstwirtschaft und verzichten darauf,
Bücher einzeln in Folie zu verpacken. Wir stellen unsere Bücher in
Deutschland und Europa (EU) her und arbeiten mit den Druckereien
kontinuierlich an einer positiven Ökobilanz.

FSC www.fsc.org
MIX
Papier aus verantwortungsvollen Quellen
FSC® C014496

Die Originalausgabe erschien 2020 unter dem Titel
»My Favorite Souvenir«
Copyright © 2020. MY FAVORITE SOUVENIR
by Penelope Ward & Vi Keeland
The moral rights of the author have been asserted.

Für die deutschsprachige Ausgabe:
Copyright © 2022 by Bastei Lübbe AG, Köln
Textredaktion: Christiane Wirtz
Umschlaggestaltung: © ZERO Werbeagentur, München/© xWerk®, München,
unter Verwendung von Motiven von shutterstock.com
Satz: Greiner & Reichel, Köln
Gesetzt aus der Adobe Caslon
Druck und Verarbeitung: GGP Media GmbH, Pößneck

Printed in Germany
ISBN 978-3-7363-1658-4

1 3 5 7 6 4 2

Sie finden uns im Internet unter lyx-verlag.de
Bitte beachten Sie auch: luebbe.de und lesejury.de

VI KEELAND / PENELOPE WARD

Can't Stop the Feeling

Die Romane von Vi Keeland und Penelope Ward bei LYX:

Can't Stop the Feeling
Park Avenue Player
British Player
Hate Notes
The Story of a Love Song
Sleepless in Manhattan
Not Pretending Anymore *(erscheint August 2022)*

Die One-More-Reihe:
One More Chance
One More Promise
One More Kiss
One More Time

Das Rush-Duett:
Rebel Soul
Rebel Heart

Christmas Deal *(exklusiv als E-Book)*
Merry Kissmas *(exklusiv als E-Book)*

Außerdem von Vi Keeland:
Touchdown – Er will doch nur spielen

Außerdem von Penelope Ward:
Off Limits – Wenn ich von dir träume
Hate You, Love You
Our Second Chance
Anti-Boyfriend

ERSTER TEIL

1. KAPITEL

Hazel

»Four Seasons Resort in Vail, Colorado, guten Tag. Was kann ich für Sie tun?«

Ich holte tief Luft. »Hallo! Ich habe heute Morgen ausgecheckt. Ich hatte zehn Tage gebucht, bin aber nur zwei Nächte geblieben. Ist mein Zimmer vielleicht noch frei? Oder irgendein anderes Zimmer? Mein Flug wurde wegen des Schneesturms gestrichen.«

»Ich werde nachsehen. Wie lautet Ihr Nachname?«

»Appleton.« Ich schüttelte den Kopf. »Die Buchung lief allerdings auf Ellis, den Nachnamen meines Verlobten.« Meines *Ex-Verlobten*, besser gesagt. Unter den gegebenen Umständen durfte sie mich jedoch Mrs Ellis nennen, wenn ich nur eine Bleibe für die Nacht bekommen würde.

»Einen Moment bitte.«

»Vielen Dank.«

Ich suchte mir einen Platz in der Empfangshalle des Best Western und setzte mich. Dies war das dritte Hotel, das ich innerhalb der letzten zwei Stunden aufgesucht hatte. Am Morgen auszuchecken war ziemlich dumm von mir gewesen, aber immerhin konsequent: Nach der Fehlentscheidung, die lange geplante Hochzeitsreise allein anzutreten, hatte ich clevererweise beschlossen, nach nur zwei Tagen wieder auszuchecken – *ohne* mir den Wetterbericht für Vail anzusehen. Als ich am Flughafen eingetroffen war, hatte ich nicht gewusst, dass ein Schneesturm im Anzug war. Die Fluggesellschaft hatte mir jedoch versichert, dass mein Flug planmäßig starten würde. Bis fünf Minuten vor dem Boarding hatte auch alles danach ausgesehen, dann wurde allerdings eine zweistündige Verspätung angekündigt. Aus zwei Stunden wurden drei, aus dreien wurden fünf, und nachdem wir sechs Stunden lang vor dem Gate auf unbequemen Plastiksitzen ausgeharrt hatten, wurde der Flug schlussendlich gecancelt. Alle anderen Flüge waren vorher schon gestrichen worden, und nun schien infolgedessen jedes Hotel im Umkreis voll belegt zu sein.

Die Rezeptionistin meldete sich zurück.

»Mrs Ellis?«

»Ja?« Ich antwortete, obwohl ich beim Klang des Namens zusammenzuckte.

»Es tut mir leid. Nach Ihrer Abreise wurde Ihr Zimmer bereits wieder vergeben. Wegen des Sturms sind wir heute Nacht ausgebucht.«

Ich seufzte. *War ja klar.* »Okay, ich danke Ihnen.«

In letzter Zeit war ich einfach vom Pech verfolgt. Ich rief vier weitere Hotels an, und erst im letzten wurde mir gesagt, es könne eventuell ein paar freie Zimmer geben. Einige Gäste hatten offenbar bislang nicht eingecheckt, bei denen nun telefonisch nachgefragt wurde, ob sie noch eintreffen würden. Die Zimmer wurden nach der Devise »Wer zuerst kommt, mahlt zuerst« vergeben, und so beschloss ich, es zu wagen und direkt hinzufahren. Es war bereits neunzehn Uhr, und es brachte nichts, länger hier herumzusitzen. Erstaunlicherweise ergatterte ich noch ein Uber, obwohl der Flughafen bereits vor Stunden dichtgemacht hatte.

Draußen schneite es heftig. Ein großer Geländewagen mit Schneeketten hielt vor dem Eingang. Weil ich weder das

Kennzeichen des verschneiten Wagens lesen noch Automarke oder -modell erkennen konnte, ging ich darauf zu und bedeutete dem Fahrer, das Fenster herunterzulassen.

»Sind Sie Hazel?«, fragte die ältere Frau am Steuer.

Ich lächelte. »Ja.«

»Und Sie wollen zur Snow Eagle Lodge?«

»Ja, bitte.«

Obwohl das Hotel nur drei Kilometer entfernt war, dauerte die Fahrt eine gute Viertelstunde. Als wir ankamen, herrschte das totale Schneechaos: Kontraste und Konturen waren kaum noch zu erkennen, alles war weißgrau. Autofahren war unter diesen Bedingungen ziemlich riskant.

»Gott, es ist ja furchtbar da draußen«, sagte ich und zog mir die Kapuze meiner Jacke über den Kopf. »Passen Sie auf sich auf!«

»Oh, das werde ich, Schätzchen. Ich fahre jetzt schnurstracks nach Hause. Ich habe Sie nur aufgenommen, weil es auf dem Weg lag. Zum Glück haben Sie es noch zu Ihrem Hotel geschafft. Heute geht hier nämlich nichts mehr.«

Großartig. Ich konnte nur hoffen, dass es in der Lodge ein Zimmer für mich gab.

Wir standen mit dem Wagen zwar unter dem Vordach des Hotels, doch als ich ausstieg, wehte mir eine Ladung Schnee ins Gesicht. Durch den Wind kam ich mir vor wie in einer Schneekugel, die ganz fest geschüttelt worden war. In der Hotellobby wischte ich mir die Flocken von den Wimpern und sah mich um.

Oh nein.

Das sah nicht gut aus. Vor der Rezeption standen mindestens dreißig bis vierzig Leute Schlange. Ich seufzte und stellte mich mit meinem Rollkoffer hinten an. Mehr als eine halbe Stunde später kam ich endlich an die Reihe.

»Hallo. Ich habe vorhin angerufen, und mir wurde gesagt, es würden vielleicht ein paar Zimmer frei, weil einige Gäste noch nicht angekommen sind.«

Die Empfangsdame nickte mit gerunzelter Stirn. »Ja, ich kann Sie auf die Warteliste nehmen. Aber wir telefonieren noch, und die Aussichten sind ehrlich gesagt nicht besonders gut.«

Ich ließ frustriert die Schultern hängen. »Okay, dann setzen Sie mich bitte auf die Warteliste.«

Die Frau holte ein Klemmbrett hervor, schlug mehrere Seiten um, legte es mir hin und zeigte auf die nächste freie Zeile – die vorvorletzte auf dem Blatt. »Tragen Sie hier einfach Ihren Namen und Ihre Handynummer ein.«

Ich schrieb beides hin und klappte die umgeschlagenen Seiten wieder nach vorn. In dem Moment begriff ich erst, dass die Warteliste bereits aus sechs Seiten bestand. Es mussten an die hundert Namen und Telefonnummern sein.

»So lang ist die Liste schon?«

Die Empfangsdame nickte.

»Und wie viele Ihrer Gäste haben noch nicht eingecheckt?«

»Etwa ein Dutzend.«

Oh Gott, es war schlimmer, als ich gedacht hatte. Aber vielleicht hatten sich die Leute in die Liste eingetragen und waren wieder gegangen, wie in einem vollen Restaurant. Vielleicht hatten die meisten von denen, die vor mir auf der Liste waren, bereits eine andere Bleibe gefunden.

Doch als ich mich umdrehte, verlor ich alle Hoffnung. Sämtliche Sessel in der Empfangshalle waren besetzt. Zahlreiche Menschen saßen schon auf dem Boden, mit dem Rücken gegen ihr Gepäck gelehnt. Ich schlängelte mich zwischen ihnen hindurch und ergatterte einen freien Platz in dem mit Teppich ausgelegten Bereich, der nicht allzu weit von der Rezeption entfernt war. Obwohl ich wusste, dass es zwecklos war, nahm ich mein iPad aus der Tasche und setzte die Suche nach einem Hotel mit freien Kapazitäten fort. Aber selbst wenn ich eins fand, wie sollte ich bei diesem Wetter dorthin gelangen?

Nachdem ich ein paar Anrufe gemacht hatte, sah ich, wie eine Hotelangestellte mit einem Klemmbrett in der Hand zur Rezeption ging, um mit der Direktorin zu sprechen, die ich bereits kannte, weil ich eine halbe Stunde lang Schlange gestanden und die Leute hinter dem Tresen angestarrt hatte. Von meinem Platz aus konnte ich das Gespräch der beiden unweigerlich mithören.

»Diese sieben haben wir bislang nicht erreicht«, sagte die Hoteldirektorin und zeigte auf das Klemmbrett. »Alle anderen haben inzwischen eingecheckt, oder ihre Zimmer wurden an Leute von der Warteliste vergeben.«

Die Mitarbeiterin blätterte die Seiten durch und sah sich in dem überfüllten Empfangsbereich um. »Du lieber Gott, und der Sturm soll noch tagelang anhalten!«

Aus dem Augenwinkel bemerkte ich einen Mann auf der anderen Seite der Rezeption. Er stand mit dem Rücken zu den Frauen. Dennoch sah ich, wie er leicht den Hals streckte, und mir kam der Verdacht, dass auch er das Gespräch der beiden Hotelangestellten verfolgte. Wahrscheinlich war ihm genauso langweilig wie mir, vermutete ich und widmete mich wieder meinem iPad – bis mir wenige Minuten später auffiel, dass er einen Stift zückte und sich etwas in die Hand schrieb.

Was zum Teufel tut er da?

Als er fertig war, spitzte er wieder die Ohren. Die Direktorin war inzwischen gegangen, und die Mitarbeiterin tätigte ihre Anrufe. Sie wählte eine Nummer nach der anderen.

»Hallo, hier ist Catherine von der Snow Eagle Lodge. Ich versuche, Milo oder Madeline Hooker zu erreichen.«

Kaum hatte sie die Namen gesagt, kritzelte sich der Typ wieder etwas in die Hand.

»Ich möchte nachfragen, ob Sie heute Abend noch bei uns eintreffen.« Offensichtlich sprach Catherine den Leuten auf die Mailbox. »Wir halten Ihnen Ihre reservierten Zimmer selbstverständlich frei, bis Sie kommen. Sollte Sie der Schneesturm allerdings zu einer Änderung Ihrer Reisepläne bewogen haben, warten hier eine Menge Leute, die Ihre beiden Zimmer gern übernehmen würden. Rufen Sie mich bitte schnellstmöglich zurück unter der Nummer 970–555–4000. Vielen Dank!«

Bei den nächsten zwei Anrufen geschah das Gleiche: Catherine hinterließ eine Nachricht, und der Lauscher machte sich Notizen. Ich hätte zu gern gewusst, was er im Sinn hatte, und behielt ihn im Auge. Als die Hotelangestellte mit ihren Anrufen fertig war, schnappte sich der Mann seinen Rucksack und schlenderte einen Flur hinunter, der von der Empfangshalle abging. Ich lehnte mich zur Seite, um ihm nachzuschauen, und beobachtete, wie er seine Kapuze aufsetzte und das Hotel durch einen Nebenausgang verließ.

Ich fand sein Verhalten zwar merkwürdig, dachte aber nicht weiter darüber nach.

Doch wenige Minuten später kam der Mann wieder zum Haupteingang herein. Ich erkannte ihn an seiner Skijacke, und als er seine Kapuze absetzte, bekam ich zum ersten Mal sein Gesicht zu sehen.

Er sah verdammt gut aus. Mittelbraune, leicht wellige Haare, die mal wieder einen Schnitt brauchten, volle Lippen, braune Augen und gebräunte Haut. Sein gesunder Teint fiel auf zwischen all den blassen Gesichtern der meisten Menschen in Colorado zu dieser Jahreszeit – einschließlich mir selbst. Zu schade, dass ich Männer derzeit hasste, denn er war ziemlich heiß! Er wischte sich den Schnee von den Schultern und ging zur Rezeption. Vor ihm warteten nur zwei Leute, weil sich keiner mehr traute, dem Sturm zu trotzen. Ich wusste nicht, was mich dazu trieb, beschloss aber, mich hinter ihm anzustellen. Möglicherweise bildete ich mir aus purer Langeweile Dinge ein, doch ich hatte das deutliche Gefühl, dass er etwas im Schilde führte.

Als er an der Reihe war, schloss ich so dicht zu ihm auf, wie es ging, um lauschen zu können, ohne aufdringlich zu erscheinen.

»Hallo, ich würde gern einchecken«, sagte er.

»Sehr schön. Wie lautet Ihr Nachname, Sir?«

Er räusperte sich. »Hooker. Milo Hooker.«

Ich kniff die Augen zusammen. Der Typ log wie gedruckt. *Ich hab's doch gewusst!*

Die ahnungslose Rezeptionistin tippte auf ihrer Tastatur herum und lächelte. »Da haben wir Ihre Reservierung. Zwei Zimmer für zwei Nächte inklusive Frühstück, richtig?«

»Äh …« Der Typ nickte. »Ja, ich hatte zwei Zimmer gebucht. Aber jetzt brauche ich nur noch eins.« Er warf einen Blick über die Schulter. »Wie es aussieht, wird es Ihnen nicht schwerfallen, das andere loszuwerden.«

Sie lächelte. »Nein, wirklich nicht. Ich brauche nur eine Kreditkarte und Ihren Personalausweis, Mr Hooker.«

Ich wartete. Der Moment der Wahrheit war gekommen. Wenn er nicht Milo Hooker war, musste er sich eine gute Ausrede einfallen lassen.

Er griff in seine Brusttasche, als wollte er seine Brieftasche herausnehmen. Einen Augenblick lang dachte ich schon, ich hätte mich geirrt, dann holte er jedoch ein Bündel Geldscheine hervor.

»Meine Brieftasche ist mir heute auf der Piste abhandengekommen. Zum Glück habe ich mir mit Western Union Bargeld transferieren lassen, bevor der Sturm losging. Kann ich einfach bar zahlen?«

Die junge Frau zögerte. »Sie haben keinerlei Ausweis dabei? Ohne eine Personalie mit Lichtbild darf ich niemanden einchecken.«

Der falsche Milo ließ seinen Charme spielen. Er beugte sich vor und ließ lächelnd seine tiefen Grübchen aufblitzen. »Wir könnten zusammen ein Selfie machen.«

Die Frau kicherte. *Wie kann sie nur so albern kichern?* »Ich frage kurz bei der Direktorin nach.«

Sie verschwand nach hinten und kehrte kurz darauf mit der Hoteldirektorin zurück.

Mir kam eine verrückte Idee. Sie hatten von *zwei Zimmern* gesprochen … Ich fasste einen spontanen Entschluss und trat vor.

»Da bist du ja, Milo!« Ich legte ihm die Hand auf die Schulter. »Der Flug wurde gestrichen. Ich hoffe, die haben unsere Zimmer noch.«

Der falsche Milo drehte sich um und sah mich mit gerunzelter Stirn an.

Wenn ich jetzt nichts unternahm, vermasselte er es, und so wandte ich mich rasch den Frauen an der Rezeption zu. »Mein Bruder und ich haben zwei Übernachtungen gebucht, aber ich habe versucht, noch vor dem Sturm hier wegzukommen. Wie Sie sehen, hat es nicht geklappt. Ich habe den ganzen Tag am Flughafen verbracht. Bitte sagen Sie mir, dass mein Zimmer noch frei ist! Ich sehne mich nach einem heißen Bad.«

Milo schaute von mir zu den Frauen und wieder zu mir. Ich zog lächelnd eine Augenbraue hoch. Eine Sekunde lang tat er mir fast leid. Er war völlig konsterniert. Und da es ihm offensichtlich die Sprache verschlagen hatte, redete ich weiter.

»Wir waren schon am frühen Morgen auf der Piste, und uns wurden unsere Rucksäcke geklaut. Und als dann noch der Sturm anrückte, habe ich es als Mahnung verstanden, früher nach Hause zurückzukehren. Mutter Natur hatte allerdings andere Pläne. Hier müssten zwei Zimmer für uns reserviert sein – Milo und Madeline Hooker. Jemand hat mir gerade auf die Mailbox gesprochen und um Bestätigung unserer Reservierung gebeten. Catherine war ihr Name, glaube ich.«

Die Rezeptionistin nickte. »Das war ich. Durch das Unwetter sitzen hier viele Menschen ohne Zimmer fest, und wir haben alle Gäste mit Reservierung durchtelefoniert, die bis jetzt nicht eingetroffen sind.«

Die Direktorin schaute zwischen dem falschen Milo und mir hin und her. »Wir müssen Ihnen hundert Dollar Kaution pro Zimmer berechnen, wenn Sie keine Kreditkarte haben.«

Ich lächelte. »Natürlich.«

Sie nickte ihrer Mitarbeiterin zu. »In Ordnung, checken Sie die beiden ein.«

Dem Typ neben mir stand immer noch der Mund offen. Ich griff in die Tasche, kramte in meiner Geldbörse, ohne sie hervorzuholen, weil sie mir ja angeblich gestohlen worden war, und holte meine gesamte Barschaft heraus.

»Was kosten die Zimmer?«, fragte ich.

»Dreihundertzweiundvierzig Dollar für zwei Übernachtungen pro Zimmer plus jeweils hundert Dollar Kaution.«

Mist. So viel Bares hatte ich nicht. Ich zählte das Geld in meiner Hand und schob es dem falschen Milo hin. »Kannst du mir vierzig Dollar leihen? Du weißt, dass ich meine Schulden immer begleiche, Brüderchen.«

»Äh, ja. Natürlich.«

Nachdem wir bezahlt und die Zimmerschlüssel erhalten hatten, gingen wir schweigend zu den Aufzügen. Erst als wir allein waren und die Türen sich schlossen, wandte Milo sich mir zu. »Was zur Hölle ist da gerade passiert?«

Ich lachte. »Wir haben Zimmer bekommen, das ist passiert!«

Er schüttelte den Kopf. »Aber wer bist du?«

»Ich habe beobachtet, wie du die Rezeptionistin belauscht hast, als sie Gäste angerufen hat, die noch nicht eingetroffen sind.« Ich nahm seine Hand, öffnete sie und zeigte auf die verschmierten blauen Buchstaben. »Du hast dir ihre Namen notiert. Das kam mir komisch vor, und ich bin dir an die Rezeption gefolgt, um herauszufinden, was du vorhast. Als du dann die Geschichte von der verschwundenen Brieftasche erzählt hast, um zu erklären, warum du keinen Ausweis dabeihast, wusste ich sofort, dass du lügst.« Ich zuckte mit den Schultern. »Und weil von *zwei* reservierten Zimmern die Rede war, habe ich meine Chance gesehen und sie genutzt.«

»Woher wusstest du, dass ich mitspiele?«

»Das wusste ich nicht«, entgegnete ich lächelnd. »Aber das war der Spaß an der Sache!« Ich fasste mir an die Brust. »Mein Herz schlägt wie verrückt. Es ist lange her, seit ich zuletzt so etwas Abenteuerliches getan habe.«

Er studierte mein Gesicht. Trotz meiner Erklärung wusste er anscheinend nicht so recht, was er von mir halten sollte.

»Warum?«

Ich runzelte die Stirn. »Warum *was?*«

»Warum ist es lange her? Ganz offensichtlich hast du es doch genossen.«

Ich blinzelte verblüfft, weil ich nicht mit einer Frage gerechnet hatte, die mir derart zu denken gab, und mein Lächeln verblasste. »Ich weiß nicht. Wahrscheinlich bin ich in den letzten Jahren ein anderer Mensch geworden.«

Nach der ganzen Aufregung wurde die Stimmung plötzlich merkwürdig ernst. Der falsche Milo sah mir in die Augen.

Sein Blick wanderte zu meinem Mund und wieder nach oben. »Schade. Dein Lächeln ist umwerfend.«

Ich wurde von Wärme durchströmt und konnte nicht aufhören, ihn anzusehen – zumindest bis der Aufzug läutete und die Türen sich im dritten Stock öffneten.

»Da wären wir«, sagte er. »Zimmer 320 und 321.«

»Oh, ja. Okay.« Ich stieg aus und folgte der Beschilderung zu unseren Zimmern. Als angebliche Geschwister hatten wir natürlich zwei nebeneinanderliegende bekommen. Nur wenige Meter voneinander entfernt öffneten wir unsere Türen. Als ich die Klinke hinunterdrückte und in mein Zimmer gehen wollte, fiel mir noch etwas ein.

»Ach, hätte ich fast vergessen! Ich schulde dir noch vierzig Dollar!«

Er lächelte. »Mach dir keine Gedanken darüber.«

»Nein, nein, ich zahle sie dir zurück. Ich hatte nur nicht genug Bargeld und wollte der Frau nicht meine Kreditkarte geben, nachdem uns offiziell ja unsere Sachen gestohlen wurden. Ich stelle nur kurz mein Gepäck ab, dann gehe ich nach unten und suche einen Geldautomaten. Irgendwo werde ich schon einen finden.«

»Ich dachte, du wolltest ein heißes Bad nehmen, oder gehörte das zur Show?«

Ich lachte. »Nein, das nicht. Ich habe nicht gelogen, als ich gesagt habe, dass ich den ganzen Tag am Flughafen verbracht habe. Ein heißes Bad klingt jetzt wirklich verlockend. Trotzdem kann ich dir vorher dein Geld holen. Es dauert nicht lange.«

Der falsche Milo kratzte sich am Kinn. »Weißt du was? Steig ruhig erst mal in die Wanne. Ich springe kurz unter die Dusche, und danach gehe ich auf einen Drink an die Bar. Da findest du mich dann später, wenn du mir das Geld bringen willst.«

»Okay.«
Wir sahen uns einen Moment lang an.
»Also dann, viel Spaß beim Baden, Schwesterchen.«
Ich lächelte. »Danke, Milo. Bis später!«

2. KAPITEL

Hazel

»Hey!«

Nach meinem Bad fand ich Milo tatsächlich an der Bar, wie er gesagt hatte.

Er drehte sich auf seinem Hocker und warf mir ein Lächeln zu. »Wie geht's, Hooker?«

»Wie bitte?«

Er schmunzelte. »Das ist unser Nachname, Madeline.«

Ich grinste. »Oh, richtig.«

Er trank sein Bier aus der Flasche. »Aber ich finde, du siehst nicht wie eine Madeline aus, sondern eher wie eine Maddie.«

Ich lachte. »Wie sieht denn eine Maddie aus?«

Milo wies mit einem Blick auf den freien Platz neben sich. »Trinkst du auch etwas?«

»Oh, nein. Ich, äh … ich bin nur gekommen, um dir das Geld zu geben.« Ich nahm die Scheine aus meinem Portemonnaie und hielt sie ihm hin.

Er winkte ab. »Bezahl damit lieber die nächste Runde!«

Ein Drink konnte wohl nicht schaden. Mein Nacken brachte mich um. Nach der Warterei am Flughafen war ich total verspannt – von der stressigen Zimmersuche ganz zu schweigen. Ein bisschen Alkohol würde mir vielleicht helfen, mich zu entspannen.

Ich nickte. »Okay, warum nicht?«

Milo winkte den Barkeeper herbei, während ich mich auf den Hocker neben ihm setzte.

»Ed, das ist meine Schwester Maddie. Maddie, das hier ist Ed.«

Der Barkeeper schüttelte mir die Hand. »Freut mich, Sie kennenzulernen, Maddie.«

»Ganz meinerseits.«

»Was darf ich Ihnen bringen?«

»Ähm, ich nehme einen Wodka Cranberry mit einem Schuss Limette.«

Ed klopfte mit den Fingerknöcheln auf die Bar. »Kommt sofort!«, sagte er. »Möchten Sie noch ein Coors light, Milo?«

»Unbedingt! Danke, Ed.«

Ich lachte, als der Barkeeper sich entfernte. »Heißt du wirklich Milo, oder bleibst du einfach in deiner Rolle?«

Er zuckte mit den Schultern. »Irgendwie gefällt mir Milo. Ich habe schon daran gedacht, meinen Namen zu ändern. Deshalb probiere ich Milo jetzt aus.«

Ich konnte nicht einschätzen, ob er mich nur auf den Arm nehmen wollte. »Wie du meinst.«

»Also, Mads, dann erzähl mir doch mal, warum du für heute Nacht kein Zimmer hattest.«

Ich seufzte. »Das ist eine lange Geschichte.«

Er schaute auf seine Uhr. »Habe ich mir gedacht.«

»Wie bitte?«

Er zuckte mit den Schultern. »Ich habe genug Zeit für eine lange Geschichte.«

»Okay, damit du dich nicht zu Tode langweilst, bekommst du die Kurzfassung.« Ich überlegte, wie ich anfangen sollte, und beschloss, nichts zu beschönigen. »Eigentlich hätte ich hier in Vail heiraten und die Flitterwochen verbringen sollen, aber mein Ex-Verlobter hat die Hochzeit vor einiger Zeit abgesagt. Weil die Flugtickets und das Hotel nicht erstattungsfähig waren, habe ich mich entschieden, die Reise trotzdem zu machen und dem Alltag für ein paar Tage zu entfliehen. Vor Kurzem hat er wieder Kontakt zu mir aufgenommen und davon gesprochen, dass er mich vermisst. Ich dachte also, es wäre der perfekte Zeitpunkt, um ein bisschen in mich zu gehen. Nach zwei von zehn Tagen wurde mir aber bewusst, dass es eine schlechte Idee war, und ich wollte wieder nach Hause. Nur habe ich nicht auf den Wetterbericht geachtet, bevor ich heute Morgen das Hotel verlassen habe. Deshalb habe ich den ganzen Tag am Flughafen gehockt, und als mein Flug schließlich gestrichen wurde und mir aufging, dass alles in der Gegend ausgebucht ist, hatte das Hotel mein Zimmer schon an jemand anderen vergeben.«

Milo zog die Augenbrauen hoch. »Wow, das ist eine ziemlich beschissene Geschichte.«

»Danke!« Ich lachte. »Jetzt geht es mir schon viel besser.«

»Entschuldige«, entgegnete er schmunzelnd.

Der Barkeeper brachte mir meinen Drink. »Soll ich einen neuen Deckel für Sie machen?«

»Schreiben Sie es auf meinen, Ed.«

»Oh nein, nicht doch! Ich werde nur den einen hier trinken und selbst dafür bezahlen.«

»Ich bestehe darauf!« Er zwinkerte mir zu. »Mom würde es nicht gefallen, wenn ich meine kleine Schwester bezahlen lasse.«

Ich legte ihm die vierzig Dollar hin. »Danke. Dann nimm zumindest das Geld, das ich dir für das Zimmer schulde.«

Milo nickte. »Also, was ist passiert?«

»Was meinst du?« Warum verlor ich im Gespräch mit diesem Mann nur immer wieder den Faden?

»Du hast gesagt, dein Verlobter hat die Hochzeit abgeblasen. War er schon immer ein Arschloch, und du hast es jetzt erst gemerkt, oder steckt mehr dahinter?«

»Das ist eine ziemlich persönliche Frage, oder?«

»Ich bin dein Bruder«, entgegnete er achselzuckend. »Du kannst mir alles sagen. Außerdem müsste ich ihm eigentlich eine Abreibung verpassen, weil er dich verletzt hat. Du weißt schon, die Ehre meiner Schwester verteidigen und so weiter.«

Der falsche Milo gefiel mir. Er hatte einen trockenen Humor. Allerdings war die Frage nicht so leicht zu beantworten, was zu meiner geplatzten Verlobung geführt hatte. Doch der Mann neben mir wollte es allem Anschein nach wissen.

»Du brauchst ihn nicht zu verprügeln. Ich habe Mitschuld daran.«

Seine Augen weiteten sich. »Wie bitte? Du nimmst einen Teil der Schuld dafür auf dich, dass dieses Arschloch die Hochzeit abgesagt hat?«

»Nicht dafür, wie er es gemacht hat, sondern dafür, wie es dazu gekommen ist.«

»Es gibt keine Entschuldigung dafür, eine Hochzeit sausen zu lassen. Wenn man sich nicht sicher ist, macht man der Frau keinen Antrag.«

Wie soll ich das jetzt erklären …?

»Nun ja, als wir uns kennengelernt haben, war ich – im Vergleich zu ihm – abenteuerlustig und lebenshungrig. Aber Gegensätze ziehen sich an, nicht wahr? Er war ein braver, anständiger Kerl und fühlte sich von meiner wilden Persönlichkeit angezogen. Im Lauf der Jahre habe ich mich jedoch verändert. Ich wurde … mehr wie er. Und ich glaube, er ist trotz gegenseitigen Respekts eines Tages wachgeworden und hat erkannt, dass er einen Rückzieher machen muss, statt eine lebenslange Beziehung mit einer Frau einzugehen, die nicht mehr dieselbe war.«

»Wie lange wart ihr verlobt?«

»Ein Jahr.«

Milo runzelte die Stirn. »Das ist absoluter Schwachsinn! Das weißt du, oder? Es gibt keinen Grund, jemandem bis kurz vor der Hochzeit etwas vorzumachen.« Er trank einen Schluck Bier und knallte die Flasche auf die Bar. »Meinst du nicht, dass doch mehr dahintersteckt? Vielleicht hat er mit einer anderen gevögelt und sich schuldig gefühlt – auch wenn er nicht den geringsten Anlass dazu gehabt hätte, wo er *dich* zu Hause hatte!«

Ich schüttelte den Kopf. »Nein, das glaube nicht. Ich meine, es gab Zeiten, in denen ich mir wegen der einen oder anderen Kollegin von ihm Gedanken gemacht habe. Ein paar Leute aus seinem Büro gehen öfter nach der Arbeit zusammen aus, und sie trinken ein bisschen zu viel. Trotzdem denke ich, dass er höchstens mal mit einer geflirtet hat.«

Mich befiel eine leise Übelkeit. Es bekam mir nicht gut, die Geschichte mit Brady aufzuwärmen.

»Wie hat er dir erklärt … dass er dich nicht mehr heiraten will?«, fragte Milo.

»Er hat nur gesagt, er sei nicht mehr sicher, ob es die richtige Entscheidung ist. Näher erklärt hat er es eigentlich nicht. Ich hatte überhaupt nicht damit gerechnet. Wahrscheinlich hätte ich es kommen sehen müssen, aber ich habe wirklich geglaubt, er liebt mich, auch wenn sich unsere Beziehung im Lauf der Zeit verändert hat. Wie gesagt, ich kann ihm seinen Sinneswandel nicht verübeln.«

»Dennoch solltest du ihm verübeln, wie er damit umgegangen ist. Es ist ganz schön mies, eine Hochzeit zu planen und dann so eine Scheiße abzuziehen.«

»Es schien ihm wirklich schwerzufallen, es tun zu müssen. Er hat sich die Entscheidung bestimmt nicht leicht gemacht.

Wahrscheinlich hatte er es schon eine Weile mit sich herumgetragen und gezögert, es mir zu sagen. Er war ziemlich kleinlaut.«

»Dazu hatte er auch allen Grund, verdammt!«

Ich verdrehte die Augen. »Ja.«

»Aber weißt du was?«

»Was?«

»Er ist ein Idiot. Er wird es eines Tages bereuen.«

Meine Wangen fühlten sich plötzlich ganz heiß an, und unsere Blicke trafen sich.

»Lieb, dass du das sagst. Wenn ich es nicht besser wüsste, würde ich denken, du bist wirklich mein Bruder«, sagte ich leise. »Du bist sehr fürsorglich gegenüber jemandem, den du gar nicht kennst.«

Er wandte sich dem Barkeeper zu. »Ed, würden Sie meiner Schwester noch einen Drink bringen?«

Ich hob abwehrend die Hände. »Ich weiß nicht, ob ich noch einen vertrage.«

»Glaub mir, du wirst ihn brauchen.«

»Wieso?«

»Weil ich dir jetzt den Kopf zurechtrücken werde. Da brauchst du wahrscheinlich etwas zur Linderung.«

Ich kniff die Augen zusammen. »Im Ernst?«

»Ja.«

Ed stellte mir den zweiten Wodka Cranberry hin.

Milo grinste. »Trink aus.«

Ich nahm einen großen Schluck. Der Alkohol brannte mir in der Kehle. »Was ist denn so schwer zu verkraften, dass ich es nur in betrunkenem Zustand hören sollte?«

Milo beugte sich zu mir. »Dein Ex wird zurückkommen und dich anflehen, ihm noch eine Chance zu geben.«

»Woher weißt du das?«

»Ich weiß es einfach, okay? Männer sind bescheuert, und er wird seinen Fehler erkennen und versuchen, dich zurückzugewinnen.«

Ich schloss aus seinem Ton, dass er wusste, wovon er redete.

»Sprichst du aus eigener Erfahrung?«, fragte ich.

»Allerdings. Bei meinem Bruder war es ähnlich. Nur hat er meine Schwägerin tatsächlich mit einer Kollegin betrogen. Sie hat ihm verziehen und ihn zurückgenommen, und er hat es ihr gedankt, indem er es noch einmal gemacht hat, mit einer anderen Kollegin. Mein Bruder ist ein Arsch, das war schon in unserer Kindheit so. Ich liebe ihn, aber er ist ein Arsch! Menschen verändern sich nicht, Maddie. Wenn sich der Kerl so leicht von dir trennen konnte, wird er es wieder vermasseln. Er hat dich nicht verdient.«

Ein Teil von mir wollte glauben, dass er falschlag. »Nun, momentan klammere ich mich noch an die Hoffnung, die letzten paar Jahre meines Lebens nicht vergeudet zu haben.«

Milo zuckte mit den Schultern. »Menschen treffen ständig schlechte Entscheidungen. Man verbucht es als Fehler und lässt es hinter sich. Man hält sich nicht mit einem toten Gaul auf, nur weil man ihn so lange geritten hat.« Er hielt inne. »Das ist nicht so schön ausgedrückt, aber trotzdem. Man steigt über den toten Gaul hinweg und zieht weiter. Weißt du, was passiert, wenn du versuchst, den toten Gaul aufzuwecken?«

»Was?«

»Er beißt dich in den Hintern.«

Ich lachte. »Okay, ich verstehe, was du meinst. Allerdings ist es leichter gesagt als getan, eine mehrjährige Beziehung hinter sich zu lassen, weißt du? Trotzdem danke für deinen Rat.«

»Dazu sind große Brüder da«, sagte er mit einem Augenzwinkern und trank von seinem Bier. »Aber erklär mir doch mal, warum du dich für so langweilig hältst.«

Ich starrte in mein Glas. »Ich erkenne mich selbst nicht wieder, Milo.«

»Wie meinst du das – abgesehen davon, dass du dich gerade als jemand anderes ausgibst?«

Ich musste lachen. »Du gibst dich auch als jemand anderes aus, nur um das klarzustellen. Und es ist eine lange Geschichte.«

Er deutete einen Blick auf seine Uhr an. »Wie gesagt, ich habe Zeit. Allem Anschein nach kommen wir nicht so bald von hier weg.«

»Wohl wahr.«

Er lächelte. »Also rede mit mir.«

Ich stieß einen tiefen Seufzer aus. »Okay, um mich zu verstehen, musst du wissen, dass meine Eltern Hippies waren.«

Er verschränkte die Arme. »*Peace and love* – sehr schön.«

Ich nickte. »In meiner Kindheit sind wir ziemlich viel herumgereist. Ich fand es schrecklich, ständig die Schule zu wechseln und so weiter. Trotzdem habe ich mich im Lauf der Jahre an diese Lebensart gewöhnt. Nach dem College bin ich im Grunde wie meine Eltern geworden.«

»Du wurdest zum Hippie?«

»Nicht direkt, aber es hat mich nie lange an einem Ort gehalten. Ich bin Fotografin. Nach meinem Abschluss habe ich für ein Musikmagazin gearbeitet und bin durchs Land gereist, um verschiedene Bands zu fotografieren. Ich habe jede Menge Tourbusse von innen gesehen! Und damals habe ich wirklich gern mitgefeiert. Es hat unheimlich Spaß gemacht, bis …«

»Bis es keinen Spaß mehr gemacht hat«, beendete er meinen Satz.

»Ja, genau. Irgendwann ist mir klar geworden, wie sehr mein Leben dem meiner Eltern ähnelt. Mit Anfang zwanzig war das auch völlig in Ordnung, aber irgendwann hatte ich es satt.«

»Hast du den Job aufgegeben?«

»Nicht sofort. Ironischerweise habe ich meinen Ex auf einem Konzert kennengelernt.«

Milo nickte. »*The Day the Music Died ...*«

Ich musste wieder lachen, was vielleicht auch am Alkohol lag.

»Er war das genaue Gegenteil von mir: durch und durch konservativ. Und da wurde zum ersten Mal der Wunsch in mir wach, ein solideres Leben zu führen. Ich denke, ich habe mich vor allem nach Sicherheit gesehnt.«

Er lehnte sich zurück und machte es sich auf seinem Barstuhl bequem. »Das kann ich verstehen.«

»Seine Eltern sind seit fünfunddreißig Jahren verheiratet, und er besucht sie immer noch jeden Sonntag zum Abendessen. Ich hatte kein richtiges Zuhause und beschloss, den Job sausenzulassen, um mit ihm zusammen zu sein.«

»Du hast aufgehört zu fotografieren?«

»Nein. Er hat mir dabei geholfen, ein eigenes Studio zu eröffnen, und vor allem das Geschäft mit Schulfotos hat sich hervorragend entwickelt. In meiner Heimatstadt bin ich sozusagen die Königin der Schulfotografie.«

»Wie aufregend. Gestaltest du den Hintergrund deiner Fotos auch mit diesen gefakten blauen und pinken Laserstrahlen?«

»Natürlich nicht! Das ist voll Achtziger. Ich glaube, meine Mutter hatte so ein Schulfoto.«

»Wahrscheinlich besitzt jede Mutter so eins. Natürlich mit dem obligatorischen Profilbild oben in der Ecke!« Er lachte.

»Ich kann mit Stolz sagen, dass meine Fotos wesentlich geschmackvoller sind.«

»Toll, dass du eine Möglichkeit gefunden hast, von deinem Talent leben zu können – ganz im Ernst.«

Ich zuckte mit den Schultern. »Schulfotografie ist nicht gerade der Gipfel der Kreativität, aber ich kann damit meine Rechnungen bezahlen und den angenehmen Lebensstil finanzieren, an den ich mich inzwischen gewöhnt habe.«

Er schien mich auf Anhieb zu durchschauen. »Aber manchmal würdest du *angenehm* trotzdem gerne wieder gegen *wild* eintauschen, oder?«

Die Art und Weise, wie er »wild« sagte, jagte mir einen Schauer über den Rücken. Aus seinem Mund klang es wie eine Verlockung.

Ich spürte, dass ich knallrot wurde. »Gott, wir reden die ganze Zeit nur über mich. Ich habe dich noch gar nicht gefragt, was du hier in Vail machst.«

»Ich komme von hier. Ich bin in Vail aufgewachsen.«

»Tatsächlich?« Ich war überrascht.

»Ja.«

»Und warum wohnst du dann in einem Hotel?«

»Ich lebe nicht mehr hier. Ich habe nur meine Eltern und ein paar Freunde besucht. Sie wohnen am Stadtrand, und ich wollte noch ein paar Tage im Zentrum verbringen.«

»Und wo lebst du jetzt?«

»In Seattle.«

»Was machst du beruflich?«

»Ich bin Musiklehrer an einer Highschool.«

Mir ging das Herz auf, denn ich hatte tolle Erinnerungen an meine Musiklehrer. Sie hatten mich in jungen Jahren dazu inspiriert, in die Musikfotografie einzusteigen.

»Echt? Das ist cool!«

»Tja, ich *versuche*, cool zu sein, aber meine Schüler durchschauen mich in der Regel.«

Verdammt. Ich konnte mir gut vorstellen, wie viele hormongesteuerte pubertierende Mädchen für ihn schwärmten. Und je länger ich ihn anstarrte, desto mehr fühlte ich mich wie eins dieser Mädchen. Er wirkte sexy auf eine ungewollte, lässige Art, und sein Strubbelkopf war einfach perfekt. Wenn er mich ansah, lag jedes Mal ein Funkeln in seinen Augen und ein Ausdruck, der ein bisschen forschend war und zugleich ungeheuer heiß. Ganz zu schweigen von seinen vollen Lippen, die mich ungeheuer faszinierten.

Ich schüttelte den Kopf. Ich wollte mich ganz gewiss nicht auf einen fremden Typen einlassen, den ich nach dem morgigen Tag niemals wiedersehen würde.

»Wow, okay.« Ich räusperte mich. »Dann haben wir also beide mit Musik zu tun – du allerdings auf wesentlich kompetentere Weise.«

»Nun, als du gesagt hast, dass du früher Musikfotografin warst, habe ich natürlich aufgehorcht. Allerdings habe ich Klassenausflüge im Schulbus begleitet, während du dich in Tourbussen amüsiert hast. Letzteres klingt viel aufregender.«

Ich seufzte. »Es *war* aufregend.«

»Du hast bestimmt auch einige Musiker gedatet, oder?«

»Nur einen. Herbie Allen, den Schlagzeuger von Snake. Kennst du ihn?«

»Ja, klar. Was ist daraus geworden?«

»Wir waren ein paar Monate zusammen. Dann bin ich zu der Entscheidung gelangt, dass eine Beziehung mit einem Musiker zwangsläufig zu einem gebrochenen Herzen führt. Ich hatte Angst, verletzt zu werden, und habe mich von ihm getrennt. Ganz schön ironisch, wenn man bedenkt, dass mein konservativer Verlobter mir letztendlich das Herz gebrochen hat. Wahrscheinlich wäre ich mit Herbie besser dran gewesen. Er war zumindest ehrlich.« Ich schüttelte den Gedanken ab. »Und jetzt erzähl mir doch mal, warum du Musiklehrer geworden bist.«

Er starrte mich ein paar Sekunden an. »Das erzähle ich dir ein andermal.«

Ich schüttelte den Kopf. »Es gibt kein andermal. Morgen trennen sich unsere Wege wieder.«

Er zwinkerte mir zu. »Die Nacht ist noch jung, Schwesterherz.«

Wer ist dieser Mann? Und warum bin ich so verzaubert von ihm? Ich habe fast vergessen, dass wir in diesem verdammten Hotel eingeschneit sind! Warum erzähle ich ihm meine Lebensgeschichte?

Ich wollte noch viel mehr über »Milo« erfahren, doch er wechselte rasch das Thema, und wir sprachen wieder über mich.

»Also, wer bist du wirklich, Maddie?«

Ich schwenkte den Rest meines Drinks im Glas und gab eine ehrliche Antwort. »Das weiß ich nicht so genau, Milo. Zurzeit fühle ich mich ziemlich verloren und weiß nicht recht, in welche Richtung mein Leben gehen soll.« Ich sah zu ihm auf. »Aber jetzt gerade bin ich recht zufrieden damit, einfach Maddie zu sein und meine Probleme ein Weilchen zu vergessen.«

»Dann solltest du auch Maddie bleiben.« Er lächelte. »Was immer dich glücklich macht. Betrachte unsere Zeit hier einfach als kleines Abenteuer.«

»Das würde mir gefallen, Mr Hooker.«

»Sehr wohl, Ms Hooker.«

Ich seufzte. »Mein Abenteuersinn ist mir in den letzten paar Jahren abhandengekommen. Ich habe mich oft gefragt, ob der Rückzieher meines Verlobten ein Zeichen ist und ich die falsche Richtung eingeschlagen habe. Ein Tag glich dem anderen, und ich habe die Stabilität zwar geschätzt, weiß aber nicht, ob mir dieses Leben tatsächlich liegt.«

»So ist es recht! Nimm das, was geschehen ist, als Möglichkeit, zu neuen Ufern aufzubrechen. Ich sehe doch die Abenteuerlust in deinen Augen.«

»Wie sieht denn jemand mit Abenteuerlust aus? Abgespannt und durchgedreht?«

Er lachte nur.

Wir saßen noch eine Weile an der Bar und unterhielten uns, bis es Zeit wurde, schlafen zu gehen. Milo gab Ed ein großzügiges Trinkgeld, bevor wir zusammen zu den Aufzügen gingen.

Als wir unsere Zimmer erreichten, blieben wir im Flur stehen.

Ich ergriff als Erste das Wort. »Also … es hat Spaß gemacht, mit dir zu reden. Danke für die Drinks.«

Obwohl ich mich damit eigentlich verabschiedet hatte, rührte sich keiner von uns vom Fleck.

Plötzlich schüttelte Milo den Kopf. »Nein.«

Ich war verwirrt. »Nein?«

»So kann es nicht enden – ich gehe in mein Zimmer und du in deins, und morgen trennen sich unsere Wege. Du hast Lust auf Abenteuer, hast du gesagt, nicht wahr?«

Mein Herz schlug schneller. »Was hast du vor, Mr Hooker?«

»Hast du deine Kamera dabei?«

»Selbstverständlich! Was wäre ich für eine Fotografin, wenn ich keine Kamera bei mir hätte?«

Er warf mir ein verschmitztes Grinsen zu. »Gut. Dann hol sie bitte. Wir treffen uns in zehn Minuten unten in der Empfangshalle. Vergiss deine Jacke nicht und zieh dich warm an.«

3. KAPITEL

Matteo

Wenn ihr der Sinn nach Abenteuer stand, dann sollte sie auch eins erleben.

Ich wollte sehen, ob ich ihr ein Lächeln ins Gesicht zaubern konnte. Dieser Frau – wer immer sie war – war übel mitgespielt worden. Warum sollten wir nicht das Beste aus der Situation machen? Es gab Schlimmeres, als in Vail festzusitzen. Und wenn jemand wusste, wie man sich in dieser Stadt vergnügte, dann ich. Ich wohnte zwar schon lange nicht mehr hier, aber ich hatte noch Zugang zu einer der besten Attraktionen der Stadt.

Das einzige Problem war, in diesem Schneesturm dorthin zu kommen.

Ich wartete schon in der Eingangshalle, als Maddie aus dem Aufzug kam. Verdammt, sie war wirklich hübsch. Lockiges rotes Haar und ein paar Sommersprossen auf der Nase. Passend zu ihrer dicken weißen Steppjacke trug sie eine weiße Strickmütze und sah wie ein lebendiger Schnee-Engel aus. Trotz der schmerzlichen Erfahrung, die sie gemacht hatte, leuchtete ihr Gesicht auf, wenn sie lächelte. Ja, man konnte durchaus in wesentlich schlimmeren Situationen feststecken. Ich für meinen Teil war recht zufrieden mit der Lage.

Meine abenteuerlustige Begleiterin hatte ihre Kamera in einer Ledertasche umgehängt. Wie mir schien, hatte sie etwas

Lippenstift aufgetragen. Sie sah ohne Make-up fabelhaft aus, und ich fragte mich, ob sie es getan hatte, um Eindruck auf mich zu machen. Sie hatte mir nicht den kleinsten Wink gegeben, dass sie interessiert war. Es war ziemlich krank von mir, auch nur daran zu denken, nachdem ihr erst vor Kurzem das Herz gebrochen worden war. Eigentlich sollte sie jetzt in ihren Flitterwochen sein. Was für eine Scheiße! Seit sie mir erzählt hatte, was ihr Ex abgezogen hatte, brodelte ich vor Zorn – eine merkwürdige Reaktion, wenn man bedachte, dass ich sie kaum kannte.

Als sie vor mir stand, merkte ich außerdem, dass sie einen Hauch Parfüm aufgelegt hatte.

»Du siehst hübsch aus.«

»Danke.« Sie errötete. »Und was machen wir jetzt?«

»Das wirst du schon sehen. Wenn ich es dir sagen würde, wäre es kein Abenteuer.«

»Oje. Worauf habe ich mich nur eingelassen?«

»Keine Sorge, ich würde niemals zulassen, dass meiner Schwester etwas passiert«, entgegnete ich mit einem Augenzwinkern.

Als Erstes musste ich mir überlegen, wie wir von A nach B kamen.

»Warte mal kurz hier, ja? Ich will versuchen, uns ein Transportmittel zu besorgen.«

»Na, da wünsche ich dir viel Glück.«

»Hast du etwa Zweifel an meiner Fähigkeit, Wunder zu vollbringen? Du hast wohl vergessen, wie wir an unsere Zimmer gekommen sind!«

Sie lachte, als ich ein paar Schritte rückwärtsging, ihr ein übermütiges Grinsen zuwarf und mit den Augenbrauen wackelte. Blöderweise wäre ich dabei fast mit einem Gepäckwagen zusammengestoßen.

Ihre Skepsis machte mich nur noch entschlossener, meinen Plan zu verwirklichen.

Ich ging zum Schalter des Portiers, um mich zu erkundigen, ob er mir helfen konnte. »Ich würde das Hotel gerne verlassen und in ein paar Stunden wieder abgeholt werden. Haben Sie vielleicht einen Tipp für mich?«

Ohne von seinem Schalter aufzusehen, antwortete er: »Die Straßenverhältnisse sind ziemlich schlecht, Sir. Es ist nicht ratsam, durch die Gegend zu fahren, selbst wenn ich etwas arrangieren könnte.«

»Ich stelle die Frage noch einmal.« Ich zückte meine Brieftasche und schob ihm einen Fünfzig-Dollar-Schein hin. »Können Sie mir jemanden besorgen, der mich zum Parkside Resort fährt und in drei Stunden wieder zurück?«

Er steckte den Fünfziger ein. »Einen Moment bitte. Ich werde sehen, was ich tun kann.«

Er begann zu telefonieren, und während ich wartete, schaute ich zu Maddie hinüber, die nervös von einem Bein aufs andere trat. Sie lächelte, als sie meinen Blick auffing, und dieses Lächeln war viel mehr wert als fünfzig Mäuse.

Der Portier legte auf. »Gute Nachrichten! Ich habe einen Fahrer mit einem Toyota 4Runner gefunden, der bereit ist, Sie zu fahren.«

»Super! Ich danke Ihnen.«

Wenige Minuten später fuhr der schwarze SUV vor dem Eingang vor. Wir verließen das Hotel durch die Drehtür und stiegen hinten ein. Ein korpulenter Mann saß am Steuer.

»Vielen Dank, dass Sie uns fahren«, sagte ich zu ihm und hauchte warme Luft in meine kalten Hände, bevor ich rasch meine Handschuhe hervorholte und sie anzog.

Der Typ drehte sich zu uns um. »Man nennt mich nicht umsonst Crazy Abe. Ich begreife nicht, warum Leute, die hier aufgewachsen sind, so dermaßen wegen dem Schnee ausflippen.«

»Ganz Ihrer Meinung!«

»Sie wollen zum Parkside Resort?«

»Ja.«

Maddie sah mich an. »Wir fahren in ein Skigebiet?«

»Kann schon sein.«

»Wow. Okay. Und ich dachte, ich würde Vail verlassen, ohne überhaupt Spaß im Schnee gehabt zu haben. Aber ... sind die Pisten überhaupt offen?«

»Mach dir keine Gedanken, ich habe Beziehungen.«

Das Parkside Resort gehörte meiner Tante und meinem Onkel, und ich hatte einen Schlüssel für die Gondelbahn. Hoffentlich ging mein Plan auf!

Wie sich schon bald herausstellte, hatte sich Crazy Abe seinen Namen redlich verdient. In Anbetracht des Zustands der Straßen fuhr er viel zu schnell.

Es war also keine große Überraschung, als er in die Böschung am Straßenrand schlitterte.

»Ach du Scheiße!«, schrie Maddie.

»Alles okay?« Mir wurde erst nach ein paar Sekunden bewusst, dass ich schützend den Arm vor sie gelegt hatte und meine Hand auf ihrer Brust gelandet war. Selbst durch die dicke Jacke spürte ich, wie weich ihre Brüste waren.

»Ja.« Sie atmete erleichtert aus. »Mir geht's gut.«

»Tut mir leid!«, rief Abe.

Die Reifen des SUV drehten durch, als er aufs Gaspedal trat. Der Wagen hatte sich festgefahren. Um Abe zu helfen, ihn freizubekommen, stieg ich sofort aus und begann von hinten zu schieben.

Es zeigte sich jedoch schnell, dass ich Unterstützung brauchte.

Ich ging nach vorn zum Fahrerfenster. »Würden Sie mir beim Schieben helfen? Sie kann sich währenddessen ans Steuer setzen und Gas geben.«

Er schüttelte den Kopf. »Geht nicht, sorry.«

»Was soll das heißen?«

»Ich habe einen schlimmen Rücken. Eine falsche Bewegung, und ich lande im Krankenhaus.«

Der Kerl würde aus einem ganz anderen Grund im Krankenhaus landen, wenn er nicht schleunigst seinen Arsch aus dem Auto schwang!

Aber er rührte sich nicht. Doch da war Maddie schon ausgestiegen, um mir beim Schieben zu helfen.

»Unfassbar, dieser Kerl!«, sagte sie.

»Danke, dass du rausgekommen bist«, sagte ich und kam mir vor wie der letzte Waschlappen, weil ich es nicht allein schaffte.

Obwohl wir uns nach Leibeskräften bemühten, bewegte sich der 4Runner keinen Zentimeter. Und wir waren beide von oben bis unten voll Schnee.

»Also, das ist jetzt nicht das Abenteuer, das ich im Sinn hatte.«

»Du kannst ja nichts dafür«, sagte sie lächelnd.

Dass sie in so einem beschissenen Moment lächeln konnte, sprach für sie. Sie war schwer in Ordnung, diese Maddie.

Nach einer kurzen Verschnaufpause begannen wir von Neuem zu schieben. Der rückwärtige Scheibenwischer arbeitete pausenlos, und wir konnten in den Wagen hineinschauen, während wir uns abplagten.

Es fiel uns beiden gleichzeitig auf.

Das kann nicht sein …

Ist das wirklich …

Er wird doch nicht …

Während Abe stumpfsinnig aufs Gaspedal trat, sah er sich etwas auf seinem Telefon an.

Und nicht irgendwas.

Maddie fiel die Kinnlade runter. »Zieht er sich da einen Porno rein?«

»Sieht ganz danach aus, angesichts des riesigen Hinterns auf dem Display.«

Sie riss die Augen auf. »Wir müssen so schnell wie möglich hier weg!«

Ich nickte zustimmend. »Komm, noch einmal ganz fest mit vereinten Kräften! Bereit?«

»Ja!«

Unser angestrengtes Stöhnen beim Anschieben konkurrierte mit ähnlichen Geräuschen im Inneren des Wagens. Letztlich siegte der Geist über die Materie, denn diesmal machte der SUV wie durch ein Wunder einen Satz nach vorn. Blieb nur zu hoffen, dass Abe seinen Schwanz so lange wegpackte, bis er uns an unser Ziel gebracht hatte.

»Wow, das ist wirklich wunderschön!« Maddie schaute aus dem Fenster der Gondel auf die verschneiten Berge. »So was habe ich noch nie erlebt.«

»Weil du noch nie hier warst, meinst du?«

»Nein, ich bin noch nie mit einer Gondelbahn gefahren.«

»Echt nicht? Warum?«

»Äh … weil ich nicht Ski fahre.«

Ich sah sie verdutzt an. »Wie meinst du das? Du fährst nicht Ski?«

Sie zuckte die Achseln. »Ich habe es noch nie ausprobiert.«

»Aber die Flitterwochen wolltest du in Vail verbringen? Warum verreist man an DEN Skiort der Vereinigten Staaten, wenn man gar nicht Ski fährt?«

Sie runzelte die Stirn. »Mein Ex war der Skifahrer.«

»Und du hast gar nichts damit am Hut?«

Maddie steckte die Hände in ihre Jackentaschen. »Ich sagte ja, ich habe mich verloren.«

Der Anblick ihrer traurigen Miene versetzte mir einen Stich in die Brust. »Skifahren hat also nicht deiner Vorstellung von Flitterwochen entsprochen?«

»Mir hat die Vorstellung gefallen, an einem gemütlichen Kamin vor einem Panoramafenster zu sitzen und in die verschneite Landschaft zu schauen. Zählt das?«

Ich kratzte mich am Kinn. »Wie würden denn perfekte Flitterwochen für dich aussehen?«

Sie dachte darüber nach. Und weil sie sehr lange für ihre Antwort brauchte, war mir klar, dass ihr bescheuerter Ex sie nie danach gefragt hatte. Je mehr ich über ihre Beziehung erfuhr, desto sicherer war ich, dass die Absage der Hochzeit schließlich doch ein Segen war.

»Ich wollte schon immer mal auf die Südseeinsel Moorea und einen von diesen Overwater-Bungalows mieten.«

Ich lächelte. Obwohl ich in Vail aufgewachsen und Skifahren für mich so selbstverständlich war wie Laufen, hätte ich mich jederzeit für Maddie im Bikini statt im Schneeanzug entschieden. Ihr Ex war nicht nur ein Feigling – er war ein Vollidiot.

»Wenn der Richtige kommt, wird er die Flitterwochen mit dir auf dieser Insel verbringen.«

Maddie lächelte traurig. »Danke.«

Wir fuhren mit der Gondel bis nach oben auf den Gipfel des Berges. Ich hatte die Bahn auf einfache Fahrt eingestellt, sodass sie stehen blieb, als wir die Station erreichten.

»Halte deine Kamera bereit.«

Ich hatte ihr noch nicht gesagt, warum ich sie auf den Berg

entführt hatte, und sie hatte nicht gefragt. Das bewies, dass sie wahrhaftig Abenteuersinn hatte. Maddie öffnete ihre Kameratasche und nahm zwei Objektive heraus.

»Brauche ich ein Tele oder ein Makro?«

»Eindeutig ein Tele!«

Sie schraubte das Standardobjektiv von ihrer Kamera ab und tauschte es gegen ein Telezoom aus. Dann putzte sie den Sucher und schloss die Tasche wieder. »Ich bin bereit. Oder soll ich mir noch die Hose in die Stiefel stecken? Wie tief ist der Schnee hier oben?«

Ich schmunzelte. »Spielt keine Rolle. Du wirst nicht aussteigen.«

»Und du?«, fragte sie stirnrunzelnd.

»Nur für ein paar Minuten.« Ich öffnete eins der Schiebefenster der Gondel, damit sie klare Sicht hatte. Dann schnallte ich mir ein Paar Schneeschuhe unter. »Du bleibst schön hier sitzen und schaust in diese Richtung.« Ich zeigte auf ein dunkles Waldgebiet in einiger Entfernung. »Die Gondel ist etwa sechzig Zentimeter über dem Boden, weil man normalerweise mit langen Skiern an den Füßen aussteigt. Ich springe jetzt da runter und schalte im Kontrollhäuschen das Flutlicht ein. Dann komme ich wieder zu dir.«

Sie strahlte vor Begeisterung. »Okay!«

Als ich zur Gondel zurückkehrte, hörte ich, wie Maddie nach Luft schnappte.

Ich lächelte und beeilte mich, wieder ins Warme zu kommen. Ich zog rasch die Tür hinter mir zu und wischte mir den Schnee von den Schultern. »Kannst du sie sehen? Ich war mir nicht sicher, ob es bei dem Schneefall möglich ist. Aber seit wir das Hotel verlassen haben, hat es sich merklich aufgehellt. Vermutlich sind wir jetzt im Auge des Sturms.«

Der Blendenverschluss ihrer Kamera klickte mehrmals in

kurzer Folge, bevor Maddie etwas sagte. »Was sind das für Bären? Sie sind bezaubernd.«

»Das sind Schwarzbären.«

»Sind sie gefährlich?«

»Ich glaube, es gibt keinen ungefährlichen Bären, außer Yogi vielleicht. Auf den Bergen in diesem Skigebiet wimmelt es jedoch von Schwarzbären, die sich an das Zusammenleben mit den Menschen gewöhnt haben. Wenn man ihnen nicht in die Quere kommt, lassen sie einen ebenfalls in Ruhe.«

Maddie justierte ihr Objektiv und schoss weitere Fotos. »Ich dachte, Bären halten Winterschlaf.«

»Das stimmt auch. Das bedeutet aber nicht, dass sie von November bis Juni durchschlafen. In den Monaten, in denen sie keine Nahrung finden, schlafen sie nur sehr viel, um Energie zu sparen. Alle paar Tage stehen sie trotzdem auf.«

»Sind Bären denn nachtaktiv? Ich meine, weil sie jetzt munter sind.«

»Eigentlich nicht, aber in Skigebieten stellen sich viele von ihnen um. Sie versuchen, den Menschen aus dem Weg zu gehen.«

»Unglaublich! Woher wusstest du, dass sie hier sind?«

»Das Resort gehört meiner Tante und meinem Onkel. Ich habe sie neulich besucht, und mein Cousin hat mich hergebracht, um mir die Tiere zu zeigen. Sie mussten diese Piste schließen, wahrscheinlich für die komplette Saison, weil die Höhle der Bären so nah ist.«

Wir blieben auf dem Berggipfel, beobachteten die Bärenfamilie und schossen Fotos, bis Maddie mit den Zähnen klapperte. In der Gondel war es zwar wärmer und trockener als draußen, wegen des offenen Fensters war der Unterschied mittlerweile aber nicht mehr so groß. »Dir ist kalt! Wir sollten uns wieder auf den Rückweg machen.«

Sie nickte. »Okay.« Ihre Nase und ihre Wangen waren rot von der Kälte, und ich schloss das Fenster und schnallte mir wieder meine Schneeschuhe unter.

»Warte. Du gehst noch mal da raus?«

»Wenn wir wieder zurückwollen, muss ich das. Es gibt hier keine Fernsteuerung, mit der ich die Bahn in Gang setzen kann. Außerdem muss ich ja das Licht ausmachen.«

Maddie sah mich mit großen Augen an. »Aber da sind Bären!«

»Die waren auch schon da, als ich eben das Licht eingeschaltet habe.«

»Stimmt. Aber da habe ich noch nichts von ihnen gewusst!«

Ich richtete mich schmunzelnd wieder auf. »Entspann dich. Ich bin gleich zurück.« Ich öffnete die Tür, drehte mich jedoch noch einmal mit toternster Miene zu ihr um. »Falls ich zerfleischt werde – unter dem Sitzpolster ist ein Fach, in dem du eine Pfeife und Notfackeln findest.«

»Soll das ein Scherz sein?«, erwiderte sie mit Panik in der Stimme.

Ich lachte. »Ja. Hier gibt es keine Pfeife und keine Notfackeln. Du wirst vermutlich einfach erfrieren, wenn die Bären dich nicht holen, nachdem sie mich erledigt haben.« Ich sprang aus der Gondel und rannte los, um die Flutlichter auszuschalten.

Bei meiner Rückkehr stand Maddie in der Tür und versperrte mir den Weg. Sie hatte die Hände in die Hüften gestemmt und sah nicht gerade erfreut aus. Ich fand ihren Versuch, eine saure Miene zu machen, jedoch ziemlich sexy. Es gibt nichts Heißeres als einen feurigen Rotschopf. Sie war garantiert hinreißend, wenn sie richtig wütend war.

»Nach dem, was du gerade abgezogen hast, sollte ich dich eigentlich nicht reinlassen.«

Ich grinste. »Wie du willst. Aber du musst wissen, dass die Bahn in weniger als dreißig Sekunden losfährt. Ich habe auf Start gedrückt, und der Timer läuft runter.« Ich legte die Hand hinters Ohr. »Hast du das gehört? Der Motor wurde in Gang gesetzt. Jetzt sind es nur noch zehn Sekunden. Neun. Acht. Sieben ...«

Maddies Augen weiteten sich. Sie beugte sich vor und ergriff meine Hand, um mich in die Gondel zu ziehen. »Oh mein Gott! Mach, dass du reinkommst!«

Als ich hineingestiegen war und die Tür geschlossen hatte, die Gondel jedoch weiter stillstand, sah Maddie mich giftig an. »Der Motor ist noch gar nicht angesprungen, oder?«

»Nein. Aber die Bahn wäre wirklich ohne mich losgefahren ... in sieben bis acht Minuten. Ich habe den Timer auf zehn Minuten gestellt.«

Maddie versetzte mir einen Rippenstoß, jedoch mit einem Lächeln im Gesicht. »So oft wie du mich auf den Arm nimmst und erschreckst, bist du wirklich wie ein großer Bruder!«

Als sich die Bahn in Bewegung setzte, genoss sie die Aussicht und drückte sich die Nase an der Scheibe platt. Von hier oben konnten wir die verschiedenen Pisten und Loipen sehen, wie auch die Lichter der Stadt in der Ferne. Inzwischen hatte es aufgehört zu schneien, und alles war mit einer frischen, glitzernden Schneeschicht überzogen. Es wirkte wie ein verzaubertes Winterwunderland. Ich hatte fast vergessen, wie schön Colorado sein konnte.

»Es war bestimmt toll, hier aufzuwachsen«, sagte sie und blickte fasziniert nach draußen.

»Oh ja! Die Leute am Meer leben für die Sonne und die Sommerferien. Hier oben leben die meisten für den ersten Schneesturm. Ich bin auf diesen Hängen groß geworden.«

»Dann kannst du wohl ziemlich gut Ski fahren?«

Ich nickte. »Ich habe sechs Jahre als Skilehrer in diesem Resort gearbeitet.«

»Oh, wow. Schade, dass wir nicht mehr Zeit haben. Mein Bruder hätte mir das Skifahren beibringen können«, sagte sie lächelnd.

Ich starrte hinunter auf die verschneiten Hänge. »Ich bin seit Jahren nicht mehr gefahren.«

»Hattest du einen Unfall oder so?«

»Oder so.« Über die Scheiße, die passiert war, als ich das letzte Mal auf Skiern gestanden hatte, wollte ich nicht reden, daher wechselte ich rasch das Thema. »Meinst du, dir sind ein paar gute Bilder gelungen?«

»Auf jeden Fall. Ich kann es nicht erwarten, sie mir auf meinem Laptop anzusehen. Es ist schon lange her, seit ich das letzte Mal etwas anderes als Schulkinder fotografiert habe. Ich hatte vergessen, wie lebendig ich mich dabei fühle. Im Moment habe ich das Gefühl, als könnte ich sofort diesen hohen Berg hinaufrennen!«

Maddies Augen glänzten. Sie strahlte über das ganze Gesicht wie ein Kind an Weihnachten. Ihrem Lächeln konnte die Schönheit der Landschaft dort draußen bei Weitem nicht das Wasser reichen. Als mir bewusst wurde, dass ich ihre Lippen anstarrte, zwang ich mich wegzusehen. »Freut mich, dass es dir gefallen hat.«

»Oh ja, das hat es. Es war das Highlight meiner Hochzeitsreise«, entgegnete sie lachend.

»Ganz schön traurig«, sagte ich schmunzelnd, biss in eine Fingerspitze meines Handschuhs und zog ihn mir aus, um die Schlüssel für die Talstation, der wir uns allmählich näherten, aus der Tasche zu kramen.

Nach dem Aussteigen schaltete ich auch dort das Licht aus, brachte meine Schneeschuhe wieder zum Verleih und schloss alles ab. Unser Fahrer tauchte innerhalb weniger Minuten auf, um uns einzusammeln.

Ich öffnete die hintere Tür des SUV und flüsterte Maddie ins Ohr: »Am besten fasst du hier drin nichts an.«

»Igitt! Ich hatte es fast vergessen. Musstest du mich daran erinnern?«

Ich zwinkerte ihr zu. »Dazu sind große Brüder doch da.«

Die Rückfahrt zum Hotel verlief glücklicherweise ohne Zwischenfälle. Vail hatte zwar eine Menge Schnee abbekommen, aber man hatte hier genug Erfahrung damit, die Straßen freizumachen. Die wichtigsten Durchgangsstraßen waren bereits einmal geräumt worden und wesentlich besser befahrbar als auf dem Hinweg. Ich war noch nicht bereit, den Abend zu beenden, und wollte Maddie abermals auf einen Drink einladen, doch wie sich herausstellte, hatte die Hotelbar inzwischen geschlossen. Ich war enttäuscht, obwohl es wahrscheinlich besser so war. Diese Frau konnte es wahrlich nicht gebrauchen, dass ich sie in angetrunkenem Zustand anbaggerte.

Wir blieben beide zögernd vor unseren Zimmertüren stehen.

»Noch mal danke für heute Abend«, sagte sie. »Es hat mir mehr bedeutet, als du ahnst.«

Ich lächelte. »Das freut mich.«

Zu meiner Überraschung kam Maddie auf mich zu, ging auf die Zehenspitzen und gab mir einen Kuss auf die Wange. »Leb wohl, Milo. Ich wünsche dir morgen einen guten Flug.«

»Ja, das wünsche ich dir auch, Mads. Pass auf dich auf!«

Sie öffnete die Tür zu ihrem Zimmer und winkte mir zu, bevor sie verschwand. *Hoffentlich hält dieser Schneesturm noch ein bisschen länger an*, dachte ich unwillkürlich.

4. KAPITEL

Hazel

In der Regel hatte ich keine Probleme mit dem Schlafen. Doch an diesem Morgen wälzte ich mich seit sechs Uhr im Bett herum, obwohl ich erst gegen ein Uhr eingeschlafen war. Ich musste immer wieder daran denken, wie aufgekratzt und lebendig ich mich oben auf dem Berg gefühlt hatte. Mein Herz hatte heftig in meiner Brust geschlagen, was mir bewusst gemacht hatte, wie lange es her war, seit ich zuletzt eine solche Begeisterung empfunden hatte. Es war, als wäre ich in den letzten Jahren tot gewesen, nur dass mich niemand aufgefordert hatte, den Löffel abzugeben.

Und seltsamerweise war nicht Hazel Appleton in diesem Hotelzimmer aufgewacht, sondern Maddie Hooker. Angefangen bei dem verrückten Check-in im Hotel war dieser ganze Abend aufregender gewesen als alles, was ich in letzter Zeit erlebt hatte. Und das sagte einiges.

Vor zwei Monaten hatte ich geglaubt, wunschlos glücklich zu sein. Hätte Brady nicht getan, was er getan hatte, wäre ich jetzt wohl mit ihm in den Flitterwochen. Dieser Gedanke fühlte sich aus vielen Gründen gar nicht mehr gut an. Unzählige Fragen gingen mir durch den Kopf.

Wäre ich glücklich geworden, wenn Brady die Hochzeit nicht abgeblasen hätte und wir wie geplant geheiratet hätten?

Wie war es möglich, dass ich mich nach einem Abend – nach ein paar Stunden – mit einem Fremden lebendiger fühlte als in den vergangenen Jahren mit einem Mann, den ich geglaubt hatte zu lieben?

Liebte ich Brady wirklich?

Oder war ich nur in die Idee verliebt, ihn zu heiraten?

Wie sollte es jetzt weitergehen? Wollte ich wieder zurück nach Connecticut in mein komfortables Leben und die nächsten vierzig Jahre lang rotznäsige Schulkinder fotografieren?

Bei diesem Gedanken überkam mich eine gewisse Panik. Ich setzte mich ruckartig auf und warf die Decke zur Seite.

Gott, mir war ein bisschen übel.

Ich musste aufhören, im Bett herumzuliegen und über mein Leben nachzugrübeln. Und ich musste dringend herausfinden, wie es mit meinem annullierten Flug weitergehen würde. Die Fluggesellschaft hatte mich angewiesen, online meine Bestätigungsnummer zu überprüfen, denn alle Passagiere sollten auf neue Flüge umgebucht werden. Ich nahm mein Telefon vom Nachttisch, und als ich mich eingeloggt hatte, sah ich, dass ich statt eines Direktflugs wie auf der Hinreise einen Flug um vierzehn Uhr über Atlanta bekommen hatte. Obwohl es wahrscheinlich kein gutes Zeichen war, dass auf der Website der Airline eine rote Unwetterwarnung blinkte, die auf neuerliche Verspätungen und Annullierungen hinwies.

Ich stand seufzend auf und machte mich auf die Suche nach Koffein.

Unten in der Empfangshalle besorgte ich zwei Tassen Gratis-Kaffee. Ich wollte an Milos Zimmertür lauschen und ihm eine Tasse bringen, falls er wach war. Es war das Mindeste, was ich tun konnte, nachdem er sich am Abend zuvor so viel Mühe gemacht hatte.

Ich musste nicht einmal mein Ohr an die Tür legen, um den Fernseher in seinem Zimmer zu hören. Ich klopfte behutsam an. Nach ein, zwei Minuten dachte ich, er wäre vielleicht schon weg oder bei eingeschaltetem Fernseher eingeschlafen. Doch in dem Moment, als ich mich zum Gehen wandte, ging die Tür auf.

»Ha …« Mir stockte der Atem.

Oh.

Mein.

Gott.

Milo stand lediglich mit einem weißen Handtuch um die Hüften im Türrahmen. Wassertropfen liefen an seiner Brust hinunter … an seiner *muskulösen* Brust.

Ich schluckte.

»Entschuldige«, sagte er und fuhr sich mit der Hand durch die nassen Haare. »Ich war unter der Dusche.«

Er hatte den unglaublichsten Körper, den ich je gesehen hatte. Seine Schultern waren breit, seine Brust war durchtrainiert und seine Haut glatt und gebräunt. Von dem ansehnlichen V, das unter seinem Handtuch verschwand, ganz zu schweigen …

»Äh … Dusche, ach so.«

Ich blinzelte mehrmals und zwang mich, ihm ins Gesicht zu sehen, bevor er mich beim Glotzen erwischte. Aber sein freches Grinsen und das Funkeln in seinen Augen verrieten mir, dass dieser Zug längst abgefahren war. Er hatte es natürlich mitbekommen.

Er verschränkte die Arme vor der Brust, und sein Grinsen wurde breiter. »Wie hast du geschlafen?«

»Ich … äh … geht so.«

Er lächelte amüsiert und warf einen Blick auf die Kaffeetassen, die ich in der Hand hielt. »Du brauchst wohl morgens erst einen Kaffee, damit du den Mund aufkriegst, hm?«

Ich nickte. »Ja, so bin ich.«

»Hast du deshalb gleich zwei geholt?«

Ich schüttelte den Kopf und hielt ihm eine Tasse hin. »Oh. Nein, einer ist für dich. Deshalb habe ich geklopft.«

Er nahm mir die Tasse ab. »Vielen Dank!«

Zumindest einer von uns fühlte sich pudelwohl dabei, im Hotelflur ein Schwätzchen zu halten, während Milo nur mit einem Handtuch bekleidet war. Schade, dass ich es nicht war.

»Hast du schon gefrühstückt?«, fragte er. »Nach dem Duschen wollte ich bei dir klopfen und fragen, ob du mit mir zusammen runtergehen möchtest.«

»Nein, noch nicht. Ich habe nur den Kaffee geholt, ich muss selbst noch unter die Dusche.«

»Wie lange brauchst du dafür?«

»Hm … ich weiß nicht. Zwanzig Minuten, wenn ich mir die Haare nicht wasche.«

Er nickte. »Okay, klingt gut. Dann klopfe ich in einer Viertelstunde.«

Ich runzelte die Stirn. »Schon? Willst du mich etwa hetzen?«

»Nein, aber ich würde dich auch gern erwischen, wie du nur ein Handtuch trägst«, entgegnete er mit einem Augenzwinkern.

Meine Wangen brannten. *Du meine Güte!* Ich konnte mich nicht daran erinnern, wann ich das letzte Mal einen roten Kopf bekommen hatte, und nun war es in den vergangenen vierundzwanzig Stunden gleich mehrmals passiert. »Sehr witzig! Den Spruch konntest du dir nicht verkneifen, was?«

»Keine Chance, Schwesterherz.« Milo grinste.

»Ich würde vorschlagen«, sagte ich, »dass ich bei dir klopfe, wenn ich fertig bin.«

Er zuckte mit den Schultern. »Macht zwar nicht halb so viel Spaß, geht aber trotzdem in Ordnung.«

»Ich möchte dir noch mal für gestern Abend danken«, sagte ich beim Frühstück im Hotelrestaurant.

Milo aß seinen Speck auf und wischte sich den Mund ab. »Ach was, keine große Sache.«

Ich trank meine zweite Tasse Kaffee. »Das ist es ja. Für mich *war* es eine große Sache. Ich habe schlecht geschlafen, weil mir die vielen Dinge eingefallen sind, die ich in meinem Leben vermisse. In meinem Alltagstrott habe ich aber gar nicht gemerkt, dass mir etwas fehlt. Und nachdem es mir jetzt bewusst geworden ist, weiß ich nicht so recht, was ich mit mir anfangen soll.«

Er nickte. »Deshalb heißt es wohl ›Hinterher ist man immer klüger‹.«

Ich seufzte. »Richtig.«

Wir saßen an einem großen Fenster. Die Bäume draußen bogen sich unter dem Schnee, und es rieselten bereits neue Flocken vom Himmel. »Es ist wirklich schön hier.«

»Stimmt. Das habe ich in den vergangenen Jahren fast vergessen.«

Wir hatten viel über mich geredet, aber über Milo wusste ich nicht mehr, als dass er hier in Colorado aufgewachsen war. »Weshalb bist du weggegangen und nach Seattle gezogen?«

Milo starrte aus dem Fenster. »Ich brauchte eine Veränderung.«

Etwas in seiner Stimme verriet mir, dass mehr dahintersteckte. Eigentlich neigte ich nicht dazu, andere zu löchern, aber jetzt hakte ich nach.

»Hattest du einen Moment der Erleuchtung wie ich gestern Abend? Wolltest du mehr vom Leben und hast dich auf die Suche begeben?«

Milo sah mich an. Einen Moment lang wirkte er geistesabwesend und schien über meine Frage nachzudenken, dann schloss er die Augen und schüttelte den Kopf. »Ich habe jemanden verloren, der mir nahestand, und habe es hier nicht mehr ausgehalten.«

Oh Gott. Jetzt wusste ich, warum ich normalerweise keine neugierigen Fragen stellte. Es war mir total unangenehm, dass ich schlimme Erinnerungen heraufbeschworen hatte. »Es tut mir furchtbar leid. Ich hatte ja keine Ahnung.«

»Schon gut. Es ist jetzt vier Jahre her.«

Ich wusste nicht, was ich sagen sollte, und hielt einfach den Mund. Milo bestellte sich noch eine Tasse Kaffee, und kurz darauf wurden unsere Teller abgeräumt. Selbst Minuten später war die Atmosphäre noch angespannt. Schließlich brach Milo das Schweigen.

»Dann haben wir wohl beide eine Veränderung gebraucht, um unseren Weg zu finden.«

Ich nickte. »Ich weiß zwar nicht, ob ich meinen gefunden habe, aber mir ist auf jeden Fall bewusst geworden, dass ich einiges ändern muss.« Ich warf einen Blick auf die Zeitanzeige meines Handys. Wir saßen nun schon fast zwei Stunden zusammen, und es kam mir vor wie zehn Minuten.

Milo sah ebenfalls auf die Uhr. »Oh, schon so spät? Wenn ich meinen Flug nach New York erreichen will, muss ich allmählich nach oben gehen und packen.«

»Nach New York? Ich dachte, du lebst in Seattle?«

»Das tue ich auch. Ich will aber noch einen Freund besuchen, also geht es zuerst zum JFK.«

»Ach, ist ja witzig. Ich fliege auch nach New York, allerdings zum LaGuardia. Dorthin bekommt man leichter einen Direktflug als zum nächstgelegenen Flughafen bei mir in Connecticut. Ich fahre lieber eine Stunde von New York nach Hause als irgendwo steckenzubleiben und auf einen Anschlussflug warten zu müssen.«

»Wann fliegst du?«, fragte er.

»Um vierzehn Uhr. Und du?«

»Um fünfzehn Uhr. Aber keiner von unseren Flügen wird heute stattfinden«, sagte er.

»Wie kommst du darauf?«

»Der Sturm geht bald in die zweite Runde. Der Flughafen hat sich noch nicht mal von gestern erholt. Ich habe fünfundzwanzig Jahre hier gelebt. Die einzigen Einheimischen, die nicht wissen, dass alle Nachmittagsflüge ausfallen werden, sind diejenigen, die bei den Fluggesellschaften arbeiten.«

Gestern Morgen hatte ich um jeden Preis abreisen wollen. Ich hatte mein Luxushotel vorzeitig verlassen und das kleine Vermögen, das wir im Voraus für die Reise bezahlt hatten, in den Wind geschossen. Und nur vierundzwanzig Stunden später fand ich die Vorstellung, noch einen Tag bleiben zu müssen, gar nicht mehr so furchtbar. Vorausgesetzt natürlich, mein *Bruder* blieb auch.

»Dann fahren wir wohl am besten zum Flughafen und sehen, was passiert.«

Milo rieb sich seinen Dreitagebart. »Ich hatte eigentlich überlegt, meinen Flug auf morgen zu verschieben. Wenn wir unsere Zimmer aufgeben und sich herausstellt, dass wir tatsächlich nicht fliegen können, sind sie garantiert nicht mehr frei, wenn wir reumütig wieder hier angekrochen kommen.«

»Oh. Ja. Mist. Daran habe ich gar nicht gedacht.«

»Was meinst du? Sollen wir beide verschieben und noch ein Abenteuer wagen?«

»Ich weiß nicht …«

»Erinnerst du dich daran, wie du dich gefühlt hast, als du da oben auf dem Berg fotografiert hast?«

Natürlich erinnerte ich mich daran. Mein Körper hatte regelrecht unter Strom gestanden und mein Herz wie verrückt geklopft – ganz ähnlich wie jetzt, da sich mir die Möglichkeit bot, einen weiteren Tag mit Milo zu verbringen. Außerdem hatte ich eine Vertretung in meinem Studio und wurde erst in zwei Wochen zurückerwartet. Ich hatte also wirklich keinen Grund zur Eile. Vielleicht brachte mir ein weiteres Abenteuer noch mehr Erkenntnisse.

»Weißt du was? Das machen wir. Ich bin dabei.«

Ich sah das Lächeln in seinen Augen. »Großartig.«

»Aber ich habe einen Wunsch, was unser heutiges Abenteuer angeht.«

»Und der wäre?«

»Du bringst mir Skifahren bei.«

Tja, wer hätte das gedacht? Offenbar brauchte man die richtige Montur, um in Vail Ski zu fahren. Die Sachen, die ich mitgebracht hatte, waren eher dazu geeignet, heißen Kakao in einer Skihütte zu trinken, denn natürlich hatte ich beim Packen nicht geplant, tatsächlich Ski zu fahren. Milo ging mit mir in ein Geschäft, wo wir Dinge besorgten, von denen ich noch nie gehört hatte: Skiunterwäsche und Skisocken zum Beispiel. Wir kauften auch eine besondere Hose, eine Skijacke und eine neue Mütze und Handschuhe. Ich hatte zwar schon welche, aber weil ich davon ausging, dass sie binnen kürzester Zeit patschnass sein würden, benötigte ich ein Ersatzpaar. Milo bestand außerdem darauf, mir einen Helm zu kaufen. Als ich fragte, ob jeder auf der Piste einen tragen würde, erklärte er mir, er sei für Anfänger Pflicht.

Nach dem Shoppen brachte mich Milo zu einer Skistation, die er früher häufig besucht hatte. Es war jedoch nicht die, an der er Skikurse gegeben hatte.

»Ist es überhaupt möglich, an *einem* Tag Skifahren zu lernen?«, fragte ich, als wir im Sessellift saßen.

Er zwinkerte mir zu. »Mit einem guten Lehrer schon.«

Die Fahrt mit dem Sessellift war beängstigender als die mit der Gondel am vergangenen Abend. Wir waren zwar längst nicht so hoch, aber ringsum war alles offen, und ich malte mir aus, wie leicht es war herauszurutschen. Trotzdem wünschte ich, ich hätte wenigstens mein Handy mitgenommen, um ein paar Fotos zu schießen, denn die Aussicht war atemberaubend. Ich hatte es unten an der Station im Schließfach gelassen – nachdem ich mich jahrelang nicht für eine Sekunde davon getrennt hatte. Ich befürchtete, dass ich mich ziemlich dumm anstellen würde, und konnte nur auf Milos Geduld hoffen.

Nachdem wir oben an der Piste ausgestiegen waren, kamen mir allmählich Zweifel, ob es wirklich so eine gute Idee gewesen war, ihn um Skiunterricht zu bitten. Ich hatte deutlich unterschätzt, wie schwierig es war. Gegen den engen Körperkontakt, als er mir half, die Skier anzuziehen – nicht einmal das konnte ich –, hatte ich zugegebenermaßen nichts einzuwenden.

»Achte auf das Klicken.«

»Hat es geklickt?«, fragte ich.

»Hast du es klicken gehört?«

Ich zuckte mit den Schultern. »Nein.«

»Dann hat es auch nicht geklickt.«

Klugscheißer.

»Du hältst mich für die größte Idiotin, was?«

Er sah zu mir auf und warf mir ein Lächeln zu. »Nein, es ist irgendwie süß. Früher habe ich ständig Anfänger wie dich unterrichtet.«

»Ja, richtig! Ich habe vergessen, dass du wahrscheinlich daran gewöhnt bist.«

Als ich die Skier endlich anhatte, sagte er: »Okay, und jetzt spring bitte ein paarmal auf und ab, damit wir sehen, ob die Schuhe richtig eingerastet sind.«

Ich kam mir ziemlich blöd vor, als ich vor ihm auf und ab hüpfte. »Scheint okay zu sein.«

»Herzlichen Glückwunsch! Das war der erste Schritt für Einsteiger: die verdammten Skier anziehen.«

Ich wagte mich kaum zu bewegen. »Ach du meine Güte! Wie läuft man denn mit diesen Dingern?«

»Das ist die zweite Lektion. Das nennt man Watschelgang.«

Milo machte mir vor, was er meinte. Im Prinzip brachte er mir bei, wie eine Ente zu laufen.

»Üb das jetzt einfach ein bisschen«, sagte er. »Du musst praktisch gehen, als hättest du etwas zwischen den Beinen.«

Interessante Beschreibung.

»Diese Technik hilft dir klarzukommen, wenn du einen Stock verlierst«, fügte er hinzu.

Ich hob ein Bein nach dem anderen und ahmte ihn nach, wenn auch nicht besonders geschickt. Und es war gewiss eine Weile her, seit ich irgendetwas zwischen den Beinen hatte … *Ha!* Mein Kopf war voller schmutziger Gedanken, seit ich Milo am Morgen nur mit dem Handtuch bekleidet gesehen hatte.

Nach dem Watscheln brachte er mir bei, wie man die Stöcke richtig benutzt.

Als wir uns schließlich in Bewegung setzten, gab ich mein Bestes. »Es ist gar nicht so steil hier, wie ich mir vorgestellt hatte.«

»Weil es der Babyhügel ist.«

Babyhügel – diesen Begriff hatte ich schon oft gehört. Und tatsächlich waren rings um uns überwiegend Kinder unterwegs. Ich war unfähiger, als ich gedacht hatte.

Milo übte lange mit mir, wie man bremst und Kurven fährt. Ich hatte ein bisschen Mühe, aber nach ungefähr einer Stunde hatte ich den Dreh einigermaßen raus.

»Wann gehen wir denn auf die große Piste?«

»Heute auf jeden Fall nicht. Das wäre zu viel für dich. Ich will ja nicht, dass du dich verletzt.«

Das hörte sich zwar erbärmlich an, aber es gefiel mir, dass er so fürsorglich war. Und er hatte natürlich recht. Ich hätte mich wirklich leicht verletzen können.

»Es muss toll gewesen sein, als Skilehrer zu arbeiten«, sagte ich, während ich neben ihm herwatschelte.

»Die Vergünstigungen waren super, allerdings muss man sich auch mit etlichen jammernden Kindern und Erwachsenen herumschlagen. Das macht weniger Spaß.«

»Die Frauen haben dich sicher geliebt!«

Ich bedauerte meine Bemerkung sofort.

Was hast du dir dabei gedacht, Hazel? Ist es nicht schlimm genug, dass du ihn mit den Augen verschlungen hast, als er halb nackt vor dir stand?

»Als ich als Skilehrer gearbeitet habe, hatte ich die meiste Zeit über eine Freundin«, entgegnete er.

»Ach ja?«

Mehr sagte er nicht dazu. Vielmehr wechselte er – auffällig schnell – das Thema, sodass ich mich fragte, welche Geschichte sich dahinter verbarg.

»Komm, wir fahren noch ein paar Kurven«, rief er.

Und schon fuhr er los. Ich fiel immer wieder hin, aber meine Stürze hatten auch ihr Gutes: Milo reichte mir jedes Mal die Hand und half mir wieder auf. Es war beeindruckend, wie viel Kraft er im Arm hatte. Ein paarmal stürzte ich vielleicht sogar absichtlich, um mir von ihm helfen zu lassen.

Ja, ich erfreute mich an den kleinen Dingen. Ich wusste,

dass zwischen Milo und mir nichts laufen würde, bevor wir getrennte Wege gingen, und kostete den harmlosen Körperkontakt daher voll aus.

Der Anblick des strahlend blauen Himmels im Kontrast zu dem weißen Schnee war atemberaubend. Es war die Ruhe vor dem nächsten Sturm, der schon am Nachmittag anrücken sollte.

Vielleicht hätte ich besser aufpassen sollen, wohin ich fuhr, statt in den Himmel zu starren, denn irgendwann krachte ich unweigerlich in Milo hinein, der zwei, drei Meter vor mir war. Wir landeten beide im Schnee, und die Sonne schien ihm direkt in seine schönen Augen.

Seine ganze Sorge galt mir. »Alles in Ordnung?«, fragte er sofort.

»Ja. Tut mir furchtbar leid. Ich habe einfach noch nicht verinnerlicht, dass ich mich nach vorne lehnen muss und nicht nach hinten, wenn ich das Gleichgewicht verliere. Abgesehen davon wäre es sicher besser, wenn ich nicht in den Himmel, sondern geradeaus schauen würde.«

Er half mir ein weiteres Mal auf die Füße. »Du bekommst den Bogen schon noch heraus. Ich wünschte, wir hätten mehr Zeit. Noch ein paar Tage, und du wärst richtig gut.«

Ich lächelte. »Habe ich mir meinen heißen Kakao schon verdient?«

Er schmunzelte. »Das heißt wohl, du hast für heute genug, hm?«

Später, nach unserer Rückkehr ins Hotel, war die Stimmung zwischen uns ein wenig bedrückt.

Morgen früh würden wir zusammen zum Flughafen fahren, und damit würde unser kleines Abenteuer enden. Wir hatten unsere Flüge umbuchen können und flogen beide nach

New York, allerdings mit verschiedenen Airlines und zu unterschiedlichen Zielflughäfen.

Wir verschwanden in unseren Zimmern, nachdem wir ausgemacht hatten, uns nach dem Duschen unten an der Bar zu treffen. Ich entschied mich letztlich für ein heißes Bad, um meinen geschundenen Körper nach den zahlreichen Stürzen zu entspannen. Als ich mich angezogen hatte, klopfte ich an Milos Zimmertür. Vielleicht wollte er ja mit mir zusammen nach unten gehen.

»Herein!«, rief er.

Weil er mich hereinbat, ging ich davon aus, dass er vollständig bekleidet war. Doch als ich die Tür öffnete, kam er mir mit freiem Oberkörper entgegen und rubbelte sich mit einem Handtuch die Haare trocken. Und auch diesmal fiel es mir schwer, seinen fantastischen Körper zu ignorieren. Aber er hatte mich schon am Morgen beim Glotzen erwischt, und ich wollte nicht noch einmal dabei ertappt werden. Deshalb schaute ich bewusst zur Seite.

»Steht der Plan noch, dass wir auf einen Drink nach unten gehen?«, fragte ich und sah aus dem Fenster.

»Ist da draußen ein Geist, oder mit wem redest du?«, zog er mich auf.

»Wie bitte?« Ich tat so, als hätte ich seine Bemerkung nicht verstanden.

»Jetzt bin ich angezogen. Du kannst mich ruhig anschauen.«

Ich drehte mich zu ihm um und räusperte mich.

Er schmunzelte. »Wie geht es dir?«

»Super.«

»Ich dachte, dir tun alle Knochen weh.«

»Oh, das stimmt allerdings.«

»Weißt du, was sehr gut dagegen hilft?«, fragte er.

»Was denn?«

»Ein Bad im Whirlpool. Es gibt einen unten im Hallenbad. Hast du Lust?«

Die Aussicht, mit ihm im Whirlpool zu sitzen, erfüllte mich mit gemischten Gefühlen.

»Hast du eine Badehose dabei?«, fragte ich.

»Nein. Ich dachte, du setzt dich allein rein.«

Ah. »Ich habe tatsächlich einen Badeanzug mitgebracht.«

»Perfekt!«

»Und was machst du, während ich im Whirlpool bin?«

Er zuckte mit den Schultern. »Ich sehe dir zu?«

»Du willst dasitzen und mich anstarren?«

»Nein«, entgegnete er augenzwinkernd. »Es gehört sich nicht, jemanden anzustarren, der kaum etwas anhat.«

Sehr witzig!

Mein Gesicht glühte. »Ich gehe mir schnell meinen Badeanzug anziehen.«

Im Hallenbad stieg ich gleich in den Whirlpool, während Milo an die Bar ging, um ein Bier und einen Drink für mich zu holen. Er brachte mir ein Glas Weißwein mit und stellte es auf den gefliesten Rand des kleinen Pools, in dem ich das warme, sprudelnde Wasser genoss.

Ein kleines Mädchen mit Schwimmflügeln an den Armen tauchte plötzlich auf und kam zu mir in den Whirlpool. Die Eltern waren auf der anderen Seite des Schwimmbeckens.

»Hallo!«, sagte ich lächelnd.

»Hi«, gab die Kleine schüchtern zurück.

»Wie heißt du?«, fragte Milo.

»Georgie.«

»Schön, dich kennenzulernen, Georgie«, sagte er. »Ich bin Milo Hooker, und das ist meine Schwester Maddie Hooker.«

Ich schmunzelte, weil er unsere falschen Nachnamen besonders betonte. Das hatte ich fast vergessen.

Georgie spielte friedlich im Wasser, und ich legte genießerisch den Kopf zurück, während die Massagedüsen meine schmerzende Muskulatur bearbeiteten.

»Und? Wie ist es?«, fragte Milo nach einer Weile, und ich öffnete die Augen wieder.

»Du hattest recht. Es hilft wirklich!«

»Ich wünschte, ich hätte meine Badehose mitgebracht.«

Statt ihm zuzustimmen und mich noch mehr in Schwierigkeiten zu bringen, fragte ich: »Wie sieht deine Prognose für unsere Flüge morgen aus? Meinst du, wir kommen hier weg?«

Er trank einen Schluck Bier und nickte. »Ich denke, morgen schaffen wir es tatsächlich, aber für heute haben wir die richtige Entscheidung getroffen.«

»Das war echt ein guter Vorschlag.«

»Nun, ich dachte, wir gönnen uns einfach noch einen Tag, an dem wir nicht wir selbst sein müssen.«

»Ich muss sagen, ich mag Maddie. Außer der Frage, welchen Drink sie sich als Nächstes bestellen soll, hat sie keine Sorgen. Sie ist impulsiv – und jetzt kann sie auch schon ein bisschen Ski fahren.« Ich grinste.

Er lächelte zurück, dann wurde seine Miene ernst. »Du bist nicht die Einzige, die eine Veränderung brauchte, das kannst du mir glauben.«

Das wollte ich genauer wissen. »Ja … danach wollte ich dich schon fragen. Du hast gesagt, du arbeitest als Musiklehrer an einer Highschool, aber jetzt bist du auf Reisen und willst noch nach New York. Das ist ein ziemlich langer Urlaub. Wie viele Wochen hast du pro Jahr?«

Er schaute in sein Bierglas. »Ich habe mir ein halbes Jahr freigenommen.«

»Wow. Und das geht so einfach?«

»Offensichtlich. Sie haben mich ziehen lassen.«

»Du hattest wohl eine Pause nötig?«

Er atmete geräuschvoll aus. »Ich hatte das Gefühl, nicht mehr mit dem Herzen dabei zu sein, und das darf nicht sein. Also habe ich etwas getan, was Menschen nur selten tun: Ich habe mir selbst eine Auszeit verordnet.«

»Meinst du, nach dem halben Jahr kannst du wieder weitermachen?«

»Ich denke schon. Die meisten ackern einfach in einem durch, weil sie das Gefühl haben, dass die Welt untergeht, wenn sie aufhören, sich wie ein Duracell-Hase aufzuführen. So funktionieren die Menschen aber nicht. Es hat natürlich geholfen, dass die Schulleiterin mich schätzt. Wenn sie mir die Stelle bis zu meiner Rückkehr nicht freihalten würde, könnte ich mir die Pause nicht erlauben.«

Wie sehr ich seine Philosophie auch bewunderte, innerlich kratzte ich mich immer noch am Kopf. »Und … du nutzt diese Zeit, um dein Leben neu zu bewerten?«

»Kann man so sagen.«

»Ich beneide dich darum. Es erfordert viel Mut innezuhalten. Vor dem Sturm habe ich nicht geahnt, dass mich diese Reise dazu bringen wird. In den zwei Tagen, die wir hier zusammen verbracht haben, ist mir vieles bewusst geworden: meine innersten Wünsche und wie sehr es mir gefehlt hat, spontan zu sein.«

»Ich würde sagen, wir haben in kurzer Zeit eine Menge geschafft, Schwesterchen.«

»Finde ich auch!« Ich lächelte.

Ich wusste, dass auch er eine Geschichte zu erzählen hatte. Er habe jemanden verloren, hatte er gesagt. Ich hatte nicht nachgehakt, obwohl ich gern erfahren hätte, was geschehen war. Ich hätte es ihn beinahe gefragt, doch letzten Endes wollte ich die gemeinsame Zeit, die uns noch blieb, nicht mit einem für ihn schwierigen Thema verderben.

Wir waren so in unser Gespräch vertieft, dass wir kaum auf die kleine Georgie achteten, die fröhlich im Wasser plantschte. Wenig später packten ihre Eltern ihre Sachen zusammen und kamen zum Whirlpool herüber.

»Georgie, es wird Zeit! Komm mit, Süße! Wir gehen auf unser Zimmer.«

Das Mädchen zeigte unvermittelt auf mich und rief: »Hooker!«

Auch wenn sie nur den Namen nachplapperte, den wir ihr gesagt hatten, klang es für ihre Eltern vermutlich so, als hätte sie mich als Hure bezeichnet.

Ich wurde feuerrot. Die Eltern blieben wie erstarrt stehen, bevor sie ihre kleine Tochter hastig aus dem Wasser zogen.

Natürlich hatte ich genau in dem Moment zu meinem Weinglas gegriffen, und die Brüste hatten gefährlich weit aus meinem Badeanzug herausgeschaut.

Milo schnaubte und brach schließlich in Gelächter aus. Die Familie war gegangen, sodass wir nun allein im Hallenbad zurückblieben.

Ich erschrak, als Milo plötzlich sein Hemd auszog und den Gürtel seiner Hose öffnete.

»Was machst du da?« Ich schluckte, bewunderte aber dennoch seine nackte Brust.

»Ich bleibe spontan und setze mich einfach in Boxershorts zu dir in den Pool, um zu feiern, dass du gerade für eine Nutte gehalten wurdest.«

Ich erhaschte nur einen flüchtigen Blick auf seine beeindruckende Wölbung, bevor er neben mir ins Wasser glitt.

5. KAPITEL

Matteo

Warum hatte ich nicht früher daran gedacht? Meine Retropants sahen nicht besonders anders aus als eine Badehose.

Ich trank einen Schluck Bier und atmete den warmen Wasserdampf ein. »So lässt es sich leben, hm?«

Maddie schloss die Augen. »Allerdings. Ich bin echt froh, dass du mich davon überzeugt hast, heute noch zu bleiben. Danke noch mal, dass du mit mir auf der Piste warst.«

»Es war mir ein Vergnügen. Ich war wirklich lange nicht mehr da draußen. Es war überfällig.«

Dies war nicht der richtige Zeitpunkt, um ihr zu erklären, warum ich seit einer Ewigkeit nicht mehr Ski gefahren war. Ein Teil von mir wollte sich ihr anvertrauen, aber zugleich mochte ich die Stimmung nicht trüben. Wir saßen halb nackt und angetrunken in einem Whirlpool. Das sollte ich genießen und die Realität aussperren aus unserer kleinen Traumwelt, in der wir seit zwei Tage lebten. *Du bist Milo und nicht Matteo, vergiss das nicht!*

Sie kicherte. »*Einen* Nachteil hat es, dass du dich zu mir gesellt hast. Jetzt sind wir *beide* nicht mehr angemessen gekleidet, um etwas zu trinken zu holen.«

»Wenn es sein muss, trockne ich mich ab und ziehe mich an. Und dann komme ich wieder rein«, sagte ich.

»Du bist echt in Ordnung.«

»Na, es scheint dir ja nichts auszumachen, mir beim An- und Ausziehen zuzusehen.«

Sie wurde puterrot. *Mist.* Womöglich war ich zu weit gegangen.

»Das war nur Spaß, Maddie.«

Sie seufzte frustriert. »Weißt du was? Mein altes Ich hätte sicher abgestritten, dass ich dich heute Morgen angeglotzt habe. Aber da ich auf dieser Reise ganz unbekümmert sein will, sage ich einfach: *Ja,* ich bewundere deinen Körper! Und damit hat es sich. Ich bin auf nichts aus und ganz gewiss nicht auf Sex mit einem mehr oder weniger Unbekannten. Oder mit meinem Bruder. Ich hoffe, das ist dir klar.«

Autsch. Mit einem mehr oder weniger Unbekannten. Ich hatte gedacht, wir wären ein bisschen weiter.

Schweigen breitete sich zwischen uns aus.

Mist, jetzt war die Stimmung doch im Eimer.

Ich hatte nicht die Absicht gehabt, ihr Unbehagen zu bereiten oder sie in die Defensive zu drängen. Ich war ein bisschen betrunken, und die Worte waren mir einfach herausgerutscht.

»Entschuldige bitte. Ich wollte nicht, dass du dich unwohl fühlst. Ich habe nur Spaß gemacht.«

»Ist okay. Weißt du, ich möchte nicht, dass du einen falschen Eindruck gewinnst. Ich mache gerade eine schlimme Trennung durch, und ein Teil von mir ist vielleicht ein wenig einsam und anfällig, aber nicht so sehr, dass ich sämtliche Hemmungen verliere – falls ich irgendetwas angedeutet haben sollte.«

Mann, sie war auf einmal völlig angespannt. Das weckte den Wunsch in mir, sie zu küssen, nach oben zu bringen und ihr zu helfen, für eine Weile den Kopf auszuschalten. Aber das würde nicht passieren. Erstens hatte sie diese Tür gerade geschlossen. Zweitens brachte es nichts, etwas mit ihr anzufangen, weil wir am morgigen Tag getrennte Wege gehen würden. Und drittens hasste sie mich in diesem Moment.

Maddie wollte zwar mehr Spontaneität in ihrem Leben, dennoch war sie keine Frau, mit der man einfach so herummachte. Frauen senden Signale aus, und ich hatte von Anfang an gewusst, dass sie nicht der Typ für einen One-Night-Stand war. Sie war viel zu komplex. Und viel zu … besonders. Ich hoffte sehr, dass sie den Dreckskerl nicht zurücknahm, der sie verletzt hatte.

Ich wollte meinen Ausrutscher wiedergutmachen. »Okay, können wir dann jetzt, nachdem wir geklärt haben, dass es keine Erwartungen gibt, ein bisschen relaxen, bevor wir morgen abreisen? Soll ich uns noch etwas zu trinken holen?«

»Gern.« Sie schenkte mir ein kleines Lächeln, das mir jedoch nicht das Gefühl nahm, dass ich Mist gebaut hatte.

Nach der Rückkehr in unsere Zimmer fiel es mir schwer, in den Schlaf zu finden. Und am nächsten Morgen wachte ich mit demselben Gefühl auf: Es ging mir beschissen.

Ich hatte es übertrieben und sie in Verlegenheit gebracht. Statt sie zu necken, hätte ich ihr die verdammte Wahrheit sagen sollen: dass ich mich seit Jahren nicht mehr so lebendig gefühlt hatte wie mit ihr auf der Skipiste.

Später am Morgen trafen wir uns unten zum Frühstück, bei dem wir nur wenige Worte wechselten.

Die Fahrt zum Flughafen verlief noch schweigsamer.

Bei der Ankunft stellten wir fest, dass unsere Flüge zwar für heute im Flugplan standen, sich aber um etwa eine Stunde verzögerten. Ich war dankbar für ein bisschen mehr Zeit, bevor wir uns voneinander verabschieden mussten.

Die Stimmung war nach wie vor bedrückt. Als wir uns an einem Bücherstand umschauten, sagte ich: »Wir haben noch jede Menge Zeit. Wollen wir uns einen Kaffee holen und irgendwo hinsetzen?«

Sie nickte. »Gute Idee.«

Wir stellten uns bei Starbucks an und zankten darum, wer bezahlen durfte. Ich gewann den Streit und übernahm die Rechnung.

Dann suchten wir uns in einem der Wartebereiche einen Platz.

Ich wies mit dem Kopf auf einen alten Mann, der uns gegenübersaß. Er trug ein Tweedsakko und knabberte etwas aus einem Frischhaltebeutel, das wie roher Weißkohl aussah. »Was ist wohl seine Geschichte?«

»Wie meinst du das?«

»Lass uns ein Spiel spielen. Sag mir, was du über ihn denkst. Wer ist er, und wo will er hin?«

Sie schürzte nachdenklich die Lippen. »Ich denke, seine Frau ist vor Kurzem gestorben, und er kann nicht kochen. Deshalb packt er Rohkost in Tüten ab.«

»Interessante Theorie. Ich erzähle die Geschichte weiter.«

»Okay.« Sie lachte.

Ich wandte mich ihr zu. »Archibald – so heißt er nämlich – hatte nach dem Tod seiner Frau arg zu kämpfen. Bis er in einem Katalog auf Irina stieß. Er ist unterwegs nach Moskau, um sie kennenzulernen.« Ich ermunterte Maddie mit einem Nicken, die Geschichte fortzusetzen.

»Zu seinem Leidwesen wird er feststellen«, sagte sie, »dass Irina ganz anders ist als seine verstorbene Frau. Sie kann weder kochen noch den Haushalt führen. Obwohl er dachte, sie wäre die Richtige für ihn, wird sich die ganze Reise als Fehler erweisen. Vom Alter her könnte sie seine Tochter sein, und sie haben keinerlei Gemeinsamkeiten.« Sie seufzte theatralisch. »Deshalb wird Archibald allein in die Vereinigten Staaten zurückkehren.«

»Vorher lässt er sich aber hinter dem Kreml noch einen von Irina blasen.«

Sie verdrehte die Augen. »Du musstest die Geschichte natürlich verderben!«

Ich lachte und zeigte auf eine Frau und einen Mann, die Seite an Seite saßen, ohne einander zu beachten. Beide waren in ihre Smartphones vertieft. »Was ist mit dem Pärchen?«

»Sie wollen ihre Tochter besuchen, die in Boston am College studiert. Die Lage ist angespannt, seit sie von zu Hause weggegangen ist. Das Leere-Nest-Syndrom hat sie voll erwischt, und statt etwas miteinander zu unternehmen, leben sie die meiste Zeit aneinander vorbei.«

Ich nickte. »Deshalb hat er ihr gerade ein Foto von seinem Schwanz geschickt, das er vorhin auf der Toilette gemacht hat. Damit will er neuen Pep in die eingefahrene Beziehung bringen.«

Maddie lachte sich kaputt. »Sie reagiert nur nicht, weil er das Foto versehentlich an seine Schwiegermutter geschickt hat, ohne es zu merken.«

»Autsch!« Ich warf lachend den Kopf in den Nacken. »Üble Sache, aber wirklich witzig. Jetzt hast du den Dreh raus!«

Sie lächelte, doch nachdem wir gerade so fröhlich gewesen waren, trat abermals Stille ein.

»Milo, ich muss mich bei dir entschuldigen«, sagte sie nach einer Weile.

Ich sah sie erstaunt an. »Wofür?«

»Ich … habe gestern total übertrieben reagiert, und das tut mir leid. Sonst bin ich nicht so. Du hast bloß einen Spaß gemacht, und ich habe viel zu empfindlich reagiert, weil ich sehr emotional war und vielleicht auch ein wenig verunsichert. Du bist ein gut aussehender Mann, und obwohl ich nur an einer Freundschaft mit dir interessiert bin, bin ich nicht blind. Ich finde deinen Körper toll und hätte es einfach zugeben sollen, statt dermaßen in die Defensive zu gehen.«

Scheiße. Eigentlich war es nicht an ihr, sich zu entschuldigen, sondern an mir.

»Maddie, hör auf, darüber nachzudenken! Ich fühle mich total wohl mit dir, und das macht es mir leicht, meine Scherze zu treiben. Als du dich gestern so zurückgezogen hast, habe ich mich beschissen gefühlt. Das habe ich nicht gewollt. Ich wollte dir nicht auf die Füße treten, und ich wollte erst recht keine Sekunde unserer letzten gemeinsamen Stunden vergeuden.« Meine Mauern begannen langsam zu bröckeln. »Als wir uns kennengelernt haben, hast du gesagt, du fühlst dich verloren. Das hat mich in der Seele berührt, weil ich mich genauso gefühlt habe, bevor wir uns begegnet sind. Die vergangenen Tage mit dir als Milo und Maddie waren fantastisch und sehr heilsam für mich. Glaub mir.«

Das Lächeln, das sich auf ihrem Gesicht ausbreitete, war eine wunderbare Belohnung für mein Eingeständnis. »Ich bin froh, dass es nicht nur mir so ging.«

»Ganz bestimmt nicht! Und ich sage es gern noch einmal: Der Typ, der dich verletzt hat, ist ein verdammter Idiot. Du bist ebenso klug wie schön, kreativ und abenteuerlustig. Du bist alles, was sich ein Mann wünschen kann. Und ich sage das nicht, um dir zu schmeicheln oder weil ich dir an die Wäsche will, sondern als Freund.«

»Oder Bruder«, gab sie augenzwinkernd zurück und schloss mich zu meiner Überraschung fest in die Arme. Ich konnte spüren, wie ihr Herz klopfte.

»Danke, dass du mich daran erinnert hast, wie es sich anfühlt, lebendig zu sein«, sagte sie.

Dann standen wir auf und machten uns auf den Weg zu den Fluggates. Mit jeder verstreichenden Sekunde fühlte ich mich mieser. Ich wollte nicht zurück in mein Leben vor Maddie, denn es war recht einsam. Ich genoss ihre Gesellschaft. Sie war noch nicht einmal weg, und ich sehnte mich bereits nach dem, was wir hinter uns ließen.

Als wir an der Abzweigung ankamen, an der sie nach links zu Terminal A und ich nach rechts zu Terminal B gehen musste, blieben wir stehen und sahen uns an.

»Okay, das war's dann wohl«, sagte sie.

Ich weiß nicht, was in diesem Moment über mich kam, aber eine Stimme in mir rief: *Nein, verdammt!*

»Nicht unbedingt, Maddie.« Die Wörter kamen mir so schnell über die Lippen, dass ich nicht wusste, ob ich sie tatsächlich gesagt oder nur gedacht hatte.

»Nicht unbedingt?«, sagte sie. »Wie meinst du das?«

»Willst du wirklich auf der Stelle wieder zurück nach Connecticut?«

Sie musterte mich eindringlich. »Ganz ehrlich? Nein, überhaupt nicht.«

»Kann ich dir eine Frage stellen?«

»Ja.«

»Was ist das Verrückteste, das du jemals gemacht hast?«

»Ich weiß nicht. Auf Anhieb fällt mir …«

»Macht nichts! Ich möchte nämlich folgende Antwort hören: Ich habe mich von einem mehr oder weniger Unbekannten auf ein Abenteuer entführen lassen.«

»Was soll das heißen?«

»Das soll heißen, dass ich mich noch nicht von Milo verabschiede, wenn du Lust hast, ein bisschen länger Maddie zu spielen.«

Ihr Atem beschleunigte sich, als sie über meinen Vorschlag nachdachte. »Wohin soll es denn gehen?«

»Wohin der Wind uns treibt? Wohin auch immer wir wollen? Solange es nicht Connecticut oder New York oder Seattle ist.«

Sie wischte sich den Schweiß von der Stirn. »Bin ich vollends verrückt, wenn ich Ja sage?«

»Nicht, wenn es von Herzen kommt.«

»Dann … Ja.« Sie nickte. »Ich sage Ja. Ich mache mit.«

Mich überkam eine ungeheure Erleichterung.

»Ich hätte da mal eine Frage«, sagte ich.

»Ja?«

»Was ist das Verrückteste, das du jemals gemacht hast?«

»Ich habe mich von einem mehr oder weniger Unbekannten auf ein Abenteuer entführen lassen.«

»Maddie, willkommen am verrücktesten Tag deines Lebens!«

Sie grinste. »Hookers, Teil zwei?«

Ich hob die Hand und klatschte mit ihr ab. »Aber hallo!«

6. KAPITEL

Matteo

»Es ist ihr erstes Date. Er hat Angst, dass seine Kreditkarte abgelehnt wird, weil er diesen Monat zu viel für Webcam-Pornos ausgegeben hat.«

Maddie sah mich an, als wäre mir ein zweiter Kopf gewachsen. Ich wies mit dem Kinn auf das Paar am Schalter. Der Mann rieb seine Hände an der Hose, weil sie vermutlich feucht waren, und sah ziemlich blass aus. Das konnte natürlich daran liegen, dass er gerade einen Motorschlitten mieten wollte, der zweihundertvierzig Kilometer pro Stunde fuhr, und er zu seinem Schutz nur einen Helm tragen würde. Aber meine Geschichte gefiel mir besser.

Als Maddie begriff, dass ich wieder mit unserem Spiel begonnen hatte, raunte sie mir ins Ohr: »Er hat sein Webcam-Girl Candi vor einem Jahr online kennengelernt. Sie reden nicht miteinander. Er ist ein Spanner und schreibt ihr, was sie machen soll, und wenn er sich einloggt, tun sie so, als würde er nicht fürs Zusehen bezahlen. Die Frau, mit der er heute unterwegs ist, heißt Emily. Sie wohnt ein paar Blocks von ihm entfernt. Sie denkt, sie hätten sich zufällig im Fitnessstudio kennengelernt. Die Arme weiß nicht, dass ihr Neuer ihretwegen schon seit mehr als einem Jahr auf einen Baum auf der gegenüberliegenden Straßenseite klettert. Er sieht ihr jeden Abend durch ihr Schlafzimmerfenster beim Umziehen zu.«

Ich zog die Augenbrauen hoch. »Das ist gruselig. Trotzdem gefällt es mir. Ich hätte nicht gedacht, dass du solche Geschichten draufhast, Madeline Ophelia Hooker.«

Sie schmunzelte. »Ophelia? Das ist mein zweiter Vorname?«

»Unsere Mutter war ein großer Hamlet-Fan.«

Nach der Entscheidung, unser Abenteuer fortzusetzen, hatten wir am Flughafen einen Wagen gemietet und waren nach Steamboat Springs hinaufgefahren. Maddie hatte gesagt, sie habe noch nie auf einem Schneemobil gesessen, und die Pisten führten hier durch eine sagenhafte Landschaft. Ich hatte mir überlegt, dass sie auch als Fotografin auf ihre Kosten kommen sollte, während wir die Bergwelt von Colorado erkundeten. Außerdem war die Vorstellung, sie ganz nah hinter mir auf dem Sitz zu haben … nun ja, wirklich nicht übel.

»Mr und Mrs Hooker?«, rief der Mann, der uns vorher bei dem Papierkram geholfen hatte, und kam hinter dem Schalter hervor. Der Typ mit den feuchten Händen und sein Date waren irgendwohin verschwunden.

Maddie sah mich an. »Sind wir keine Geschwister mehr? Hast du denen gesagt, wir wären ein Ehepaar?«

»Nein, ich habe uns nur als Maddie und Milo Hooker eingetragen. Da haben sie wohl ihre eigenen Schlüsse gezogen.«

Der Mann führte uns nach draußen zu unserem Schneemobil. Ich hatte ein Grand-Touring-Modell mit zwei Sitzen gemietet, das über eine großartige Federung und Stauraum für Maddies Kameraausrüstung verfügte. Man saß darauf wie auf einem Motorrad, und ich ließ Maddie zuerst aufsteigen.

»Wir fahren ungefähr eine halbe Stunde bis zu unserem ersten Halt«, sagte ich. »Diese Dinger sind laut, man kann sich also schwer verständigen. Tipp mir auf die Schulter, wenn ich aus irgendeinem Grund anhalten soll.« Ich war oft genug in der Gegend gewesen, um die besten Ecken zu kennen, und freute mich auf ihre Reaktion, wenn wir den Ort erreichten, den ich im Sinn hatte. »Hast du Angst?«

Sie warf mir ein strahlendes Lächeln zu. »Und wie!«

Ich schmunzelte. Wenn man Angst hatte, sah man normalerweise aus, als würde man sich in die Hose machen – nur Maddie nicht. Sie schien ihre Angst in Begeisterung umwandeln zu können, was einen sehr positiven Einfluss auf mich hatte. Auch gestern war es so gewesen: Ich hatte vier Jahre lang nicht auf Skiern gestanden, und wäre es nach mir gegangen, hätte ich sie mir nie wieder unter die Füße geschnallt. Aber sie hatte mich motiviert, die schlechten Erinnerungen durch neue gute zu ersetzen.

Ich verstaute ihre Sachen und versteckte die Thermoskanne mit heißem Kakao, die ich heimlich für unseren Ausflug gekauft hatte. Dann setzte ich mich vor ihr auf das Schneemobil.

»Sitzt du bequem?«, rief ich ihr zu.

»Ja! Aber wo kann ich mich festhalten?«

Zu beiden Seiten ihres Sitzes befanden sich Haltegriffe, die der Mann, der uns das Gerät erklärt hatte, zum Glück nicht erwähnt hatte.

»Du schlingst einfach die Arme um mich.«

»Oh. Okay. Dann muss ich näher ranrutschen.«

»Ja, genau.«

Sie hätte den Abstand zu mir beibehalten können, wenn sie von den Griffen gewusst hätte. Doch nun drückte sie ihre Oberschenkel fest an meine, und ich tätschelte kurz ihr Knie. »Gut so?«

»Ja, sehr gut.«

Das fand ich auch. Es fühlte sich wirklich ziemlich gut an. Schade, dass wir beide in dicke Winterjacken eingepackt waren. Ich spielte mit dem Gedanken, unser Abenteuer in eine wärmere Gegend zu lenken, wo wir ein paar Stoffschichten ablegen konnten.

Als ich den Motor anließ, schloss Maddie ihre Arme fester um mich.

»Hilfe, ich bin total aufgeregt!«, kreischte sie, und ich gab grinsend Gas.

Die Pisten wurden von hohen, schneebedeckten Nadelbäumen gesäumt, und die Fahrt war einfach großartig. Maddie schrie immer wieder auf und zeigte hierhin und dorthin. Obwohl ich die Strecke schon hundertmal gefahren war, kam mir heute alles neu vor. Es war, als sähe ich die Umgebung nun mit ihren Augen statt mit meinen. Wir schlängelten uns die Berge hinauf, bis wir fast auf dem Gipfel waren, dann drosselte ich das Tempo.

»Halt dich gut fest, ja? Wir verlassen die Piste jetzt für ein paar Minuten.«

»Okay!«

Sie fragte nicht, ob es erlaubt war oder was ich vorhatte. Das fand ich großartig. Maddie vertraute darauf, dass sie bei mir sicher war, obwohl wir uns erst ein paar Tage kannten. Als wir uns einem Aussichtspunkt näherten, parkte ich das Schneemobil, stieg ab und hängte meinen Helm an den Lenker.

Maddie stieg ebenfalls ab und zog sich den Helm vom Kopf, dann rieb sie sich den Po. »Mein Hintern ist etwas taub von der Vibration, glaube ich.«

»Und meine Eier erst!«

Sie lachte. »Da kann ich ja froh sein, dass du sie dir nicht reibst!«

»Was glaubst du denn, was ich dir hier oben zeigen wollte?«, entgegnete ich augenzwinkernd.

Ich lud ihre Kameraausrüstung aus und klemmte mir die Thermoskanne unter den Arm. »Komm mit. Hier entlang!«

Ich führte sie zu einem großen Felsen, der etwa sechs Meter von der Bergkante entfernt war, kletterte als Erster hinauf und reichte Maddie die Hand, um sie nach oben zu ziehen.

Sie drehte sich im Kreis und genoss den Ausblick auf die prächtige Winterlandschaft unter uns. Es war einfach atemberaubend. Der Wald war weiß, der Himmel knallblau, und aus einer geothermischen Quelle in der Talmitte stieg Rauch auf. »Oh mein Gott! Das ist fantastisch!«

Ich freute mich über das strahlende Lächeln in ihrem Gesicht. »Ja, wirklich.«

Maddie konnte ihre Kamera nicht schnell genug auspacken und versank für gute zehn Minuten in ihrer ganz eigenen Welt, während sie fotografierte. Als sie sich seufzend hinsetzte, war ein guter Zeitpunkt für den Kakao gekommen, daher schenkte ich ihr etwas von dem dampfenden Getränk in die Becherkappe der Thermosflasche ein und gab sie ihr.

»Oh, wow! Einfach perfekt!«, sagte sie.

Wir reichten uns den Becher hin und her und tranken abwechselnd.

Sie schüttelte den Kopf und seufzte. »Ich kann nicht den Rest meines Lebens nur Kinder fotografieren.«

»Nein?«

»Es muss doch einen Mittelweg geben. Ich habe meine Arbeit für das Musikmagazin geliebt, aber ich war nie zu Hause. Eines Tages möchte ich eine Familie haben, und ich werde gewiss nicht pausenlos mit meinen Kindern durch die Welt reisen, wie es meine Eltern mit mir gemacht haben. Doch in den letzten Tagen habe ich erkannt, dass ich auch etwas für meine Seele tun muss.«

Ich nickte. »Das kann ich nachvollziehen. So bin ich letztendlich Musiklehrer geworden.«

»Als ich dich neulich gefragt habe, wie du dazu gekommen

bist, hast du mir nicht geantwortet. Du hast gesagt, du erzählst es mir ein andermal.« Sie stieß mich mit der Schulter an. »Jetzt ist ein andermal, Mr Hooker.«

Ich starrte in den Himmel und überlegte, wo ich anfangen sollte. Es war wohl am einfachsten, den übelsten Teil der Geschichte zuerst hinter mich zu bringen, dachte ich, und schloss kurz die Augen. »Ich habe Zoe in meinem ersten Collegesemester kennengelernt. Sie hat auch studiert, aber ich bin ihr nicht im Unterricht, sondern in einer Kneipe begegnet, in der ich einen Auftritt hatte. Sie war nur eins fünfzig groß und zart wie eine Elfe. Doch sie kam nach oben ans Mikrofon und hat einfach mitgesungen – *Some Kind of Wonderful* von Grand Funk Railroad.«

Ich schüttelte den Kopf und dachte an jenen Abend zurück. Zum ersten Mal seit langer Zeit lächelte ich bei der Erinnerung an Zoe. »Sie hatte eine unglaublich tiefe Reibeisenstimme – wie ein vierzigjähriger, hundertfünfzig Kilo schwerer Gospelsänger. Ich habe ihr immer gesagt, dass ich mich in die Frau verliebt habe, die in dem jungen, hübschen Mädchen steckt. Sie war wirklich eine alte Seele.« Ich hielt inne. »Jedenfalls war das der letzte Auftritt, den ich allein gemacht habe.«

»Ihr habt euch zu einem Duo zusammengetan?«

Ich nickte. »Sie konnte beim Singen nicht in den Zuschauerraum schauen, und so haben wir uns angesungen. Wir sind meistens unter der Woche in den Lokalen der Umgebung aufgetreten. Aber an den Wochenenden machten wir auch weitere Touren und gewannen so eine beachtliche Fangemeinde. In unserem Abschlussjahr kam jemand von einer Plattenfirma zu einem Auftritt von uns und hat uns einen Vertrag angeboten.«

»Oh, wow! Ich hatte ja keine Ahnung!«

»Leider wurde das Album nie aufgenommen. Zoe und ich wollten ein Semester aussetzen. Die Aufnahmen in L.A. waren für den Januar geplant. Am Tag vor dem Abflug hatte ich die tolle Idee, noch ein letztes Mal Ski fahren zu gehen, bevor wir in das Land des Sonnenscheins aufbrechen würden. Zoe war relativ gut, hielt sich aber von den schwarzen Pisten fern, die ich manchmal gern fuhr. Statt mit ihr auf der normalen Piste zu bleiben, wollte ich eine letzte rasante Abfahrt nehmen und sagte ihr, wir würden uns im Tal treffen. Sie wollte jedoch unbedingt mitkommen, und ich habe es ihr nicht energisch genug ausgeredet. Auf halbem Weg nach unten erwischte sie eine vereiste Stelle, knallte auf einen Buckel und verlor die Kontrolle.« Ich holte tief Luft und schluckte. »Sie prallte gegen einen Baum und brach sich das Genick. Sie war auf der Stelle tot.«

»Oh mein Gott, Milo!« Maddie schloss mich in die Arme und drückte mich. »Das tut mir furchtbar leid.«

Ich nickte. »Danke.« Als sie sich von mir löste, brachte ich meine Geschichte zu Ende. »Jedenfalls bin ich gestern zum ersten Mal wieder Ski gefahren, und ich habe mich damals für den Lehrerberuf entschieden, um bei der Musik zu bleiben, weil ich sie liebe. Nur singen wollte ich ohne Zoe nicht mehr.«

»Wow. Das kann ich gut verstehen. Aber warum um Himmels willen hast du mir nicht gesagt, was für ein großer Tag gestern war?«

Auf diese Frage wusste ich keine Antwort. »Wahrscheinlich, weil es für mich wichtig war, *keine* große Sache daraus zu machen. Indem ich mich auf dich konzentriert habe, musste ich nicht ständig daran denken, warum ich so lange nicht Ski gefahren bin.«

»Und ich liege dir mit meinen Problemen in den Ohren! Meine Trennung ist nicht halb so traumatisch.«

»Wir haben beide einen geliebten Menschen verloren. Nur auf unterschiedliche Weise.«

Maddie legte einen Handschuh ab und zog auch mir einen aus. Dann verschränkte sie ihre Finger mit meinen und drückte meine Hand. »Es war uns bestimmt, einander kennenzulernen, Milo Hooker. Das Leben hat uns nicht ohne Grund zusammengebracht.« Sie legte den Kopf an meine Schulter und stieß einen Seufzer aus. »Wir sollen uns gegenseitig helfen, einen Neuanfang zu machen.«

Ich nickte. »Da könntest du tatsächlich recht haben, Schwesterchen.«

Nach der Fahrt mit dem Schneemobil fanden wir in einer Seitenstraße im Zentrum von Steamboat Springs ein kleines Hotel. Auch hier bekamen wir aneinandergrenzende Zimmer.

»Ich sterbe vor Hunger«, sagte Maddie beim Aufschließen ihrer Tür. »Als wir durch die Stadt gefahren sind, habe ich ein hübsches Restaurant gesehen, wo ich gern essen würde.«

»Können wir machen. Welches Restaurant meinst du?«

Sie lächelte. »Das ist eine Überraschung.«

Ich erwiderte ihr Lächeln. »Okay. Wie lange brauchst du, um dich fertigzumachen?«

»Vierzig Minuten?«

»Klingt gut. Klopf bei mir an, wenn du so weit bist.«

Ich duschte und zog mich an, dann legte ich mich aufs Bett, um für ein paar Minuten die Augen zu schließen. Irgendwann weckte mich ein Klopfen an der Tür.

Ich machte auf, noch leicht verschlafen, und sah Maddie in einem hautengen silberfarbenen Slip Dress mit Spaghettiträgern vor mir stehen. Ihr rotes Haar fiel in weichen Wellen auf ihre Schultern, und sie hatte sich geschminkt. Ich musste mehrmals blinzeln, um mich zu vergewissern, dass ich nicht träumte.

»Wow! Du siehst großartig aus. Ich glaube, ich muss mich umziehen.«

Sie trat einen Schritt zurück und schaute an sich hinunter. »Ist das zu übertrieben? Ich habe so viele hübsche Sachen dabei. Ich weiß nicht, wann ich die alle tragen wollte, weil ich ja allein hergekommen bin. Aber jetzt dachte ich, wenn sie schon mal da sind, kann ich sie auch anziehen. Schau mich aber bitte mal von hinten an. Ist das zu viel? Natürlich muss ich meinen Mantel drüberziehen, wenn wir rausgehen.«

Sie drehte sich um, und ich sah den tiefen Rückenausschnitt ihres Kleides, der ihre cremeweiße Haut zeigte und fast bis zu ihrem Po reichte. Beim Anblick ihrer runden Backen unter dem seidigen Stoff lief mir das Wasser im Mund zusammen.

Ich räusperte mich. »Ähem … Klassische Winterkleidung ist das zwar nicht, aber du siehst verdammt sexy aus. Heute Abend sagen wir den Leuten besser nicht, dass wir Bruder und Schwester sind, damit sie es nicht sonderbar finden, wenn ich dich anschmachte.«

Sie errötete. »Du bist süß. Soll ich mich lieber umziehen?«

»Auf keinen Fall!« Ich wies mit dem Kinn in mein Zimmer. »Komm doch kurz rein. Ich will mir wenigstens ein ordentliches Hemd anziehen.«

Ich hatte mir nichts dabei gedacht, sie hereinzubitten, doch in dem Moment, als die Tür hinter ihr ins Schloss fiel, wurde alles anders. Vielleicht lag es an ihrem fantastischen Aussehen und daran, dass ich mit ihr in einem Raum war, der im Wesentlichen aus einem Bett bestand, aber plötzlich wollte ich ihre prächtigen roten Haare auf meinem Kopfkissen ausgebreitet sehen.

Um mich von diesem Gedanken abzulenken, ging ich zu meinem Koffer und kramte darin herum, während Maddie sich auf die Bettkante setzte. Als sie die Beine übereinanderschlug, musste ich einfach hinsehen.

Verdammt, klasse Beine hat sie auch noch.

Erst jetzt fielen mir ihre unglaublich sexy Schuhe auf: glänzende Riemchenpumps mit sehr schmalen, hohen Absätzen. Ich war dankbarer denn je, dass die Fußwege in den Touristengebieten von Colorado so gut geräumt wurden. Die hohen Hacken waren tausendmal besser als Schneestiefel, so viel war sicher.

Ich tauschte den Pulli, den ich zu meiner schwarzen Hose trug, gegen ein schickes graues Anzughemd aus. Als ich das T-Shirt zurechtzog, das ich darunter hatte, erwischte ich Maddie wieder dabei, wie sie mich musterte.

Geht mir genauso, Mads. Absolut.

Draußen auf der Straße bot ich ihr meinen Arm. »Ich will nicht, dass du ausrutschst.«

»Oh, danke.« Sie legte die Hand um meinen Bizeps, und wir schlenderten zwei Blocks hinunter. Maddie wusste anscheinend sehr genau, wohin sie wollte. Ich stellte keine Fragen und überließ ihr die Führung.

Sie blieb vor einer Kneipe stehen. »Hier ist es.«

Die olle Spelunke gab es schon seit Jahren. Ich war überrascht, dass sie mit ihrem Kleid nicht in ein schickeres Lokal wollte.

»Ich glaube, die haben nur eine Barkarte mit Burgern und solchen Sachen. Einen Block weiter gibt es ein Steakhaus, wenn du etwas Netteres möchtest.«

Sie lächelte. »Nein, nein. Ich möchte das hier. Du hast die letzten beiden Abenteuer ausgesucht. Heute bin ich an der Reihe.«

Ich schmunzelte. »Wie du willst.«

Drinnen sagte uns die Kellnerin, wir könnten uns hinsetzen, wo wir wollten, und wir nahmen einen Tisch in einer Nische. Ich sah mich um. Ich war seit acht Jahren nicht mehr hier gewesen, aber das Lokal hatte sich nicht im Geringsten verändert. Es war dunkel, hatte holzgetäfelte Wände und einen Betonboden. Aus den Boxen unter der Decke kam Musik, und es klang nach einem recht guten Soundsystem für so eine schäbige Kneipe. In einer Ecke befand sich eine kleine Bühne, auf der zwei Männer gerade eine Gesangsanlage aufbauten.

»Wolltest du wegen der Musik herkommen? Ich kann mir nicht vorstellen, dass du den Laden wegen seines Essens ausgesucht hast.«

»Nein, es geht mir um die Musik.«

Ich nickte. Das ergab schon mehr Sinn. Allerdings hatte ich im Fenster kein Konzertplakat gesehen. »Wer tritt denn heute auf?«

Maddie lächelte. »Du! Es ist ein Karaoke-Abend. Auf dem Schild draußen steht, dass es in zehn Minuten losgeht.«

Ich wollte kein Spielverderber sein, nachdem Maddie für jedes Abenteuer zu haben gewesen war, das ich organisiert hatte, aber ich würde auf keinen Fall singen.

»Tut mir leid, Mads. Ich weiß zu schätzen, dass du meinetwegen herkommen wolltest. Aber ich kann einfach nicht.« Skifahren war eine Sache, doch die Bühne ohne Zoe zu betreten war eine ganz andere. Es war der Ort, wo sie hingehörte.

»Okay, dann macht es dir hoffentlich nichts aus, dass ich es tue.«

»Ich wusste nicht, dass du singen kannst.«

Sie grinste. »Kann ich auch nicht.«

Ich trank ein Bier, und Maddie hatte sich ein Glas Wein bestellt, das sie verdammt schnell hinunterkippte. Als sie es geleert hatte, stand sie auf. »Ich gehe mich jetzt anmelden. Hast du einen besonderen Wunsch?«

Ich breitete die Arme auf der Rückenlehne aus. »Ich lasse mich gerne überraschen.«

Als sie gesagt hatte, sie könne nicht singen, hatte ich es für eine Übertreibung gehalten. Wer meldete sich zum Karaoke an, wenn er nicht wenigstens den Ton halten konnte? Zumindest im nüchternen Zustand. Doch als sie an den Tisch zurückkehrte und einen Wein und einen Schnaps bestellte, kam mir der Verdacht, dass sie betrunken sein wollte, wenn sie aufgerufen wurde.

»Singst du öfter Karaoke?«, fragte ich.

Sie schüttete den Schnaps hinunter und verzog schaudernd das Gesicht, bevor sie das leere Glas auf den Tisch knallte. »Ich habe es noch nie zuvor gemacht.«

Ich zog die Augenbrauen hoch. »Im Ernst?«

»Im Ernst. Ich habe noch nie in der Öffentlichkeit gesungen. Jedenfalls, wenn meine erste Wohnung nicht mitzählt. Ich habe in einem Apartment mit sehr dünnen Wänden gewohnt, und mein Bad grenzte an das Schlafzimmer meiner Nachbarin. Abends habe ich immer unter der Dusche gesungen. Manchmal bin ich mit der Shampooflasche in der Hand ganz schön abgegangen. Dann hat eines Tages meine nette ältere Nachbarin bei mir geklopft. Sie hat mir ein Törtchen überreicht und mir mit einem höflichen Lächeln erzählt, dass ihr Hund jedes Mal heult, wenn ich singe. Und sie bat mich, es zukünftig nicht mehr im Bad zu tun.«

Ich schmunzelte. »Das ist doch Unsinn! Das hast du dir ausgedacht.«

Sie bekreuzigte sich. »Ich schwöre bei Gott, es ist wahr.« Dann winkte sie die Kellnerin heran und bestellte noch einen Schnaps.

»Äh … du trinkst den Wodka gerade wie Wasser. Wie oft genehmigst du dir einen?«

»So oft, wie ich Karaoke singe.«

Scheiße.

Glücklicherweise wurde sie aufgerufen, bevor der dritte Schnaps kam. »Die Nächste ist Madeline Ophelia Hooker! Sie wird einen Song von CeeLo Green singen – nicht in der jugendfreien Radioversion, sondern in der Originalversion!«

Maddie stand auf und strich ihr Kleid glatt. »Oh Gott. Unglaublich, dass ich das hier wirklich mache! Wie sehe ich aus?«

»Ehrlich gesagt ziemlich heiß. Da werden ein paar falsche Töne niemandem auffallen. Aber falls du es nicht durchziehen willst, kannst du immer noch einen Rückzieher machen. Ich bin dir dankbar für das, was du tun wolltest, ob du nun auf die Bühne gehst oder nicht.«

Maddie beugte sich vor und gab mir einen Kuss auf die Wange. Doch statt sich wieder aufzurichten, flüsterte sie mir zu: »Du hast dich doch vorhin vor mir ausgezogen, weißt du noch?« Ihr warmer Atem kitzelte mein Ohr.

»Ja?«

»Wenn du mitmachst, revanchiere ich mich bei dir dafür, bevor sich unsere Wege trennen.«

Mir stockte der Atem. Gott, diese Frau war ebenso unberechenbar wie hinreißend. Doch nicht einmal das konnte mich dazu bewegen, mich ans Mikrofon zu stellen.

»Hals- und Beinbruch, schöne Frau.«

Ich blickte Maddie nach, als sie zur Bühne ging. In diesem Kleid sah ihr Po fabelhaft aus. Ich war ziemlich sicher, dass mein Kopf im Einklang mit ihren Hüften hin und her schaukelte. Die Kellnerin brachte den Schnaps, den Maddie bestellt hatte, und ich nahm ihn ihr aus der Hand, bevor sie ihn abstellen konnte, und kippte ihn hinunter. »Würden Sie mir bitte noch einen bringen?«

»Du hast dir einen interessanten Song ausgesucht, Madeline«, sagte der Karaoke-Moderator. »Gibt es jemanden, dem du ihn widmen möchtest?«

Maddie räusperte sich und stellte das Mikro ein. »Ja, ich widme ihn meinem Ex-Verlobten und allen anderen Macho-Arschlöchern auf dieser Welt.«

Der Moderator lachte. »Also dann, auf geht's!«

Die Musik setzte ein, und ich wusste sofort, welchen Song von CeeLo sie ausgesucht hatte: »*Fuck You*«, im Radio meist »*Forget You*« genannt, wobei die Hälfte des Texts weggepiept wurde.

Maddie begann zu singen, und bei Gott, sie hatte nicht gelogen. Manche Leute trafen die Töne nicht, manche konnten keinen Ton halten, und andere hatten einfach kein Rhythmusgefühl. Die arme Maddie hatte alle drei Probleme.

Es war furchtbar.

Furchtbar schlimm.

Zuerst breitete sich Schweigen in der Kneipe aus. Die meisten Leute waren vermutlich verblüfft darüber, wie eine so hübsche Frau solch grauenhafte Töne produzieren konnte. Aber dann löste sich das Publikum aus seiner Erstarrung, und Gemurre wurde laut. Ein paar Blödmänner buhten sogar und störten mit respektlosen Zwischenrufen. Maddie sah aus, als würde sie am liebsten im Erdboden versinken.

Verdammt.

Ich fuhr mir durch die Haare.

Die Leute buhten immer lauter. Maddie sang trotzdem weiter und versuchte, sich irgendwie durchzukämpfen.

Ich konnte nicht zulassen, dass sie da oben stand und sich völlig lächerlich machte.

Scheiße.

Ich erhob mich und marschierte auf die Bühne zu. Sie hatte mich auf jedem Schritt dieses Wegs begleitet, und ich durfte sie jetzt nicht im Stich lassen.

Ich bat den Karaoke-Moderator, mir einen Gefallen zu tun

und einen anderen Song aufzulegen. Auf der Bühne stand noch ein zweites Mikro. Ich folgte dem Kabel und zog den Stecker aus der Wand. Während der Moderator CeeLo ausblendete, bedeutete ich Maddie, an das Mikro zu gehen, das ich vom Strom genommen hatte.

»Was hast du vor?«, raunte sie mir zu.

»Ich will mal sehen, ob ich noch Eier in der Hose habe«, entgegnete ich. »Und jetzt nimm das andere Mikro, der nächste Song fängt an!«

7. KAPITEL

Hazel

Ich starrte Milo wie gebannt an.

Er hatte eine unglaubliche Stimme. Sie war rau und tief, und als er zu singen begann, hüllte sie mich ein wie eine wärmende Decke. Er sang *Need You Now* von Lady Antebellum. Es war ein Duett, aber er brauchte wirklich niemanden, der es mit ihm zusammen sang.

Ich beobachtete ehrfürchtig, wie leicht ihm das Singen fiel und wie selbstverständlich er auf der Bühne stand. Als er zum Refrain kam, lächelte er mir zu und zeigte auf mein Mikro. Ich stimmte mit ein, was zum Glück keiner hören konnte.

Als der Song endete, gab es Standing Ovations für uns. Also, für *Milo*, um ehrlich zu sein. Er winkte dem Publikum zu und reichte mir die Hand, um mit mir gemeinsam die Bühne zu verlassen. Unsere Blicke trafen sich.

»Danke, dass du mir den Arsch gerettet hast«, sagte ich.

»Nein, Mads. Danke, dass du meinen gerettet hast!«

Am nächsten Morgen wachte ich mit einem breiten Grinsen im Gesicht auf.

Und meine Stimmung wurde noch besser, als wir aus dem Hotel in Steamboat Springs auscheckten und unsere Sachen in den Mietwagen luden, um zur nächsten Etappe unseres Abenteuers aufzubrechen.

»Wo fahren wir jetzt hin, Mr Hooker?«

»Du kennst die Antwort auf diese Frage.«

»Wohin der Wind uns treibt?«

Er zeigte auf mich. »Bingo!«

Ich lachte. »Hat der Wind denn eine Ahnung, wohin er uns treiben will?«

Er schnallte sich an. »Der Wind meint, wir könnten langsam Richtung Süden reisen und zum Schluss wieder in den Norden. Ich nehme an, du möchtest in Connecticut landen, wenn das hier vorbei ist.«

Der Gedanke, in die Realität zurückzukehren, war mir unangenehm, auch wenn es noch eine Weile hin war.

»Das klingt perfekt. Der Süden ist praktisch Neuland für mich. Ich würde gerne Texas sehen ... und New Orleans.«

Wir fuhren los, und sieben Stunden später trafen wir in Santa Fe, New Mexico, ein.

Was für ein wunderschöner Ort! Die bergige Landschaft, die Architektur. Alles wirkte so friedlich und einladend.

Ich ließ das Wagenfenster herunter, um die klare Luft einzuatmen. »Ich habe immer gern das Lied *Do You Know the Way to Santa Fe* gesungen«, sagte ich zu Milo.

»Ich glaube, es heißt ›San José‹.« Er schaute zu mir herüber. »*Do You Know the Way to* San José ...«

»Kommt doch aufs Gleiche hinaus«, erwiderte ich. »Habe ich gerade eine posttraumatische Belastungsstörung bei dir ausgelöst, weil ich meine Singerei erwähnt habe?«

Milo grinste. »Vielleicht eine kleine.«

Ich hüpfte auf meinem Sitz auf und ab. »Ich werde diesen Ort nicht verlassen, ohne mir ein Paar schicke Cowboystiefel zu kaufen. Können wir morgen shoppen gehen?«

»Klar. Wir sollten von jedem Ort, an dem wir Halt machen, ein Souvenir mitnehmen.«

»So ein Mist.« Ich zog eine Schnute. »Aus Steamboat Springs haben wir nichts mitgenommen.«

»Doch, haben wir.« Er zwinkerte mir zu.

»Was denn?«

»Ich habe wieder Eier in der Hose. Ich hatte sie irgendwie verloren und hab sie jetzt wiedergefunden.«

Ich gab ihm einen Klaps aufs Bein. »Da hast du recht.«

»Ich habe aber auch ein richtiges Souvenir von dort«, sagte er.

Ich richtete mich auf. »Echt?«

»Ja.« Er holte es aus seiner Hosentasche und gab es mir.

Es war ein kleiner Snoopy-Anstecker, auf dem »Steamboat Springs« stand. Snoopy hatte eine Mütze, einen dicken Pullover und Skier an.

»Der ist ja süß! Woher hast du ihn?«

»Ich habe ihn auf der Straße gefunden. Sieht alt aus, oder?«

Ich fuhr mit dem Finger darüber. »Er ist toll«, sagte ich. »Kann ich ihn behalten?«

»Natürlich.«

Ich befestigte Snoopy an meiner Jacke und war glücklich.

Dann erreichten wir endlich unser Ziel, ein schönes Hotel mit Spa und einer grandiosen Aussicht auf das Sangre-de-Cristo-Gebirge. Die Sonne begann gerade unterzugehen, und die Landschaft bot einen einzigartigen Anblick.

Als wir nach dem Check-in zum Aufzug gingen, fiel uns auf, dass in einem der Veranstaltungsräume ein Event vorbereitet wurde. Die opulente Dekoration mit knallgelben Tischdecken weckte meine Neugier.

»Was findet da wohl statt?«

»Vielleicht eine Hochzeit«, meinte Milo.

»Könnte sein. Aber hast du das viele Gelb gesehen? Und die

große Discokugel, die sie aufgehängt haben? Und es gab keine Blumen. Meinem Gefühl nach ist es etwas anderes.«

Milos Gesichtsausdruck machte mich misstrauisch.

»Was ist?«, fragte ich.

»Wie wär's, wenn wir uns heute Abend in Schale werfen und uneingeladen da aufkreuzen?«

»Ist das dein Ernst?«

»Ja, sicher.« Er zuckte mit den Schultern. »Warum nicht? Das ist doch eine gute Gelegenheit, weiter an unseren neu erworbenen schauspielerischen Fähigkeiten zu feilen.«

»Die Hookers gehen also auf eine Party, und wir kennen nicht mal den Anlass?«

»Ist das denn so wichtig? Bisher hat es doch auch keine Rolle gespielt, an welchem Ort wir waren. Es kommt auf das Erlebnis an, auf den Reiz des Unbekannten. Der Ort ist nicht entscheidend.«

Da war etwas dran. Eine geheimnisvolle Party zu crashen klang irgendwie lustig.

»Du hast total recht!« Ich nickte. »Wir machen es!«

Milo und ich gingen auf unsere Zimmer, nachdem wir verabredet hatten, uns eine Stunde später wieder zu treffen, wenn wir geduscht und uns hergerichtet hatten. Er hatte erneut darauf bestanden, beide Zimmer zu bezahlen, und ich hatte ihm gesagt, dass ich in der nächsten Stadt auf jeden Fall die Kosten übernehmen wollte – oder zumindest die für mein Zimmer. Als Musiklehrer war er wahrscheinlich kein Großverdiener, und zurzeit arbeitete er nicht einmal.

Als ich unter der Dusche stand und das warme Wasser auf mich herabströmte, dachte ich an unsere Zeit in Steamboat Springs und an die Geschichte von Zoe und ihrem tragischen Unfall, die Milo mir erzählt hatte. Sie brach mir das Herz und erklärte so viel. Er hatte seine Partnerin und Seelenverwandte verloren. Das war weitaus schlimmer als das, was ich durchgemacht hatte, und es relativierte die Sache mit Brady. Ich konnte neu anfangen oder mich dazu entscheiden, Brady zu verzeihen. Ich hatte die Wahl. Milo hingegen hatte das Schicksal seine große Liebe entrissen. Er hatte keine Wahl gehabt, und das war furchtbar traurig. Ich wischte meine Tränen fort und stieg aus der Dusche.

Nachdem ich mir ein sexy Kleid ausgesucht hatte, machte ich mich für die mysteriöse Party hübsch. Würden wir in eine Hochzeit hineinschneien? In eine Betriebsfeier? Eine Bar-Mizwa? So oder so, die Hookers waren bereit, ihren Charme spielen zu lassen.

Ich betrachtete mich im Spiegel. Das Kleid, für das ich mich entschieden hatte, war schwarz, mit Pailletten besetzt, schulterfrei und kurz. Ich zog die sexy Pumps an, die ich auch am Karaoke-Abend getragen hatte, und beschloss, die Haare offen zu lassen.

Als ich fertig war, wurde ich nervös, also ging ich zu Milos Zimmer und klopfte an.

Er öffnete die Tür, und mir blieb die Luft weg beim Anblick seines bloßen Oberkörpers. *Schon wieder!* Warum passierte das ständig? Ich fragte mich, ob er es womöglich darauf anlegte. Wartete er absichtlich damit, sein Hemd anzuziehen, damit ich ihn anglotzte? Wie lange brauchte ein Mann schon zum Anziehen? Irgendwie schien er immer »spät dran« zu sein und war aus diesem Grund halb nackt, wenn ich bei ihm klopfte.

Er musterte mich von oben bis unten. »Du siehst noch toller aus als in dem Kleid, das du in Steamboat Springs anhattest. Das hier ist echt atemberaubend, Maddie. Verdammt.«

»Vielen Dank. Wie ich aus verlässlicher Quelle weiß, gehe ich heute auf eine Party und habe mich deshalb besonders hübsch gemacht.«

»Glückwunsch, das ist dir gelungen.« Er seufzte. »Ich hingegen trage dasselbe Hemd wie neulich, weil ich bedauerlicherweise kein anderes gutes dabeihabe.«

»Wir gehen ja morgen shoppen. Dann kaufen wir dir ein zweites Anzughemd.«

»Du willst morgen wirklich die Geschäfte stürmen, was?«

»Na klar! Cowboystiefel – schon vergessen? Und vielleicht eine hübsche Wolldecke mit Navajo-Muster.«

Mein Blick fiel auf sein Hemd, das noch im offenen Schrank hing. »Das Hemd ist völlig zerknittert.«

»Ich weiß. Ich wollte es bügeln.«

Ich nahm mir das Hemd und klappte das Bügelbrett auf. »Ich kümmere mich darum.«

»Das musst du nicht tun.«

»Es macht mir nichts aus.«

Ich ging ans Werk, und nach kurzer Zeit löste der Dampf den Duft seines Eau de Cologne aus dem Stoff. Es machte mir wirklich nicht das Geringste aus, ein Hemd zu bügeln, das nach ihm roch. Als ich sämtliche Knitterfalten weggebügelt hatte, hielt ich es ihm hin, und er schlüpfte hinein. Dann stellte ich mich vor ihn und knöpfte es langsam von unten nach oben zu, während Milo jede meiner Handbewegungen verfolgte. Es war sinnlich, ohne dass ich es wollte, und ich spürte die Intensität seines Blicks bis zum letzten Knopf.

Wir sahen uns lange in die Augen, bevor er sagte: »Wir sollten uns auf den Weg machen. Sonst kommen wir zu spät zu …«

»Was es auch sein mag«, beendete ich seinen Satz.

»Ja.« Er lächelte. »Eins musst du mir versprechen, Maddie.«

»Was?«

»Auf was immer wir uns einlassen, du hältst durch. Du läufst nicht davon, wenn es peinlich wird. Wir spielen es bis zum Ende – oder bis wir rausgeworfen werden.« Er lachte.

Ich konnte es selbst nicht glauben, aber ich nickte und erklärte mich einverstanden. »Du warst doch dabei, als ich mich gestern auf die Bühne gewagt und mit meiner schrecklichen Stimme einen Song mit dem Titel ›*Fuck You*‹ geschmettert habe. Mich muss man wahrhaftig nicht zu einer solchen Verrücktheit überreden.«

»Stimmt. Und das liebe ich so an dir.«

Seine Worte jagten mir einen Schauer über den Rücken, als wir das Zimmer verließen.

Unten angekommen betraten wir den brechend vollen Saal und wussten immer noch nicht, um was für eine Veranstaltung es sich hier handeln sollte.

Mit einem schnellen Rundumblick vergewisserte ich mich, dass es sich wirklich um keine Hochzeit handelte, denn es waren nach wie vor keine Blumen zu sehen. Die Deko auf den Tischen war allerdings interessant: überall frische Ananas.

Die Frau, die am Eingang hinter einem Pult stand, fragte uns, ob wir angemeldet seien.

»Ja«, entgegnete Milo.

»Auf welchen Namen?«

»Milo Hooker.« Er wandte sich mir zu. »Und das ist meine Schwester Madeline. Oder Maddie, wie ich sie nenne.«

Sie sah mit gerunzelter Stirn ihre Liste durch. »Hmm. Hooker. Ich finde Ihre Namen leider nicht.«

Milo tat empört. »Da liegt offensichtlich ein Fehler vor. Ich habe uns schon vor Wochen angemeldet.«

Es schien sie richtig zu frustrieren, dass sie uns nicht finden konnte.

»Ehrlich gesagt glaube ich nicht«, raunte sie ihm zu, »dass sich hier irgendeine Frau beschweren wird, wenn ich Sie einlasse. Wahrscheinlich bringen sie mich eher um, wenn ich Sie wegschicke. Ich schreibe Ihre Namen jetzt einfach dazu.«

»Hervorragend!« Er lächelte. »Vielen Dank.«

Sie ließ sich unsere Namen buchstabieren, dann sagte sie: »Es ist wirklich selten, dass Geschwister unsere Veranstaltungen gemeinsam besuchen. Ich würde sagen, ein echtes Novum.«

Hmm …

Waren wir auf einem Singletreffen gelandet?

»Wie läuft das denn hier?«, fragte Milo.

»Nun, wir haben eine Bar, an der Sie Getränke kaufen können. Und alle Teilnehmer sind offen und bereit zu tauschen. Wenn Sie einen Partner finden, stehen oben eine Reihe reservierte Zimmer zur Verfügung. Sie kommen zu mir, und ich gebe Ihnen den Schlüssel. Wenn Sie eins unserer Zimmer nutzen möchten, brauchen Sie nur Ihre Kreditkarte. Aber Sie sollten sich beeilen, sie gehen aller Erfahrung nach schnell weg.«

Sie gab jedem von uns einen Button zum Anstecken, auf dem eine Ananas abgebildet war.

Milo nickte. »Alles klar. Danke.«

Als wir in den Saal gingen, heftete ich mir den Button an die Brust. »Alles klar, hast du gesagt? Also, ich habe keinen Schimmer, was das hier zum Teufel ist. Eine Art Treffen für Ananas-Fans?«

Milo bekam einen Lachanfall. Es dauerte einen Moment, bis er sich wieder beruhigt hatte. »Das ist eine Bumsparty, Maddie.«

Hä? Eine Bumsparty? Ich machte große Augen. »Wie bitte?«

»Eine Swingerparty!«

»Oh mein Gott. Was?«

»Der erste Hinweis waren die verdammten Ananas.«

Ich runzelte die Stirn. »Wieso?«

»Tja.« Er schmunzelte. »Wusstest du das nicht?«

»Nein, was haben Ananas mit Partnertausch zu tun?«

»Sie sind ein Symbol, durch das sich … Gleichgesinnte erkennen. Ich hatte mal Nachbarn, die eine Fahne mit einer Ananas vor dem Haus hatten. Ich wusste nicht, was es bedeutet, bis mich die Frau zu einer von ihren Partys einlud. Ihr Mann mochte Zoe offenbar, und sie gab mir eindeutig zu verstehen, dass sie mit mir vögeln wollte. Als ich ihr sagte, dass wir nicht auf solche Sachen stehen, tat sie so, als hätte ich wissen müssen, worum es ging – wegen der Ananas. Diesen Fehler habe ich also nie wieder gemacht. Wenn ich jetzt eine Ananas sehe, weiß ich Bescheid.«

Ich konnte seiner Erklärung nicht so recht folgen. »Moment mal … Dir sind die Ananas schon bei unserer Ankunft aufgefallen? Du *wusstest* es, als du mir vorgeschlagen hast hierhinzugehen?«

Er schüttelte den Kopf. »Nein. Ich schwöre. Ich habe die Ananas eben erst bemerkt.«

Ich sah mich mit offenem Mund um. »Heilige Scheiße.« Viele Leute schauten uns an, um nicht zu sagen: so gut wie alle.

»Du siehst aus, als wolltest du abhauen«, sagte er. »Denk an unsere Abmachung. Wir haben gesagt, wir ziehen es bis zum Ende durch – ganz gleich, was passiert.«

»Hier passiert aber allerhand. Und was ist bitte unter diesen Umständen ›das Ende‹? Ich mag zwar Hooker heißen, aber ich bin keine Nutte, wenn du verstehst, was ich meine.«

»Wir machen natürlich nicht richtig mit, du verrückte Nudel!« Er lachte. »Aber es macht bestimmt Spaß, die Leute zu verkohlen.« Er legte den Kopf schräg. »Komm schon!«

Dann ging er zur Bar und holte uns etwas zu trinken, während ich ein paar Meter zurückblieb und mir beunruhigt ein Bild von der Lage machte. Für dieses Abenteuer brauchte ich auf jeden Fall Alkohol.

Eigenlob stinkt, sagt man, doch wir sahen von allen Anwesenden am besten aus. Es würde sicher nicht lange dauern, bis uns jemand anquatschte.

Als Milo mit unseren Getränken zurückkam, näherte sich uns auch schon ein Paar, das etwa Ende dreißig war.

»Hallo«, sagte der Mann.

Milo lächelte cool und selbstbewusst. »Hallo!«

Die Frau klang reichlich angespannt. »Ich bin Carolyn, und das ist mein Mann Troy.«

»Schön, euch kennenzulernen«, sagte Milo.

Mein Scheinbruder sah mich auffordernd an. Offensichtlich sollte ich etwas sagen.

Ich räusperte mich. »Und … macht ihr das hier öfter?«

»Nein, gar nicht«, sagte die Frau. »Es ist mein erstes Mal. Anlässlich meines vierzigsten Geburtstags habe ich ihm gesagt, ich möchte es wenigstens einmal ausprobieren.«

»Ah.« Ich nickte. »Dann herzlichen Glückwunsch!«

Ihr Mann nahm einen Schluck von seinem Drink. »Ich habe es schon oft gemacht. Meine Ex und ich sind regelmäßig zu solchen Partys gegangen. Carolyn ist meine zweite Frau und nicht so abenteuerlustig. Aber deshalb sind wir wahrscheinlich noch zusammen.«

Betretenes Schweigen breitete sich aus, bevor die Frau fragte: »Was ist mit euch? Wie lange seid ihr zusammen?«

»Wir sind nicht zusammen. Maddie ist meine Schwester.«

»Oh, wow! Und ihr seid beide … Singles?«, fragte sie.

»Ja«, entgegnete ich und trank einen großen Schluck.

Troy beugte sich zu mir vor und raunte mir ins Ohr: »Es gibt bei diesen Partys einen Spitznamen für Frauen wie dich.«

»Tatsächlich?«, sagte ich und trat einen großen Schritt zurück.

»Du bist ein Einhorn!« Er wackelte mit den Augenbrauen.

»Ach was?«

»Ja.« Er grinste. »Ohne Anhang. Das ist sehr begehrt.«

Nach mehreren Minuten Small Talk kam Troy schließlich zur Sache. »Wie sieht es denn aus? Hättet ihr zwei Lust … auf ein Spielchen?«

Vergiss es!

Ich sah Milo an und überließ ihm das Schlusswort.

»Vielen Dank für das Angebot«, sagte er. »Wir sind allerdings mit einem anderen Paar verabredet. Wir … wollten uns hier treffen.«

Carolyn sah ziemlich enttäuscht aus, weil sie bei meinem heißen *Bruder* nicht zum Zuge kam. »Ach, schade … aber es war einen Versuch wert.« Sie lächelte.

»Jedenfalls war es nett, euch kennenzulernen«, sagte Troy, bevor sie von dannen zogen.

Sayonara.

Als sie gegangen waren, verspürte ich das Bedürfnis, mich zu duschen. Und gleichzeitig war ich merkwürdigerweise eifersüchtig. Natürlich war das albern, weil Milo und ich kein Paar waren. Doch irgendwie fand ich den Gedanken unerträglich, er könnte Sex mit dieser Frau haben. Selbst dass sie ihn überhaupt wollte, ging mir gegen den Strich.

Er merkte mir an, dass etwas nicht stimmte. »Geht es dir gut?«

Ich ließ meinen Blick durch den Saal schweifen. »Alles bestens.«

Es gab mehrere Paare, die uns belauerten. Die Frauen checkten Milo ab, und einige Männer starrten mich ganz offen an.

Ich wäre am liebsten abgehauen, aber wir hatten beschlossen, das hier durchzuziehen. Doch wann setzten wir der Sache ein Ende, wenn wir nicht mit diesen Leuten »spielen« wollten?

Irgendwann kam jemand auf uns zu. »Die Penthouse-Suite ist jetzt geöffnet, falls Sie interessiert sind«, raunte er uns diskret zu.

Als er sich entfernte, fragte ich Milo: »Was passiert denn in der Penthouse-Suite?«

»Woher soll ich das wissen?« Er lachte. »Wir können ja mal gucken gehen.«

Jetzt hatten wir das Spiel so weit getrieben, da konnten wir uns auch ansehen, was dort vor sich ging.

Als wir mit dem Aufzug nach oben fuhren, hatte ich nur einen Gedanken im Kopf: *Worauf habe ich mich bloß eingelassen?*

An der Tür der Suite zeigten wir unsere Ananas-Buttons und wurden eingelassen.

Der Raum war in gedämpftes rotes Licht getaucht, sodass Gesichter nicht gut zu erkennen waren. Leise Jazzmusik kam aus den Lautsprechern. Auf dem Boden lagen große Luftbetten, auf denen es sich einige Leute bequem gemacht hatten.

Neben dem Eingang stand eine große Schale mit Kondomen und daneben eine weitere Schale mit Feuchttüchern.

Ein Mann nahm uns unsere Handys ab und gab uns nummerierte Märkchen, mit denen wir sie beim Hinausgehen wieder abholen konnten.

Innerhalb weniger Minuten war der Raum voller Leute, die sich auszogen und es auf den Matratzen trieben. Der Geruch von Alkohol gemischt mit penetrantem Parfüm lag in der Luft. Es war wahrhaftig eine Bumsparty, wie Milo es ausgedrückt hatte.

Zahlreiche Leute standen aber auch am Rand und schauten zu. Zu dieser Gruppe gehörten wir offensichtlich. In einer

Ecke auf der anderen Seite des Raums sah ich das Paar stehen, mit dem wir zuvor gesprochen hatten. Die beiden fragten sich wahrscheinlich, wo unsere »Freunde« waren, mit denen wir uns angeblich treffen wollten.

Es war gespenstisch still im Raum – ganz anders als ich gedacht hätte. Und obwohl viele der Anwesenden nicht im landläufigen Sinne attraktiv waren, stellte ich überrascht fest, dass es mich scharf machte, ihnen beim Sex zuzusehen – nicht weil ich mich zu einem von ihnen hingezogen fühlte, sondern weil ich mich zu dem Mann an meiner Seite hingezogen fühlte. Und als ich mich Milo zuwandte, erwischte ich ihn dabei, wie er mich unverwandt anstarrte.

Wir sahen uns eine Zeit lang in die Augen, bis er leise sagte: »Ich denke, wir haben das Ende erreicht. Was meinst du?«

Innerlich aufgewühlt nickte ich und folgte ihm zur Tür. Wir holten unsere Handys und gingen. Mein Herz klopfte wie wild, und ich überlegte, ob es daran lag, dass ich einen Augenblick lang geglaubt hatte, er würde mir vorschlagen mitzumachen. Aber das wäre verrückt gewesen! So etwas würde Milo niemals tun. Unsere Beziehung war anders. Außerdem hielten uns die Leute hier für Geschwister, und man konnte sich vorstellen, was sie gedacht hätten.

Es war lächerlich, dass ich auch nur eine Sekunde lang geglaubt hatte, er würde mich das fragen. Trotzdem konnte ich an nichts anderes denken. Wie wäre es gewesen, mit Milo über mir auf der Matratze zu liegen – mit ihm in mir?

Wow. Ich brauchte wirklich dringend Sex.

Im Aufzug waren wir allein. Ich senkte den Blick und hätte schwören können, dass er eine Erektion hatte. Wie feucht ich zwischen den Beinen war, konnte er Gott sei Dank nicht sehen. Durch das voyeuristische Erlebnis hatte sich die Atmosphäre zwischen uns irgendwie verändert.

»Also, das war mal interessant«, sagte er schließlich mit unergründlichem Blick.

In diesem Moment ging mir die Komik des Ganzen auf. Ich brach in Gelächter aus. Dann überkam es auch Milo. Wir lachten, bis sich die Aufzugtüren öffneten.

Ich wischte mir die Tränen weg. »In Zukunft sehe ich Ananas mit völlig anderen Augen.«

8. KAPITEL

Matteo

Ich war überrascht, als sie mich bat, noch auf einen Drink mit zu ihr zu kommen.

Bisher hatte sich Maddie nach unseren Ausflügen immer in ihr Zimmer zurückgezogen, ohne mich hereinzubitten. Es war mir recht gewesen, weil es half, die Dinge nicht zu verkomplizieren. Ich wusste, dass sie nicht daran interessiert war, die Grenze mit mir zu überschreiten. Das hatte sie deutlich klargestellt. Und wie attraktiv ich sie auch fand, es war besser für uns beide, wenn unsere Beziehung platonisch und unkompliziert blieb. Wir beide brauchten genau das: Spaß und einen klaren Schnitt, wenn wir auseinandergingen. Sex hätte diesen Plan vereitelt.

Was für eine Ironie, dass sie mich ausgerechnet heute in ihr Zimmer eingeladen hatte. Das Erlebnis im Penthouse hatte mich verdammt erregt – zuerst war mir das gar nicht bewusst gewesen. Und das hatte rein gar nichts mit den Gästen der Party zu tun. Vielmehr hatte sich die Vorstellung von Sex mit Maddie in meinen Kopf eingeschlichen. Vor diesem Hintergrund hätte ich mich heute Abend am liebsten in mein Zimmer verzogen, um mir unter der Dusche einen runterzuholen, um mich von meinem Elend zu befreien. Stattdessen saß ich nun gegenüber von Maddie auf einem Stuhl, während sie in ihrem sexy Kleid auf dem Bett lag. Es war im Grunde die reinste Folter.

Maddie nippte an ihrem Drink und überraschte mich mit einer Frage. »Wenn ich nicht dabei gewesen wäre, hättest du Carolyn dann ihren Geburtstagswunsch erfüllt?«

Ich lachte. »Nein. Ich hatte kein Interesse an Carolyn oder sonst jemandem auf der Party.« Ich nahm ebenfalls einen Schluck. »Und du?«

Sie schüttelte den Kopf. »Nein. Troy war nicht mein Typ.«

Ich zog eine Augenbraue hoch. »Aber jemand anders?«

Sie zögerte. »Nein.«

Ich beschloss zuzugeben, was ich empfand. Höchstwahrscheinlich war ihr meine Erektion ohnehin im Aufzug aufgefallen, und da war es vermutlich besser, ehrlich zu sein. »Mich hat keine von den Frauen interessiert, aber irgendwie hat mich die ganze Atmosphäre heißgemacht.«

Maddie errötete. »Ich dachte, es wäre nur mir so gegangen.«

Ich hatte zwar geahnt, dass auch sie in der Penthouse-Suite angeturnt gewesen war, aber ihr Eingeständnis verschlimmerte die Situation in meiner Hose nur.

Ich musste das Thema wechseln. Sofort.

»Hast du schon eine Idee, was du morgen außer shoppen noch machen möchtest?«

Sie zuckte die Achseln. »Einfach ein bisschen Sightseeing. Spazieren gehen, vielleicht die Santa Fe Plaza anschauen.«

»Klingt gut.«

Als sie gähnte, nutzte ich die Gelegenheit, um dem Gespräch zu entfliehen. Ich brauchte Erlösung.

»Dann lasse ich dich jetzt mal schlafen.« Ich stand auf.

Als ich zur Tür ging, sprang sie plötzlich vom Bett. »Warte!«

Mein Herz schlug schneller. »Was ist?«

Sie sah aus, als ob sie nicht wüsste, was sie eigentlich sagen wollte. »Kannst du mir den Reißverschluss aufmachen?«, fragte sie schließlich.

Verdammt. Was hat sie vor?

Jeder Mann hat seine Grenzen.

»Klar.« Ich ging auf sie zu.

Sie drehte sich um und kehrte mir den Rücken zu.

Ich zog langsam den Reißverschluss ihres Kleids auf. Beim Anblick ihres schönen Rückens und ihrer glatten Haut musste ich schlucken. Sie trug keinen BH. Ihre Brüste waren so straff, dass sie keinen brauchte.

Ihr Kleid fiel unversehens zu Boden, und sie hatte bis auf einen roten Spitzentanga nichts mehr am Leib. Als ich ihren makellosen Hintern sah, wurde es noch enger in meiner Hose. Das war nicht gut. Sie blieb mit dem Rücken zu mir stehen – um mich leiden zu lassen, wie mir schien. Aber dann ging mir auf, was sie im Sinn hatte. Sie lieferte mir die verdammte Show, die sie mir versprochen hatte: die Belohnung für meinen Auftritt in Steamboat Springs.

Der Teufel in mir flehte sie an, sich umzudrehen, mir alles zu zeigen, ihren Tanga auszuziehen, sich aufs Bett zu legen und die Beine zu spreizen. Er wollte, dass sie mich zum Sex aufforderte.

Doch sie bedeckte ihre Brüste, als sie sich umdrehte, und wurde rot. Dann verschwand sie im Bad.

Ich hatte mich geirrt. Der Teufel war nicht in mir, sondern hinter dieser Badezimmertür.

Und mein Bauchgefühl sagte mir, dass ich ihr nicht folgen sollte. Sie hatte ihre Absichten bereits klargemacht. Sie trieb einfach nur ein heißes Spielchen mit mir.

Nicht dass wir uns falsch verstehen. Ich wusste dieses Spiel durchaus zu schätzen.

Als ich im Badezimmer Wasser laufen hörte, verzog ich mich mit meinem Riesenständer in mein Zimmer.

Am folgenden Tag sprachen wir weder über ihre kleine Peepshow noch über die Swingerparty, auf der wir unabsichtlich gelandet waren. Als wir unsere Shoppingtour starteten, war unsere Beziehung wieder rein platonisch.

Sie musste nicht wissen, dass ich es mir gestern nach der Rückkehr in mein Zimmer eine Stunde lang selbst besorgt hatte – mit Bildern von ihr in meinem Kopf, die sich zu einer Fantasie auswuchsen, wie ich sie auf einem von diesen Luftbetten in der Penthouse-Suite nahm. Ich konnte mich nicht erinnern, wann ich mich das letzte Mal so heftig und ausdauernd selbst befriedigt hatte.

Nach Zoe hatte ich nur mit einigen wenigen Frauen geschlafen, aber die Initiative war nie von mir ausgegangen. Mich hatte seit Ewigkeiten keine mehr angeturnt. Und nun hatte es ausgerechnet eine Frau geschafft, die lieber mit mir spielen als Sex haben wollte. Wahrscheinlich hätte ich dankbar sein müssen, dass Maddie und ich uns bereits Grenzen gesetzt hatten, denn ohne sie wäre es sehr schnell kompliziert geworden.

Aber wenn alles geklärt war, warum zerbrach ich mir dann den Kopf, anstatt Maddie zu helfen, ihre Cowboystiefel zu finden?

Sie hob den Fuß. »Was meinst du?«

Wir waren nun schon fast eine Stunde in dem Laden. Jedes Paar, das sie anprobierte, war knallbunt.

»Die sind ziemlich abscheulich.«

»Aber genau so etwas suche ich. Farbenfroh und poppig.«

»Du meinst geschmacklos?«

»Du bist so eine Spaßbremse!« Sie zwinkerte mir zu.

Am liebsten hätte ich ihr einen Klaps auf den Hintern gegeben.

Ist dir ja gut gelungen, den gestrigen Abend aus deinem Hirn zu verbannen, Matteo. Milo. Wie auch immer du heißt.

Es dauerte noch eine Weile, aber dann ging sie zur Kasse und kam mit zwei großen Kartons zurück.

Ich erhob mich von der Bank, auf der ich grübelnd auf sie gewartet hatte. »Du konntest dich wohl nicht entscheiden und hast dir gleich die zwei hässlichsten Paare gekauft?«

Sie grinste. »Genau. Sie sind aber nicht beide für mich. Ein Paar ist für dich.«

Ich kniff die Augen zusammen. »Was zum Teufel …?«

»Zieh deine neuen Stiefel an, Bruderherz!« Maddie öffnete den Karton und präsentierte mir ein Paar Männerstiefel mit US-Flaggenmuster.

Ich schüttelte schmunzelnd den Kopf. »Das sind dann wohl unsere Souvenirs aus Santa Fe.«

»Hast du viele Freunde?«

Ich sah kurz zu Maddie hinüber und richtete den Blick dann wieder auf die Straße. »Wie kommst du darauf?«

Sie lächelte. »Ich habe gerade überlegt, was mir fehlen würde, wenn ich meine Sachen packen und Connecticut verlassen würde. Ich habe eine gute Freundin dort. Sie ist auch Fotografin und heißt Felicity. Sie würde mir wirklich fehlen.«

Wir waren schon seit sieben Stunden unterwegs. Unser nächster Halt war New Orleans. Es war eine Sechzehn-Stunden-Fahrt, und wir hatten uns vorgenommen, heute zehn zu schaffen. Ich wusste von anderen Roadtrips, dass man auf langen Fahrten ins Grübeln kommen konnte. Man war stundenlang mit sich und seinen Gedanken allein. Es überraschte mich also nicht, dass Maddie über ihr Leben nachdachte.

»Ich habe ein paar Freunde in Seattle. Hin und wieder treffe ich mich mit einer Gruppe von Lehrern zur Happy Hour. Und ich spiele jeden zweiten Dienstag Basketball mit einigen Jungs.«

Maddie nickte. »Ich hatte ein paar gute Freunde, als ich klein war. Aber immer, wenn wir weitergezogen sind, hat es mich furchtbar traurig gemacht, sie zu verlieren. Nach einer Weile bin ich darauf gekommen, dass es mir leichterfällt, mit meinen Eltern umzuziehen, wenn ich nicht so eng mit anderen befreundet bin.«

Ich runzelte die Stirn. »Das ist übel. Aber ehrlich gesagt habe ich es in den letzten Jahren genauso gemacht. In der Highschool und am College hatte ich etliche Freunde, hauptsächlich durch den Sport. In Seattle ist es anders. Ich dachte immer, es hinge mit meinem Umzug zusammen. Wenn ich heute zurückblicke, bin ich mir nicht mehr so sicher. Nach Zoe habe ich mich ziemlich zurückgezogen.«

Maddie seufzte. »Ja.« Dann verfiel sie wieder in Schweigen und schaute nachdenklich aus dem Fenster. Nach einer Weile sagte sie: »Kann ich dich was Persönliches fragen?«

Ich schmunzelte. »Waren unsere Gespräche in den vergangenen sechs Tagen denn nicht persönlich?«

Sie lächelte. »Doch, schon. Aber ich will nicht zu penetrant sein.«

»Pass auf, ab sofort gibt es keine Tabus mehr, und alle Fragen sind erlaubt. Wenn du etwas wissen willst, frag mich einfach, und ich werde antworten, so gut ich kann.«

Ihr Gesicht leuchtete auf. Es war bezaubernd anzusehen. »Okay! Das gilt auch umgekehrt. Ich bin ein offenes Buch.«

»Sehr gut. Und wie lautet deine Frage, nachdem wir das geklärt haben?«

»Ach ja ...« Sie biss sich auf die Unterlippe. »Hast du schon mal Schwierigkeiten ... na ja ... auf Touren zu kommen?«

Ich sah sie erstaunt an. »Du willst wissen, ob ich Erektionsprobleme habe?«

Sie nickte.

»Nein, bisher noch nie. In den letzten paar Tagen war eher das Gegenteil der Fall. Besonders nach deiner kleinen Showeinlage gestern.«

Sie verbarg ihr verschmitztes Lächeln hinter ihrer Hand. »Ich habe doch gesagt, ich revanchiere mich, wenn du mit mir auf die Bühne gehst und singst. Ich war es dir schuldig.«

»Also, du drückst dich wahrhaftig nicht davor, deine Schulden zu begleichen. Das merke ich mir. Ich muss im Lauf unserer Reise unbedingt die eine oder andere Wette mit dir abschließen. Es gibt noch so viel mehr zu sehen!« Ich zwinkerte ihr zu.

Maddie lachte.

Ich fand es wirklich toll, wie sich unsere Beziehung entwickelt hatte. Kaum zu glauben, dass ich Maddie erst seit knapp einer Woche kannte. Zumal ich das Gefühl hatte, dass sie mich besser kannte als jeder andere.

»Um auf deine Frage zurückzukommen«, sagte ich. »Mich würde interessieren, woher das alles kommt. Zuerst fragst du, ob ich viele Freunde habe, und dann willst du wissen, ob ich an Erektionsstörungen leide. Deine Gedanken scheinen ja Achterbahn zu fahren.«

Sie schüttelte den Kopf. »Es gibt einen Zusammenhang zwischen meinen Fragen, ob du es glaubst oder nicht. Ich habe daran gedacht, wie sehr mir meine Freundin Felicity fehlen würde, wenn ich umziehe. In meiner Jugend hatte ich eigentlich nie eine Freundin, mit der ich über Jungs reden konnte. Sie war nach der Trennung meine Rettung. Jedenfalls ist mir heute Morgen beim Aufwachen einfach so eine Begebenheit mit meinem Ex eingefallen. Vor ein paar Monaten kam er nach der Happy Hour mit ein paar Kollegen zu mir nach Hause. Er hatte zu viel getrunken und konnte nicht … du weißt schon. Das war davor noch nie passiert. Ich schrieb es dem Alkohol zu und habe nie mehr daran gedacht – bis heute Morgen. Aus irgendeinem Grund habe ich mich beim Aufwachen an diese Geschichte erinnert. Damals hat Felicity zu mir gesagt, dass die Ursache seines Problems vielleicht nicht nur der Alkohol war und er möglicherweise wegen irgendeiner Sache Schuldgefühle hatte oder mir etwas verheimlichte. Sie riet mir, mich nicht zu sehr zu sorgen, weil die Wahrheit eines Tages herauskommen würde. Ich würde sie erkennen, wenn ich ihn nicht mehr durch die rosarote Brille sehe, meinte sie. Heute Morgen wollte ich ihr schreiben, dass ich die Brille endlich abgesetzt habe, aber dann fiel mir der Zeitunterschied ein, und ich wollte sie nicht wecken.«

»Und das ist dir *einfach so* beim Aufwachen eingefallen?«

Sie grinste. »Vielleicht war es gar nicht *einfach so.* Gestern nach der Party ist mir aufgefallen, dass deine Hose ein bisschen eng saß, und du hattest etwas getrunken. Dadurch bin ich wohl auf den Gedanken gekommen …«

Ich wusste, was *ich* gestern nach der Rückkehr in mein Zimmer getan hatte, um das Problem zu lösen. Aber ich hätte zu gern gewusst, ob Maddie es auch getan hatte. Da wir vereinbart hatten, dass es keine Tabus gab, konnte ich sie einfach fragen, oder? Zuerst wollte ich mich allerdings vergewissern, dass sie es ernst gemeint hatte.

»Keine Frage ist tabu, nicht wahr? Das haben wir doch so verabredet?«

Maddie zog eine Augenbraue hoch. »Oh, allmählich wird es interessant, hm?«

Ich trommelte mit den Fingern aufs Lenkrad. »Und wie, Mads. Und wie!«

Sie lachte. »Wie lautet deine Frage?«

Ich hatte noch genug Benzin im Tank, um unser Tagesziel zu erreichen. Trotzdem beschloss ich, vom Freeway abzufahren, als ich ein Tankstellenschild erblickte. Ich wollte nicht auf die Straße schauen müssen, wenn ich ihr diese Frage stellte. Ich wollte ihr Gesicht sehen.

Also wartete ich, bis wir an der Zapfsäule standen. Dann wandte ich mich Maddie zu. »Bei Frauen ist es vielleicht nicht so offensichtlich, aber ich schätze mal, du bist gestern auch ein bisschen angeturnt ins Bett gegangen. Stimmt's oder habe ich recht?«

Sie nickte und lächelte verschämt. »Ja. Ich war wirklich ein bisschen erregt.«

Verdammt. Mich turnte schon der Gedanke an, dass sie angeturnt gewesen war. Jetzt *musste* ich es wissen. Mein Blick fiel auf ihren schönen Mund, und ich hätte sie am liebsten geküsst.

Maddie kicherte beinahe nervös. »Wenn es keine weiteren Fragen gibt, gehe ich kurz zur Toilette, wo wir schon mal angehalten haben.«

Ich zwang mich, ihr wieder in die Augen zu sehen, und räusperte mich. »Oh, das war noch gar nicht meine Frage. Ich wollte mich nur noch mal rückversichern. Mich interessiert vielmehr, was du dagegen unternommen hast.«

9. KAPITEL

Hazel

Was um alles in der Welt sollte ich darauf sagen?

Die Wahrheit? Dass ich mir vorgestellt hatte, wir hätten wilden animalischen Sex, während ich mit dem Duschkopf zwischen den Beinen in der Wanne gelegen hatte? Oder sollte ich ihm verschweigen, dass ich nach meinem heftigen Höhepunkt fünf Minuten Sternchen gesehen hatte?

»Mads …«

Ich sah zu ihm auf, und er schenkte mir ein schiefes Lächeln. »Tut mir leid. Vielleicht bin ich zu weit gegangen.«

»Nein, bist du nicht.«

Er griff mir ins Haar, wickelte sich eine Strähne um den Zeigefinger und zog daran. »Komm, wir holen uns ein paar Süßigkeiten und suchen die Toilette.«

Ich nickte.

In der Tankstelle ging ich wie im Nebel durch die Gänge. Dabei war es nicht mein Eingeständnis, dass ich mich selbst befriedigt hatte, das mir zu schaffen machte. Ich war weiß Gott nicht prüde. Seit ich für meinen Job mit Rockbands gereist war, konnte mich nichts mehr schocken. Mich beschäftigte eher, dass ich dabei an *ihn* gedacht hatte. Wenn ich ehrlich war, hätte ich auf der Stelle die Augen schließen und es wiederholen können, weil ich ihn so anziehend fand. Und das war nicht die einzige Sache, die mir Sorgen bereitete.

Das Problem war, dass ich begann, mehr als nur seinen Körper zu wollen.

Milo kam mit einer Großpackung Fruchtgummischnüre und einer riesigen Tüte M&M's auf mich zu. »Ich habe etwas Fruchtiges und etwas Schokoladiges. Möchtest du auch etwas Salziges?«

Ich starrte die Süßigkeiten bestimmt dreißig Sekunden lang an, bevor ich zu Milo aufsah. Ich blinzelte mehrmals, dann platzte es einfach aus mir heraus: »Ich habe mich mit dem Duschkopf befriedigt, als du weg warst. Ich bin so heftig gekommen, dass mir regelrecht schwindelig war. Aber es hat mich trotzdem nicht befriedigt. Danach hat es zwei Stunden gedauert, bis ich eingeschlafen bin. Und heute Morgen, als du mich angerufen und gefragt hast, ob wir frühstücken gehen, hast du geglaubt, du hättest mich geweckt, weil ich so durcheinander klang. Aber ich war wach. *Hellwach*. Ich hatte die Finger in mir und habe mich total erschrocken, als das Telefon anfing zu klingeln. Ich musste erst die Sprache wiederfinden. Und da wir beschlossen haben, vollkommen ehrlich zueinander zu sein – ich würde den verdammten Schalthebel im Auto benutzen, wenn ich dann nicht wegen Erregung öffentlichen Ärgernisses auf dem Parkplatz verhaftet werden würde.« Ich holte tief Luft und wurde lauter. »Weil ich immer noch so verdammt geil bin!«

Milo fiel die Kinnlade herunter, und die Süßigkeitentüten landeten mit einem lauten Klatschen auf dem Boden.

Das Geräusch brachte mich zur Besinnung. Ich war so mit mir beschäftigt gewesen, dass ich die Umgebung gar nicht wahrgenommen hatte. Das wurde mir nun schmerzlich bewusst. Eine Mutter sah mich empört an, hielt ihrer Tochter die Ohren zu und schob sie hastig aus dem Laden. Und ein Mann um die siebzig kam aus dem Nebengang und wies mit dem Daumen auf den Parkplatz.

»Ich habe ein Fünfganggetriebe mit einem dicken Holzschaltknüppel. Wenn Sie wollen, fahre ich mein Auto hinter die Tankstelle.«

Am nächsten Morgen war ich die Erste am Frühstücksbüfett. Ich löffelte etwas Rührei auf meinen Teller und legte ein wenig Speck dazu, bevor ich mir zwei Scheiben Toast machte. Es war erst halb sieben, und ich hatte den kleinen Speiseraum ganz für mich allein. Ich setzte mich an einen Tisch, starrte auf den Fernseher an der Wand und stocherte gedankenverloren in meinem Rührei herum.

Nach meinem Geständnis in der Tankstelle war die Stimmung zwischen mir und Milo irgendwie gekippt. Er hatte meinen Ausbruch mit einem Lachen abgetan, bevor wir weitere zweieinhalb Stunden gefahren waren und im Hotel eingecheckt hatten, aber es hatte sich eine Befangenheit eingestellt, die es vorher nicht gegeben hatte.

Als ich mir gegen sieben noch eine Tasse Kaffee holte und in den Speiseraum zurückkehrte, saß Milo an meinem Tisch.

»Wie bist du hier reingekommen, ohne dass ich es gemerkt habe?«

Er trank einen Schluck Kaffee. »Du hättest es nicht mal gemerkt, wenn eine Elefantenherde hier durchgetrampelt wäre. Du hast den Fernseher angestarrt, als könnte er dir die wichtigsten Fragen des Lebens beantworten.«

Ich setzte mich seufzend zu ihm. »Ja. Ich war wohl in Gedanken.«

Er sah mich über den Rand seiner Tasse hinweg an. »Willst du darüber reden?«

»Worüber?«

»Über das, was in deinem Kopf vorgeht.«

Ich runzelte die Stirn. »Nein … eigentlich nicht.«

Milo sah mich prüfend an. »Okay. Wäre es dir recht, wenn ich dir stattdessen von einem Problem erzähle, das mich gerade beschäftigt?«

Ich zuckte mit den Schultern. »Klar. Natürlich. Was gibt's?«

»Also, ich habe da eine tolle Frau kennengelernt.«

Ich verspürte sofort einen Anflug von Eifersucht. Er hatte eine Frau kennengelernt? Wann? Gestern Abend?

Milo warf lächelnd einen Blick auf meine Kaffeetasse. »Entspann dich. Es ist nicht, was du denkst.«

Ich runzelte die Stirn. »Ich verstehe nicht recht. Wen hast du kennengelernt?«

»Eine faszinierende Frau. Sie ist abenteuerlustig und einfach großartig. Und sie hat ein hitziges Temperament, das zu ihren feuerroten Haaren passt.«

Oh. *Ohhh!* Ich lächelte. »Scheint eine klasse Frau zu sein.«

Er schmunzelte. »Oh ja, sie ist wirklich klasse. Ich liebe so ziemlich alles an ihr ... bis auf eine Sache.«

»Und die wäre?«, fragte ich enttäuscht.

»Sie hat eine lange Beziehung hinter sich und eine schlimme Trennung. Daher ist sie sehr verletzlich. Aber aus diesem Grund muss ich ihr ein Freund sein, statt etwas anzustoßen, das wir beide gerade *sehr* gut gebrauchen könnten.« Er hielt inne und suchte meinen Blick. »Weißt du, ich mag sie wirklich, und ich will nicht, dass sie mich später bereut.«

Ich schloss die Augen und nickte. »Ich verstehe.«

Milo fasste mich an den Händen. »Bist du sicher, Mads? Denn meine Zurückhaltung nach deinem Statement in der Tankstelle hat nichts damit zu tun, dass ich dich nicht wollen würde. Das darfst du nicht denken.«

Ich schüttelte den Kopf und schaute zu Boden. »Okay.«

Milo legte den Finger unter mein Kinn. »Du bist eine absolute Traumfrau, und es war idiotisch von deinem Ex, dich nicht festzuhalten. Ich würde nichts lieber tun, als mit dir zu schlafen, Maddie. Du hast keine Ahnung, wie oft ich mir das schon ausgemalt habe, seit wir uns kennengelernt haben. Aber Sex zu nutzen, um über eine Beziehung hinwegzukommen, ist wie Schnaps zu trinken, um einen Kater auszukurieren. Wenn man sich wirklich besser fühlen will, muss man einfach eine Weile die Finger davon lassen, damit man wieder klarsieht.« Er hielt inne, und sein Blick blieb an meinen Lippen hängen. »Ich versuche, das Richtige zu tun. Das heißt nicht, dass ich nicht furchtbar gern das Falsche mit dir machen würde.«

Ich lächelte traurig. »Du bist wirklich einer von den Guten, Milo Hooker.«

Er zwinkerte mir zu. »Weil unsere Mutter uns ordentlich erzogen hat.«

»Tut mir leid.« Die Rezeptionistin schüttelte den Kopf. »Wir sind komplett ausgebucht. Dieses Wochenende finden zwei große Kongresse in New Orleans statt.«

»Ja, davon haben wir schon gehört«, sagte Milo. »Trotzdem danke.«

Es war das dritte Hotel, in das wir unser Gepäck geschleift hatten, nachdem wir den Mietwagen auf dem Parkplatz abgestellt hatten. Und wir waren immer noch ohne Bleibe.

Milo wies mit dem Kinn auf die Bar in der Lobby. »Komm, lass uns was trinken. Dann überlegen wir in Ruhe, was wir jetzt machen.«

»Gute Idee. Ich kann online nach Hotels in der Nähe suchen.«

An der Bar bestellte uns Milo zwei Hurricane-Cocktails und fragte den Barkeeper nach dem Weg zur Herrentoilette. Als er weg war, rief ich eine Liste von örtlichen Hotels auf und begann zu telefonieren. Die ersten beiden waren ausgebucht, aber das dritte hatte noch zwei Zimmer frei. Es handelte sich allerdings um recht teure Suiten, und ich wollte meinen Reisegefährten lieber erst fragen, bevor ich sie buchte.

»Ungefähr drei Blocks weiter gibt es ein Hotel, an der Ecke Bourbon und Orleans«, informierte ich ihn, als er zurückkam. »Da sind noch zwei Suiten frei. Aber die kosten etwas über dreihundert pro Nacht zuzüglich Steuer. Das ist ziemlich viel Geld, wie ich finde, deshalb habe ich auf dich gewartet.«

Milo setzte sich auf den Barhocker und griff zu seinem Hurricane. »Wahrscheinlich ist alles teuer, was noch zu haben ist. Für mich geht es in Ordnung, solange es dir recht ist. Dann bleiben wir eben nur eine Nacht.«

Ich nickte. »Ja, gut. Dann mache ich das sofort fest.«

»Wir können auch unsere Drinks mitnehmen und direkt hingehen.«

»Unsere Drinks mitnehmen? Auf die Straße?«

»Ja. Das macht man hier so. Deshalb haben wir Plastikbecher bekommen. Es ist nicht wie im Nordosten, wo man sich mit Alkohol nicht in der Öffentlichkeit blicken lassen kann. Es gehört zum Charme dieser Stadt, dass man mit seinem Drink spazieren gehen kann.«

»Okay!«

Milo und ich schlenderten zum Bourbon Orleans Hotel und genossen unsere Cocktails. Obwohl die Becher ziemlich groß waren, trank ich meinen recht schnell aus, weil ich Durst hatte und er zuckersüß schmeckte. Er stieg mir direkt zu Kopf.

»Was ist dadrin?«

»Ich hätte dich warnen sollen. Da ist viel Rum drin, aber durch den Fruchtsirup schmeckt man den Alkohol nicht.«

»Wow. Ja. Ich bin schon von dem einen angeschickert.«

Der Portier des Hotels begrüßte uns und öffnete die Tür. Milo und ich marschierten schnurstracks zur Rezeption.

»Hallo. Ich habe gerade angerufen und mich nach freien Zimmern erkundigt. Wir würden gern die beiden Suiten nehmen.«

Die Frau schüttelte den Kopf. »Tut mir leid. Eine davon hat vor zwei Minuten ein anderer Gast telefonisch reserviert. Ich habe also nur noch eine frei. An diesem Wochenende ist wirklich viel los in der Stadt.«

»Oh, Mist.«

Sie schaute zwischen mir und Milo hin und her. »Unsere Suiten haben nur ein Schlafzimmer, aber sie verfügen über eine Ausziehcouch, wenn das für Sie okay ist.« Bevor wir weiter darüber sprechen konnten, klingelte das Telefon. »Entschuldigen Sie mich bitte einen Moment.« Die Rezeptionistin entfernte sich und ließ Milo und mich allein.

»Was meinst du?«, fragte ich. »Fändest du es komisch, wenn wir uns die Suite teilen? Immerhin gibt es ein separates Schlafzimmer.«

Milo war ebenso unschlüssig wie ich. Er ließ den Blick über meinen Körper schweifen, bevor er sich lachend mit der Hand durch die Haare fuhr. »Hat die Schlafzimmertür ein solides Schloss?«

Die Frau kehrte zurück. »Entschuldigen Sie, ich habe jemanden am Telefon, der die letzte Suite buchen möchte. Aber Sie stehen hier vor mir, und wenn Sie sie haben möchten, sage ich den Leuten ab.«

Ich sah Milo an. »Was sollen wir machen? Das ist schon das vierte Hotel, bei dem wir es versuchen. Und es sieht doch sehr nett aus. Wenn wir uns die Suite teilen, nehme ich die Couch, und du kannst das Schlafzimmer haben.«

Er schüttelte den Kopf. »Nein, du nimmst das Schlafzimmer. Und du verbarrikadierst dich darin, wenn wir zu viel trinken.«

Das French Quarter war ein sehr spannendes Viertel. In einem winzigen Restaurant, in dem nur etwa zehn Personen Platz fanden, teilten wir uns ein fantastisches Jambalaya für zwei, dann besuchten wir mehrere kleine Bars mit Livemusik. Als wir die geschäftige Bourbon Street entlangschlenderten, kam eine ältere Frau mit einem wallenden schwarzen Kleid auf Milo zu. Sie trug ein buntes Tuch auf dem Kopf, aus dem ihre grauen Dreadlocks herausschauten.

Sie ergriff seine Hand. »Für dich mache ich es gratis.«

Ich lachte. »Klingt nach einer Gelegenheit, die du dir nicht entgehen lassen solltest.«

Die Frau wandte sich mir zu. Sie hob die Hände und schloss die Augen. »Du wurdest betrogen. Aber du musst nicht allein sein.«

Ich stutzte. »Wie bitte?«

Diesmal lachte Milo. Er zeigte auf das Schild an dem Gebäude, vor dem wir standen. *Wahrsagung und Chakra-Therapie.* »Wahrscheinlich arbeitet sie da.«

Die Frau nickte. »Ich bin Zara.« Sie zeigte in meine Richtung. »Und deine Aura ist getrübt. Kommt mit. Ich werde euch die Karten legen. Heute zum Sonderpreis, nur zwanzig Dollar.«

Ich schnaubte. »Sie haben gerade gesagt, für ihn machen Sie es gratis.«

Die Frau musterte Milo von oben bis unten. »Er hat eine strahlende Aura. Tiefrot. Er ist ein leidenschaftlicher Mensch.« Sie zwinkerte mir zu. »Und auch sehr sexy.«

»Nur damit ich das recht verstehe, er ist strahlend rot und kriegt es umsonst, und ich bin düster und muss zwanzig Dollar zahlen?«

Die Frau zuckte mit den Schultern. »Auch Menschen mit übersinnlicher Wahrnehmung müssen ihre Brötchen verdienen, Süße.«

Ich kicherte. »Ich glaube, ich passe«, sagte ich und wollte weitergehen, aber Milo hielt mich am Arm fest.

»Nicht so schnell.« Er sah Zara an. »Können Sie in die Zukunft sehen?«

Sie nickte beinahe beleidigt. »Selbstverständlich.«

Milo kratzte sich am Kinn. »Zwanzig Dollar, hm? Vielleicht lohnt sich die Investition, und wir finden heraus, wohin uns unsere Reise als Nächstes führt.« Er griff in seine Tasche. »Weißt du was? Wir riskieren es.«

Ich lachte. »Du willst sie wirklich dafür bezahlen, dass sie dir die Karten legt?«

Er grinste. »Nein, nein. Sie wird sie *dir* legen.«

10. KAPITEL

Matteo

In Zaras kleiner Bude hing der Duft von Räucherstäbchen in der Luft. Er erinnerte mich daran, wie es früher in meinem Studentenwohnheim gerochen hatte. Teppiche in verschiedenen Farben hingen an den Wänden, und in einer Ecke miaute eine Katze.

Wir nahmen gegenüber von ihr Platz. *Das wird ein Spaß!* Maddie und ich sahen zu, wie unsere Wahrsagerin mehrere Karten verdeckt auf dem Tisch auslegte.

»Wie sind eure Namen?«, fragte sie.

Maddie sah von mir zu ihr. »Ich bin Maddie, und das ist mein Bruder Milo.«

Wenn diese Dame tatsächlich hellsichtig war, musste sie eigentlich merken, dass wir falsche Namen benutzten – und keine Geschwister waren. Ich war gespannt.

Zara drehte drei Karten um, die in einer Reihe lagen. Auf einer war eine Frau mit Flügeln abgebildet, auf der zweiten ein böse aussehender Mann. Das letzte Bild war schwer zu deuten, aber im Hintergrund war eine riesige Sonne zu sehen.

Zara warf ihre Dreadlocks nach hinten. »Bei diesem Drei-Karten-Tarot steht die erste Karte für die Vergangenheit, die zweite für die Gegenwart und die dritte für die Zukunft.«

»Okay …« Maddie leckte sich die Lippen. Sie wirkte nervös.

Zara fuhr mit den Fingern über die erste Karte. »Du warst in der Vergangenheit sehr abenteuerlustig, nicht wahr? Ich spüre, dass sich das verändert hat. Was ist passiert?« Maddie schaute erschrocken zu mir herüber. »Ich habe mich selbst ein wenig verloren«, sagte sie. »Aber ich stecke gerade mitten in einem Abenteuer. Ich arbeite also daran.«

Zara nahm sich die zweite Karte vor. »Diese Karte bedeutet Unentschlossenheit. Du befindest dich in einer Phase der Unsicherheit, was deine persönlichen Beziehungen angeht.« Zara sah auf. »Kannst du etwas damit anfangen?«

Maddie nickte. »Ja, total.«

Zara tippte auf die dritte Karte. Sie kratzte sich am Kinn und schien über die Bedeutung nachzudenken. »Oooh.«

Maddie beugte sich beunruhigt vor. »Was ist?«

»Diese rechte Karte, die für die Zukunft steht, zeigt mir einen Konflikt. Einen großen Konflikt. Da braut sich etwas zusammen, und es lässt womöglich nicht mehr lange auf sich warten. Du musst auf der Hut sein.«

Meint sie das im Ernst? Für mich klang es wie der reinste Blödsinn. Jeder hätte sich aus ihren Aussagen etwas herauspicken können, das auf sein Leben zutraf. Hätte sie das Gleiche zu mir gesagt, hätte es genauso gepasst.

»Bei allem Respekt«, schaltete ich mich ein, »aber wieso sollte sie glauben, dass irgendetwas davon eine tiefere Bedeutung hat? Ich meine, alles, was Sie bisher erzählt haben, war ziemlich allgemein.«

Zara sah mich mit zusammengekniffenen Augen an. »Ich sage nur, was ich sehe. Die Karten sind ein visuelles Mittel, das mir hilft, die Energie zu verstehen, die Maddie umgibt. Ich kann nichts dafür, dass die Informationen allgemein erscheinen. Ich bin nur die Botin, und *sie* muss herausfinden, was es im Einzelnen für sie bedeutet.«

»Mehr können Sie mir also nicht über diesen Konflikt sagen?«, fragte Maddie.

Zara ergriff ihre Hände und schloss die Augen. »Pass auf … Es gibt da jemanden, den du kennst … und er ist nicht der, für den du ihn hältst.«

»Wie bitte?« In Maddies Gesicht zeichnete sich Besorgnis ab.

»Sein Name fängt mit M an.« Zara schloss wieder die Augen. »Ich spüre den Namen Matthew oder so ähnlich.«

Ich schluckte.

Sie hat Matthew gesagt, nicht Matteo. Entspann dich!

Maddies Gedanken gingen offenbar in eine ganz andere Richtung. »Mein Vater heißt Matthew. Ist irgendetwas mit ihm?«

Nein, Maddie, Zara meint wahrscheinlich mich.

»Ich empfange keine Vater-Energie. Aber wenn dein Vater Matthew heißt, dann betrifft der Konflikt vielleicht ihn.«

Ich wollte nicht darauf hinweisen, dass Zara Maddie womöglich meinetwegen gewarnt hatte. Zunächst einmal hatte ich keinen Schimmer, was es bedeuten sollte, wenn sie sagte:»Er ist nicht der, für den du ihn hältst.« Und diese Matthew-Sache konnte auch Zufall sein. Im Endeffekt war es doch so, dass Maddie und ich uns nicht unsere richtigen Namen gesagt hatten, und es wäre verdammt seltsam gewesen, meinen plötzlich unter diesen Umständen bekannt zu geben. Ich folgte lieber meinem Bauchgefühl, und das riet mir, die Klappe zu halten und mich nicht einzumischen.

»Die Zukunft ist nicht festgeschrieben«, sagte Zara. »Sie ist ungewiss und wird durch eigene Entscheidungen beeinflusst. Sei einfach vorgewarnt, was Matthew angeht. Tut mir leid. Ich sehe sonst nichts, was dir in dieser Hinsicht helfen könnte.«

»Okay«, sagte Maddie mit gequälter Miene. Dann flüsterte sie mir zu: »Ich werde meinen Vater anrufen und ihn daran erinnern, zu seinem jährlichen Check-up zu gehen, falls er es noch nicht getan hat.«

Ich nickte. »Gute Idee. Kann nicht schaden.«

»Hüte dich vor den Vögeln«, fügte Zara hinzu.

Maddie kniff die Augen zusammen. »Vor den Vögeln?«

»Ja.«

»Was soll das heißen?«

»Ich weiß es nicht genau. Ich habe nur einen visuellen Hinweis erhalten, der mir Anlass gibt, dich zu warnen. Ich kann nicht alle Botschaften deuten. Sie sind einfach da und scheinen für dich bestimmt zu sein.«

Maddie seufzte. »Matthew und Vögel also. Großartig. Okay.«

Auf einmal fasste sich Zara an die Schläfen. »Also … das ist ungewöhnlich.«

Maddie richtete sich auf. »Was?«

Ich bedauerte allmählich, dass ich sie hierzu überredet hatte.

»Jemand versucht, zu mir durchzudringen. Das kommt nicht oft vor, aber gerade ist es passiert. Und wo sie einmal da ist, werde ich sie wohl so schnell nicht wieder los.«

Maddie schaute von mir zu Zara. »Jemand hat sich gemeldet? Was hat das zu bedeuten?«

»Ich bin auch medial veranlagt. Diesen Service biete ich aber nicht an, weil ich nur ungern die Vermittlerrolle für die Toten übernehme. Doch manchmal sind die Geister ganz schön hartnäckig, und dieses Mädchen ist wirklich penetrant – und laut.« Sie hielt eine Weile inne. »Ich soll dem Mann sagen, dass sie bei ihm war, als er neulich gesungen hat.«

Ich bekam eine Gänsehaut und schaute ruckartig von den Karten auf, die ich betrachtet hatte. Als ich Zara in die Augen sah, erstarrte ich.

Das kann nicht sein. Ich wünschte es mir so sehr ... aber sie konnte es unmöglich sein.

»Gibt es einen Namen mit Z, der dir etwas bedeutet?«, fragte sie.

Heilige Scheiße.

»Ja.«

Sie nickte. »Sie zeigt mir eindeutig ein Z.« Zara schloss die Augen. »Und David Bowie.« Sie lachte. »Warum zeigt sie mir David Bowie?«

Z.

Bowie.

Zoe.

»Weil sie Zoe heißt«, sagte ich leise.

Maddie stand der Mund offen.

»Sie zeigt mir auch eine Menge Schnee. Hat das auch eine Bedeutung für dich?«

Ich nickte fassungslos. Mein Herz raste.

Maddie legte die Hand auf mein Knie. Ihr Gesicht konnte ich nicht sehen, weil ich Zara wie gebannt anstarrte. Ich wartete mit angehaltenem Atem, was als Nächstes kommen würde.

Zara legte den Kopf schräg. »Ist sie bei einem Skiunfall gestorben?«

Ich blies die Wangen auf und atmete geräuschvoll aus. »Ja.«

»Sie sagt, du ahnst es wahrscheinlich, aber sie möchte dir trotzdem versichern, dass sie keine Schmerzen hatte, als es passiert ist – nicht eine Sekunde lang.«

Mich überkam eine große Erleichterung. Ich hatte es immer vermutet, aber die Bestätigung tat mir gut.

Dann begann Zara zu meinem Entsetzen zu weinen.

Sie wischte sich die Tränen aus den Augen. »Tut mir leid. Ich hasse das. Manchmal bringen mich die Geister zum Heulen, wenn sie emotional werden. Ihre Gefühle übertragen sich dann auf mich. Deshalb mache ich das nicht gern.«

Mir lief eine Träne über die Wange. Ich konnte mich nicht erinnern, wann ich es das letzte Mal zugelassen hatte, noch dazu vor anderen. Aber ich war machtlos dagegen. Wenn Zoe tatsächlich mit Zara redete – und so schien es zu sein –, dann war es das Unglaublichste, was ich jemals erlebt hatte. Meine Gefühle fuhren Achterbahn. Ich empfand Glück und Trauer, Erleichterung und Angst, alles gleichzeitig.

»Sie hat mich zum Weinen gebracht, weil sie so traurig darüber ist, dass du dir Vorwürfe machst. Sie sagt, was geschehen ist, hätte sich nicht verhindern lassen. Es war für sie an der Zeit zu gehen. Ihre Geschichte war so geschrieben. Selbst wenn du anders gehandelt oder sie davon abgebracht hättest, sie zu begleiten, hätte sie diese Welt verlassen. Sie will, dass du eines verstehst: Ihr Tod war nicht deine Schuld.«

Ich brauchte einen Moment, um mich zu fassen. Den Kopf in die Hände gestützt versuchte ich, das Gehörte zu verarbeiten.

»Verstehst du das?«, fragte Zara.

Ich sah auf. Meine Unterlippe zitterte, als ich stumm nickte, während Maddie mein Knie drückte.

Ich hatte mir immer Vorwürfe wegen Zoes Tod gemacht, weil ich sie auf die schwarze Piste gelassen hatte, obwohl sie zu schwierig für sie war. Was wäre, wenn …? Diese Frage beschäftigte mich bis zum heutigen Tag. Hätte ich ihr verboten, mit mir zu fahren, wäre sie noch da.

»Wow. Sie ist leidenschaftlich. Sie hat dich wirklich geliebt«, sagte Zara.

Erneut kamen mir die Tränen.

Sie lächelte. »Ah … sie macht Musik. War das ein wichtiger Teil ihres Lebens? War sie Musikerin?«

Ich wischte mir über die Augen. »Ja.«

Zara nickte mehrmals vor sich hin und konzentrierte sich. »Ich soll dir sagen, du hast keine andere Wahl, als dein Leben weiterzuleben, und dass das auch völlig okay ist. Deshalb hat sie sich gemeldet. Das sollst du wissen.«

Dann herrschte eine Weile Schweigen.

Gefühlt vergingen mehrere Minuten, bis ich schließlich fragte: »Ist sie weg?«

»Aus ihrer letzten Botschaft werde ich nicht schlau. Sie zeigt mir Haselnüsse. Weißt du, was das bedeutet?«

Haselnüsse?

Ich schüttelte den Kopf. »Keine Ahnung.«

Maddie schaute zwischen Zara und mir hin und her.

»Manchmal empfange ich akustische Botschaften von den Geistern, manchmal schicken sie mir Bilder, um auszudrücken, was sie übermitteln wollen. Vielleicht fehlinterpretiere ich auch, was sie mir zeigt. Aber ich glaube, es ist ein Bild von Haselnüssen.«

Ich seufzte. »Okay.«

Maddie wirkte vollkommen erschüttert. Das Ganze war bestimmt zu viel für sie. Es hatte eigentlich ein Spaß werden sollen, aber wir hatten mehr bekommen als erwartet: eine richtige Séance.

Doch für mich war es ein Geschenk. Ich hätte niemand anderem außer ihr geglaubt, dass ich nicht schuld an Zoes Tod war und ihn nicht hätte verhindern können. Und allem Anschein nach hatte sie es mir gerade versichert. Zumindest musste ich in diesem Moment glauben, dass es so war.

»Sonst noch etwas?«, fragte ich.

Zara lauschte aufmerksam. »Nein. Ich glaube, sie ist weg.«

Ich atmete tief durch. Ich war ein wenig traurig, weil Zoe nicht mehr da war, aber zugleich erleichtert. Es war ein sehr intensives Erlebnis gewesen.

Zara zog ihr Telefon aus der Tasche und checkte die Uhrzeit. »Wir sind schon zehn Minuten über die Zeit. Ich hoffe, die Sitzung war hilfreich für euch.«

Ich stand auf. »Es war unglaublich hilfreich. Danke, dass Sie eine Ausnahme gemacht und Zoes Botschaft an mich weitergegeben haben.«

Sie lächelte. »Ich hatte keine große Wahl.«

Maddie erhob sich ebenfalls, und wir gingen gemeinsam zur Tür hinaus.

Wir waren in einer sonderbaren Stimmung, als wir schweigend die Straße hinunterliefen.

»Das war heftig.« Maddie legte die Hand an meine Schulter. »Alles in Ordnung?«

Ich atmete tief durch. »Es war … Ich weiß nicht, was ich sagen soll.«

»Es war erstaunlich. Absolut erstaunlich. Und es war Bestimmung, Milo. Hundertprozentig! Es war uns bestimmt, hier zu landen, damit Zoe dir ihre Botschaft übermitteln konnte. Vielleicht war das der eigentliche Grund für diese Reise. Das Schicksal hat uns zusammengebracht, damit wir an diesen Ort kommen und Zara begegnen.«

Wahnsinn! Ich wurde schon wieder emotional. Nachdem ich für heute schon genug geheult hatte, versuchte ich, die Stimmung aufzulockern.

Ich schlang den Arm um ihren Rücken. »Soll das heißen, wir waren auf einer Bumsparty, haben grottenhässliche Stiefel gekauft, und du hast in aller Öffentlichkeit über Selbstbefriedigung gesprochen, damit ich eine Nachricht von Zoe erhalte?«

»Ja!« Sie lachte. »Ja, genau das habe ich gemeint.«

»Du könntest recht haben«, sagte ich lächelnd. »Ich wünschte nur, ich wüsste, was es mit den Haselnüssen auf sich hat.«

Sie blickte einen Moment nachdenklich drein. »Nun, wenn sie wirklich eine Bedeutung haben und es dir bestimmt ist, sie herauszufinden, dann wird es so kommen.«

Ich nickte und zerzauste ihr Haar. »Was für ein verrückter Tag! Jetzt brauchen wir was zur Entspannung. Worauf hast du Lust?«

»Ehrlich gesagt bin ich total erledigt. Ich will eigentlich nur zurück ins Hotel.«

Mist. Ich hatte gehofft, wir könnten es noch eine Weile umgehen, uns allein in unserem Zimmer aufzuhalten. Aber was brachte es, das Unvermeidliche hinauszuzögern? Irgendwann mussten wir zurück.

»Alles klar, klingt gut. Möchtest du noch etwas zu essen mitnehmen?«

Sie rieb sich den Bauch. »Ich bin noch immer satt von dem Jambalaya.«

»Ja, ich habe auch keinen Hunger.«

Jedenfalls nicht auf Essen, aber das behalte ich lieber für mich.

»Obwohl ...«, sagte sie.

»Was denn?«

Sie grinste. »Auf ein Eis hätte ich schon Lust.«

»Eis klingt verdammt gut.«

Wir fanden gleich in der Nähe ein kleines Eiscafé. Ich holte mir zwei Kugeln Schokoeis mit Schokoladensplittern, und Maddie entschied sich für eine Kugel Kirscheis.

Als wir in Richtung Hotel schlenderten, ging die Sonne unter. Es war ein herrlicher Abend mit einer lauen Brise. Meine Gedanken kreisten noch um die Séance bei Zara. Irgendwie spürte ich jetzt, dass Zoe bei mir war, obwohl ich sie bisher immer als unerreichbar empfunden hatte. Ich hatte keine Zweifel daran, dass sie uns bei dieser Reise gelenkt hatte. Aber welche Rolle spielte Maddie dabei? Die Vorstellung, dass Zoe mich zu ihr geführt hatte, war eigenartig. Vielleicht interpretierte ich einfach zu viel hinein.

Maddie riss mich mit einem lauten Schrei aus meinen Gedanken. Es dauerte ein paar Sekunden, bis ich begriff, was los war. Eine Taube war auf ihrem Eis gelandet. Sie klaute sich flügelschlagend einen Klumpen Eis und flog mit ihrer Beute davon.

»Was zum Teufel war das?«, fragte Maddie.

Ich schüttelte mich vor Lachen.

Dann traf mich die Erkenntnis. »Du kannst nicht sagen, Zara hätte dich nicht vor Vögeln gewarnt!«

11. KAPITEL

Hazel

Ich schloss mit einem erleichterten Seufzer die Badezimmertür ab. Endlich allein! Ich fand es zwar schön, Tag und Nacht mit Milo zusammen zu sein, aber manchmal brauchte ich eine Pause, um Dinge geistig zu verarbeiten, ohne dass er mir meine Gedanken vom Gesicht ablesen konnte.

Ich drehte den Hahn auf und stellte mich unter die Dusche. Während das Wasser auf mich niederprasselte, dachte ich über die Ereignisse des Tages nach. Zoes Botschaft an Milo war eins der unglaublichsten Dinge, die ich je erlebt hatte – nicht nur, weil sie bewies, dass es jenseits dieses Lebens noch etwas anderes gab. Es erinnerte mich auch daran, dass wahre Liebe den Tod überwand. Die Liebe zwischen Milo und Zoe war echt und auf Respekt gegründet gewesen. Milo hätte ihr niemals angetan, was Brady mir angetan hatte.

Andererseits zeigte Zoes Schicksal deutlich, wie kurz das Leben war. Wir hatten nicht ewig Zeit, um denen zu verzeihen, die uns wichtig waren. Sollte ich Brady also noch eine zweite Chance geben? Und was hatte es mit Zaras Warnung wegen eines Konflikts im Zusammenhang mit dem Namen Matthew auf sich? Ich nahm mir vor, meinen Vater am nächsten Tag von unterwegs anzurufen.

Nach einer halben Stunde klopfte es an der Tür. Dann hörte ich Milos Stimme.

»Lebst du noch?«

Mist, ich stand schon viel zu lange unter der Dusche.

»Alles gut!«, rief ich, stellte das Wasser ab und drückte meine Haare aus. »Ich hab die Zeit vergessen!«

»Meinetwegen musst du dich nicht beeilen. Ich wollte nur wissen, ob alles okay ist.«

Vielleicht hatte ich mir unbewusst so viel Zeit gelassen, weil ich nicht mit Milo allein sein wollte. Er hatte so sexy ausgesehen, als er eben aus der Dusche gekommen war. Ich hatte nur einen flüchtigen Blick auf seinen nassen nackten Oberkörper erhascht, als er mit einem Handtuch um die Hüften an meinem Schlafzimmer vorbeigegangen war. Es würde mir schwerfallen, den Wunsch zu verdrängen, ihm nah zu sein. Wenn ich mich wenigstens an ihn kuscheln könnte! An der Seite von Milo einzuschlafen war ein verlockender Gedanke, aber weil ich sicher war, dass es zu anderen Dingen führen würde, musste es eine Fantasie bleiben.

Nachdem ich mich abgetrocknet und mir ein Top und Schlafshorts angezogen hatte, fiel mir die Tube mit meiner Gesichtsmaske in meinem Toilettenbeutel in die Hand. Man trug sie abends auf und ließ sie über Nacht einwirken. Eigentlich das perfekte Abschreckungsmittel. Grüne Pampe im Gesicht war ziemlich unerotisch, oder?

Ich band mir die Haare hoch und verteilte die Maske auf meinem Gesicht. Sie wurde schnell hart, und als ich in den Spiegel sah, blickte mir ein Monster entgegen. *Ausgezeichnet!*

Ich schloss die Tür auf und verließ das Badezimmer. Milo machte große Augen.

»Hey, das steht dir gut, Mads!«

»Danke, danke. Ich dachte, wo wir uns schon ein Zimmer teilen, kann ich dir auch zeigen, was hinter den Kulissen abläuft«, scherzte ich. »Ich wache nämlich nicht so auf, wie man mich zu sehen bekommt. Das ist harte Arbeit.«

»Und ich dachte, du bist einfach von Natur aus schön.«

Seine Worte trieben mir die Röte ins Gesicht.

»Es überrascht mich, dass du dir diesmal ein Shirt angezogen hast, bevor ich die Gelegenheit bekam, dich zu bewundern«, zog ich ihn auf.

»Tja …« Er legte seufzend die Beine auf der Couch hoch und zwinkerte mir zu. »Ich fand es unfair, denn du kannst ja heute nicht weglaufen.«

»Danke, dass du mich verschont hast.« Ich setzte mich ans andere Ende der Couch. »Wie fühlst du dich?«

Er wandte sich mir zu. »Wegen Zoe, meinst du?«

»Ja, die Sache will mir einfach nicht aus dem Kopf. Ich kann nur vermuten, wie es dir geht.«

Er legte den Kopf zurück und starrte an die Decke. »Es war völlig surreal. Ich hätte so etwas nicht für möglich gehalten. Es hat mir in gewisser Weise inneren Frieden geschenkt. Zara hat sich das alles nicht ausdenken können. Wenn es nur eine Information gewesen wäre, hätte ich Zweifel, aber der Name, die Erwähnung des Skiunfalls und die Botschaft, Zoe sei bei mir gewesen, als ich gesungen habe? All das zusammen kann kein Zufall sein. Und ich war bis heute der größte Skeptiker, was solche Sachen angeht, das kannst du mir glauben.«

»Ich kann dir nur zustimmen. Ich habe es auch immer für Unsinn gehalten. Aber was heute passiert ist, war nach meinem Empfinden echt. Und das ist wunderbar.«

»Danke, dass du dich darauf eingelassen hast, mit mir zu ihr hineinzugehen. Sonst wäre das Ganze womöglich nie passiert.«

Milo streckte mir die Hand entgegen. Ich ergriff sie, und wir verschränkten unsere Finger. Es war kein Annäherungsversuch, das wusste ich. Es war nur eine liebe Geste, ein Dankeschön für meine Unterstützung. Doch die Berührung löste Schockwellen durch meinen Körper aus.

Ich ließ unwillkürlich los. »Ach … du musst dich nicht bei mir bedanken«, sagte ich. »Ich bin ja dafür da, um mit dir deine verrückten Ideen auszuleben. Und dabei kommen manchmal einfach tolle Dinge heraus.« Ich lächelte. »Apropos … Hast du schon eine Idee, wohin wir als Nächstes fahren?«

»Mal sehen, wonach uns morgen der Sinn steht. Ich könnte mir auch vorstellen, noch einen Tag zu bleiben. Wir haben längst nicht alles von dieser Stadt gesehen. Was meinst du?«

Ich nickte. »Ich glaube, ich muss auch noch nicht weiterziehen.«

»Gut.« Milo stand auf. »Warte einen Moment. Ich bin gleich wieder da.« Er verschwand im Badezimmer.

Ich schaltete den Fernseher ein und machte es mir auf der Couch gemütlich. Es dauerte eine Weile, bis Milo zurückkehrte. Als er auf mich zukam, musste ich zweimal hingucken. Sein Gesicht war grün, genau wie meins. Er hatte meine Maske aufgetragen.

»Was hast du gemacht?«

»Ich wollte mal sehen, was dieses Wunderzeug taugt.«

Ich prustete vor Lachen. »Und?«

»Ich spüre meine Wangen nicht mehr. Das kann doch nicht gut sein.«

»Die Maske erfüllt ihre Aufgabe. Sie saugt den Dreck aus den verstopften Poren.«

Milo nahm wieder seinen Platz am anderen Ende der Couch ein. »Aber das ist nicht ihre einzige Aufgabe, oder?«

»Wie meinst du das?«

»Wenn du glaubst, die Pampe in deinem Gesicht würde mir

die Lust nehmen, dich zu küssen, dann hast du dich geschnitten. Trotzdem, netter Versuch.«

Ich war heilfroh, dass ich das Zeug im Gesicht hatte, denn darunter lief ich knallrot an.

Danach herrschte eine Zeit lang Schweigen. Irgendwann atmete ich tief durch. »Du hast gesagt, du hältst dich zurück, weil Sex nicht das geeignete Mittel ist, um über eine Beziehung hinwegzukommen, und ich gebe dir recht. Aber hast du dich mal gefragt, was wäre, wenn …? Wenn du die richtige Person zur falschen Zeit kennenlernst? Bisher haben wir beide gedacht, wir wären einander begegnet, um uns zu helfen, nach vorne zu schauen und unsere Altlasten zu überwinden. Aber was ist, wenn wir uns aus einem anderen Grund begegnet sind?«

Ich sah, wie Milos Adamsapfel sich bewegte. »Zum Beispiel?«

»Vielleicht sind wir uns begegnet, weil …« Ich lachte nervös. »Es ist wahrscheinlich Blödsinn, aber was ist, wenn wir uns nicht nur begegnet sind, um einander zu helfen, sondern weil wir füreinander bestimmt sind?«

Unsere Blicke kreuzten sich und hielten einander einen sehr intensiven Moment lang fest. Es kam mir vor, als befänden wir uns in einem Tunnel, nur er und ich. Außer ihm sah oder hörte ich nichts mehr um mich herum.

»Ich würde mich freuen, wenn es so wäre. Du bist eine fantastische Frau, Maddie, innerlich wie äußerlich, und ich bin verrückt nach dir. Aber kannst du ehrlich behaupten, dass du heute noch nicht an deinen Ex gedacht hast?«

Mein hoffnungsvolles Lächeln schwand, und ich schloss kopfschüttelnd die Augen. »Ich verstehe. Weil ich das letzte Kapitel meines Lebens noch nicht ganz abgeschlossen habe, ist es nicht der richtige Zeitpunkt, um ein neues zu beginnen.«

Er nickte. »Das bedeutet nicht zwangsläufig, dass das, was du gesagt hast, falsch ist. Vielleicht sind wir füreinander bestimmt. Ich denke, es ist sehr wohl möglich, die richtige Person zum falschen Zeitpunkt kennenzulernen. Es wäre eigentlich typisch für mich.« Er ließ den Blick durchs Zimmer schweifen, dann sah er mich wieder an. »Ich habe eine Idee.«

»Und die wäre?«

»Wir könnten in diesem Hotel Zimmer für in drei Monaten reservieren. Wir fahren beide nach Hause und kehren in unser Leben zurück. Und wenn du in neunzig Tagen nicht mehr an ihn denkst, dann steigst du in den Flieger und triffst dich hier mit mir.« Er klopfte auf die Couch. »Genau hier, genau wie jetzt – nur ohne das grüne Zeug im Gesicht, und mit erheblich weniger Klamotten am Leib.«

Ich lächelte und spürte, wie meine Maske bröckelte. »Die Idee gefällt mir.«

»Gut.« Milo ergriff abermals meine Hand und verschränkte seine Finger mit meinen. »Dann ist es abgemacht.«

Am nächsten Morgen war Milo weg, als ich aufwachte. Ich geriet in Panik, als ich die Schlafzimmertür öffnete und er nicht im Wohnzimmer war. Voller Angst und Sorge lief ich auf und ab, bis ich seine Reisetasche entdeckte, die hinter der Couch verstaut war. Ich seufzte erleichtert und spritzte mir im Bad Wasser ins Gesicht, um mich zu beruhigen. Ich hatte mir gerade die Zähne geputzt, als ich die Eingangstür der Suite hörte.

»Milo?«, rief ich.

»Ja, meine Liebe.«

Ich beendete lächelnd meine morgendliche Badroutine. Als ich den Raum verließ, saß Milo mit hochgelegten Beinen und einem großen Becher Kaffee in der Hand auf der Couch. Er beugte sich vor und nahm den zweiten Becher vom Tisch. »Für dich, Schwester.«

»Danke.« Ich setzte mich zu ihm und zog die Beine unter mich. »Du bist früh aufgestanden«, sagte ich und nahm den Deckel von dem Becher.

Er nickte. »Ich hatte ein paar Dinge zu erledigen.«

Ich probierte meinen Kaffee. »Zum Beispiel?«

Milo zog ein Bündel zusammengefaltete Papiere aus der Gesäßtasche. »Also, zuerst habe ich an der Rezeption gefragt, ob wir eine Nacht verlängern können. Das war kein Problem. Und ich habe uns Hop-on-Hop-off-Tickets für eine Stadtrundfahrt besorgt. Mit einem von den großen roten Doppeldeckerbussen, die man überall in der Stadt sieht.«

»Oh, okay. Das klingt super.«

»Dann war ich noch beim Tourismusbüro ein paar Blocks weiter und habe gefragt, wo man hier gute Fotomotive findet. Die Frau, mit der ich gesprochen habe, war zufällig Hobbyfotografin.« Er faltete eine Karte auseinander. »Sie hat ein paar Orte markiert, die dir gefallen könnten. Die meisten davon sind nicht sehr weit von Haltestellen unserer Bustour entfernt.«

»Wie aufmerksam von dir! Danke. Ich kann es kaum erwarten, die Stadt weiter zu erkunden. Aber was ist mit dir? Wenn wir für mich eine Fototour unternehmen, müssen wir auch etwas machen, das dir gefällt.«

Milo wackelte mit den Augenbrauen. »Das machen wir, wenn wir uns in drei Monaten hier wiedersehen.«

Ich lachte. »Nein, im Ernst. Dieses Abenteuer ist für uns beide.«

»Ich habe auch Pläne für mich gemacht. Als ich den Kaffee geholt habe, bin ich an einer Bar vorbeigekommen, in der heute ein Open-Mic-Abend stattfindet. Ich habe mich dafür angemeldet.«

»Du willst noch mal singen?«

Er lächelte. »Ja! Ich habe unser Duett sehr genossen, aber ich denke, es wird Zeit, dass ich allein auf die Bühne gehe. Höchste Zeit sogar!«

»Du hast unser Duett sehr genossen? So ein Blödsinn!«, entgegnete ich lächelnd. »Aber okay. Ich freue mich, dass du wieder singen willst. Anscheinend hast du einen produktiven Morgen gehabt, während ich faul im Bett gelegen habe.«

»Ich habe sogar noch etwas für uns geplant.«

»Was denn?«

Er sah mir in die Augen. »Ich habe für heute in drei Monaten ein Zimmer für uns gebucht.«

Mein Herz begann zu rasen. »Oh wow! Wie aufregend. Welches Datum genau?«

»Du wirst es nicht glauben. Ich habe dreimal die neunzig Tage nachgezählt, um mich zu vergewissern, dass es auch stimmt.«

»Wieso? Wann ist es denn?«

»Am Valentinstag«, gab Milo zurück, ohne eine Miene zu verziehen.

»Oh mein Gott!« Ich klatschte in die Hände. »Das ist absolut perfekt!«

»Das habe ich auch gedacht. Es sei denn, du versetzt mich. Dann wäre es einfach nur traurig.«

»Am Valentinstag. Das ist …« Ich schüttelte den Kopf. »Mir fehlen die Worte, um es zu beschreiben.«

Milo lächelte leicht verlegen. »Mir nicht. Ich finde es noch viel zu lange hin!«

»Wenn wir im Garden District aussteigen«, Milo hielt den Stadtplan hoch, den er im Besucherzentrum bekommen hatte, und zeigte auf das Viertel, »sind dort gleich mehrere Orte zum

Fotografieren. Da gibt es in einigen Straßen große alte viktorianische Häuser und außerdem Friedhöfe, wo die Leute gern Fotos machen, wie die Frau mir sagte.«

»Oooh! Das klingt gut! Gestern habe ich die Hotelbroschüre durchgeblättert und Bilder von diesen Häusern gesehen – und ich liebe Friedhöfe.«

Zwei Haltestellen weiter stiegen wir aus dem Bus und spazierten durch den wunderschönen Garden District. Wir sahen viele kunstvoll verzierte historische Häuser, von hohen Eichen umgeben, deren Äste weit über die Straßen ragten, und gepflegte Rasenflächen, gesäumt von farbenprächtigen Hibiskus- und Indianerfliedersträuchern. An manchen Häusern waren Tafeln angebracht, die Auskunft gaben über ihr stolzes Alter von fast zweihundert Jahren. Die Geschichte war geradezu greifbar für mich, während wir das Viertel erkundeten.

»Als Kind wollte ich immer ein viktorianisches Puppenhaus haben«, sagte ich. »Von meinem fünften Lebensjahr bis zu meinem elften stand es jedes Jahr ganz oben auf meiner Weihnachtswunschliste.«

»Echt? Und hast du eins bekommen?«

Ich schüttelte den Kopf. »Meine Eltern haben mir keine großen oder zerbrechlichen Spielsachen gekauft – die hätten wir beim nächsten Umzug zurücklassen müssen. Aber ich habe meinem Ex mal davon erzählt, und er hat ein Set zum Selberbauen besorgt. Das war eigentlich ziemlich nett.«

»Er hat dir ein Set gekauft? Hat er es denn auch für dich zusammengebaut?«

»Nein, aber ich finde, der Gedanke zählt.«

Milo verzog das Gesicht. »Die Kreditkarte zücken, um etwas zu kaufen, kann jeder, Mads.«

»Ich weiß. Aber …« Ich zuckte mit den Schultern. »Ach, egal.«

Es war dumm von mir gewesen, Brady zu erwähnen. Damit hatte ich Milo einmal mehr bewiesen, dass ich noch an ihn dachte. Doch nun hatte ich ja drei Monate Zeit, um es mir abzugewöhnen. Ich musste schleunigst das Thema wechseln.

Angesichts der herrlichen Architektur ringsum fragte ich mich, wie Milo wohl lebte. »Hast du in Seattle eine Wohnung oder ein Haus?«

»Ein Apartment. In der dritten Etage ohne Fahrstuhl.«

»Wie sieht dein Wohnzimmer aus?«

Milo runzelte die Stirn. »Mein Wohnzimmer? Wie soll es aussehen? Es ist viereckig. Und es stehen ein Sofa und ein paar andere Möbel darin.«

»Was hängt an den Wänden?«

»An den Wänden?«

»Ja, was für Bilder hast du?«

Er schien darüber nachzudenken. »Ich habe nichts an den Wänden.«

»Gar nichts? Warum?«

Er zuckte mit den Schultern. »Ich weiß nicht. Ich habe wohl immer gedacht, dass ich dort nicht sehr lange wohnen werde.«

Wir blieben vor einem atemberaubenden viktorianischen Haus stehen. Es war hellgelb getüncht und hatte zahlreiche blaue Zierelemente. Ein alter Mann saß auf der Veranda in einem Schaukelstuhl.

Ich winkte ihm zu und rief: »Sie haben ein wunderschönes Haus! Ist es okay, wenn ich Fotos davon mache?«

»Bitte, nur zu! Was taugt Schönheit, wenn man sie nicht mit anderen teilt?«

Ich lächelte. »Vielen Dank!«

Während ich fotografierte, dachte Milo anscheinend nach, denn irgendwann fragte er mich: »Wie sieht *dein* Wohnzimmer denn aus?«

Ich ließ die Kamera sinken. »Eigentlich ganz normal. Ein Zweiersofa, ein Couchtisch, ein Teppich – und an der Wand achtundsechzig Fotos von lächelnden Mündern.«

Milo schmunzelte. »Du hast achtundsechzig lächelnde Münder an der Wand?«

»Ja.«

»Keine kompletten Gesichter? Nur die Münder?«

»Genau. Es sind Schwarz-Weiß-Fotos, von denen ich Ausschnittvergrößerungen gemacht habe – alle matt schwarz gerahmt.«

»Wen hast du denn dafür fotografiert?«

Ich zuckte mit den Schultern. »Alle möglichen Leute. Erwachsene und Kinder. Die meisten kannte ich nicht. Bei manchen Bildern weiß ich gar nicht mehr, wie der Rest des Gesichts aussieht. Ich habe sie im Lauf der letzten fünfzehn Jahre an verschiedenen Orten aufgenommen.«

»Hast du ein Lieblingsbild?«

»Oh ja.« Ich lachte. »Wie hast du das erraten?«

Milo warf mir ein schiefes Lächeln zu. »War nur so eine Ahnung. Wie sieht es aus? Dein Lieblingslächeln, meine ich.«

»Es ist das Lächeln eines kleinen Mädchens, das ich vor Jahren eingefangen habe. Ich musste bei einem Konzert der Jonas Brothers fotografieren, als sie gerade bekannt wurden. Die Kleine war etwa fünf, sechs Jahre alt. Als das Konzert begann und die drei Brüder auf die Bühne kamen, brach sie in Tränen aus. Sie hat richtig geschluchzt, und gleichzeitig hatte sie ein überwältigendes Lächeln im Gesicht. Ihr kullerten die Tränen über die Wangen, aber sie hat über das ganze Gesicht gestrahlt. Ich habe noch nie vor Glück geweint, und ich finde das Foto sehr inspirierend.« Ich seufzte. »Was ist mit dir? Hast du schon mal gleichzeitig gelacht und geweint?«

Milo schüttelte den Kopf, und wir gingen weiter. »Nicht

dass ich mich erinnern kann. Was hast du sonst noch in deinem Wohnzimmer? Familienfotos?«

Ich schüttelte den Kopf. »Nein, keine.«

»In meiner Kindheit«, sagte er, »hatten meine Eltern immer eine Menge Familienbilder an den Wänden.«

»Wir nicht. Komischerweise haben meine Eltern nicht viel fotografiert – im Gegensatz zu mir. Und wenn wir uns irgendwo eingemietet hatten, wurde die Wohnung kaum dekoriert. Ich habe jetzt zum ersten Mal ein Zuhause mit meinem persönlichen Stil.«

»Damit ich das recht verstehe …« Milo fuhr mit dem Daumen über seine Unterlippe. »Ich wuchs mit Familienfotos um mich herum auf, und nun sind meine Wände kahl, weil ich mich in meiner Wohnung nicht zu Hause fühle. Du hingegen bist mit kahlen Wänden aufgewachsen und hast zum ersten Mal in deinem Leben deine Bleibe mit Fotos dekoriert. Ziemlich unterschiedlich, hm?«

Ich lächelte traurig. »Sieht so aus.«

Milo blieb stehen. »Moment! Bitte hol deine Kamera noch mal raus.«

Ich sah mich um, während ich meine Tasche öffnete. Wir waren zwar noch im schönen Garden District, aber ich wusste nicht, welches Motiv er ins Auge gefasst hatte. »Was soll ich denn fotografieren?«

Milo fuhr sich mit der Hand durch die Haare und straffte die Schultern. »Mich!«

Ich lachte. »Dich?«

»Ja, ich will bei dir an der Wand hängen.«

Ich schaute schmunzelnd durch den Sucher. »Okay, verrückter Mann, bitte lächeln!«

Er hob die Hand. »Warte! Gib mir einen Moment. Ich will an etwas Tolles denken für das richtige Lächeln.«

Milo schaute einen Augenblick fort. Dann wandte er sich mir zu und warf mir ein verdammt verführerisches Lächeln zu. »Jetzt bin ich bereit.«

»Will ich überhaupt wissen, woran du denkst, wenn du so ein Gesicht machst?«

»Wahrscheinlich nicht. Aber ich mache dir einen Vorschlag: In neunzig Tagen werde ich dir *zeigen*, woran ich gerade gedacht habe.«

Oh.

Ich machte mehr Bilder als nötig, weil ich froh war, meinen roten Kopf hinter der Kamera verbergen zu können. »Fertig!«, rief ich nach einer Weile.

Milo zwinkerte mir zu. »Nummer neunundsechzig.«

Ich lachte. »Stimmt, bis jetzt habe ich achtundsechzig Fotos aufgehängt.«

Er gab mir einen Kuss auf die Wange, dann flüsterte er mir ins Ohr: »Ich habe nicht die Anzahl der Fotos gemeint, sondern das, woran ich gedacht habe, als ich in die Kamera gelächelt habe.«

12. KAPITEL

Matteo

Ich bin wohl völlig durchgeknallt.

Maddie kam in einem hellgrünen Kleid aus dem Bad. Es war weder tief ausgeschnitten noch superkurz, aber es war höllisch sexy. Sie sah umwerfend aus!

Warum erzählte ich dieser Frau eigentlich ständig, es sei keine gute Idee, Sex miteinander zu haben? In diesem Moment hielt ich es für den genialsten Plan der Welt.

Ich schüttelte den Kopf und atmete geräuschvoll aus. »Du siehst … also, dieses Kleid … Wow, Mads, einfach wow!«

Sie schaute an sich hinunter, als hätte sie vergessen, was sie anhatte. »Oh. Danke.«

»Bist du fertig? Wir sollten allmählich los.« *Ein Mann hat schließlich nur eine begrenzte Willenskraft.*

Sie holte ihre Tasche. »Ja, ich bin fertig. Ich freue mich schon darauf, dir beim Singen zuzusehen. Es kam mir total unwirklich vor, als wir zusammen auf der Bühne standen, und ich konnte deinen Auftritt gar nicht richtig genießen. Wie viele Songs darfst du machen?«

»Normalerweise bekommt man drei Songs oder fünfzehn Minuten, je nachdem. Aber ich habe bei der Anmeldung nicht nachgefragt, daher weiß ich es nicht genau.«

»Weißt du, was du singen willst?«

»Ich habe eine Idee, ja.«

Sie legte den Kopf schräg. »Nun sag schon!«

Ich steckte meine Geldbörse in die Gesäßtasche. »Darf ich dir nicht verraten. Das bringt Unglück.«

Natürlich war das Unsinn. Ich hatte es mir nur ausgedacht, aber Maddie nahm es mir ab.

»Oh. Okay. Nun, was immer es ist, es wird mir sicher gefallen.«

Auf der Bourbon Street hatte die allabendliche Party schon begonnen. Die Straße war voller feiernder Menschen, und aus jeder Bar, an der wir vorbeigingen, dröhnte andere Musik. Als ich zum zweiten Mal mitbekam, wie Maddie von einem Kerl abgecheckt wurde, reagierte ich besitzergreifend und nahm sie an die Hand.

Sie sah mich fragend an, ließ mich aber gewähren.

»In diesem Kleid erregst du ziemlich viel Aufmerksamkeit«, erklärte ich. »Wenn wir Hand in Hand gehen, hält es zwar niemanden vom Glotzen ab, aber es verhindert zumindest, dass sich die betrunkenen Arschlöcher an dich ranmachen.«

Maddie legte grinsend den Kopf schräg. »Und wenn ich gern angesprochen werden möchte?«

»Von wem?«

Sie sah sich um. Ein stämmiger, muskulöser Typ in Tanktop und Jeans stand vor dem Eingang einer Bar. Das Haar hatte er nach hinten gegelt und die Arme vor seiner breiten Brust verschränkt. Anscheinend war er der Türsteher.

»Von ihm«, sagte sie. »Der sieht nicht schlecht aus.«

»Du willst von diesem Idioten angebaggert werden?«

Sie zuckte die Achseln. »Ja und?«

Mein Puls beschleunigte sich. »Warum, zum Teufel?«

»Nun, Frauen haben ihre Bedürfnisse.«

»Und du willst, dass sich der Kerl da um deine Bedürfnisse kümmert?«

»Na gut, vielleicht nicht er. Ich weiß nicht. Ich meine ja nur.«

»Was meinst du?«

Sie schüttelte den Kopf. »Keine Ahnung. Vergiss es einfach.«

»Äh … Du hast mir gerade gesagt, dass ich vielleicht nicht deine Hand halten sollte, damit du irgendeinen Typen von der Straße auflesen kannst. Wenn man bedenkt, dass du ihn in ein Zimmer mitnimmst, das wir uns teilen, könnte Vergessen ein Problem sein.«

»Mein Gott, ich wollte nur ein bisschen Spaß machen. Entspann dich, Milo.«

Ich kratzte mich am Kinn. »Nur ein bisschen Spaß, hm?«

Maddie nickte.

»Na gut.« Ich sah mich um. Innerhalb von Sekunden entdeckte ich eine Frau in der Menge, die reichlich nackte Haut zeigte. New Orleans hieß schließlich nicht umsonst *The Big Easy*, »die große Leichtigkeit«. Ich ließ Maddies Hand los und fragte: »Macht es dir etwas aus, wenn ich mal kurz mit der Frau da drüben rede?«

Maddie runzelte die Stirn. »Mit welcher Frau?«

Ich wies mit dem Kinn auf die spärlich bekleidete Blondine. Sie hatte mindestens Doppel-D. »Mit der!«

»Das ist dein Typ?« Maddie kniff die Augen zusammen.

»Kommt drauf an, worauf ich aus bin.«

Sie presste die Lippen zusammen. »Tja, wenn du auf irgendetwas aus bist, sollte ich vielleicht einfach nach Hause gehen.«

Ich nahm sie schmunzelnd wieder an die Hand und zog sie näher zu mir. »Fühlt sich nicht gut an, was? Die Vorstellung, dass ich irgendeine Fremde aufgabele?«

»Nein«, sagte sie und zog eine Schnute.

»Gut. Mir ist es sowieso viel lieber, deine Hand zu halten und später auf der Couch zu schlafen, als eine Frau mitzunehmen, die nicht du ist.«

Maddies Miene wurde sanft. Sie legte den Kopf an meine Schulter, während wir weiterschlenderten. »Du weißt wirklich, was Frauen gern hören.«

Ich gab ihr einen Kuss auf die Stirn, und dann waren es nur noch ein paar Schritte bis zu der Bar mit der Open-Mic-Veranstaltung. »Hier ist es!«

Ein Haufen Leute stand vor dem Eingang. Sie rauchten Zigaretten … oder Joints. Ich konnte in dem Tabakrauch eindeutig den Geruch von Gras ausmachen. Einer von ihnen war Druker, der Kerl, bei dem ich mich morgens angemeldet hatte.

Er streckte sein Kinn vor, als wir an ihm vorbeigingen. »Hey, wie läuft's?«

»Geht so. Ich habe Lampenfieber. Hör mal, du hast gesagt, auf der Bühne steht ein Klavier, aber liegt hier vielleicht auch eine Gitarre rum, die ich mir für den Auftritt leihen könnte?«

Er warf seinen Zigarettenstummel auf den Boden und trat ihn aus. »Ich kann dir bestimmt eine besorgen. Akustisch oder elektrisch?«

»Akustisch.«

»Gib mir zehn Minuten.«

»Cool, danke!«

In der Bar suchten Maddie und ich uns einen Tisch an der Seite der Bühne aus.

»Du willst also auch Gitarre spielen?«

»Wenn er eine auftreiben kann, ja.«

»Spielst du noch andere Instrumente?«

Ich lächelte. »Nun, ich bin Musiklehrer, daher komme ich mit den meisten gut klar. Aber die Gitarre ist mein Lieblingsinstrument.«

»Ich wollte schon immer Gitarre lernen.«

»Ich kann es dir beibringen, wenn du willst.«

Sie lächelte. »Das wäre toll.«

»Was möchtest du trinken? Einen Wein?«

»Ja, bitte.«

»Bin gleich wieder da.«

Ich ging an die Theke und bestellte ein Bier für mich und ein Glas Weißwein für Maddie. Als ich zurückkam, saß irgendein alter Typ auf meinem Platz. Obwohl er mindestens sechzig sein musste, wurde ich eifersüchtig.

Maddie lächelte, als ich an den Tisch kam. »Milo, das ist Fretty – mit zwei t nicht Freddy mit zwei d.«

Ich nickte. »Freut mich.«

Fretty hob beschwichtigend die Hände. Seine Stimme war so rau, als hätte er vierzig Jahre lang zwei Schachteln pro Tag geraucht. »Ich will nichts von deinem Mädchen! Druker hat mir gesagt, hier braucht jemand eine Gitarre. Er meinte, ich soll sie dem Glückspilz geben, der zu dem hübschesten Mädchen im Raum gehört.«

Ich zwinkerte Maddie zu. »Dann war es ja nicht schwer, mich zu finden.«

Fretty stand auf. »Ich habe eine alte Rosewood Martin, wenn du die mal ausprobieren willst?«

»Ja, eine sagenhafte Gitarre. Das wäre großartig! Danke.«

Er hielt einen Finger hoch. »Unter einer Bedingung.«

»Und die wäre?«

»Bei einem von deinen Songs möchte ich sie selbst spielen.« Er fasste sich an den Hals. »Mit meinen kaputten Stimmbändern kann ich nicht mehr singen, aber ich gehe noch gern auf die Bühne.«

»Klar, natürlich. Ich habe drei Songs ausgesucht. Falls du keinen davon kennst, tausche ich einen aus.«

Der alte Mann lächelte. »Glaub mir, ich kenne sie alle.«

Maddie und ich hörten vier Sängern zu, die alle verdammt gut waren, bevor der Ansager mich nach oben rief – also, Milo Hooker jedenfalls.

Ich traf Fretty am Bühnenaufgang, und wir vereinbarten, dass er mich bei meinem ersten Song begleiten sollte. Dann betrat ich die Bühne und ging ans Klavier, während Fretty sich mit seiner Gitarre auf einen Stuhl im hinteren Bereich setzte, jenseits des Rampenlichts.

»Einen schönen guten Abend.« Ich stellte das Mikrofon etwas höher. »Ich heiße Milo und werde euch ein paar Songs vorspielen. Mein Kumpel Fretty begleitet mich bei dem ersten. Dieser Song ist einer ganz besonderen Hooker hier im Publikum gewidmet. Ich habe ihn jahrelang immer wieder gesungen, aber heute hat er eine neue Bedeutung für mich. Ich hoffe, er gefällt euch!«

Ich machte rasch ein paar Dehnübungen für die Finger, bevor ich *I'll Be Waiting* von Lenny Kravitz zu spielen begann. Der Song war eigentlich nicht dazu geeignet, die Leute in Fahrt zu bringen, weil ihn die meisten nicht so gut kannten. Aber darum ging es mir an diesem Abend auch nicht. Ich war endlich bereit, wieder auf der Bühne zu stehen – nach vier langen Jahren. Für mich war Singen eine Möglichkeit, all das auszudrücken, was der Großteil von uns im echten Leben aus Feigheit nicht zu sagen wagte. Die Worte waren Teile eines Puzzles, die durch die Musik zu einem großen Ganzen zusammengefügt wurden. Meine Zeit mit Maddie würde schon bald zu Ende gehen, und sie sollte wissen, was ich empfand. Am Anfang des Texts war die Rede davon, dass ein Mann einer Frau das Herz bricht und sie zunächst etwas Zeit braucht. Aber im Refrain ging es darum, wie er sehnsüchtig darauf wartet, dass sie so weit ist.

Als ich fertig war, sah ich zum ersten Mal vom Klavier auf und ins Publikum. Maddie strahlte, und gleichzeitig liefen ihr die Tränen über das Gesicht. Mein Herz quoll geradezu über. Ich zeigte auf meinen lächelnden Mund und deutete mit dem Finger Tränen auf meinen Wangen an. Ihre Augen weiteten sich, als sie es sah, und ihr Lächeln wurde, falls überhaupt möglich, noch strahlender.

Wenn sonst nichts bei dem herauskam, was wir auf dieser Reise begonnen hatten, so hatte ich ihr wenigstens ein Andenken an New Orleans geschenkt: ein Lächeln wie auf ihrem Lieblingsfoto, das sie sich so sehr gewünscht hatte.

13. KAPITEL

Hazel

Eigentlich war Atlanta unser nächstes Ziel, doch irgendwo in Alabama sahen wir unweit der Autobahn die bunten Lichter einer Kirmes. Und der Wind, von dem wir uns getreu unseres Mottos treiben ließen, hatte offenbar Lust auf Zuckerwatte.

Ich auch.

Die Veranstaltung nannte sich Applewood-Jahrmarkt. Wir verbrachten einige Stunden dort, aßen fettiges Essen, versuchten unser Glück an den Spielständen und wagten uns sogar auf einige Fahrgeschäfte. Milo und ich waren wie Kinder. Ich konnte mich nicht erinnern, wann ich das letzte Mal so viel Spaß gehabt hatte. Also, eigentlich schon: Jeder Moment mit Milo war das letzte Mal, dass ich Spaß hatte.

Ich steckte mir einen Fetzen rosa Zuckerwatte in den Mund. »Ist schon witzig, dass wir nicht mal den Namen der Stadt kennen, in der wir sind. Heißt sie Applewood, oder heißt nur der Jahrmarkt so?«

»Am besten erkundigen wir uns.« Milo tippte der Frau vor uns auf die Schulter. »Entschuldigen Sie bitte.«

Sie drehte sich um. »Ja?«

»In welchem Ort befinden wir uns hier?«

»Sie sind in Bumford.«

»Nicht Applewood?«

»Nein. Der Name Applewood kommt von Rusty Applewood, dem Mann, der diesen Jahrmarkt vor fünfzig Jahren ins Leben gerufen hat.«

Milo nickte. »Alles klar, vielen Dank.«

»Hat sie gesagt, wir sind in Bumsford?«, scherzte ich, als die Frau weiterging.

»So ungefähr. Bumford.«

Eine Weile später, als die Sonne unterging, hatten wir genug von dem Trubel. Ich gähnte. »Es ist schon spät. Wollen wir uns ein Hotel suchen und über Nacht hierbleiben?«

»Mir macht das Fahren nichts aus, wenn du schneller in Atlanta sein willst.«

Ich zuckte mit den Schultern. »Eigentlich nicht, ich würde bleiben, wenn du nichts dagegen hast.«

Ich fürchtete mich allmählich vor dem nahenden Ende unseres Abenteuers. Mir war jedes Mittel recht, um es hinauszuzögern. Eine Übernachtung in Bumford bedeutete letztlich einen Tag mehr. Dabei ging es mir nicht um die Stadt, sondern darum, möglichst viel Zeit mit Milo zu verbringen.

Das wollte ich jedoch nicht zugeben, daher ließ ich mir eine andere Erklärung einfallen. »Bumford ist ein Ort wie aus einem Liebesfilm, finde ich. In so eine Kleinstadt wird die Heldin immer von ihrer Firma geschickt, um irgendein Problem zu lösen oder Geld zu sammeln. Sie verliebt sich in einen Weihnachtsbaumzüchter, der einen roten Laster fährt, und am Ende lässt sie sich in der Stadt nieder.«

»Ja, ich weiß genau, wovon du redest. An den Wochenenden schaue ich ständig solche Kitschfilme«, sagte er und schnaubte, bevor er einen Mann ansprach, der uns entgegenkam. »Entschuldigen Sie bitte, können Sie uns vielleicht eine nette Unterkunft in der Gegend empfehlen?«

Der Mann lachte. »Das Wyatt Manor.«

Warum lacht er so?

»Ist das ein Hotel?«, fragte Milo.

»Eine Frühstückspension.« Er zeigte die Straße hinunter. »Fahren Sie in diese Richtung. Sie finden das Haus in etwa anderthalb Kilometern auf der rechten Seite.« Er lächelte, aber sein Gesichtsausdruck weckte den Eindruck in mir, dass er uns womöglich veräppelte.

Als der Mann weg war, fragte ich: »Warum hat er uns so komisch angeguckt? Oder habe ich mir das nur eingebildet?«

Milo schüttelte den Kopf. »Ich kann es dir nicht sagen.«

Hmm …

Er wies mit dem Kopf in Richtung Parkplatz. »Wollen wir uns den Laden mal ansehen?«

»Ja, klar. Ich bin für jedes Abenteuer zu haben.«

Nach wenigen Minuten erreichten wir unser Ziel und parkten direkt vor dem Haus. Weil keine anderen Autos in Sicht waren, fragte ich mich, ob wir die einzigen Gäste sein würden. Von außen sah das Gebäude wie eine typische Pension aus: ein sonnengelbes Haus, umgeben von hohen Eichen. An der Veranda hing ein Schild, auf dem *Wyatt Manor* stand.

Wir gingen zur Tür, und Milo klopfte.

Ein alter Mann öffnete uns. »Was kann ich für Sie tun?« Er schien über neunzig zu sein.

»Ihre Pension wurde uns in der Stadt wärmstens empfohlen. Wir wüssten gern, ob Sie zwei Zimmer für eine Nacht haben.«

Der Mann sah uns mit offenem Mund an. »Mit wem haben Sie gesprochen?«

Milo zeigte über seine Schulter. »Mit einem … Mann auf dem Jahrmarkt.«

»Wow.« Ein riesiges Lächeln breitete sich auf dem Gesicht des alten Mannes aus. »Ich würde mich gern bei ihm bedanken. Ich habe seit Monaten keine Gäste mehr gehabt. Es gibt hier weitaus beliebtere Übernachtungsmöglichkeiten.« Er trat zur Seite, um uns einzulassen. »Aber bitte, kommen Sie herein. Fühlen Sie sich wie zu Hause.«

Milo und ich wechselten argwöhnische Blicke, bevor wir das Haus betraten. Ich hätte gern kehrtgemacht, um zu einem normalen Hotel zu fahren, aber dann hätte ich mich schlecht gefühlt. Der Mann schien so glücklich zu sein, dass wir seine Gäste sein wollten.

Die Inneneinrichtung war altmodisch: viel dunkle Holzverkleidung und Polstermöbel mit Blümchenmustern. Überall waren Uhren – Kuckucksuhren, Standuhren und dergleichen – und in den Regalen Unmengen von Figürchen.

Das Bemerkenswerteste waren jedoch die ausgestopften Tiere an den Wänden, die uns anstarrten. Ein Hirschkopf, ein Fuchs … und ein besonders furchteinflößender Waschbär.

Milos Atem kitzelte mein Ohr, als er mir zuraunte: »Ist das ein Museum für ausgestopfte Tiere oder eine Pension? Ein Wort von dir, und wir verlassen diese Hütte sofort.«

»Zwei Zimmer, das macht genau hundertachtzig«, sagte der Mann.

Milo sah mich an, und ich zuckte mit den Schultern und gab ihm grünes Licht.

Er griff in seine Hosentasche. »Nehmen Sie Kreditkarten?«

»Nein, tut mir leid. Nur Barzahlung.« Er grinste. »Ich bin übrigens Wyatt.«

Milo öffnete sein Portemonnaie und leerte es.

Als der Mann das Geld entgegennahm, fragte er: »Was führt Sie zwei nach Bumford?«

»Wir sind nur auf der Durchreise. Wir wollen nach Atlanta, aber von der Autobahn aus haben wir den Jahrmarkt gesehen und mussten einfach Halt machen«, sagte ich.

»Meine Frau hat dort früher die Losbude betrieben. Sie ist vor fünf Jahren verstorben.«

Ich runzelte die Stirn. »Das tut mir leid.«

»Ist schon okay. Sie ist immer noch bei mir.« Er ging auf eine der Uhren zu. »Sehen Sie die Uhrzeit? Genau ein Uhr.«

Ich folgte ihm. »Ja?«

Er trat an die nächste Uhr heran. »Und welche Zeit gibt die an?«

»Auch ein Uhr.«

Er zeigte auf die Uhr daneben. »Und die?«

»Ein Uhr.«

»Meine Frau ist um Punkt eins gestorben. Und stellen Sie sich vor, jede dieser Uhren ist an einem der darauffolgenden Tage um eins stehen geblieben und hat nie mehr ihre Zeiger bewegt.«

Wow. Wenn er die Wahrheit sagte, war das wirklich eine erstaunliche Geschichte.

»Viele Leute, dazu gehören auch meine Kinder, halten das für Unsinn. Aber ich kenne die Wahrheit. Ich weiß, es ist meine Bernadine. Ich weiß es einfach.«

Milo sah mich an, und mir war sofort klar, was er dachte. Dann wandte er sich Wyatt zu. »Ich hätte meine Zweifel, wenn mir neulich nicht selbst etwas Unglaubliches passiert wäre. Daher bin ich davon überzeugt, dass Ihre Frau bei Ihnen ist.«

Ich bekam eine Gänsehaut.

Wyatt führte uns durchs Haus. Als wir in das hintere Wohnzimmer kamen, erschrak ich beim Anblick weiterer toter Tiere. Diese hingen jedoch nicht an den Wänden. Sie waren auf Tischen aufgestellt. *Um Himmels willen …*

Offensichtlich diente Wyatts Hobby nicht allein dem Ziel, die Tiere zu erhalten. Er stellte die Objekte auch kunstvoll zur Schau. Sämtliche Tiere in diesem Raum waren … kostümiert und in Szene gesetzt.

Was um alles in der Welt …?

»Was ist das hier?«, fragte ich.

»Nun, zuerst möchte ich Sie darauf hinweisen, dass den Tieren kein Leid angetan wurde. Sie sind alle bei einem Unfall oder eines natürlichen Todes gestorben. Das gilt auch für die, die in dem anderen Zimmer hängen.«

Er ging zu einem Tisch, auf dem drei ausgestopfte graue Mäuse standen. Sie trugen Anzüge, Krawatten und Sonnenbrillen.

»Raten Sie mal, wie dieses Ensemble heißt.«

»Drei blinde Mäuse? Wie der alte Kinderreim?«, sagte Milo.

Wyatt lächelte. »Sehr gut!«

»Die sehen eher wie Ratten aus«, flüsterte ich Milo zu.

»Und das?« Wyatt zeigte auf drei ausgestopfte Katzen. »Den entscheidenden Hinweis finden Sie auf dem Boden.«

Zu Füßen der Katzen lagen mehrere Handschuhpaare auf dem Fußboden.

Milo räusperte sich. »Äh, drei kleine Kätzchen, die ihre Handschuhe verloren haben – oder wie das noch mal heißt.«

Wyatt schnippte mit den Fingern. »Korrekt!«

»Wer hätte gedacht, dass du dich so gut mit Kinderreimen auskennst?«, bemerkte ich grinsend.

Wyatt ging zu einer einzelnen ausgestopften Eule. »Und was ist mit der?«

Keiner von uns wusste die Antwort.

»Eine kluge alte Eule. Noch so ein Reim«, erklärte Wyatt schließlich.

»Wie sind Sie zu diesem interessanten Hobby gekommen?«, fragte ich.

»Nun, seit meine Frau gestorben ist, habe ich viel freie Zeit zur Verfügung. Ich habe schon immer ausgestopfte Tiere gesammelt, aber irgendwann ist mir einfach so, aus heiterem Himmel, die Idee gekommen, diese kleinen Szenen zu arrangieren. Ich stand in der Küche, als es mir in den Sinn kam, und musste furchtbar lachen – da sind sogar die Kuckucksuhren durchgedreht. Und jetzt ist es mein Lieblingshobby.«

Kuckucksuhren gibt es in diesem Haus weiß Gott genug.

Er klatschte in die Hände. »Aber jetzt bringe ich Sie erst mal zu Ihren Zimmern.«

Wir folgten ihm nach oben. Wie sonderbar es in diesem Haus auch aussah, er hielt es gut in Schuss. Auf der Treppe, die in den ersten Stock führte, lag ein hübscher orientalischer Läufer. Ich hoffte, dass Wyatt Unterstützung beim Saubermachen hatte. In seinem Alter war es sicher nicht leicht, diese Stufen zu staubsaugen.

Er öffnete die Türen von zwei nebeneinanderliegenden Zimmern. In beiden gab es geblümte Tapeten und ein Himmelbett. Bis auf die unterschiedliche Farbgebung sahen sie identisch aus.

»Schade, dass Sie nicht mehr Gäste haben«, sagte ich. »Die Zimmer sind wirklich hübsch.«

»Sagen Sie das den Leuten!« Er ging zurück zur Treppe. »Ich lasse Sie jetzt mal ankommen. Möchten Sie in ein paar Minuten runterkommen? Es gibt Eintopf.«

Als Wyatt gegangen war, sahen Milo und ich uns an.

»Oh mein Gott«, raunte ich ihm zu. »Wir sind echt in der *Twilight Zone* gelandet.«

»Vielleicht eher auf der ›Farm der Tiere‹?« Er schnaubte, und ich musste lachen. »Welches Zimmer ist dir lieber?«

»Sie sehen beide gleich aus. Ich nehme dieses hier.«

»Bist du sicher, dass du bleiben willst?«

Ich seufzte. »Es ist eine Mischung aus liebenswert und gruselig. Aber harmlos.«

Milo sah sich um. »Diese Station unserer Reise wird uns sicher unvergesslich bleiben. Meinst du, ich kann eins von den toten Tieren als Souvenir mitnehmen?«

»Bitte nicht! Sonst bekomme ich Albträume, in denen es mich im Auto anfällt.«

Milo zeigte auf mich. »Du hättest dein Gesicht sehen sollen, als er uns unten die Tiere gezeigt hat.«

»Du hast dir inmitten des ganzen Spektakels mein Gesicht angesehen?«

»Ja, das mache ich sehr oft«, brummelte er. »Ist wohl so eine Angewohnheit.«

Meine Wangen begannen zu glühen. Milo sah gerade unheimlich gut aus. Er hatte sich seit ein paar Tagen nicht rasiert, und je wilder er wirkte, desto besser gefiel er mir. Meine Zuneigung wurde von Tag zu Tag stärker. Bedauerlicherweise rückte das Ende unserer Reise immer näher. Das bedeutete, dass diese Gefühle von Tag zu Tag gefährlicher wurden.

Trotz allem verspürte ich in diesem Moment, da er so vor mir stand, den unbändigen Drang, ihn zu küssen. Ich hatte dieses Bedürfnis sehr oft, aber es war noch nie derart intensiv gewesen. Vielleicht hatte es damit zu tun, dass das Zimmer so gemütlich und einladend war. Ich wollte all meine Hemmungen über Bord werfen, Milo aufs Bett stoßen und endlich seine sinnlichen Lippen küssen.

Es würde natürlich nicht passieren, aber es war eine schöne Vorstellung.

Da legte Milo die Hand an meine Wange. Hatte er etwa meine Gedanken gelesen? Auf dieser Reise waren schon verrücktere Dinge geschehen. Es war himmlisch, die Wärme seiner Hand zu spüren. Ich schloss die Augen, um es zu genießen.

»Hallihallo!«, tönte es plötzlich aus dem Flur, und Wyatt schaute zur Tür herein. »Essen ist fertig!«

Mein Herz klopfte, und Milo zog seine Hand zurück. Ich war verärgert und erleichtert zugleich, dass Wyatt in unseren

Moment hineingeplatzt war. Ich würde nie erfahren, wohin er geführt hätte.

Wir folgten Wyatt nach unten und setzten uns im Esszimmer an den Tisch. Er servierte uns einen dampfend heißen Rindfleischeintopf und schenkte uns Root Beer ein. Es war eine eigenartige Kombination, aber das süße Getränk ließ Kindheitserinnerungen wach werden. Ich hatte früher Vanilleeis hineingegeben und sogenannte Floats gemacht.

Ich probierte den Eintopf. »Sehr lecker!«

»Das Rezept ist von Bernadine. Ich habe nie gekocht, als sie noch lebte. Aber ich habe mich nach und nach durch ihre Rezeptkarten gearbeitet.«

Wyatt mochte zwar in mancher – okay, in vielerlei – Hinsicht verschroben sein, doch im Grunde war er ziemlich herzig und anrührend.

»Ich kann nur hoffen, dass derjenige, mit dem ich einmal alt werde, mich in so liebevoller Erinnerung behält wie Sie Ihre Frau, Wyatt.«

Er schaute von mir zu Milo. »Dann haben Sie diesen Kerl hier schon abgeschrieben?«

Ich sah Milo an und wollte Wyatt die übliche Geschwisterlüge auftischen, doch Milo kam mir zuvor.

»Leider bin ich nicht der Glückspilz, dem sie ihr Herz schenken wird. Wir sind nur Freunde, und selbst wenn ich andere Absichten hätte – sie kuriert gerade ihr gebrochenes Herz aus. Das braucht seine Zeit.«

Wyatt schien darüber nachzudenken. »Nun, manchmal kann man ein gebrochenes Herz nicht allein auskurieren. Aber man kann es jemand anderem schenken. Dann heilt es langsam, weil dieser Mensch einem hilft, die Verletzung zu vergessen.« Er zwinkerte mir zu, und Milo und ich wechselten einen stummen Blick.

Wyatt machte eine wegwerfende Handbewegung. »Als Sie nach zwei Zimmern gefragt haben, hätte ich eigentlich draufkommen müssen, dass Sie kein Paar sind. Ich wollte meine Nase aber nicht in Ihre Angelegenheiten stecken. Bernadine hat nach dem *Sie wissen schon* gern in ihrem eigenen Zimmer geschlafen – weil meine Furzerei sie angeblich die ganze Nacht wachhielt. Ich dachte, Sie hätten vielleicht auch Ihre Gründe.«

Wir lachten gemeinsam.

»Wir sind zwar kein Paar«, sagte ich und lächelte Milo zu, »aber ich schätze mich sehr glücklich, ihn zum Freund zu haben und jetzt mit ihm hier zu sein.«

Bevor Milo etwas sagen konnte, stand Wyatt auf. Er ging zu seiner Kommode, öffnete eine Schublade und nahm eine kleine Glasbox heraus. »Sehen Sie diese Haarsträhne?«

Ich kniff die Augen zusammen. »Ja?«

»Sie stammt von Shirley Temple. Sie war vor Ihrer Zeit erfolgreich, aber Sie haben doch schon mal von ihr gehört, oder?«

Ich erinnerte mich daran, mit meiner Großmutter über sie gesprochen zu haben. Ich hatte sie gefragt, warum der alkoholfreie rote Cocktail, den ich so lecker fand, Shirley Temple hieß.

»Oh ja. Sie war vor allem ein Kinderstar, nicht wahr?«, sagte ich. »Aber warum haben Sie eine Haarsträhne von ihr?«

»Ich war in sie verknallt, als ich klein war. Mein Vater hat mich mal zu einem Meet&Greet zwei Staaten weiter gefahren. Und als sie mich umarmt hat, habe ich ihr die Strähne abgeschnitten.«

Wie bitte? Ich wusste ja, dass dieser Mann verrückt war – auf positive Art. Aber das war nun wirklich der Gipfel!

Ich wusste nicht so recht, was ich sagen sollte. »Wow. Das ist … cool?«

»Oder gruselig«, flüsterte Milo mir zu.

Neugierig fragte ich: »Wie hat Shirley Temple reagiert?«

Wyatt grinste verschmitzt. »Sie hat es nicht gemerkt.«

»Echt?« Ich sah ihn mit großen Augen an. »Wie konnte sie es nicht merken?«

»Ich hatte eine Kinderschere in der Hand, als ich sie umarmt habe. Und dann habe ich schnell *schnipp* gemacht«, sagte er augenzwinkernd. »Es war nur ein harmloser Spaß.«

»Ja, alles ist harmlos, bis jemand festgenommen wird«, bemerkte Milo.

»Ich habe noch andere Haarsträhnen in der Schublade, wenn Sie sie sehen möchten?«

Milo und ich schauten uns an. Er war genauso entgeistert wie ich.

Ich täuschte ein Gähnen vor. »Ich bin eigentlich ziemlich müde. Ich glaube, ich muss ins Bett.«

Am Ende des Flurs gab es ein Gemeinschaftsbadezimmer. Ich ging duschen, was nach dem langen Tag wahnsinnig guttat. Das Wasser war schön heiß und der Druck gut.

Als ich ins Bett krabbelte, steckte Milo den Kopf zur Tür herein.

»Ich wollte kurz nach dir sehen. Ist das hier wirklich okay für dich?«

Ich setzte mich auf. »Also, Mr Hooker, dieser Abstecher ist das Sahnehäubchen.«

»Ganz deiner Meinung. Immerhin sind die Zimmer in Ordnung, und die Bettwäsche riecht gut.«

Selbstverständlich roch seine Bettwäsche wunderbar – schließlich roch sie jetzt nach ihm.

»Letzte Chance, Mads. Wir schleichen uns sofort hier raus, wenn du dich unwohl fühlst.«

Ich fand es schön, wie fürsorglich Milo war und wie sehr ihm an meinem Wohlergehen lag.

»Dieses Bett ist total bequem. Alles okay. Vielleicht träume ich von ausgestopften Mäusen, aber es geht mir gut.«

Einen Augenblick lang trat Stille ein, und ich fragte mich, ob er an unseren Moment dachte, als wir uns beinahe geküsst hätten. Wir waren nie zuvor so nahe daran gewesen, die Grenze zu überschreiten. Gut, abgesehen von dem Abend mit meinem Striptease.

Es brachte zwar nichts, davon zu träumen, wie er seine Hand an meine Wange legte, aber ich war machtlos gegen meine Gedanken.

Als er gegangen war, schlief ich relativ schnell ein, was nach dem ereignisreichen Tag kaum verwunderlich war.

Mitten in der Nacht schreckte ich jedoch aus dem Schlaf. Als ich die Augen öffnete, sah ich, wie sich meine Zimmertür schloss. Ich hätte es jedenfalls schwören können. War eben jemand bei mir gewesen?

Was zur Hölle …?

Milo vielleicht?

Oder etwa der alte Wyatt?

Hab ich Halluzinationen?

Die Ungewissheit machte mich wahnsinnig. Deshalb stand ich auf und ging zu Milo.

Er drehte sich im Bett um, als ich die Tür öffnete.

»Was ist?«, fragte verschlafen.

»Warst du gerade in meinem Zimmer?«

»Wenn ich schlafe, kann ich schlecht rüberkommen. Du hast mich geweckt. Aber wie kommst du überhaupt auf die Idee?«

»Ich hätte schwören können, da war gerade jemand bei mir. Ich habe gesehen, wie meine Tür zuging.«

»Ich war es nicht, Baby.«

Mein Magen schlug Purzelbäume, weil er mich Baby genannt hatte.

Reiß dich zusammen, Hazel!

»Okay. Tut mir leid, dass ich dich geweckt habe.«

»Schon gut. Versuch zu schlafen, und mach dir keine Gedanken«, entgegnete er. »Ich bin gleich nebenan, wenn du mich brauchst.«

Ich ging zurück in mein Zimmer, legte mich ins Bett und brachte eine Zeit lang damit zu, mich hin und her zu wälzen.

Milo musste mein Bett quietschen gehört haben, denn nach nur ein paar Minuten klopfte er bei mir an.

»Mads, kann ich reinkommen?«

Ich richtete mich auf. »Ja.«

Milo trat ein, und ich machte ihm Platz, als er sich auf die Bettkante setzte.

»Woher wusstest du, dass ich Gesellschaft brauche, Milo?«

»Keine Ahnung. Wahrscheinlich kenne ich dich allmählich. Wir verbringen seit Tagen jede wache Minute miteinander.«

»Würdest du ein bisschen bei mir bleiben?«

Er antwortete nicht gleich. »Ja. Natürlich. Ich mach's mir auf dem Boden bequem.«

»Nein, das Bett ist groß genug. Wir sind beide erwachsen. Wir können damit umgehen.«

Kaum hatte er sich zu mir gelegt, wurde mir die Sache zu heikel. In Anbetracht dessen, dass wir uns zuvor um ein Haar geküsst hätten, war Vorsicht geboten. Ich brauchte ihn zwar an meiner Seite, um schlafen zu können, aber ich wusste, ich würde in seinen Armen landen, wenn ich so neben ihm lag. Und dann würde eins zum anderen führen.

Ich legte mich also verkehrt herum hin, mit dem Kopf ans Fußende. Wenn ich nun neben mich schaute, sah ich nur seine großen Füße. Und da ich ziemlich klein war und meine Beine nicht bis nach oben reichten, sah er nur ein leeres Kopfkissen, falls er sich umdrehte, um mich zu küssen.

Am nächsten Morgen machte sich jeder von uns in seinem Zimmer fertig. Wir wollten zeitig aufbrechen.

Wyatt war offenbar ein Langschläfer, denn er war nirgendwo zu sehen, als wir nach unten gingen.

»Ich würde sagen, wir verzichten auf das Frühstück und holen uns unterwegs etwas. Sonst wird es Mittag, bis wir hier endlich wegkommen.«

»Ja, gute Idee«, pflichtete ich ihm bei.

Auf dem Weg zur Tür stutzte Milo plötzlich. Er bückte sich und hob etwas vom Teppich auf. »Heilige Scheiße.«

»Was ist das?«

»Eine Haarsträhne. Die Farbe gleicht deiner.«

Ich sah mir die Haare genauer an. Es waren nicht irgendwelche Haare – sie stammten wahrhaftig von mir!

Milo ging zu der Kommode, in der Wyatt die Haare von Shirley Temple aufbewahrte. Er öffnete eine Schublade nach der anderen und wühlte in den Zip-Beuteln, die darin lagen.

Schließlich zog er einen heraus. »Bingo!«

Auf dem Etikett stand »Jessica Rabbit« und das Datum von gestern. In Wyatts Augen ähnelte ich offenbar dem Rotschopf aus »Falsches Spiel mit Roger Rabbit«.

»Ich glaube, ich weiß, wer gestern bei dir im Zimmer war.«

Ich fuhr mir voller Panik durch die Haare und suchte die Stelle, wo er die Strähne abgeschnitten hatte. Aber ich fand sie nicht, denn es war nicht viel gewesen.

Milo steckte sich den Beutel mit meinen Haaren in die Tasche, als wir gemeinsam aus dem Haus eilten.

Er ließ den Wagen an, und schon brausten wir die Straße hinunter.

Nach einer Weile zog er den Beutel wieder aus der Tasche. »Dann ist das wohl unser Souvenir aus Bumford.«

14. KAPITEL

Hazel

»Hazel? Es tut mir furchtbar leid, dass ich dich anrufen muss!«

Ich runzelte die Stirn. Auf dem Display meines Handys war lediglich eine Nummer erschienen und kein Name, und ich war unsicher, wer mich anrief.

»Felicity?«

»Ja.«

»Was ist los? Ist alles okay?«

Ich hatte Milo beim Fahren abgelöst, damit er ein Nickerchen machen konnte. Offenbar hatte er nicht wieder in den Schlaf gefunden, nachdem er zu mir ins Bett gekommen war. Er schlief seit etwa einer halben Stunde tief und fest auf dem Beifahrersitz. Nun öffnete er blinzelnd die Augen und schaute zu mir herüber.

»Ich bin im Krankenhaus«, sagte Felicity.

»Im Krankenhaus? Was ist passiert?«

Weil Milo mich besorgt ansah, erklärte ich: »Das ist meine Freundin von zu Hause. Ich werde anhalten, um mit ihr zu reden. Ich telefoniere ungern beim Fahren.« Ich betätigte den Blinker und fuhr auf die rechte Spur.

»Entschuldige bitte, dass ich dich auf deiner Reise stören muss«, sagte Felicity. »Aber ich hatte einen Autounfall.«

»Oh nein! Wie geht es dir?«

»Jetzt bin ich wieder okay. Es ist gestern Abend passiert.

Irgendein Idiot hat ein Stoppschild übersehen und ist mir in die Beifahrerseite gefahren. Das Auto hat zwar das Meiste von dem Aufprall abbekommen, aber ich habe leider den Airbag voll abgekriegt. Mein Mann sagt immer, ich sitze zu dicht vor dem Steuer und dass es gefährlich ist. So klein, wie ich bin, kann ich aber kaum weiter nach hinten rutschen. Tja, er hatte recht, wie sich gezeigt hat, und ich hätte mir besser etwas einfallen lassen. Ich habe einen gebrochenen Wirbel und ein gebrochenes Handgelenk – alles von dem Airbag.«

Ich fuhr an der nächsten Ausfahrt ab und hielt am Straßenrand an. »Oh mein Gott! Ein gebrochener Wirbel!«

»Die Ärzte meinten, ich habe Glück gehabt, dass ich nicht gelähmt bin.«

»Mensch, Felicity, ich bin so froh, dass du okay bist.«

»Aber ich fühle mich schrecklich! Ich muss zwar voraussichtlich nur noch ein, zwei Nächte zur Beobachtung im Krankenhaus bleiben, aber danach muss ich wer weiß wie lange eine Halsmanschette tragen, und mein rechter Arm ist eingegipst. Das heißt, ich kann deine nächsten Fototermine leider nicht übernehmen. Es ist mir furchtbar unangenehm!«

»Natürlich kannst du so nicht arbeiten. Denk nicht mal dran! Das sollte jetzt deine geringste Sorge sein. Viel wichtiger ist, dass es dir gut geht und du dich schonst. Es tut mir so leid für dich!«

»Danke … Hör mal, jetzt kommt gerade wieder ein Arzt rein. Ich muss Schluss machen.«

»Natürlich. Gute Besserung! Ich rufe dich morgen oder übermorgen wieder an. Ich hoffe, dass alles gut läuft.«

Als ich mein Handy weglegte, sah Milo mich fragend an. Ich schüttelte den Kopf. »Das war meine Freundin Felicity. Sie hat sich bei einem Autounfall einen Wirbel und das Handgelenk gebrochen.«

Er ergriff meine Hand. »Das tut mir leid. Was für ein Mist. Aber sie wird doch wieder gesund, oder?«

Ich nickte. »Ja. Es hätte viel schlimmer ausgehen können.«

Milo nickte. »Du hast neulich von ihr gesprochen. Ist sie eine gute Freundin von dir?«

»Wir stehen uns ziemlich nah. Ich habe sie bei einem Unterwasser-Fotokurs kennengelernt. Sie ist auch Fotografin und springt manchmal bei den Schulfotos für mich ein, wenn ich unter Zeitdruck stehe oder Urlaub mache.«

»Du machst Unterwasserfotos?«

Ich lächelte. »Den Kurs habe ich zwar gemacht, aber bisher bin ich nicht dazu gekommen.«

Milo nickte. »Also, ich bin froh, dass es deiner Freundin den Umständen entsprechend gut geht.«

Vor lauter Sorge um Felicity hatte ich noch nicht daran gedacht, was es für mich bedeutete, dass sie außer Gefecht war. Plötzlich wurde mir flau im Magen, und ich hatte das Gefühl, mir würde das Herz aus der Brust gerissen. »Das ... wirft unsere Pläne über den Haufen.«

Milo sah mir in die Augen. »Du musst nach Hause?«

Ich nickte. »Sie vertritt mich, solange ich weg bin, und sollte nächste Woche eigentlich alle meine Schultermine übernehmen. Das kann sie jetzt natürlich nicht.«

Die Panik in seinen Augen spiegelte meine wider. »Wann musst du zurück sein?«

»Montag. Ich muss also morgen von Atlanta aus heimfliegen.«

In Atlanta angekommen steuerte Milo den Wagen sicher durch die ganze Stadt und hielt schließlich vor dem Four Seasons an. Wir hatten noch nicht besprochen, wo wir übernachten wollten. Ich war davon ausgegangen, dass wir schon etwas finden würden, wie es bisher in jeder Stadt der Fall gewesen war.

Ich sah aus dem Beifahrerfenster. »Wow. Das sieht ja großartig aus!«

»Ich habe die schönsten Hotels hier recherchiert, als du am Steuer warst. Es ist unsere letzte Nacht, und ich finde, da sollten wir uns etwas Besonderes gönnen.«

Bei den Worten »unsere letzte Nacht« verspürte ich einen Stich im Herzen.

Der Hoteldiener kam und öffnete mir die Tür, während Milo unser Gepäck aus dem Kofferraum holte. Der Page gab ihm einen Parkschein.

»Warten Sie bitte noch ein paar Minuten«, sagte Milo zu ihm. »Wir haben nicht reserviert, und wenn keine Zimmer frei sind, müssen wir wieder fahren.«

Der Page verbeugte sich. »Kein Problem, Sir.«

Milo und ich betraten die imposante Empfangshalle. Es war bei Weitem das nobelste Hotel auf unserer Reise. Von der extrem hohen Hallendecke hing ein riesiger Kristallkronleuchter herab, und das Sonnenlicht fiel durch die große Fensterfront in den Raum. Er schien regelrecht zu strahlen. Und ich war ziemlich sicher, dass der Marmorfußboden so sauber war, dass man von ihm essen konnte.

»Wahnsinnig schick!«, sagte ich. »Ich komme mir vor wie ein Filmstar.«

Milo nahm mich an die Hand. »Die Zimmer gehen auf meine Rechnung.«

»Das kann ich nicht zulassen. Die kosten bestimmt ein Vermögen!«

»Ich bestehe darauf.«

Wir gingen zur Rezeption, vor der es keine Warteschlange gab.

»Kann ich Ihnen helfen?«

»Hallo, ja«, sagte Milo. »Wir haben keine Reservierung. Haben Sie zufällig noch freie Zimmer?«

Die Frau nickte lächelnd. »Ja, das haben wir! Was hätten Sie denn gern?« Sie tippte auf ihrer Computertastatur. »Unsere normalen Zimmer kosten vierhundertfünfundsiebzig Dollar pro Nacht, ich kann Ihnen aber auch Suiten für fünfhundertfünfundneunzig Dollar pro Nacht anbieten.«

Milo zwinkerte mir zu. »Zwei Suiten bitte.«

»Okay. Und wie viele Nächte möchten Sie bleiben?«

Mir wurde von Neuem schwer ums Herz. »Leider nur eine«, sagte Milo bedrückt.

»Sehr wohl. Dann brauche ich einen Ausweis und eine Kreditkarte von Ihnen.«

Nur noch eine Nacht … Während sie am Computer arbeitete, geriet ich ins Grübeln. Wenn wir keine vierundzwanzig Stunden mehr hatten, wollte ich jeden einzelnen Moment mit Milo verbringen. Er reichte ihr seine Kreditkarte und seinen Führerschein und trommelte mit den Fingern auf den Empfangstresen.

»Entschuldigen Sie, Madam«, sagte ich. »Können wir die Buchung bitte noch mal ändern?«

Die Frau sah mit zusammengezogenen Augenbrauen auf. »Sie möchten länger als eine Nacht bleiben?«

»Nein, aber wir brauchen nur eine Suite.« Ich wandte mich Milo zu und fragte ihn leise: »Bist du damit einverstanden?«

Milos Blick wanderte über mein Gesicht, dann sah er mir einige lange Sekunden in die Augen und nickte.

»Ja, absolut.«

Ich legte meine Hand auf seine und lächelte die Rezeptionistin an. »Eine Suite, bitte.«

Die Frau machte einen amüsierten Eindruck. »Kein Problem.«

Nachdem sie die Formalitäten erledigt hatte, legte sie zwei Schlüsselkarten auf den Tresen und sah sich um, bevor sie sich zu uns vorbeugte. »Ich habe eine Flasche Champagner und Erdbeeren mit Schokoüberzug für Ihr Zimmer geordert. Falls der Chef fragt, sagen Sie, der Wasserhahn im Bad hätte nicht funktioniert und ich hätte Ihnen eine kleine Entschuldigung für die Unannehmlichkeiten geschickt. Deshalb haben Sie auch ein Upgrade bekommen, unsere Luxussuite.«

Milo strahlte sie an und nahm die Schlüsselkarten an sich. »Sie sind die Beste!«

»Genießen Sie den Abend«, entgegnete sie schmunzelnd.

Unsere Suite war fantastisch. Wir hatten eine fabelhafte Aussicht auf das Zentrum von Atlanta, einen Wohn- und einen Schlafraum und ein Bad, das allein schon größer war als ein geräumiges Einzelzimmer. Nachdem ich online meinen Flug gebucht hatte, beschloss ich, mir ein Bad in der großen Wanne zu gönnen. Außerdem standen auf dem Regal im Bad unzählige Pflegeprodukte, die ich unbedingt ausprobieren wollte, darunter eine Kokosnuss-Meersalz-Badekugel.

Ich ließ die Wanne also volllaufen, sagte Milo Bescheid, dass ich Musik über Kopfhörer hören würde, und kletterte hinein. Als ich im warmen Wasser lag, schloss ich die Augen, um zu relaxen. Seit Felicitys Anruf war mein Nacken völlig verspannt.

Es war eine unwirkliche Vorstellung, morgen um diese Zeit wieder in Connecticut zu sein. Selbstverständlich musste diese Reise irgendwann enden, doch für so ein plötzliches Ende war ich einfach nicht bereit. Milo und ich hatten weniger als zwei Wochen miteinander verbracht, aber bei dem Gedanken, heimzureisen und ihn nicht mehr sehen zu können, verspürte ich ein flaues Gefühl in der Magengrube. Mir lag wirklich viel an ihm.

Tief in meinem Inneren wusste ich natürlich, dass ich mir über meine Beziehung zu Brady klar werden musste, bevor ich etwas Neues anfing. Damit hatte Milo von Anfang an recht gehabt. Und weil er meine emotionalen Bedürfnisse über seine körperlichen stellte, fühlte ich mich noch viel mehr zu ihm hingezogen. Ein anderer Mann hätte es vielleicht nicht getan. Es wäre ein Leichtes für Milo gewesen, mich ins Bett zu kriegen und meine Schwäche auszunutzen. Doch das hatte er nicht getan. Wir kannten uns zwar nur knapp zwei Wochen, aber wie er mit unserer Situation umging, zeigte mir, was für ein Typ Mann er war.

Mein Versuch, mich bei einem heißen Bad zu entspannen, scheiterte leider, obwohl ich mich lange genug bemühte – meine Haut war schrumpelig, als ich aus der Wanne stieg. Ich wickelte ein Handtuch um meine nassen Haare, benutzte die kostenlose Bodylotion und Gesichtscreme und zog den kuscheligen Hotelbademantel an. Nachdem ich in ein Paar Plüschpantoffeln mit dem Emblem des Hotels geschlüpft war, kehrte ich ins Wohnzimmer zurück.

Milo stand mit einem Glas Wein in der Hand am Fenster. Er war offenbar in Gedanken versunken, denn er bemerkte mich erst, als ich ihm sein Glas wegnahm, um einen Schluck daraus zu trinken.

»Ich wüsste zu gern, woran du gerade denkst.«

Er musterte mich von Kopf bis Fuß. »Tja, damit wäre die Frage beantwortet.«

Ich runzelte die Stirn. »Welche Frage?«

»Ob wir nur Freunde sein könnten.«

»Darüber hast du mit so einer ernsten Miene nachgedacht?«

Milo nickte. »Ich habe versucht, mir einzureden, es wäre

möglich – dass wir Freunde bleiben können unabhängig davon, was nach deiner Rückkehr nach Hause geschieht.«

»Und ist es dir gelungen? Konntest du es dir einreden, meine ich?«

Milo lächelte. »Zuerst schon. Aber dann bist du mit dem dicken Bademantel, einem Handtuch auf dem Kopf und völlig ungeschminkt aus dem Bad gekommen.«

Ich lachte. »Wir können also keine Freunde sein, weil ich nach dem Baden nicht so toll aussehe?«

Milo nahm mir das Weinglas aus der Hand und trank es aus. »Ganz im Gegenteil! Ich finde dich ungeschminkt und ganz natürlich wunderschön.« Er senkte den Blick. »Ich wollte mir einreden, wir könnten Freunde sein, falls du wieder mit deinem Ex zusammenkommst. Aber die Wahrheit ist, dass ich es nicht aushalten würde, nur mit dir befreundet zu sein, weil du jetzt schon so viel mehr bist – für mich gibt es kein Zurück mehr. Es macht mir ziemlich zu schaffen, dass das hier eventuell unser letztes Zusammensein ist.«

Als er mich ansah, traten ihm die Tränen in die Augen. Ich merkte, wie er dagegen ankämpfte, und musste schlucken, um meine Gefühle im Zaum zu halten. Aber ich war nicht so stark wie er, und mir lief eine Träne über die Wange.

Milo wischte sie mit dem Daumen weg und streckte die Arme aus. »Komm her.«

Ich schmiegte mich an ihn und genoss seine wärmende Umarmung. Es fühlte sich so gut an. So *richtig*. Als gehörte ich einfach in seine Arme. Aber es war nicht der richtige Zeitpunkt, und wir wussten es beide. Wir hielten einander lange fest. Wir klammerten uns aneinander, als wäre der Moment des Abschieds gekommen, obwohl wir noch eine ganze Nacht vor uns hatten.

Schließlich löste sich Milo von mir. Er strich mir ein paar

Haare aus dem Gesicht, die aus meinem Handtuch gerutscht waren. »Was möchtest du heute Abend unternehmen? Du darfst es dir aussuchen. Worauf hast du Lust? Ich habe in einem Buch über Atlanta geblättert und muss sagen, die Stadt hat einiges zu bieten. Es gibt hier ein großes unterirdisches Einkaufszentrum mit Restaurants und einem Improtheater, das wir besuchen könnten. Oder wir gehen in den Olympiapark und fahren mit dem SkyView-Riesenrad. Man kann auch eine Geister- und Kneipentour machen, und nicht weit von hier gibt es ein Hotel mit einer Bar auf dem Dach. Sag einfach, was du möchtest.«

Ich dachte über seine Vorschläge nach, und obwohl sie mir gut gefielen, gab es im Grunde nur eins, was ich an diesem Abend tun wollte. Ich sah zu Milo auf.

»Wäre es okay, wenn wir einfach hierbleiben? Wir könnten etwas beim Zimmerservice bestellen und einen Film ansehen oder so.«

Er lächelte. »Perfekt! Das machen wir.«

Etwas später ging Milo ins Bad und kam ebenfalls in einen Hotelbademantel gehüllt und mit Pantoffeln an den Füßen zurück. Ich musste herzlich lachen, als ich ihn sah.

»Machst du dich etwa über mich lustig?«, fragte ich.

Er strich über den Ärmel seines weichen Bademantels. »Nein, gar nicht! Dieses Teil ist so flauschig wie eine Wolke. Ich habe auch die edle Feuchtigkeitscreme benutzt, die du angebrochen hast. Warum sollten nur Frauen eine schöne Haut haben?«

Ich hatte mir inzwischen die Speisekarte des Hotels angesehen und hielt sie ihm hin. »Ich nehme den Hamburger de luxe mit Zwiebeln und Avocado und Trüffelpommes.«

Milo nahm die Karte entgegen, legte sie aber gleich zur Seite. »Klingt gut. Das nehme ich auch!«

Während er bestellte, schenkte ich uns Champagner ein. Ich gab ihm ein Glas, als er auflegte, setzte mich zu ihm auf die Couch und zog die Beine unter den Po. »Was hast du vor, wenn ich morgen abreise? Besuchst du deinen Freund?«

Er schüttelte den Kopf. »Ich glaube, ich brauche ein paar Tage, bevor ich nach New York fahre. Mein Kumpel hat eine Trennung hinter sich, und wenn ich da in der Stimmung auftauche, in der ich morgen nach deiner Abreise wahrscheinlich sein werde, betrinken wir uns nur und suhlen uns in Selbstmitleid. Ich werde wohl noch ein paar Tage in Atlanta bleiben. Ich war noch nie hier und nutze die Zeit, um einen klaren Kopf zu bekommen.«

»Okay. Das klingt gut.«

»Und was machst du als Erstes, wenn du zu Hause bist?«, fragte er.

»Ich knalle wahrscheinlich mein Gepäck in den Flur und laufe zu meiner Nachbarin Mrs Green. Abbott ist bei ihr.«

»Abbott? Du hast einen Hund?«

Ich trank einen Schluck Champagner. »Nein.«

»Eine Katze?«

Ich grinste. »Nein.«

»Ein Kind, das du vergessen hast zu erwähnen?«

Ich lachte. »Schon gar nicht. Abbott ist mein Kaninchen.«

Milo zog die Augenbrauen hoch. »Wie bitte? Ein Kaninchen mit dem Namen Abbott?«

Ich musste wieder lachen. »Ja, ein blaues Angorakaninchen.«

»Es ist blau?«

»Also, zunächst mal ist Abbott ein Mädchen. Und sie ist eher grau, aber man nennt diesen Farbschlag blau.«

Milo sah mich amüsiert an. »Weiß dein blaues Kaninchen mit dem Namen eines Jungen, dass es ein graues Mädchen ist, oder ist es genauso verwirrt wie ich?«

Ich gab ihm einen Klaps. »Sie ist total süß! Abbott hat lange Schlappohren und ist ziemlich dick und rund. Wenn sie zusammengerollt auf dem Sofa sitzt, sieht sie aus wie ein Plüschtier, und die Leute erschrecken immer, wenn sie sich bewegt. Kennst du die alten »*Star Trek*«-Filme? Sie ähnelt einem Tribble, wenn sie schläft. Oh, und ich führe sie an der Leine aus.«

»Du führst ein Kaninchen an der Leine aus?«

»Ja, sie denkt, sie ist ein Hund.«

Milo schüttelte den Kopf. »Also, ich kann es kaum erwarten, sie kennenzulernen.«

Die Vorstellung ließ mein Herz schneller schlagen, aber dann verzog Milo das Gesicht.

»Ich meine, es würde mich freuen, sie kennenzulernen.«

Ich wurde abermals traurig. Doch ich zwang mich, das Gefühl zu ignorieren, damit an unserem letzten Abend keine schlechte Stimmung aufkam. »Hast du ein Haustier?«

Er nickte. »Ich habe eine Katze. Als ich klein war, hatten wir zu Hause einen schwarzen Labrador, aber einen eigenen Hund hatte ich nie. Vielleicht später mal.«

Ich hatte in vielerlei Hinsicht das Gefühl, Milo sehr gut zu kennen, aber in diesem Moment wurde mir klar, dass wir einige grundlegende Dinge gar nicht voneinander wussten – das mit den Haustieren zum Beispiel. Und das ließ mir keine Ruhe. Ich wollte nicht abreisen und im Nachhinein daran zweifeln, ob ich Milo überhaupt gut genug gekannt hatte. Plötzlich brannten mir tausend Fragen unter den Nägeln.

»Warst du an einer öffentlichen oder an einer Privatschule?«, begann ich.

»An einer öffentlichen, und du?«

»Ich auch.«

»Wie hieß dein erster Schwarm?«

Milo grinste. »Julia. Ist dir bewusst, dass deine Gedanken wieder Purzelbäume schlagen?«

»Ich weiß. Es ist nur … Es gibt einfach so viele Dinge, die ich gern über dich wissen möchte, bevor …«

Unsere Blicke trafen sich.

»Bevor wir für immer auseinandergehen?«, fragte Milo bedrückt und nippte an seinem Champagner.

»Nein, das habe ich gar nicht gemeint. Ich habe nur das Gefühl, dich sehr gut zu kennen, aber die banalsten Dinge weiß ich nicht. Ich will einfach noch so viel wie möglich über dich erfahren.«

Milo breitete die Arme auf der Rückenlehne aus. »Okay, dann schieß los. Was willst du noch wissen?«

»Fangen wir ganz von vorne an. Wie alt warst du, als du Julia kennengelernt hast?«

»Ich war neun und sie fünfzehn.«

Ich machte große Augen. »Deine erste Freundin war sechs Jahre älter als du?«

»Nein, du hast nach meinem ersten *Schwarm* gefragt. Das war Julia, und sie war meine Babysitterin.«

»Oh.« Ich schmunzelte. »Und wann hattest du deine erste Freundin?«

Er überlegte. »Sechste Klasse. Lisa Carlisle, ein Rotschopf. Hatte ich total vergessen. Ich wusste anscheinend schon früh, was mir gefällt.« Er zwinkerte mir zu. »Und wie war das bei dir?«

»Achte Klasse. Eddie Paxton. Er war ein Jahr älter als ich.«

»Wie lange hat es gehalten?«

»Ein paar Monate. Von ihm habe ich meinen ersten Kuss bekommen. Er hatte furchtbaren Mundgeruch, deshalb habe ich mit ihm Schluss gemacht.«

Milo hielt sich die Hand vor den Mund, hauchte hinein und schnupperte. Dann lächelte er. »Alles gut. Immer noch minzfrisch.«

Ich legte den Kopf schräg. »Heißt das etwa, du hast vor, mich zu küssen?«

Es war nur ein Scherz gewesen, aber die Situation wurde unversehens ernst. Milo sah mir tief in die Augen. »Nichts würde ich lieber tun, aber ich weiß, dass ich es nicht bei einem Kuss belassen könnte, wenn ich einmal anfange, Maddie.«

Oh Gott!

Obwohl er mich im Grunde zurückgewiesen hatte, kribbelte mit einem Mal mein ganzer Körper, und mir fielen nur noch schmutzige Fragen ein. »Hast du eine Lieblingsstellung?«

Milos Augen verdunkelten sich. »Bist du sicher, dass wir uns darüber unterhalten sollten?«

Ich schluckte und nickte.

»Na gut. Ich habe normalerweise gern die Kontrolle – deshalb an der Wand oder von hinten. Etwas sagt mir allerdings, dass ich bei dir lieber unten liegen würde, damit du mich reiten kannst und ich dein Gesicht sehe, wenn ich in dir bin.«

Ich sah ihn mit offenem Mund an und hing der Vorstellung nach, mich jetzt und hier, auf dieser Couch, rittlings auf ihn zu setzen. Gott, ich brannte geradezu darauf!

Ich nahm ein leises Klopfen wahr, ohne zu realisieren, woher es kam.

Milo beugte sich vor. »Mach den Mund lieber zu«, flüsterte er mir ins Ohr. »Du erinnerst mich nämlich gerade an eine andere Position, die ich mir schon mal beim Duschen vorgestellt habe.« Er strich mit dem Daumen über meine Unterlippe. »Dabei gehst du vor mir auf die Knie, ich greife in dein herrliches rotes Haar, und du siehst mit diesen großen blauen Augen zu mir auf, während mich dein wunderschöner Mund umschließt.« Er stand schmunzelnd auf. »Tut es dir jetzt leid, dass du gefragt hast?«

Ich schluckte und schüttelte den Kopf.

»Zum Glück rettet uns der Zimmerservice«, sagte er. »Ich gehe an die Tür.«

Später mieden wir verfängliche Themen. Wir hatten es nicht abgesprochen, aber offensichtlich hielten wir es beide für das Beste. Ich war allerdings sicher, dass mir die Vorstellung, ihn zu reiten, so bald nicht aus dem Kopf gehen würde. Wir unterhielten uns noch lange, und als ich gegen Mitternacht gähnte und Milo sich davon anstecken ließ, beschlossen wir, einen Film zu schauen.

Er machte es sich auf dem Bett bequem und nahm eine Hand hinter den Kopf. Ich legte mich zu ihm und bettete meinen Kopf auf seine Brust. »Ist das okay?«

Er fuhr mir mit den Fingern durch die Haare. »Ja, perfekt.«

Ich hatte befürchtet, nicht einschlafen zu können, wenn ich ihm so nahe war. Doch seinem Herzschlag zu lauschen, während er mir sachte den Kopf streichelte, war besser als jedes Wiegenlied.

Der Morgen kam viel zu schnell. Da mein Flug um neun Uhr ging, musste ich um sieben am Flughafen sein und mich um halb sieben auf den Weg machen. Als der Wecker meines Telefons zu piepen begann, wurde Milo neben mir unruhig, wachte aber nicht auf. Ich schloss die Schlafzimmertür hinter mir und ließ ihn schlafen, während ich mich fertig machte. Er hatte mir angeboten, mich zu fahren, aber es war nicht nötig, dass er so früh aufstand. Ich konnte mir genauso gut ein Uber bestellen.

Ich packte die letzten Sachen in meinen Koffer und ließ den Blick durch den Raum schweifen, um zu prüfen, ob ich etwas vergessen hatte. Dann holte ich tief Luft, schaute auf die Uhr und öffnete die Uber-App. Dreißig Sekunden nachdem ich den Flughafen als Ziel eingegeben hatte, erhielt ich die Information, dass mich in sechs Minuten jemand abholen würde.

Sechs Minuten.

Mir brach der kalte Schweiß aus, als ich die Tür zum Schlafzimmer öffnete. Milo schlief so friedlich, dass ich versucht war, ihn nicht zu wecken und ihm eine Nachricht zu hinterlassen. Aber ich wusste, dass ich mich schrecklich fühlen würde, wenn er mir die Möglichkeit nähme, mich von ihm zu verabschieden. Also ging ich an seine Bettseite und schüttelte ihn sachte.

»Milo«, raunte ich ihm zu. »Ich muss los.«

Er öffnete blinzelnd die Augen und stutzte. Dann stützte er sich auf den Ellbogen. »Wie viel Uhr ist es?«

»Ich muss los. Bleib bitte liegen. Ich habe mir schon ein Uber bestellt. Es ist in fünf Minuten da.«

Seine Augen sagten so viel. Zu sehen, wie er sich fühlte, war schmerzlich für mich.

»Warum hast du mich nicht geweckt? Ich wollte dich doch fahren!«

»Ich dachte, so ist es leichter.« Ich schüttelte den Kopf. »Aus mehreren Gründen.«

»Verdammt.« Milo fuhr sich mit der Hand durch die Haare. »Ich brauche mehr Zeit für diesen Abschied.«

Ich lächelte traurig. »Aber wir nehmen doch gar nicht Abschied voneinander. Wir sehen uns in ein paar Monaten wieder, schon vergessen?«

Er atmete geräuschvoll aus. »Ja, okay. Aber warte noch einen Moment.«

Er sprang aus dem Bett und lief ins Bad. Eine Minute später kam er wieder heraus und nahm mich in die Arme. Sein

Atem roch nach Minze. Er hatte sich anscheinend die Zähne geputzt.

»Wir haben gar keine Souvenirs von Atlanta«, sagte er.

Ich lächelte. »Schon gut.«

»Nein, nicht gut. Ich möchte, dass du dich an jeden Ort unserer Reise erinnerst.«

»Ich kann mir etwas am Flughafen kaufen.«

Er umfing mein Gesicht mit den Händen, und sein Blick fiel auf meinen Mund. »Ich glaube, ich habe eine bessere Idee.«

Ich leckte mir über meine trockenen Lippen.

Milo stöhnte. »Gott, das wollte ich schon so lange tun!«

Bevor ich antworten konnte, presste er seine Lippen auf meine. Sie waren überraschend weich, aber sein Kuss war rau. Ich öffnete den Mund, und er drang ohne Zögern mit der Zunge ein. Und damit war der Bann gebrochen. Ich ließ die Jacke fallen, die ich in der Hand hielt, und schlang die Arme um seinen Hals. Milo hob mich mit einem Knurren hoch. Ich legte die Beine um seine Taille und merkte erst, dass wir uns bewegten, als ich mit dem Rücken gegen die Wand stieß.

Milo presste seine Hüften an mich, und ich spürte seine Erektion durch die Kleidung hindurch. Ich konnte nicht genug von ihm bekommen und krallte stöhnend meine Finger in sein seidiges Haar, um ihn noch enger an mich zu ziehen. Ich fühlte seinen schnellen Herzschlag an meinen Rippen. Vielleicht war es aber auch mein Herz, das an seinem Brustkorb hämmerte. Ich konnte es nicht sagen, denn in diesem Moment waren wir eins.

Wir verloren uns in unserem kleinen Universum, bis mein Handy plötzlich klingelte und unsere Seifenblase zerplatzte.

Milo löste sich stöhnend von mir. Wir waren beide außer Atem. Ich zog mein Handy aus der Tasche und sah eine örtliche Rufnummer auf dem Display. Ich atmete tief durch und nahm das Gespräch an.

»Hallo?«

»Ja, ich stehe jetzt vor dem Four Seasons, um Sie abzuholen.«

»Danke, ich bin sofort unten.«

Ich sah Milo todunglücklich an und steckte mein Telefon wieder ein. »Tut mir leid, jetzt muss ich wirklich los. Das Uber ist da.«

Milo legte seine Stirn an meine. »Sag jetzt bitte nichts. Ich will kein Wort von Abschied hören.«

Ich sah ihm in die Augen. »In Ordnung. Diese Reise bedeutet mir sehr viel, Milo. Ich hoffe, das weißt du.«

»Mir auch, Baby. Mir auch.«

Ich rang mir ein Lächeln ab. »Dann sehen wir uns also am Valentinstag in New Orleans?«

Er nickte. »Darauf kannst du wetten.«

Ich ging zur Tür und drehte mich ein letztes Mal um. Milo stand noch genau da, wo wir uns geküsst hatten.

»Ach, falls du dich fragst – mein Lieblingssouvenir ist das von Atlanta. Mach's gut, Milo!«

ZWEITER TEIL

15. KAPITEL

Hazel – Zwei Wochen später

Es klingelte, und ich zuckte zusammen.

Gott, warum bin ich so nervös? Seitdem ich mich mit Brady zum Reden verabredet hatte, plagte mich ein beklemmendes Gefühl. Am vergangenen Abend hatte ich vor lauter Angst eine Ewigkeit gebraucht, um einzuschlafen.

An der Tür atmete ich ein paarmal tief durch und strich meine Bluse glatt, bevor ich nach der Klinke griff.

»Hey«, sagte ich, als ich aufmachte.

Brady begrüßte mich mit einem strahlenden Lächeln. »Hallo, meine Schöne.« Er beugte sich zu mir vor und wollte mich anscheinend auf den Mund küssen.

Ich wich zurück.

»Sorry.« Er schüttelte den Kopf. »Tut mir leid. Ich habe nicht nachgedacht. Ich … Es ist lange her und … alte Gewohnheit, schätze ich. Kann ich dich wenigstens umarmen?«

Ich rang mir ein Lächeln ab. »Klar. Natürlich.«

Brady trat vor und schloss mich fest in die Arme. Ich genoss die Vertrautheit seines Geruchs und seiner Berührung und entspannte mich ein wenig, während er mich hielt. Dann geriet ich jedoch in Panik, weil ich mich in seinen Armen geborgen fühlte, und machte mich rasch von ihm los.

»Es ist kalt draußen. Komm doch rein!«

Ich hatte Blind Dates gehabt, bei denen ich mich weniger unbehaglich gefühlt hatte als in dem Moment, als ich den Mann, den ich vor wenigen Monaten noch heiraten wollte, in mein Wohnzimmer bat. Brady folgte mir in die Küche. Am heutigen Abend brauchte ich auf jeden Fall den ein oder anderen Schluck Wein. Alkohol machte mich zwar emotional, aber ich würde nicht mehr als ein, zwei Gläser trinken. Ich wollte nur ein bisschen lockerer werden, ohne aus den Augen zu verlieren, was zwischen uns passiert war – und was ich über mich gelernt hatte.

»Möchtest du ein Glas Weißwein?«

»Gern. Danke.«

Ich hatte schon eine Flasche geöffnet und nahm zwei Gläser aus dem Schrank, um uns einzuschenken. Brady hatte nicht viel gesagt, seit er hereingekommen war, und als ich aufsah, merkte ich, dass er mich komisch ansah.

»Was ist?« Ich reichte ihm sein Glas.

»Nichts. Ich habe dich nur sehr vermisst. Ich hoffe, das darf ich sagen?«

Ich presste die Lippen zusammen. »Wollen wir uns nicht ins Wohnzimmer setzen?«

Brady ging hinter mir her, und wir nahmen mit höflichem Abstand zueinander auf der Couch Platz. Während wir schweigend unseren Wein tranken, schaute ich zu ihm hinüber und konnte nicht umhin, ihn mit Milo zu vergleichen. Milo hatte sanfte braune Schlafzimmeraugen, wuschelige, zu lange Haare und häufig einen Bartschatten. Brady war das genaue Gegenteil: Sein blondes Haar war immer perfekt gestylt, seine Haut stets glatt rasiert, und seine blauen Augen waren hell und durchdringend. Das Einzige, was sie miteinander gemein hatten, waren schöne, volle Lippen. Das sollte nicht bedeuten, dass Brady nicht gut aussah. Er war ungemein attraktiv, nur auf andere Art als Milo. Mit seinem gepflegten Erscheinungsbild und den kurzen Haaren hatte Brady etwas von Barbies Ken.

Milo sah eher aus, als wäre er aus der Scooby-Doo Mystery Machine gestiegen.

»Wie war deine Reise?« Bradys Frage riss mich aus meinen Gedanken.

Wundervoll.

Großartig.

Lebensverändernd.

Das waren die ersten Worte, die mir einfielen. Doch ich zuckte mit den Schultern und sagte: »Gut.«

»Was hast du gemacht?«

Diese unvermeidliche Frage war einer der Hauptgründe gewesen, warum ich letzte Nacht nicht hatte einschlafen können. Meine Gedanken hatten darum gekreist, was ich antworten sollte, wenn Brady sie mir stellte. Die Wahrheit? Dass ich mit einem wildfremden Mann einen Roadtrip gemacht hatte? Oder sollte ich lieber lügen? Da ich zu keinem Schluss gelangt war, sagte ich die Wahrheit ... mehr oder weniger.

»Ich habe Skifahren gelernt und Fotos gemacht und ein bisschen die Gegend erkundet.«

Das war nicht gelogen.

Brady runzelte die Stirn. »Ich hatte mich darauf gefreut, dir Skifahren beizubringen. Hattest du wenigstens einen guten Lehrer?«

Ich nahm einen großen Schluck Wein. »Ja, der Lehrer war super.«

Gott, warum hatte ich ein derart schlechtes Gewissen? Schließlich hatte Brady *mir* das Herz gebrochen. *Er* hatte unsere Verlobung gelöst. Ich hatte jedes Recht, mit einem anderen Mann zusammen zu sein – auch wenn Milo und ich nicht auf diese Weise *zusammen* gewesen waren! Aber trotzdem, meine Schuldgefühle waren überwältigend. Ich musste das Thema wechseln.

»Wie geht es deiner Mutter?«, fragte ich. Sie war kurz vor unserer Trennung an Borreliose erkrankt. Sie hatte unter starken Gelenkschmerzen und ständiger Müdigkeit gelitten.

»Es geht ihr gut. Die letzte Antibiotikatherapie hat anscheinend geholfen.«

Ich nickte. »Das freut mich.«

Danach trat erneut Schweigen ein. Schließlich stellte Brady sein Weinglas auf den Tisch und atmete tief durch.

»Hör zu, Hazel.« Er griff nach meiner Hand. »Ich weiß nicht, wie ich anfangen soll, also springe ich einfach mitten rein.« Er schaute zu Boden und schüttelte den Kopf. »Ich habe Mist gebaut. Totalen Mist. Ich hätte unsere Hochzeit nicht absagen sollen. Ich liebe dich immer noch. Ich liebe dich so sehr, dass es schmerzt, und ich habe keine Ahnung, wie ich es wieder in Ordnung bringen soll.«

Mein Herz begann zu rasen. Vor zweieinhalb Monaten hätte ich alles dafür gegeben, diese Worte zu hören, doch die Lage hatte sich geändert. *Ich* hatte mich verändert.

»Ich … ich weiß nicht, was ich sagen soll.«

Er drückte meine Hand. »Wenn du mir sagst, dass du mich auch noch liebst, könnte ich wieder befreit atmen. Im Augenblick habe ich das Gefühl, die Luft durch ein Nadelöhr einzusaugen.«

Ich warf einen Blick auf unsere Hände. Liebte ich ihn noch? Ich hatte auf jeden Fall Gefühle für ihn. Aber waren sie anders als vorher? Konnten Gefühle einfach so vergehen? Ich wusste nicht genau, was ich empfand.

Und dann gab es ja auch noch Milo.

Für ihn hatte ich ganz eindeutig Gefühle. In den zwei Wochen seit meiner Rückkehr hatte ich praktisch an nichts anderes denken können. Aber verwechselte ich meine Gefühle für ihn lediglich mit der Aufregung während unseres Abenteuers oder mit meinem Bedürfnis, mich wieder begehrt zu fühlen? Ich glaubte es nicht. Doch sicher war ich mir zu diesem Zeitpunkt in Bezug auf gar nichts mehr.

»Hazel …«

Ich sah Brady in die Augen. »Ich mag dich. Wie könnte es anders sein? Wir waren drei Jahre zusammen, und du warst immer gut zu mir. Ehrlich gesagt war ich am Boden zerstört, als du die Hochzeit abgeblasen hast. Aber seitdem ist viel Zeit vergangen, und ich glaube dir jetzt, dass du nicht die Absicht hattest, mir wehzutun. Es war sicher nicht einfach für dich. Dir sind Zweifel gekommen, und du hast getan, was du für richtig gehalten hast. Inzwischen kann ich sogar verstehen, dass du tun musstest, was du getan hast, anstatt den leichteren Weg zu gehen.«

Ich schaute zur Seite, und als ich Brady nach einer Weile wieder ansah, wirkte er so nervös, wie ich gewesen war, als er an der Tür geklingelt hatte.

»Ich habe in den letzten Monaten viel über mich gelernt«, sagte ich langsam. »Ich bin mir nicht mehr sicher, was ich will.«

»Wie meinst du das?«

Ich seufzte. »Ich habe eine Menge nachgedacht und begriffen, dass das, was zwischen uns passiert ist, nicht allein dein Fehler war. Ich bin nicht mehr die Frau, die du vor Jahren bei diesem Konzert kennengelernt hast. Ich habe mich verändert, was mir selbst nicht gefällt. Wie kann ich da erwarten, dass es dir gefällt?«

»Ich verstehe nicht recht.«

»Die Frau, die du damals kennengelernt hast, war leidenschaftlich, lebenslustig und ist gern gereist. Im Lauf der Jahre habe ich diesen Teil von mir verloren.«

»Nein, du bist noch die Frau, in die ich mich verliebt habe.«

Das stimmte nicht, doch ich hatte lange in mich gehen müssen, um es zu erkennen, und konnte nicht erwarten, dass Brady es auf Anhieb verstand. Außerdem meinte er es gut.

Ich lächelte gezwungen. »Nein, das bin ich nicht. Aber es ist okay. Jetzt ist mir bewusst, was ich verloren habe, und ich kann versuchen, es wiederzufinden.«

Brady kam näher. »Mir ist schon länger bewusst, was ich verloren habe, und ich will dich unbedingt zurück!«

Ich schüttelte den Kopf. »Ich brauche Zeit. Das ist alles sehr verwirrend für mich. Ich wusste nicht, warum du heute herkommst – um den Mantel abzuholen, den du im Schrank vergessen hast, um dich endgültig von mir zu verabschieden oder um zu sagen, was du gerade gesagt hast. Das muss ich erst mal verarbeiten. Meine Gefühle sind ganz schön durcheinander.«

Brady nickte. »Sicher. Natürlich. Das kann ich verstehen. Ich will dich nicht bedrängen. All das ist allein meine Schuld, und ich muss dich zurückgewinnen. Ich werde alles daransetzen, damit du mir wieder vertrauen kannst.«

»So habe ich das nicht gemeint, Brady.«

»Bitte sag mir nur, dass du mir die Chance gibst, dir zu zeigen, was wir wieder miteinander haben könnten. Wir können es langsam angehen lassen – wie am Anfang. Als Freunde vielleicht?«

»Als Freunde?«

»Ja. Ich bin verzweifelt, Liebling. Ich nehme, was du mir zu geben bereit bist. Ich weiß, wir sind füreinander bestimmt, und mit der Zeit kann dieses Gefühl auch bei dir zurückkommen. Vielleicht können wir ein, zwei Mal pro Woche zusammen zu Mittag essen, etwas trinken oder einen Film schauen. Ich verspreche, ich setze dich nicht unter Druck.«

»Ich weiß nicht …«

Brady kam noch näher. »Bitte! Verbring einfach jede Woche ein bisschen Zeit mit mir. Mehr verlange ich nicht.«

Ich musste das alles erst einmal sacken lassen. »Kann ich darüber nachdenken?«

Er bemühte sich um ein Lächeln, was ihm jedoch ziemlich misslang. »Klar. Selbstverständlich.«

In den nächsten Wochen bewies Brady, dass ihm ernsthaft daran lag, auf der Basis einer Freundschaft einen Neuanfang zu starten. Er zog alle Register und tat Dinge, die er nur zu Beginn unserer Beziehung getan hatte. Er schickte mir Blumen ins Studio. Er überraschte mich nach der Arbeit und brachte mir Essen von meinem Lieblingslokal. Er aß mit mir, schien aber sonst nichts zu erwarten. Das fand ich gut, denn wir waren derzeit *nicht* zusammen, wie sehr er auch darauf hinarbeitete.

Brady vermittelte mir zwar ein vertrautes Gefühl der Sicherheit, aber durch meine Reise hatte sich einiges geändert. Die Zeit mit Milo ließ mich daran zweifeln, ob ich vor unserer Begegnung auf dem richtigen Weg für mein Leben gewesen war. Ich musste Gewissheit darüber haben, was langfristig das Richtige für mich war, bevor ich eine Entscheidung in Bezug auf Brady traf. Er hatte mir mit der Absage unserer Hochzeit das Herz gebrochen – ganz abgesehen von der Demütigung, das alles meinen Freunden und der Familie zu erklären. Immerhin hatte er den Anstand besessen, mich nicht vor dem Altar stehen zu lassen, wie es Mr Big in *Sex and the City* mit Carrie gemacht hatte. Aber Carrie hatte Big letztendlich verziehen.

Zog ich tatsächlich in Erwägung, Brady zu verzeihen, weil eine Serienfigur mit einem ausgezeichneten Schuhgeschmack das Gleiche getan hatte?

Ein Teil von mir wusste, dass ich offener dafür gewesen wäre, Brady wieder in mein Herz zu lassen, wenn ich Milo nicht begegnet wäre. Aber ein Teil meines Herzens gehörte jetzt jemand anderem – einem Mann, über den ich im »echten Leben« so gut wie nichts wusste.

Ich beschloss, meine Freundin Felicity zu besuchen, die noch zu Hause war und sich von den Folgen ihres Autounfalls erholte. Sie hatte keine Ahnung, was für ein Abenteuer meine Reise gewesen war.

Auf der Fahrt zu ihr rief ich Bradys Mutter an. Ich hatte eine ganze Weile nicht mit ihr gesprochen, und angesichts ihrer Diagnose war es höchste Zeit, dass ich mich bei ihr meldete. Sie konnte schließlich nichts dafür, dass ihr Sohn Mist gebaut hatte. Sie war wie eine Mutter für mich gewesen – mehr als meine eigene, die nach wie vor mit meinem Vater um die Welt reiste.

Ich stellte mein Telefon auf Lautsprecher und wählte ihre Nummer.

»Hazel!«, rief sie, als sie dranging.

»Hallo, Terry.«

Sie räusperte sich. »Wie schön, von dir zu hören! Wie war deine Reise?«

»Entschuldige, dass ich erst jetzt anrufe. Die Reise war großartig, danke. Sie war … notwendig. Eine Wohltat für die Seele.«

»Das freut mich zu hören.«

»Was aber viel wichtiger ist: Wie geht es *dir?*«

»Ich bin noch nicht wieder die Alte, aber es wird besser. Stress kann die Symptome chronischer Krankheiten verschlimmern, habe ich gehört. Und wie ich zugeben muss, hat mir mein törichter Sohn mit dem, was er dir angetan hat, übel zugesetzt. Ich denke, das war der Grund für die Verschlechterung meines Zustands.«

Ich runzelte die Stirn. »Das hoffe ich nicht!«

»Nun, du weißt, du bist wie eine Tochter für mich. Ich war sehr traurig, als Brady die Hochzeit abgesagt hat.«

»Oh, Terry, bitte sei nicht traurig! Nichts geschieht ohne Grund. Das verstehe ich inzwischen ein bisschen besser.«

Sie seufzte ins Telefon. »Bitte gib ihn nicht auf, Hazel. Er mag es zwar verdient haben, aber bitte vergiss nicht, dass Brady sehr verletzt war, als sein Vater und ich uns scheiden ließen. Er hat Jahre gebraucht, um darüber hinwegzukommen. Ich denke, er hat große Angst, dass die Geschichte sich wiederholt.«

Daran hatte ich auch schon gedacht – dass Brady seine Gründe hatte, die eventuell nichts mit mir zu tun hatten. Dennoch war es schwierig, es nicht persönlich zu nehmen.

Ich seufzte. »Das verstehe ich.«

»Als er sich um mich gekümmert hat, konnten wir viel miteinander reden. Ich weiß, ich sollte das Vertrauen meines Sohns nicht missbrauchen, aber scheiß drauf. Er hat das Recht auf meinen uneingeschränkten Schutz verloren, indem er dir Unrecht zugefügt hat. Ich kann dir garantieren, dass seine Entscheidung komplett angstgesteuert war. Er hat Angst, ein Kind in die Welt zu setzen, nur um später zusehen zu müssen, wie seine Ehe womöglich in die Brüche geht. Er meinte, er müsse sich absolut sicher sein.«

»Nun, da stimme ich ihm zu. Es ist wichtig, dass man sich sicher ist. Und wenn er unsicher war, dann war es die richtige Entscheidung, mich nicht zu heiraten.«

»Aber jetzt *ist* er sicher, Liebes. Was er getan hat, um an diesen Punkt zu kommen, kann ich beileibe nicht gutheißen, aber ich kann dir sagen, dass er noch nie in seinem Leben etwas so sehr bereut hat wie die Entscheidung, dich gehen zu lassen.«

Ihre Worte weckten gemischte Gefühle in mir.

Ich hielt vor dem Haus an, in dem Felicity wohnte. »Okay,

ruh dich jetzt lieber wieder ein bisschen aus. Ich bin auch gerade bei meiner Freundin angekommen.«

»Viel Spaß. Und lass bitte wieder von dir hören.«

»Ich möchte nicht, dass du dich von dieser Geschichte stressen lässt. Pass auf dich auf, Terry, und denk daran, dass Brady und ich es *langsam* angehen lassen. Wir möchten die Freundschaft wieder aufbauen, die wir zu Beginn unserer Beziehung hatten. Wenn wir füreinander bestimmt sind, wird uns das Schicksal gewiss wieder zusammenbringen.«

»Das hoffe ich, Liebes. Denn eine Frau wie dich findet er nicht noch einmal.«

Nachdem ich Felicity fast eine Stunde lang von Milo und den Orten erzählt hatte, die wir bereist hatten, war sie ziemlich baff. Während wir redeten, faltete ich ihre Wäsche, um ihr zu helfen.

»Nicht zu fassen! Als du weg warst, habe ich dich die ganze Zeit bedauert. Ich dachte, du wärst in Vail und würdest deiner geplatzten Hochzeit nachtrauern. Ich wäre nie im Leben auf die Idee gekommen, dass du mit einem attraktiven Unbekannten durchs Land ziehst.«

»Tja, damit habe ich auch nicht gerechnet«, sagte ich und legte ein Paar Socken zusammen.

Sie richtete sich neugierig im Bett auf. »Wirst du ihn wiedersehen?«

»Das ist es ja! Er hat uns in dem Hotel, in dem wir in New Orleans waren, ein Zimmer für in drei Monaten gebucht.«

»Wow! Dann werdet ihr euch also da treffen?«

»Ja. Es sei denn, etwas ändert sich, und er will mich – oder ich ihn – aus irgendeinem Grund nicht sehen.«

»Das ist ja aufregend! Wie in einem Film.«

»Ja, es ist aufregend, außer wenn einer von uns nicht auftaucht.«

»Und ihr habt euch echt die ganze Zeit bei euren falschen Namen genannt?«

»Ja.«

»Du kennst seinen richtigen Namen also gar nicht?«

Ich schüttelte den Kopf. »Das hat die Sache ja so reizvoll gemacht. Wenn wir uns wiedersehen, werde ich ihm meinen Namen natürlich sagen. Aber es hat einfach viel mehr Spaß gemacht, Maddie Hooker zu sein als Hazel Appleton.«

»Hooker! Was für ein Name!« Sie lachte. »Aber der Mann hätte auch gefährlich sein können. Das war ganz schön riskant.«

Ich stellte den Korb mit der gefalteten Wäsche zur Seite. »Darüber habe ich mir kein einziges Mal Sorgen gemacht. Ich hatte sofort das Gefühl, bei Milo sicher zu sein. Er hat nie etwas versucht. Wirklich, abgesehen von dem unglaublichen Kuss ganz am Ende war er ein perfekter Gentleman.« Ich kicherte, als ich an mein eigenes Verhalten zurückdachte. »Im Gegensatz zu ihm bin ich manchmal richtig zudringlich geworden. Ich konnte meine Zuneigung zu ihm kaum verbergen.«

»Ich habe noch immer eine Gänsehaut wegen der Geschichte mit der Wahrsagerin. Ist doch verrückt, dass seine frühere Freundin mit ihr in Kontakt getreten ist.«

In diesem Moment fiel mir etwas ein. »Ach, eine Sache habe ich ganz vergessen zu erzählen. Zoe hat der Wahrsagerin offenbar ein Bild von Haselnüssen übermittelt, um ihr einen Hinweis zu geben. Sie hat ziemlich sicher mich gemeint. Trotzdem habe ich ihm nicht gesagt, dass ich Hazel heiße.«

Sie sah mich mit offenem Mund an. »Unglaublich! Wow!«

»Die gesamte Reise war unglaublich.« Ich setzte mich seufzend auf die Bettkante. »Wieder zu Hause zu sein ist … seltsam. Ich habe fast das Gefühl, dass ich viel mehr nach da draußen auf die Straße gehöre, zusammen mit Milo. Ich fühle mich hier wie ein Fisch auf dem Trockenen, obwohl es besser läuft denn je – oberflächlich betrachtet zumindest.«

»Inwiefern?«

Ich biss mir auf die Unterlippe. »Das habe ich dir auch noch nicht erzählt. Nach allem, was passiert ist, versucht Brady mich nun dazu zu bringen, ihm zu verzeihen.«

Ihre Augen weiteten sich. »Boah! Was?«

»Ja. Er will wieder mit mir zusammen sein. Er meinte, er bereue es, dass er die Hochzeit abgesagt hat.«

Sie beugte sich vor. »Wie hast du reagiert?«

»Ich habe eingewilligt, ab und zu Zeit mit ihm zu verbringen, aber ich habe ihm nichts versprochen. Ich bin bereit abzuwarten, wohin es führt, aber ehrlich gesagt ist ein Teil von mir noch bei Milo. Irgendwie ist nur die Hälfte von mir hier, und diese Hälfte hat Gefühle für Brady. Ach, es ist einfach wahnsinnig kompliziert.«

»Aber du willst doch wohl nicht das, was du mit Brady hattest, wegen eines Typen aufgeben, den du nicht mal richtig kennst, oder?«

Ihre Reaktion überraschte mich. *Sie nimmt Brady in Schutz?*

»Brady hat mich verlassen, schon vergessen?«

»Ja, aber er ist wieder zur Besinnung gekommen. Ich habe keinen Zweifel daran, dass er dich liebt. Er nimmt den Bund der Ehe sehr ernst. Wenn nur alle Männer so wären! Es ist besser, seine Zweifel vor der Hochzeit zu äußern als danach. Und letztlich ist er zu dem Schluss gekommen, dass er nicht ohne dich leben kann. Es ist doch nicht schlecht, dass er zuerst gründlich über die Ehe nachgedacht hat.«

Ich seufzte. »Ich weiß, dass er mich nicht verletzen wollte. Doch er hat einen weiten Weg vor sich, bis ich ihm wieder vertrauen kann.«

»Das ist verständlich.« Sie hielt inne. »Aber du *nimmst* ihn doch zurück, oder?«

Ich kniff die Augen zusammen. »Sag mal, warst du nicht gerade total begeistert von meinem Wiedersehen mit Milo in drei Monaten?«

»Da wusste ich noch nicht, dass Brady alles wieder in Ordnung bringen will.« Sie sah mich eindringlich an. »Hazel, Brady ist ein toller Mann. Er liebt dich. Wirf eure Beziehung nicht wegen eines Herumtreibers weg, mit dem du dich ein bisschen amüsiert hast.«

Herumtreiber?

Wow. Ich fühlte mich stellvertretend für Milo angegriffen. Sie hatte nichts von dem verstanden, was ich ihr über ihn erzählt hatte.

»Wenn Milo ein Herumtreiber ist, dann bin ich wohl auch einer«, sagte ich mit erhobener Stimme.

»Okay, aber du kennst nicht mal seinen Namen. Wenn du dich da weiter hineinsteigerst, musst du es Brady irgendwann sagen – und was dann? Dann verlierst du ihn.«

»Brady hat mich abserviert, Felicity! Wenn er kein Verständnis für etwas aufbringen kann, das infolge der Trennung passiert ist, dann ist das *sein* Problem. Vergiss nicht, dass er *mich* verlassen hat.«

»Aber er will seinen Fehler doch wiedergutmachen! Gib ihm eine Chance! Sonst begehst du einen Fehler, den du dein Leben lang bereuen wirst.«

Felicitys einseitige Sichtweise ärgerte mich. Ich verschränkte die Arme vor der Brust. »Ich muss sagen, es überrascht mich ein bisschen, dass du dich so für Brady einsetzt. Du warst doch die Erste, die ihn verflucht hat, als er sich von mir getrennt hat.«

»Ja, stimmt, ich war sauer. Aber nachdem du mir erzählt hast, wie er sich jetzt verhält, muss ich ehrlich zu dir sein. Meiner Meinung nach wäre es ein Fehler, ihn nicht zurückzunehmen. Wie mir scheint, hat der Typ, den du da kennengelernt hast, sein Leben nicht im Griff. Ich weiß, du bist abenteuerlustig, aber letzten Endes brauchst du Stabilität. Ich meine, du willst doch eines Tages Kinder haben, oder nicht?«

Ich starrte vor mich hin. Ich wusste nicht mehr, was ich eigentlich wollte. Und obwohl ich Felicitys Meinung nicht teilte, hatte sie mir sehr zu denken gegeben.

16. KAPITEL

Hazel

Brady hatte mich gefragt, ob ich Lust hätte, mich am Freitagabend mit ihm in einer Bar in Downtown New York zu treffen. Er hatte dort geschäftlich zu tun, war also schon vor Ort. Ich würde nach einem Fototermin mit der Bahn hinfahren.

Es war eine Weile her, dass ich aus Connecticut herausgekommen war, und ich dachte, es würde mir guttun. Letzten Endes war es immer besser, wenn ich Zeit mit Brady verbringen konnte, ohne mit ihm allein sein zu müssen. Obwohl er keine körperlichen Annäherungsversuche machte, grübelte ich ständig darüber, was ich tun sollte, wenn er einen Versuch starten würde. Früher oder später würde es passieren, wenn wir weiterhin Zeit als »Freunde« miteinander verbrachten.

Ich hatte ihm bisher nicht signalisiert, dass ich ihn zurücknehmen würde. Es wäre nicht fair, ihm etwas vorzumachen, weil ich noch immer überlegte, was ich wollte. Es gab so viel in der Welt zu entdecken, und ich war nicht bereit, auf eine abenteuerliche Zukunft zu verzichten.

Eine Zukunft mit Milo. Sie barg zwar Risiken, würde mein Leben aber spannender und aufregender machen.

Und trotz Felicitys Einstellung zu der Angelegenheit stand für mich noch nicht fest, ob ich Brady verzeihen konnte. Wenn ich mich für ihn entschied, würde ich Milo wahrscheinlich nie wiedersehen. Eine bittere Pille.

Ich müsste Milo versetzen und dürfte nicht nach New Orleans reisen. Allein der Gedanke brach mir das Herz. Die Vorstellung, dass Milo dort auftauchte und ich wäre nicht da, war mir unerträglich. Offensichtlich war ich noch sehr durcheinander: In einem Moment überlegte ich, Brady zu verzeihen, und im nächsten dachte ich daran, dass ich Milo unmöglich wehtun konnte.

Die Bar, die Brady im Zentrum von Manhattan ausgesucht hatte, war klein, aber äußerst angesagt. Das schummrige Lokal war rappelvoll, aber er hatte mir bereits geschrieben, er habe rechts von der Theke einen Platz ergattert. Daher wusste ich, wo ich suchen musste, und fand ihn dann auch an einem Vierertisch in der Ecke.

Als er mich sah, hob er sein Glas. Er trug einen maßgeschneiderten schwarzen Anzug und sah wirklich gut aus. Wahrscheinlich hatte er einem neuen Kunden imponieren wollen.

»Hey!«, sagte ich etwas außer Atem.

»Du hast es geschafft, wie schön!« Brady stand auf und gab mir einen Kuss auf die Wange. Mehr hatte er sich seit unserer ersten Begegnung nach meiner Rückkehr nicht getraut.

Wie ich zugeben musste, lief mir bei der kurzen Berührung ein Schauer über den Rücken.

»Wie war dein Tag?«, fragte er.

Das war auch so eine Sache. Der »neue« Brady war aufmerksamer. Der »alte« hätte sofort von *seinem* Tag erzählt.

»Das Shooting in New Haven ist super gelaufen. Mit der Bearbeitung habe ich dieses Wochenende eine Menge zu tun.«

»Gut. Und was steht nächste Woche auf dem Programm?«

»Ich habe ein paar private Aufträge und dann einen Nachholtermin in der Highschool in Darien.«

»Sehr schön.«

»Und wie war dein Tag?«, fragte ich.

»Ach, die übliche Schleimerei wie immer, wenn ich neue Kunden anwerbe. Aber ich bin mir relativ sicher, dass ich sie überzeugt habe. Ich höre wahrscheinlich nächste Woche von ihnen.«

»Na, dann gratuliere ich dir schon mal. Wir sollten feiern.«

»Absolut.« Er winkte eine Kellnerin herbei. »Ich hoffe, es ist dir recht, dass ich Duncan zu unserem Treffen eingeladen habe. Er ist gerade erst hier gelandet.«

Duncan war Bradys bester Freund aus der Collegezeit in Vail. Er hätte Trauzeuge bei unserer Hochzeit sein sollen. Wäre sie nicht geplatzt, hätte ich ihn bei der Gelegenheit kennengelernt. Ich hatte jahrelang nur von ihm gehört, aber laut Brady hatte er eine schlimme Zeit durchgemacht und sich komplett zurückgezogen. Ich versuchte gegen das Gefühl der Verbitterung anzukämpfen, das in mir hochkam. Die bloße Nennung seines Namens erinnerte mich an die abgesagte Hochzeit und die Abfuhr, die Brady mir erteilt hatte. Der Arme rief negative Assoziationen bei mir hervor, ohne dass ich ihn jemals gesehen hatte.

Ich rang mir ein Lächeln ab. »Freut mich, ihn endlich kennenzulernen.«

»Ja. Er kommt direkt vom Flughafen her, aber wer weiß, wie lange er bei dem Verkehr um diese Uhrzeit braucht.«

»Stimmt.«

Schließlich kam die Kellnerin zu uns, um meine Bestellung aufzunehmen. Ich entschied mich für einen Cosmo. Brady bestellte noch einen Teller mit Oliven, Käse und Crackern dazu.

»Wenn du Hunger hast, können wir von hier verschwinden, sobald Duncan da ist, und uns ein Restaurant suchen.«

»Nein, nicht nötig. Der Laden ist großartig. Mir genügen die Knabbersachen.«

Er legte mir die Hand in den Rücken. »Okay, aber sag Bescheid, wenn du hungrig wirst.«

Ich rutschte unwillkürlich ein Stück nach vorn, um der Berührung auszuweichen.

Er sah mich derart durchdringend an, dass ich wahrhaftig rot wurde. »Du siehst heute Abend fantastisch aus, Hazel.«

»Danke.«

»Ich möchte dich so gern küssen, aber ich weiß nicht, ob es dir gefallen würde.« Er stöhnte. »Eigentlich möchte ich viel mehr tun als dich küssen.«

Ich konnte mich nicht erinnern, wann Brady zuletzt so mit mir geredet und seine Sehnsucht nach mir ausgedrückt hatte. Es törnte mich definitiv an, begehrt zu werden. Ich sah an seinen Augen, dass er die Wahrheit sagte. Es war schon interessant, wie viel attraktiver ich nun für ihn zu sein schien, da ich nicht so leicht zu haben war.

Ich beschloss, auf dem Weg zu bleiben, der für mich besser war.

»Ich denke, es ist das Beste, wenn du mich nicht küsst.«

Er wirkte ein wenig geknickt. »Das habe ich mir gedacht.« Dann lächelte er mich an. »Aber ich verstehe dich. Ich werde mich in Geduld üben.«

Die Kellnerin brachte den Oliven-Käse-Teller, und ich naschte davon, während ich an meinem Cocktail nippte, der glücklicherweise ziemlich stark war.

Dabei wanderte mein Blick zufällig zur Tür, und mir rutschte das Herz in die Hose.

Ich blinzelte.

Heilige Scheiße! Hatte ich etwa Halluzinationen?

Ich blinzelte abermals.

Eben war ein Mann hereingekommen, der genauso aussah wie … Milo.

Mein Herz begann zu rasen, und ich fürchtete, mir würde alles wieder hochkommen, was ich gerade gegessen hatte. Dann fiel mir ein, dass Milo vorgehabt hatte, einen Freund in New York zu besuchen. Wann und wie lange genau, hatte er mir nicht gesagt.

Kann es sein, dass er es tatsächlich ist?

Bei acht Millionen Menschen in New York war es praktisch unmöglich, dass wir beide zur selben Zeit diese kleine Bar besuchten. Es konnte einfach nicht sein. Die Wahrscheinlichkeit tendierte gegen null.

Ich kniff die Augen zusammen.

Panik stieg in mir auf.

Oh mein Gott.

Je länger ich hinschaute, desto sicherer war ich. Er *war* es tatsächlich.

Milo war hier, in dieser Bar!

Heilige Scheiße!

Heilige Scheiße!

Heilige Scheiße!

Ich erstarrte.

Soll ich mich auf der Toilette verstecken?

Soll ich hier in der Ecke bleiben und hoffen, dass er mich nicht sieht?

Soll ich Rückgrat zeigen und zu ihm gehen?

Aber was sollte ich Brady sagen? Außerdem konnte ich es Milo nicht zumuten, seine Bekanntschaft machen zu müssen.

Mir war zum Heulen zumute.

Das darf doch alles nicht wahr sein!

Während ich versuchte, mich zu beruhigen, wandte sich Brady mir zu. »Alles in Ordnung, Hazel? Du bist auf einmal ganz blass um die Nase.«

»Mir geht es gut«, entgegnete ich schwer atmend.

»Du siehst aber nicht gut aus.«

Von da an wurde es nur noch schlimmer, denn Milo kam in unsere Richtung. Plötzlich schien sich der ganze Raum um mich zu drehen.

Dann kreuzten sich unsere Blicke, und es war, als würde die Welt stehen bleiben.

Milo sah mich mit offenem Mund an und beschleunigte seine Schritte, als ob er so schnell wie möglich zu mir kommen wollte.

Ich musste irgendwie mit der Situation fertigwerden. Ich hatte gar keine andere Wahl.

Nur ahnte ich nicht, was mir noch bevorstand.

Denn als Brady sich in Milos Richtung drehte, geschah etwas, womit ich im Leben nicht gerechnet hätte.

Er hob die Hand und winkte ihn zu uns. »Hey, Duncan! Da bist du ja!«

Was ist denn jetzt los?

Ich war vollkommen perplex.

Duncan ist Milo?

Milo ist Duncan, Bradys bester Freund?

Kaum hatte sich Milo zu unserem Tisch durchgekämpft, ließ er seine Tasche fallen und umarmte Brady. Er sah mich kurz an und gab vor, mich nicht zu kennen. Was blieb ihm auch anderes übrig? Bevor Brady uns miteinander bekannt machen konnte, entschuldigte er sich. Er müsse mal schnell wohin, sagte er, aber ich wusste es besser. Meiner Vermutung nach musste er sich erst einmal sammeln. Er war allem Anschein nach ebenso geschockt wie ich.

Ich saß wie benommen da und bemühte mich immer noch, das Ganze zu begreifen.

»War wohl dringend nach dem Flug«, sagte Brady nichtsahnend.

Das Hämmern in meinem Kopf wurde immer lauter und übertönte allmählich die Geräusche der Bar ringsum.

Als ich Milo zurückkommen sah, legte mein rasendes Herz noch einen Zahn zu.

Er nahm neben Brady Platz. »Entschuldige bitte.«

»Hey!« Brady zuckte mit den Schultern. »Was muss, das muss.«

Milo suchte meinen Blick. Seine Augen stellten tausend Fragen. Er sah so verwirrt aus ... und verletzt und wütend.

»Nachdem du dich erleichtert hast, Duncan, will ich dir endlich Hazel vorstellen. Unglaublich, dass ihr euch erst jetzt kennenlernt.«

»Ja, erst jetzt. Wirklich unglaublich.« Milo gab mir die Hand. »Freut mich, dich kennenzulernen, *Hazel*.«

Er drückte fest zu und auch in seiner Berührung lagen stumme Fragen. Ich hätte wirklich heulen können.

»Freut mich auch ... Duncan.«

Er ließ meine Hand los und erklärte: »Meine alten Collegefreunde nennen mich Duncan, aber das ist eigentlich mein Nachname.« Er sah mir in die Augen. »Ich bin Matteo.«

Matteo.

Milo hieß in Wirklichkeit Matteo.

Als Milo – Matteo – und ich uns zum ersten Mal unsere richtigen Namen nannten, kam es mir vor, als wären wir in unserer eigenen Welt, obwohl Brady unmittelbar neben uns stand. Es war völlig surreal.

»Und ich bin ... Hazel.«

»Er weiß, wie du heißt, Süße«, warf Brady ein.

Ich ignorierte seine Bemerkung, während ich seinem Freund unverwandt in die Augen sah.

Matteo konnte den Blick ebenfalls nicht von mir abwenden. »Hazel ... wie Haselnüsse ...«

Ich nickte. »Matteo. Wie Matthew.«

Brady schaute zwischen uns hin und her. »Okay, dieses Gespräch ist ja wie ein Sketch aus der Sesamstraße.« Er lachte.

Keiner von uns beiden lachte mit.

Ich bekam eine Gänsehaut. Ich hatte tatsächlich meinen Vater angerufen, um zu hören, ob es ihm gut ging, nachdem die Wahrsagerin den Namen Matthew erwähnt hatte – dabei hatte sie eigentlich Matteo gemeint. Seinetwegen hatte sie mich gewarnt, und nun ergab auf einmal alles Sinn.

Die Kellnerin kam, um Milos … Duncans … *Matteos* Bestellung aufzunehmen.

Matteo.

Was für ein schöner Name. Ein schöner Name für einen schönen Mann – der in diesem Augenblick so gequält aussah, wie ich ihn noch nie erlebt hatte.

Sein Blick war ein einziges Fragezeichen. »Also … wie läuft es denn jetzt bei euch? Das Letzte, was ich mitbekommen habe, war die abgesagte Hochzeit. Es überrascht mich, dich hier zu sehen, Hazel.«

Unfähig, ein Wort zu sagen, sah ich Brady an.

»Hazel und ich, wir lassen es noch mal ganz langsam angehen. Nach der geplatzten Hochzeit hatte ich noch gar keine Gelegenheit, ausführlicher mit dir zu reden.«

»Ja.« Er schluckte. »Davon hast du mir jedenfalls nichts gesagt.«

»Tut mir leid, dass du dein Ticket nach Vail schon gebucht hattest«, sagte Brady. »Aber es freut mich, dass du die Gelegenheit genutzt hast, um deine Familie zu besuchen. Dann war der Flug wenigstens nicht für die Katz.«

»Ja, wurde sowieso Zeit, dass ich mich mal wieder zu Hause blicken lasse.«

»Und was hast du so getrieben in der letzten Zeit?«, fragte Brady. »Du hattest dir doch freigenommen, oder?«

»Stimmt, ich bin mitten in meinem Sabbatical. Ich bin eine Weile in Vail geblieben …« Er sah mich an. »Und dann habe ich kurz entschlossen von Colorado aus eine Reise durch den Süden gemacht. In Atlanta bin ich länger geblieben als geplant, und dann bin ich für eine Woche nach Hause geflogen, bevor ich hergekommen bin.«

Brady wunderte sich. »Warte mal … du bist ganz allein durch die Gegend gefahren?«

»Nein, nicht allein. Ich habe in Vail eine Frau kennengelernt, und wir haben die Reise zusammen gemacht.«

»Wahnsinn.« Brady grinste. »War sie hübsch?«

Matteo warf mir einen Blick zu. »Ja, sehr.«

»Wo ist sie jetzt?«

Er schloss die Augen und verzog frustriert das Gesicht, als hätte er am liebsten die Wahrheit gesagt.

»Unsere Wege haben sich wieder getrennt«, erklärte er schließlich.

Brady schlug auf den Tisch. »Deshalb liebe ich diesen Kerl! Nur Duncan bringt es fertig, mit einer fremden Braut auf Reisen zu gehen. Er hat Mumm! Während der Rest von uns seine Tage im Büro vergeudet, tut dieser Mann das, wovon alle nur träumen.«

»Glaub mir, ich zu sein ist nicht so spaßig, wie du jetzt denkst.«

Das tat weh.

»Was ist aus ihr geworden – aus dieser Frau? Wie heißt sie?«

Ich wand mich innerlich.

Die Kellnerin stellte ein Bier vor ihn hin. Matteo nahm einen großen Schluck und knallte die Flasche auf den Tisch. »Maddie. Sie heißt Maddie.«

»Hast du vor, sie noch mal zu treffen? Oder war das Ganze nur eine einmalige Sache?«

Er schaute zu mir herüber. »Ich bin mir mittlerweile ziemlich sicher, dass mit dem Ende unserer Reise auch unsere Geschichte endet.«

Die Botschaft war klar und deutlich. Sie brach mir das Herz. In seiner Stimme lag ein zorniger Unterton, den ich nicht von ihm kannte. Hoffentlich war er nicht sauer auf mich. Wie hätte ich denn wissen können, dass so etwas passiert? Es war der reinste Albtraum.

Obwohl mir inzwischen klar war, weshalb er in Vail gewesen war – wegen meiner Hochzeit, die nicht stattgefunden hatte –, hatte ich noch so viele Fragen.

Hatte er nie vermutet, wer ich war?

Warum hatte er es sich nicht zusammengereimt, nachdem ich ihm von meinem Verlobten erzählt hatte, der mich sitzen gelassen hatte? War ihm nie in den Sinn gekommen, dass ich Bradys Ex sein könnte? Irgendwas stimmte hier nicht.

Andererseits hatten wir einander nie unsere Namen genannt.

Matteo.

Matteo Duncan.

Ich musste mich erst an diesen Namen gewöhnen.

Am meisten quälte mich in diesem Moment, dass ich sah, wie sehr Matteo litt, ich ihn aber nicht trösten konnte. Sein Körper war starr, und er hatte die Hände zu Fäusten geballt. Daran erkannte ich, dass er so etwas wirklich niemals erwartet und ganz sicher nicht gewusst hatte, wer ich war.

Wir waren beide Opfer eines dummen Zufalls geworden.

Eines *extrem* dummen Zufalls.

Matteo trank sein Bier in einem Zug aus und stand auf. »Ihr zwei solltet euren romantischen Abend genießen. Ich bin sowieso ziemlich müde. Ich checke in meinem Hotel ein und gehe schlafen.«

Brady runzelte die Stirn. Er fand das Verhalten seines Freundes offensichtlich merkwürdig. »Ich dachte, du übernachtest bei mir?«

»Ja … so war es ursprünglich geplant, aber ich habe es mir anders überlegt.«

»Bist du sicher?«

»Bin ich, ja.« Er nahm seine Reisetasche und warf sie sich über die Schulter.

»Vielleicht können wir morgen Abend etwas zusammen unternehmen?«, sagte Brady.

»Ja. Klar.« Matteo sah zu mir herüber. »Hazel, es war mir ein Vergnügen.« Er reichte mir die Hand, und als ich sie ergriff, drückte er noch fester zu als beim ersten Mal.

Dann wandte er sich zum Gehen und verließ die Bar, ohne sich noch einmal umzudrehen.

Ich schaute gefühlt mehrere Minuten zum Ausgang, bis Brady sagte: »Duncan stand ein bisschen neben sich. Irgendetwas stimmt nicht mit ihm.«

Ich atmete aus und versuchte, meinen Herzschlag zu beruhigen. »Ja …«

»Er ist eigentlich total witzig, aber er hat einiges durchgemacht. Seine Freundin starb vor ein paar Jahren bei einem Skiunfall. Ich weiß nicht, ob ich es dir jemals erzählt habe. Es war vor deiner Zeit. Jedenfalls frage ich mich, ob es alte Erinnerungen bei ihm geweckt hat, uns zusammen zu sehen.«

Ich kniff die Augen zu.

»Seitdem ist er nicht mehr derselbe. Vor Zoes Tod war Duncan so lebensfroh. Er hat gesungen und ist in Clubs aufgetreten. Du kannst dir vorstellen, dass er keinerlei Probleme hatte, an Frauen ranzukommen.« Er schmunzelte. »Aber Zoe war einfach die Richtige für ihn. Sie sind zusammen aufgetreten. Er hatte seine Seelengefährtin gefunden – doch dann passierte der Unfall.«

Ich schluckte. »Das ist wirklich traurig.«

Brady starrte ins Nichts. »Ich hätte ihm ein besserer Freund sein müssen. Wir haben ein bisschen den Kontakt zueinander verloren. Er hat sich in seine Welt zurückgezogen, und ich hätte mich mehr bemühen müssen, für ihn da zu sein. Auf die Entfernung ist das schwierig, aber ich habe mir nicht genug Mühe gegeben. Wir haben uns auseinandergelebt. Trotz allem war er der Erste, der mir einfiel, als es um die Wahl des Trauzeugen ging.« Brady nahm meine Hand. »Vielleicht kommt er ja doch noch zum Einsatz, wenn ich das Glück habe, dich zu heiraten.«

Mir war speiübel – nicht nur wegen dieses Gesprächs, sondern weil jemand, den ich sehr mochte, in diesem Moment litt und ich keine Ahnung hatte, wie ich ihn erreichen konnte. Ich musste mir gar nicht ausmalen, wie er sich fühlte, denn es ging mir genauso miserabel wie ihm.

Brady sah sich um. »Ich glaube, unsere Kellnerin hat sich verlaufen. Ich hole mir ein Bier an der Theke. Möchtest du auch noch einen Drink, Süße?«

Ich nickte. »Ich gehe in der Zeit zur Toilette«, sagte ich mit einem Kloß im Hals.

Als Brady in der Menge verschwand, blieb ich noch einen Moment sitzen. Ich war völlig verzweifelt.

Was zum Teufel sollte ich jetzt machen?

Ich musste unbedingt mit Milo reden, aber wir hatten unsere Telefonnummern nie ausgetauscht.

Ich zog mein Handy aus der Tasche, googelte »Matteo Duncan« und hoffte, dass seine Nummer wie durch ein Wunder auf dem Display erscheinen würde. Natürlich war mir dieses Glück nicht vergönnt.

Weil ich wirklich ein paar Minuten für mich brauchte, gab ich mir schließlich einen Ruck, um auf die Toilette zu gehen. Als ich meinen Platz verließ, bemerkte ich, dass Brady sein Telefon auf dem Tisch liegen gelassen hatte.

Mein Puls beschleunigte sich.

Milos Nummer.

Er hatte sicherlich Milos Nummer abgespeichert.

Der Gedanke, das Telefon mit auf die Toilette zu nehmen, war bestimmt nicht so abwegig. Es wäre unverantwortlich, ein so teures Handy in einer überfüllten Bar unbeaufsichtigt auf dem Tisch liegen zu lassen.

Ich erlaubte mir nicht, es weiter zu durchdenken, und sah mich nach Brady um. Da die Luft rein war, schnappte ich mir rasch das Telefon und rannte praktisch zur Toilette.

Mit klopfendem Herzen schloss ich mich in einer Kabine ein. Meine Hände zitterten, und ich betete, dass Brady seinen Zugangscode nicht geändert hatte, während ich ihn eingab.

0-5-1-4

Bingo!

Das Telefon war entsperrt, und ich atmete erleichtert auf.

Nachdem ich die Kontaktliste aufgerufen hatte, gab ich *Milo* ein, aber es tauchte keine Nummer auf. Als mir aufging, dass Brady seinen Freund natürlich nicht unter diesem falschen Namen eingetragen hatte, versuchte ich es mit *Matteo* – wieder ohne Erfolg. Also tippte ich *Duncan* und schickte ein Stoßgebet zum Himmel.

Diesmal wurde ich Gott sei Dank fündig. Ich holte tief Luft und drückte auf »Anruf«.

Voller Anspannung wartete ich, während das Telefon klingelte.

Geh dran!

Geh dran!

Geh dran!

Aber er nahm das Gespräch nicht an, und die Mailbox schaltete sich auch nicht ein. Es klingelte einfach immer weiter. Und mir klingelten die Ohren. Ich lehnte den Kopf gegen die Kabinentür, und plötzlich brach alles über mich herein. Mir liefen die Tränen über die Wangen, und ich fragte mich, wie lange es dauern würde, bis Brady dahinterkam, dass irgendetwas nicht stimmte.

17. KAPITEL

Matteo

Zwei Tage waren vergangen, und es ging mir nach wie vor beschissen.

Obwohl mein Zustand an diesem Morgen wahrscheinlich mit dem Alkohol zusammenhing, den ich am vergangenen Abend an der Hotelbar in mich hineingekippt hatte, und nicht nur mit dem Schlag in die Magengrube, den mein bester Kumpel und mein Mädchen mir verpasst hatten.

Mein Mädchen.

Verdammt. So sah ich sie wirklich – als mein Mädchen. Oder zumindest hatte ich sie so gesehen. Oder vielleicht tat ich es immer noch. Ich wusste es nicht. Was Maddie anging, wusste ich gar nichts mehr.

Hazel, besser gesagt.

Sie hieß Hazel, verdammt noch mal.

Dass wir uns nie unsere echten Namen gesagt hatten, war mir irgendwie romantisch vorgekommen, und auf unserem gemeinsamen Trip hatte es mich nicht gestört. Im Gegenteil, es hatte sich richtig angefühlt. Aber seit der Überraschung vor zwei Tagen war klar, dass ich nur ein romantischer Narr gewesen war. Die falschen Namen machten deutlich, was unsere Beziehung von Anfang an gewesen war: ein einziger Schwindel.

Ihr Verlobter hatte sie zwei Monate vor der Hochzeit sitzen lassen? Ach was? Komisch, dass mein Kumpel mir erzählt hatte, *seine Verlobte* habe einen Rückzieher gemacht, als er mich über die geplatzte Hochzeit informiert hatte.

Ich hatte Maddie jedes Wort geglaubt. Und selbst heute, nachdem ich die ganze Geschichte achtundvierzig Stunden hatte sacken lassen, wollte ihr ein Teil von mir immer noch glauben. War das nicht verrückt? Denn warum zur Hölle sollte ich einer Frau, die ich kaum kannte – einer Frau, die mich offensichtlich zumindest in Bezug auf einen wichtigen Aspekt ihrer Trennung belogen hatte –, mehr glauben als meinem Kumpel, mit dem ich fast zehn Jahre befreundet war?

Ein stechendes Gefühl in meiner Brust drängte mich, genauer darüber nachzudenken. Aber ich weigerte mich.

Ich konnte es einfach nicht.

Was machte es auch für einen Unterschied, was ich für sie empfand?

Sie gehörte meinem Kumpel.

Sie gehörte mir nicht mehr.

Sie hatte mir noch nie gehört.

Achtundvierzig Stunden lang hatte ich sämtliche Einzelheiten unserer Reise Revue passieren lassen. Hatte ich mir etwas eingebildet, das nicht da gewesen war? Sehnte ich mich so verzweifelt nach einer tieferen Beziehung, dass ich ihr die Geschichte von der verletzten Seele abgekauft hatte, obwohl es – bei näherem Hinsehen – Hinweise darauf gegeben hatte, dass sie Lügen erzählte?

Es *musste* solche Hinweise gegeben haben.

Man konnte nicht zwei Wochen lang Tag und Nacht mit einem Menschen verbringen, ohne vorhandene Risse in seiner Fassade zu entdecken. Wahrscheinlich hatte ich nur gesehen, was ich sehen wollte.

Doch wie oft ich auch zurückblickte und nach diesen feinen Rissen suchte, ich fand keine. Ich sah nur meine Maddie.

Meine Maddie.

Ich konnte sie nicht so sehen, wie sie wirklich war – nicht einmal im Rückblick: Hazel, die mir die Geschichte von der verlassenen Braut aufgetischt hatte, obwohl sie eigentlich diejenige war, die ihren Verlobten abserviert hatte.

Aber das war so bescheuert, weil mir die Wahrheit vor zwei Tagen um die Ohren gehauen worden war.

Es war fast elf, als ich mich aus dem Bett quälte. Ich ging duschen und schluckte ein paar Paracetamol mit einer ganzen Flasche Wasser hinunter. Beim Einchecken hatte ich nur zwei Nächte gebucht, und wenn ich meinen Aufenthalt nicht verlängerte, kam das Zimmermädchen bald zum Saubermachen. Ich musste mir einen Ruck geben, um mich anzuziehen, und hoffte dabei, dass mein dröhnender Schädel schnell Ruhe geben würde. Dann ging ich nach unten zur Rezeption

»Hallo, ich bin in Zimmer 1522. Eigentlich müsste ich heute auschecken, aber kann ich meinen Aufenthalt vielleicht verlängern?«

Der Rezeptionist schaute im Computer nach. »Kein Problem. Wollen Sie nur eine Nacht länger bleiben?«

Ich hatte keine Ahnung, was ich wollte. »Ja, ich denke schon.«

Wenige Minuten später hatte ich für eine weitere Nacht einen Ort, um mein schmerzendes Haupt zu betten, und ging nach draußen auf die Straße. Ich hatte keine Lust auf Sightseeing, aber ich brauchte frische Luft. Und so lief ich ohne ein konkretes Ziel vor Augen einfach los. Es war eine Woche nach Thanksgiving und für die Jahreszeit ungewöhnlich warm. Das Wetter spielte also wenigstens mit. Nach etwa anderthalb Stunden ging es mir jedoch nicht viel besser als vorher.

Als mein Magen zu knurren begann, nahm ich mein Telefon aus der Tasche, um nach der Uhrzeit zu sehen. In diesem Moment klingelte es.

»Brady« erschien auf dem Display.

Scheiße.

Er hatte mich bereits vier oder fünf Mal angerufen, und ich hatte es immer ignoriert. Ich wusste, dass ich mit ihm reden musste. Schließlich war ich fast fünftausend Kilometer quer durchs Land geflogen, um ihn zu besuchen, und er hatte keinen Schimmer, was los war. Das vermutete ich zumindest. Vielleicht hatte Maddie ihm aber auch alles erzählt, und er versuchte mich zu finden, um mir den Kopf abzureißen.

Mein Handy klingelte zum dritten Mal, und ich war schon im Begriff, es wieder in die Tasche zu stecken, als ich beschloss, in den sauren Apfel zu beißen. Ich konnte es ja nicht ewig hinausschieben.

»Hallo?«

»Duncan? Verdammt! Bist du untergetaucht oder was? Ich versuche seit zwei Tagen, dich zu erreichen. Ich habe mir allmählich Sorgen gemacht.«

»Sorry. Ich … ich war die ganze Zeit im Hotel.«

»Wieso? Bist du krank?«

Ich fuhr mir durch die Haare und wünschte, ich hätte das Gespräch nicht angenommen. »Ja. Irgendwie habe ich mich nicht gut gefühlt.«

In dem Moment kam eine Frau aus einem kleinen Lebensmittelladen zu meiner Rechten gelaufen. Sie fluchte auf Spanisch und jagte mit erhobenem Besen einem Jungen hinterher. Er war etwa fünfzehn, trug einen Rucksack auf dem Rücken und hatte die Hände voller Süßigkeiten. Während er davonlief, schaute er lachend über die Schulter.

Brady hatte die Szene anscheinend mitgehört. »Wo *bist* du, zum Teufel?«

Ich ging an dem Laden vorbei und las die Straßenschilder. »An der Kreuzung einundfünfzigste Straße und Ninth Avenue. Ich mache einen Spaziergang.«

»Das ist nicht allzu weit von meinem Büro entfernt. Lass uns zusammen essen.«

»Ich … äh … ich weiß nicht, ob mir danach ist.«

»Dann sieh zu, *dass* dir danach ist! Ein Nein lasse ich als Antwort nicht gelten! Du bist mir jetzt zwei Tage lang ausgewichen, und ich bin ernsthaft besorgt, Mann. Geh die Ninth Avenue runter, bis du zur vierundsechzigsten Straße kommst. Dort um die Ecke ist das Restaurant »Becco«. Es liegt zwischen Eighth und Ninth Avenue. Ich bin in zwanzig Minuten da.«

»Ich weiß wirklich …«

Brady schnitt mir das Wort ab. »In zwanzig Minuten, Kumpel. Sonst spüre ich dich auf, und du kannst was erleben.«

Bevor ich etwas sagen konnte, brach das Gespräch ab.

»Hallo?«

Nichts.

Verflucht.

Er hatte einfach aufgelegt.

Brady saß bereits an einem Tisch, als ich eine halbe Stunde später endlich in dem Lokal eintraf.

Er stand auf und gab mir eine einarmige Umarmung. »Da bist du ja. Ich habe mir gerade einen Drink bestellt. Ich dachte, du versetzt mich. Warum hast du so lange gebraucht? Du warst maximal zehn Minuten von hier entfernt.«

Ich fuhr mir durch die Haare. Ich hatte mich erst fünf Minuten zuvor dazu entschieden herzukommen. Zuerst war ich in die entgegengesetzte Richtung gegangen. Dann war mir bewusst geworden, dass ich keine Nacht mehr ruhig schlafen würde, wenn ich nicht herausfand, was Sache war, und ich hatte wider besseres Wissen kehrtgemacht.

»Tut mir leid. Hab mich verlaufen.«

Brady schmunzelte. »Setz dich, du verdammter Provinzler!«

Die Kellnerin kam sofort mit den Speisekarten. »Möchten Sie etwas trinken, während Sie sich die Karte ansehen?«, fragte sie mich.

»Ich hätte gern ein Wasser.«

Mein Freund nahm mir die Karte aus der Hand. »Machen Sie eine Flasche Cabernet aus seinem Wasser – den guten aus Südafrika –, und wir nehmen die Meeresfrüchteplatte für zwei.«

Als er der Kellnerin die Speisekarten zurückgab, sah sie mich fragend an. Essen war das Letzte, worüber ich mich streiten wollte. Außerdem klang die Bestellung ziemlich gut.

Ich zuckte die Achseln. »Wie er gesagt hat.«

Sobald die Kellnerin gegangen war, kam Brady zur Sache. Er nahm eine Scheibe Brot aus dem Korb in der Tischmitte und biss ab. »Rede mit mir. Was ist mit dir los? Irgendetwas stimmt doch nicht.«

»Alles bestens.«

Seine Miene verriet, dass er mir kein Wort glaubte. »Ich weiß, dass ich in den letzten Jahren ein beschissener Freund war. Aber wir haben uns vier Jahre lang ein Zimmer im Studentenwohnheim geteilt. Ich denke, ich merke es heute noch, wenn du Blödsinn erzählst.«

Ich atmete geräuschvoll aus. »Gib mir noch einen Moment, ja? Ich bin eben erst reingekommen. Lass mich wenigstens einen Schluck Wein trinken, bevor du mich zwingst, meine Leichen aus dem Keller zu holen.«

Brady nickte. »Ja, okay. Verstehe.«

Ungeduldig drehte ich den Spieß um, weil ich von mir ablenken wollte. »Und was ist bei dir los? Ich habe nicht damit gerechnet, dich mit deiner Ex-Verlobten anzutreffen, als ich in die Bar kam.«

»Ja. Wir arbeiten dran.«

Mir wurde schwer ums Herz. »Sie will dich also zurück, nachdem sie die Hochzeit abgeblasen hat? Woher der Sinneswandel?«

Brady runzelte die Stirn. »Eigentlich war nicht Hazel diejenige, die sie abgeblasen hat.« Er sah mir in die Augen. »*Ich* habe Schluss gemacht.«

Ob dies der Moment war, da plötzlich ein Fünkchen Hoffnung aufglomm, nachdem ich total am Boden zerstört gewesen war? Nun, nein, das war es nicht. Statt mich darüber zu freuen, dass Maddie nicht gelogen hatte, wurde ich … wütend. *Verdammt wütend.* Meine Nasenflügel blähten sich, und ich spürte, wie mir die Röte ins Gesicht stieg.

Zum Glück brachte die Kellnerin in diesem Moment den Wein. Ich kippte sofort ein halbes Glas hinunter.

»Warum verdammt noch mal hast du mich angelogen?«, fragte ich mit zusammengebissenen Zähnen.

Brady hatte immerhin den Anstand, sich beschämt zu zeigen. Er rieb sich den Nacken und schüttelte den Kopf. »Ich hatte meiner Mutter und ein paar anderen Leuten schon die Wahrheit gesagt, und sie haben mich einen Kopf kürzer gemacht. Ich wollte keine Vorträge mehr hören. Alle liebten Hazel. Wir hatten uns darauf geeinigt, dass jeder von uns den eigenen Freunden und Angehörigen Bescheid gibt, und als ich fünf Leute von meiner Hundert-Personen-Liste abgearbeitet hatte, war ich es leid, ellenlange Gespräche zu führen. Ich hatte keinen akzeptablen Grund für das, was ich getan hatte, und war für alle das Arschloch.«

»Also hast du die anderen fünfundneunzig Gäste belogen und *sie* als das Arschloch hingestellt?«

Bradys Augen weiteten sich. »Mein Gott, entspann dich. Ich habe gelogen, um es mir leichtzumachen und die Telefonate schnell erledigen zu können. Ich habe niemanden umgebracht. Du siehst aus, als wolltest du mir eine reinhauen!«

Da hatte er nicht ganz unrecht. Ich merkte, dass ich die Hände zu Fäusten geballt hatte, und hatte Mühe, sie zu lockern.

»Hör zu«, sagte er. »Es tut mir leid, wenn ich die Tatsachen verdreht habe. Aber das soll uns deinen Besuch nicht verderben.« Er legte mir die Hand auf die Schulter. »Du hast mir gefehlt, Kumpel.«

Ich musste mich zusammenreißen. Brady würde mir nicht abnehmen, dass ich nur wegen seines Verhaltens sauer war. Außerdem wollte ich mehr erfahren. Zum Beispiel darüber, was zum Teufel zwischen den beiden vorgefallen war. Also zügelte ich meine Wut.

»Ja. Okay.« Ich atmete tief durch. »Dann erzähl mal. Warum hast du die Verlobung aufgelöst?

Brady trank einen Schluck Wein. »Ich weiß nicht. Ich hatte diese Frau auf der Arbeit kennengelernt.« Er schüttelte den Kopf. »Athena … Griechin … eine absolute Granate. Ich fing an, mir darüber Gedanken zu machen, dass ich nun den Rest meines Lebens lediglich mit einer Frau zusammen sein würde. Das ist eine verdammt lange Zeit.«

Ich umklammerte mein Weinglas so fest, dass ich fürchtete, es könnte jeden Moment zerspringen. »Du hast Maddie den Laufpass gegeben, weil du eine andere Frau vögeln wolltest?«

Brady zog die Augenbrauen zusammen. »Maddie? Wer ist Maddie? Moment … ist das nicht die Frau, die du in Vail kennengelernt hast?«

Verdammt. »Ja, sorry. Ich habe Hazel gemeint.«

»Jedenfalls haben Athena und ich …«

Die Kellnerin kam mit einer riesigen Servierplatte und unterbrach unser Gespräch. Das Essen roch köstlich, doch mir war der Appetit vergangen. Sie stellte die Platte mit Pasta und Meeresfrüchten auf den Tisch und tat uns mit einer Zange zwei große Portionen auf.

»Möchten Sie frischen Pfeffer?« Sie hielt eine große Pfeffermühle hoch.

»Sehr gern«, sagte Brady. »Vielen Dank.«

Als sie mit seinem Teller fertig war, wandte sie sich mir zu. Ich winkte ab, obwohl ich normalerweise alles nachpfefferte. »Nein, danke.«

Als sie ging, erwartete ich, dass Brady seinen Satz beenden und mir verraten würde, ob er Maddie betrogen hatte. Doch er stopfte sich eine Gabel voll Spaghetti in den Mund und zeigte auf meinen Teller. »Hau rein! Es schmeckt fantastisch.«

Ich wollte nicht allzu neugierig erscheinen, aber ich musste es wissen. Ich wickelte ein paar Spaghetti um meine Gabel. »Erzähl weiter! Was war mit dieser Frau? Athena, nicht wahr?«

Brady machte eine wegwerfende Handbewegung. »Ist nicht so wichtig. Das Entscheidende ist, dass ich zur Besinnung gekommen bin und mein Mädchen zurückkriege.«

Ich hatte keine Ahnung, wie ich meine Spaghetti hinunterschlucken sollte. »Sie will wieder zu dir zurück?«

Brady zuckte die Achseln und nahm eine Venusmuschel von seinem Teller. Er löste das Fleisch mit der Gabel heraus und schob es sich in den Mund. »Sie ist auf dem besten Weg. Aber sie will natürlich sehen, dass ich mich anstrenge.«

Er schaute auf meinen Teller und zeigte abermals darauf. »Was ist los? Schmeckt es dir nicht? Ich dachte, das wäre genau das Richtige für dich. Erinnerst du dich noch an diese kleine Kneipe an der Route 70, wo wir immer zum Muschelessen waren? Du hast jedes Mal eine Restetüte und eine Kellnerin mit nach Hause genommen. Gut, das war vor Z…« Er sah mich stirnrunzelnd an. »Entschuldige.«

Ich schaute zur Seite. »Schon gut. Ich kann inzwischen über sie reden.«

Brady nickte und lächelte mitfühlend. »Das freut mich, Kumpel, wirklich. Und jetzt sag mir, was mit dir los ist. Ich merke doch, dass irgendetwas nicht stimmt, also versuch nicht noch mal, mir einen vom Pferd zu erzählen.«

Ich bemühte mich, mir eine überzeugende Erklärung zurechtzulegen, aber mir fiel nichts ein. In meinem Kopf herrschte ein derartiges Chaos, dass ich keine Lüge zustande brachte. Deshalb entschied ich mich für die Wahrheit – für eine Version der Wahrheit jedenfalls. »Ach, keine große Sache. Ich hab doch schon erzählt, dass ich diese Frau in Vail kennengelernt habe.«

Brady steckte sich eine Garnele in den Mund. »Diese Maddie? Mit der du rumgereist bist?«

»Ja. Ich … äh … ich habe irgendwie Gefühle für sie entwickelt. Ich dachte, es könnte etwas daraus werden, aber wie sich herausgestellt hat, ist sie nicht zu haben.«

»Nicht zu haben? Ist sie verheiratet oder was?«

Ich schüttelte den Kopf. »Nein. Aber sie … hat jemanden. Scheint eine On-off-Beziehung zu sein.«

Brady grinste. »Dann hol sie dir doch, Romeo! Die Frauen liegen dir bestimmt auch heute noch zu Füßen. Ich meine, für mich bist du grottenhässlich, aber die Frauen haben schon immer einen Narren an dir gefressen.«

Hol sie dir doch.

»Ich wünschte, es wäre so einfach«, sagte ich.

Er nahm sein Weinglas und schwenkte es in meine Richtung. »Bist du in sie verliebt?«

Mein Herz begann zu rasen. Diese Frage hatte ich mir in

den Wochen, seit Maddie in Atlanta zur Tür hinausgegangen war, hundertmal gestellt. Und erst in diesem Moment wusste ich die Antwort.

Großartiger Zeitpunkt für eine Erleuchtung!

Meine Schultern sackten nach unten. »Ja, sieht so aus.«

Er trank seinen Wein aus. »Dann nimm einen guten Rat von jemandem an, der sein Mädchen beinahe verloren hätte. Sei kein Feigling und lass sie dir nicht durch die Lappen gehen. Ist doch völlig egal, ob sie einen Freund hat oder nicht. Wenn du dich in sie verliebt hast, dann musst du alles versuchen! Man bekommt nicht immer eine zweite Chance.«

Einen schlechteren Rat konnte ein Mann, der das Mädchen hatte, das sich sein Kumpel angeln wollte, wohl nicht geben. Ich fühlte mich beschissen.

Weil ich nicht wusste, wie ich reagieren sollte, sagte ich nur Danke.

Als wir das Lokal eine qualvolle Stunde später verließen, fühlte ich mich, als hätte ich einen Ironman hinter mir. Ich war emotional erschöpft, und der Rausch, den ich meinem Körper am vergangenen Abend zugemutet hatte, forderte nun seinen Tribut. Ich musste mich hinlegen.

Brady klopfte mir auf den Rücken. »Wie lange bleibst du denn in der Stadt?«

Ich schüttelte den Kopf. »Weiß ich noch nicht.«

»Hättest du Lust, noch mal wie früher Karten zu spielen? Eine Runde Poker? Erinnerst du dich an Trevor Winston? Er war am College ein Jahr unter uns. Wenn er zu viel getrunken hatte, hat er immer alles zweimal gesagt: ›Will noch jemand ein Bier, wenn ich schon dabei bin? Will noch jemand ein Bier, wenn ich schon dabei bin?‹«

Ich lachte zum ersten Mal seit zwei Tagen. Nachdem er ihn auf diese Weise beschrieben hatte, erinnerte ich mich an Trevor. Nickend sagte ich: »Wir haben ihn Doppel-Trevor genannt.«

»Genau! Er wohnt nur ein paar Blocks von mir entfernt. Ab und zu spielen wir zusammen Karten. Mal sehen, ob er Sonntag Zeit hat, dann können wir beim Spielen Football schauen. Es wird wie früher im Studentenwohnheim, nur dass mein Teppich nicht versifft ist und wir nicht das billigste Bier aus dem Laden, der falsche Ausweise akzeptiert, trinken müssen.«

Ich hatte im Grunde nur den Wunsch, schnellstmöglich von hier zu verschwinden. Trotzdem dachte ich mir, dass ich mit einer Runde Karten mit den Jungs eigentlich noch glimpflich davonkam.

»Okay, einverstanden.«

»Großartig! Und morgen Abend gehen wir aus. Ich kenne einen kleinen Laden mit hervorragendem Essen und noch besserer Livemusik. Er wird dir gefallen.«

Ich zuckte die Achseln, denn Brady war so aufgekratzt, dass er ein Nein nicht gelten lassen würde.

»Vielleicht«, sagte ich, obwohl ich nicht wollte.

»In welchem Hotel bist du?«

»Im Executive. Downtown.«

»Gut. Ich hole dich morgen um halb acht ab. Ich weiß, du bist deprimiert. Aber wir sind Brüder. Lass mich versuchen, dich ein wenig aufzumuntern.«

Brüder. Das war echt die Krönung dieser beschissenen Katastrophe.

Ich lächelte gezwungen. »Ich weiß deine Bemühungen zu schätzen. Aber wie wär's, wenn ich dir morgen schreibe und Bescheid gebe?«

»Kein Problem.« Er lächelte. »Schreib mir ruhig, aber ich stehe so oder so morgen um halb acht vor dem Hotel.«

Ich schüttelte den Kopf. Um dieses Problem würde ich mich später kümmern müssen. Ich gab ihm die Hand. »Danke fürs Mittagessen.«

Brady zog mich an sich, umarmte mich ungestüm und klopfte mir auf die Schulter. »Du hast mir wirklich gefehlt, Mann. Bis morgen Abend dann!«

18. KAPITEL

Hazel

»Hey, Süße!«

Das Lächeln, das ich gerade noch auf meinen Lippen hatte, verblasste, als ich Bradys Stimme hörte – nicht weil er in letzter Zeit nicht nett gewesen wäre, sondern weil ich bei jedem Handyklingeln hoffte, dass es Matteo war. Ich hatte ihn in den vergangenen Tagen dreimal heimlich mit Bradys Telefon angerufen und jedes Mal meine Handynummer auf seiner Mailbox hinterlassen. Leider hatte er nicht zurückgerufen.

Ich bedeutete meiner Assistentin, die Ausrüstung auszupacken, die wir gerade in die Schulaula getragen hatten, und ging mit meinem Handy in den Flur.

»Hey, was gibt's?«, fragte ich.

»Ich wollte nur deine schöne Stimme hören, bevor ich meinen Tag beginne.«

Brady gab sich *wirklich* viel Mühe. »Ich kann aber nur kurz reden«, entgegnete ich. »Wir bauen gerade in Millville auf, um Kindergartenfotos zu machen.«

»Kindergarten? Die Kleinen lichtest du doch am liebsten ab, nicht wahr?«

»Ja. Es ist eine neue Erfahrung für sie, und sie finden alles aufregend. Deshalb haben sie das schönste und natürlichste Lächeln. Ein paar Jahre später sind sie schon Meister in gestellten Selfies, und da ist nicht mehr viel Echtes dran.«

»Es ist großartig, wie sehr du deine Arbeit liebst.«

Brady meinte es zwar gut, doch seine Bemerkung zeigte mir einmal mehr, wie unaufmerksam er eigentlich war. Neunzig Prozent der Zeit langweilte mich mein Job. *Milo wüsste das*, dachte ich unwillkürlich und bekam sofort Kopfschmerzen. Sie wurden noch schlimmer, als mir bewusstwurde, dass ich ihn in Gedanken Milo genannt hatte und nicht Matteo.

Letztendlich musste ich mich darauf besinnen, dass ich für mein Glück selbst verantwortlich war – ob es nun darum ging, den Beruf zu wechseln oder die richtige Entscheidung in Bezug auf meinen Lebenspartner zu treffen. *Oh Mann.*

»Hör mal, ich weiß, du bist beschäftigt«, sagte Brady. »Ich wollte dir nur kurz guten Morgen sagen und dich fragen, ob du heute Abend schon etwas vorhast. Ich dachte, wir könnten in dieses Restaurant mit Livemusik im West Village gehen, das du so gern magst.«

»Ins Finn's, meinst du?«

»Ja, genau. Wir wären zu viert.«

»Zu viert? Wer ist das andere Pärchen?«

»Mein Kumpel Matteo.«

Mir blieb das Herz stehen. »Matteo … hat jemanden?«

Brady lachte. »Er weiß noch nichts von seinem Glück. Ich werde meine Schwester bitten, eine ihrer Freundinnen zu fragen. Wir haben gestern zusammen gegessen, und er ist total deprimiert wegen einer Frau. Ich hoffe, es heitert ihn ein bisschen auf.«

Ich machte große Augen. »Wegen einer Frau?«

»Ja, es geht um die Frau, die er in Vail kennengelernt hat. Klingt, als hätte sie ihn verarscht. Er braucht unbedingt ein bisschen Spaß, und Musik ist sein Ding. Der Arme läuft herum, als hätte jemand seinen Hund überfahren.«

Mir wurde das Herz schwer. »Matteo ist also … traurig?«

»Ja, leider. Und? Was sagst du? Ein Viererdate morgen Abend?«

Es gab unzählige Gründe abzulehnen. Erstens bereitete mir der Gedanke Übelkeit, dass Matteo eine andere Frau treffen würde und ich mir das Ganze aus der Nähe ansehen sollte. Zweitens hatte ich noch nicht mit Matteo gesprochen und wusste nicht, wo wir überhaupt standen. Obwohl er offensichtlich meinem Beispiel gefolgt war und weiterhin so tat, als würden wir uns nicht kennen. Ein Abend mit Brady und Matteo und irgendeiner Frau war für mich das reinste Desaster. Doch er hatte mich immer noch nicht zurückgerufen, und weil ich nicht wusste, wo er sich einquartiert hatte, konnte ich auch nicht bei ihm an die Tür klopfen. Mir war zwar bewusst, dass die Begegnung eher schlecht als gut verlaufen würde, aber ich war verzweifelt.

»Okay, ich bin dabei.«

Ich hörte das Lächeln in Bradys Stimme. »Danke, Süße. Du bist die Beste!«

Da Brady bereits in der City war, hatten wir verabredet, uns im Finn's zu treffen.

Ich fuhr mit der Bahn hin und war vor ihm und Matteo dort. Leider war Kimber, die Freundin von Bradys Schwester, auch früh dran und saß schon an unserem reservierten Tisch. Zu meinem Entsetzen hatte Kimber das Aussehen eines Supermodels – lange blonde Haare und noch längere Beine –, und sie arbeitete tatsächlich als Model. Überraschung!

Mir blieb nichts anderes übrig, als Small Talk mit ihr zu machen, bis die Männer kamen.

»Was machst du beruflich, Kimber?«

»Momentan kellnere ich und habe nebenbei ein paar Modeljobs.«

»Ist bestimmt aufregend, Model zu sein.«

Sie zuckte mit den Schultern. »Ich habe ständig von anderen gehört, ich sollte Model werden, und da dachte ich, warum eigentlich nicht?«

»Ja, klar.« Ich ließ meinen Blick durch den Raum schweifen.

Ich hatte dieser Frau absolut nichts zu sagen. Doch vielleicht war meine Beurteilung der Situation ein wenig von meiner Eifersucht getrübt, weil sie hier war, um Matteo kennenzulernen. Heute Abend hatte sie keine Chance bei mir, so viel war klar. Ich hasste sie ganz ohne Frage.

Wir schwiegen uns eine Weile an, während wir an unseren Drinks nippten. Ich schaute immer wieder zur Tür und wünschte mir Brady und Matteo herbei.

Als Kimber sich entschuldigte und zur Toilette ging, stieß ich einen erleichterten Seufzer aus, weil ich mir wenigstens ein paar Minuten lang nicht ihr Gesicht ansehen musste.

Ich griff sofort zum Telefon und rief Brady an, um ihn zu fragen, wo er blieb.

»Hey, Süße! Bin etwas später von der Arbeit weggekommen. Jetzt fahre ich Duncan abholen. Wir sollten innerhalb einer halben Stunde da sein.«

»Na super!« Ich schnaubte verärgert. »Ich habe gehofft, du sagst, ihr seid fast da. Ich sitze hier schon eine ganze Weile mit der Freundin deiner Schwester herum.«

»Wie ist sie?«

»Jung und oberflächlich.«

Er lachte. »Wie meine Schwester … Kein Wunder, dass sie befreundet sind.«

»Und mit so einer willst du Duncan verkuppeln?«

Er gluckste. »Ich denke, das kümmert Duncan nicht. Sie ist attraktiv und lenkt ihn hoffentlich von seinen trüben Gedanken ab.«

»Meinst du wirklich, es hilft ihm, wenn du ihn mit einer Frau verkuppelst, die nicht mehr zu bieten hat als ein hübsches Gesicht?«

»Glaub mir, was er jetzt braucht, ist ordentlicher Sex. Er ist wie gesagt von dieser Frau besessen, mit der er den Roadtrip gemacht hat und die wieder zu ihrem Freund zurückgegangen ist. Er braucht Ablenkung. Er muss ja nichts Festes anfangen, solange er noch auf Reisen ist. Er braucht nur eine Frau, die ihn auf andere Gedanken bringt. Und wenn ich Leah recht verstanden habe, ist Kimber genau die Richtige dafür.«

Ich war zutiefst frustriert. Und ich fühlte mich unwohl bei dem Gedanken, dass Matteo mit Brady über mich gesprochen hatte – wenn auch indirekt.

»Okay … bemüh dich einfach, so schnell wie möglich hier zu sein.«

»Ich gebe mein Bestes.«

Ich wollte das Gespräch schon beenden, als er sagte: »Hazel?«

»Ja?«

»Ich kann es kaum erwarten, dich zu sehen.«

Ich seufzte. »Geht mir genauso.«

Brady war nach wie vor sehr charmant und aufmerksam. Aber heute konnte ich das nicht würdigen. Mir war schlecht, und ich musste mir in Erinnerung rufen, warum ich hergekommen war.

Es war meine Chance, Matteo zu sehen und herauszufinden, wie es ihm ging.

Als Kimber von der Toilette kam, plauderten wir noch ein bisschen. Sie zeigte mir Modelfotos von sich auf ihrem Handy. Dadurch hatten wir endlich ein Thema, über das wir reden konnten. Ich erzählte ihr von meinem Job als Fotografin, und es entwickelte sich tatsächlich eine Art Gespräch.

Als ich Brady und Matteo hereinkommen sah, schlug mein Herz schneller.

Ich winkte ihnen, obwohl es unnötig war, denn die Kellnerin führte sie bereits zu unserem Tisch.

»Heilige Scheiße. Das ist er? Der mit den längeren Haaren?« Kimber leckte sich die Lippen.

Fahr zur Hölle, Frau!

Ich schluckte. »Ja.«

Sie musterte Matteo mit offenem Mund, und mir wurde noch übler.

»Der ist sogar noch heißer, als Leah gesagt hat!«

Matteo trug einen schwarzen Wollmantel und eine dunkle Jeans und sah wirklich umwerfend aus. Mit schmerzendem Herzen sehnte ich mich zurück auf unsere Reise, als alles noch so viel einfacher gewesen war. Wie gern hätte ich mit einem Fingerschnipsen die Zeit zurückgedreht und den Schlamassel ungeschehen gemacht, in den wir hineingeraten waren. Zu allem Überfluss bekam ich auch noch Schuldgefühle, weil ich Matteo begehrte, obwohl Brady dabei war.

Brady küsste mich auf die Wange. »Entschuldige, dass du warten musstest.« Dann sah er Matteo an. »Duncan, das ist Kimber, eine gute Freundin meiner Schwester.«

Kimber schaute ihn mit großen Augen an. »Freut mich sehr, dich kennenzulernen.«

»Ebenso.« Er sah mich nicht an, als er sich neben sie setzte, und es dauerte einen Moment, bis sich unsere Blicke endlich kreuzten.

Ich nahm allen Mut zusammen. »Schön, dich wiederzusehen, Matteo.«

Er nickte und lächelte gezwungen.

Kimber begann sofort ein Gespräch mit ihm und spielte dabei mit ihren Haaren. Sie schien ihn wirklich zu wollen. Warum auch nicht? Ich konnte es ihr nicht verdenken. Aber ich platzte fast vor Eifersucht.

Matteo wurde von Minute zu Minute munterer, während Kimber wie ein Wasserfall redete und berichtete, dass sie sich am Broadway das Musical »Hamilton« angesehen habe. Daraus entwickelte sich ein Gespräch über Musik, und die beiden schienen sich prächtig zu verstehen.

Dann schaltete sich Brady ein. »Eins hat dir Duncan bisher verschwiegen, Kimber. Er ist selbst ein ziemlich guter Musiker.«

Sie riss die Augen auf. »Gut aussehend und talentiert? Wow, das ganze Paket, was? Welches Instrument spielst du?«

Ich starrte wie gebannt ihre Hand an, die auf seinem Arm lag. *Finger weg!*, hätte ich am liebsten geschrien.

»Gitarre, und ich singe ein bisschen dazu«, entgegnete Matteo bescheiden.

»Ein bisschen?« Brady lachte. »Seine Stimme ist unglaublich! Du müsstest ihn mal hören.«

Kimber drückte Matteos Arm. »Das würde ich sehr gern.«

So beeindruckend das auch alles erschien, die Frau hatte keine Ahnung, was für ein guter Fang Matteo tatsächlich war. Sie kannte ihn nicht so wie ich. Er war nämlich nicht nur gut aussehend und talentiert, sondern auch respektvoll und großzügig. Er war von innen genauso schön wie von außen.

Jede Sekunde, die verstrich, während sie sich angeregt unterhielten, war pure Quälerei für mich. Ich hätte gern meine Nase gekräuselt wie Samantha in »Verliebt in eine Hexe«, um auf der Stelle zu verschwinden.

Als Brady unter dem Tisch die Hand auf mein Knie legte, rutschte ich unruhig auf meinem Stuhl herum. Ich lächelte ihm hin und wieder zu, aber größtenteils schwiegen wir und lauschten dem Gespräch von Matteo und Kimber. In Bradys Augen bestand das Ziel des Abends darin, seinem Freund einen One-Night-Stand zu verschaffen, und an seiner zufriedenen Miene konnte ich ablesen, dass er seine Mission für erfüllt hielt.

Mittlerweile hielt auch ich dieses Szenario für möglich, was mich sehr beunruhigte. Klar, Kimber war attraktiv, aber ich fragte mich, ob Matteo sie überdies in sein Hotel mitnehmen würde, um mich zu bestrafen, weil ich mich mit Brady traf. Schlimmer wäre nur noch, wenn er annehmen würde, ich hätte die ganze Zeit gewusst, wer er ist, und mich inzwischen hasste, weil er glaubte, ich hätte ihn angeschwindelt.

Meine Emotionen drohten mich zu überwältigen, daher brauchte ich dringend eine Auszeit.

»Bin gleich wieder da. Ich gehe kurz auf die Toilette«, sagte ich und stand auf.

Auf dem Weg dorthin rannte ich fast zwei Leute um. Als ich die Tür hinter mir geschlossen hatte, schaute ich in den Spiegel. Mein Gesicht war gerötet, was jedoch in Anbetracht meiner inneren Aufregung nicht verwunderlich war.

Weil ich keine Lust hatte, sofort an den Tisch zurückzukehren, kontrollierte ich mein Make-up und wusch mir sorgfältig die Hände.

Als ich mich schließlich zwang, den Toilettenraum zu verlassen, trat überraschenderweise auch Matteo gerade aus der Herrentoilette.

Er erstarrte, und wir standen uns in dem kleinen Flur gegenüber. Hatte er es auf eine Begegnung mit mir angelegt?

»Warum hast du mich nicht zurückgerufen?«, fragte ich nach einer Schrecksekunde.

Er warf einen Blick in den Gastraum, bevor er antwortete. »Weil ich nicht wusste, was ich dir sagen soll, Maddie. Ich weiß es immer noch nicht.« Er schaute zu Boden und murmelte: »Hazel, meine ich. *Verdammt!*«

»Nimmst du sie mit in dein Hotel?«, platzte ich heraus. Ich konnte es mir nicht verkneifen. Ich musste es wissen.

Er sah mir in die Augen. »Nein.«

In meiner Erleichterung, die wahrscheinlich ein bisschen zu offensichtlich war, stieß ich einen tiefen Seufzer aus. »Ich weiß, dass ich kein Recht dazu habe, aber ich bin gerade wahnsinnig eifersüchtig. Diese Situation ist ein Albtraum.«

Matteo biss die Zähne zusammen. »*Albtraum* ist ein treffendes Wort für den Moment, in dem ich herausfand, wer du bist.«

»Ich weiß. Ich kann mir kaum vorstellen, wie es für dich gewesen sein muss. Ich weiß nur, wie es für mich war. Ein absoluter Schock … und dann kam die Traurigkeit.« Mir traten Tränen in die Augen. »Es tut mir so leid, Matteo.«

Seine Miene wurde weicher. »Es ist merkwürdig, dich meinen Namen sagen zu hören. Aber es klingt auch wunderschön.«

Mein Herz zog sich zusammen. Die Worte, die mir den ganzen Abend auf der Zunge gelegen hatten, brachen aus mir hervor. »Du fehlst mir«, wisperte ich.

Er seufzte frustriert. »Ist dir klar, wie verkorkst diese ganze Sache ist, Hazel?« Er schüttelte den Kopf. »Total verkorkst.«

»Wir müssen reden.«

Seine Antwort brach mir fast das Herz. »Gibt es denn noch etwas zu sagen?«

»Vielleicht ist es nicht richtig, aber ja, es gibt vieles, was ich dir sagen muss … was ich dich *fragen* muss.«

Er schaute abermals in den Gastraum. »Glaubst du wirklich, ich will diese Frau dahinten? Seit wir in Atlanta auseinandergegangen sind, habe ich das Gefühl, nicht mehr atmen zu können. Und jetzt ersticke ich geradezu. Ich würde die Nacht gern mit *dir* verbringen, aber du bist die Frau meines besten Freundes.«

Ich hätte ihn am liebsten in die Arme geschlossen. Seine Worte machten mich sprachlos.

Ich kramte rasch einen Stift aus meiner Tasche und fand ein Kaugummipapier, auf dem ich meine Nummer notierte.

»Hier können wir nicht reden. Bitte ruf mich an, oder schreib mir, wenn du kannst. Geh nicht nach Seattle zurück, bevor wir nicht Gelegenheit hatten, miteinander zu reden«, bat ich ihn. *»Bitte!«*

Er steckte sich den Zettel in die Hosentasche, dann ging er vor mir zurück zum Tisch.

Während des Essens wechselten wir kein Wort mehr miteinander, und er sah mich kaum an.

Und sobald die Livemusik anfing, richteten wir alle unsere Aufmerksamkeit auf die Band. Sie war ein guter Puffer an diesem merkwürdigen Abend. Doch während wir vier uns vermeintlich den Auftritt ansahen, hatte Kimber nur Augen für Matteo, und ich beobachtete die beiden. Matteo und Brady schienen die Einzigen zu sein, die sich wirklich für die Musik interessierten.

Obwohl ich sicher war, dass Kimber versuchen würde, sich den Weg in sein Hotelzimmer zu erschleichen, vertraute ich Matteos Worten. Er war mir zwar nichts schuldig, aber irgendwie wusste ich, dass er nichts tun würde, was mich verletzen könnte.

In der Pause verließ Matteo den Tisch und ging zu meiner Überraschung nach vorn zu dem Sänger der Band und sprach mit ihm.

Es dauerte nicht lange, und der Mann gab ihm eine Gitarre. Mein Herz schlug schneller, als mir klar wurde, dass er auftreten wollte.

Matteo setzte sich auf einen Hocker und stellte das Mikrofon ein, das vor ihm stand. »Die Jungs haben mir freundlicherweise erlaubt, euch in der Pause zu unterhalten. Bitte bewerft mich nicht mit faulen Eiern, okay?«

Die Leute lachten.

»Jetzt kommt der Song *Almost Lover* von A Fine Frenzy.«

Almost Lover.

Als er zu singen begann, rückte alles andere in den Hintergrund.

Ich schloss die Augen, lauschte seiner rauen und zugleich sanften Stimme und nahm jedes einzelne Wort des Songs auf, den er gewählt hatte. Es ging darin um den Abschied von einer nicht erwiderten Liebe. Der Song schmerzte und war zugleich wunderschön, und ich war mir hundertprozentig sicher, dass er ihn für mich sang.

19. KAPITEL

Matteo

Seit der Begegnung mit Hazel waren ein paar Tage vergangen aber ich hatte sie noch nicht angerufen. Auch Brady hatte ich gemieden, obwohl es absurd war, denn ich war eigentlich gekommen, um ihn zu besuchen. Er wusste nicht, dass der Song, den ich im Finn's gesungen hatte, für seine Freundin bestimmt gewesen war.

Diese ganze Sache war so unglaublich verfahren, doch ich hatte Hazel diese Botschaft unbedingt übermitteln wollen. Sie sollte wissen, wie viel mir unsere gemeinsame Zeit bedeutete, dass ich aber nicht glaubte, dass wir eine Zukunft haben konnten.

Mich quälte die Frage, ob es unrecht von mir war, sie weiter zu begehren, obwohl ich die Wahrheit kannte. Was Brady mir erzählt hatte, machte die Situation nur noch verwirrender. Er hatte die Hochzeit abgesagt, weil er scharf auf eine Griechin gewesen war, und das hatte ihn an seiner Entscheidung zu heiraten zweifeln lassen. *Was zum Geier …?* Und nun war er plötzlich wieder zur Besinnung gekommen? Ihm schien wirklich an Hazel zu liegen, aber ich fragte mich, wie sie reagieren würde, wenn sie die ganze Geschichte erfuhr. Und war es gemein, mir zu wünschen, sie würde die Wahrheit kennen? Würde es überhaupt etwas ändern? Selbst wenn sie ihn verließ, konnten wir trotzdem nicht zusammen sein. Brady hatte falsch gehandelt, doch er war mein Freund und verdiente meine Loyalität. So sollte es zumindest sein.

Ich war so in Gedanken vertieft, dass ich den alten Mann, der neben mir auf der Bank im Central Park saß, erst bemerkte, als er mich ansprach.

»Junge, Sie müssen ganz schön in der Patsche sitzen!«

Ich wandte mich ihm zu. »Wie kommen Sie darauf?«

Der Mann hatte buschige Augenbrauen und stützte sich auf einen Stock. Er zeigte auf eine Frau, die schräg gegenüber von uns auf einer Bank saß.

»Die Dame da vorn wirft seit zehn Minuten ein Auge auf Sie, und Sie haben nicht einmal zu ihr rübergeschaut. Sie müssen sehr in Gedanken versunken sein.«

Ich seufzte. »Ja, das kann man so sagen.«

»Dann geht es wohl um eine Frau. Was sonst könnte einen Mann davon abhalten, die da drüben zu bemerken, als eine Frau, von der man besessen ist.«

Ich nickte grinsend. »Da haben Sie recht.«

»Möchten Sie sich einem alten Kerl wie mir anvertrauen?« Er beugte sich zu mir. »Vielleicht kann ich helfen.«

Ich bezweifelte zwar, dass der Mann mir einen Rat geben konnte, nutzte aber die Gelegenheit, um bei einem Fremden, der mich nicht verurteilen konnte, Dampf abzulassen. Im Lauf der nächsten zwanzig Minuten erzählte ich ihm die ganze Geschichte.

Er hieß Sherman, wohnte schon sein Leben lang in Manhattan und hatte nie geheiratet. Er vertraute mir die Geschichte über die Frau an, mit der es hätte klappen können. Sie war vor vierzig Jahren auf der Durchreise in New York gewesen. Die beiden hatten zwei Wochen lang eine stürmische Romanze erlebt, bevor sie nach Norwegen zurückgekehrt war. Weil es damals weder das Internet noch Handys gegeben hatte, um unkompliziert mit jemandem in Verbindung zu bleiben, hatte er sie aus den Augen verloren. Er bedauerte es bis heute, nicht mehr um sie gekämpft zu haben.

Er hatte eine Menge zu meiner Situation zu sagen. »Wenn man zur Vernunft kommt, ist es oft schon zu spät. Ich will Ihnen gewiss nicht raten, Ihren Freund zu verletzen, aber für mich klingt es, als wüsste der Kerl selbst nicht so genau, was er will. Ich verstehe, dass Sie keinen Verrat begehen wollen, und es steht mir nicht zu, Ihnen zu sagen, was Sie tun sollen. Doch im Endeffekt haben Sie sich in diese Frau verliebt, ohne zu wissen, wer sie ist – Sie kannten nicht einmal ihren Namen. Daran können Sie nichts ändern, und Sie haben nichts Falsches getan. Es ist aber nicht so wichtig, was Sie wollen und was er will. Die Frage ist vielmehr, was *sie* will? Haben Sie eine Ahnung?«

Wenn ich nur wüsste, was in Hazels Kopf vorgeht!

»Bevor ich herkam, dachte ich, ich wüsste es. Ich hätte mein ganzes Geld darauf gewettet, dass wir uns in New Orleans wiedersehen. Es war wirklich ein Schock für mich, sie mit ihm zu sehen. Und jetzt weiß ich ehrlich gesagt nicht mehr, was sie will.«

Er gestikulierte mit seinem Stock. »Die Sache ist die: Wenn Sie mit ihr zusammen sein wollen und sie will mit Ihnen zusammen sein, macht das zwei von drei. Mir ist klar, dass Ihr Freund verletzt wäre, aber es wäre ihm gegenüber auch nicht fair, wenn die Frau, aus der er sich angeblich etwas macht, lieber mit seinem Freund zusammen sein will. Gegen seine Gefühle ist man machtlos. Ich denke, Sie müssen herausfinden, was *sie* will, und dann weitersehen.«

Es war ein simpler Rat, aber durchaus einleuchtend. Wenn Hazel bei Brady bleiben wollte, musste mein Kumpel nie etwas von der ganzen Sache erfahren. Nur wenn sie mit mir zusammen sein wollte, musste ich eine Entscheidung treffen. Die

Erkenntnis, dass alles davon abhing, was Hazel wollte, schien die Situation zu entwirren.

»Wissen Sie was? Das war wirklich hilfreich.« Ich sprang auf.

Amüsiert über meine plötzliche Einsicht und den spontanen Aufbruch lachte er.

»Passen Sie auf sich auf, Sherman. Danke für das Gespräch!«

Während ich eilig loslief, zog ich mein Handy aus der Tasche und schrieb Hazel an die Nummer, die sie mir gegeben hatte.

Matteo: Wo bist du?

Die drei Punkte hüpften im Kreis, während sie zurückschrieb.

Hazel: Hey. Habe gerade ein Shooting beendet.

Matteo: Können wir uns treffen?

Hazel: Ja. Natürlich.

Matteo: Ich kann zu dir kommen.

Hazel: Das wäre großartig.

Matteo: Ich muss sicher sein, dass Brady mich nicht sieht. Wo ist er?

Hazel: Er arbeitet heute lange und hat ein Geschäftsessen. Wenn du nach Connecticut kommst, sollte es kein Problem geben. Du kannst zu mir ins Studio kommen.

Matteo: Schick mir die Adresse. Ich springe sofort in die Bahn.

Hazels Fotostudio befand sich an der Hauptstraße eines ruhigen Vororts. Von Boutiquen und Restaurants umgeben hatte es eine erstklassige Lage.

Sie öffnete die Tür, als ich darauf zuging. Offenbar hatte sie nach mir Ausschau gehalten.

Ohne etwas zu sagen, schloss sie mich in die Arme. Ich war überrascht, aber es fühlte sich verdammt gut an, sie an mich zu drücken. Ihre weichen Brüste an meinen Rippen zu spüren löste erneut einen Wirbelsturm der Gefühle bei mir aus. Ich wünschte, wir wären wieder in Atlanta, um da weiterzumachen, wo wir stehen geblieben waren, bevor uns die Realität eingeholt hatte.

Ich vergrub das Gesicht in ihrer Halsbeuge und genoss es einen Moment lang ohne Schuldgefühle, sie in den Armen zu halten.

»Ich hatte solche Sehnsucht nach dir«, sagte sie. »Es tut mir alles so leid, Matteo.«

»Du musst dich nicht entschuldigen.« Ich wich zurück, um ihr ins Gesicht zu sehen. »Du hast nichts falsch gemacht, Hazel. Ich will, dass du das weißt.«

»Ich hatte Angst, du würdest denken, ich hätte irgendwie gewusst, wer du bist.«

»Natürlich nicht!« Ich seufzte und schwieg einen Moment. Dann zog ich sie wieder an mich und sprach leise in ihr Haar. »Ich will, dass du glücklich bist, okay? Du musst deinem Herzen folgen. Wenn es dich glücklich macht, mit Brady zusammen zu sein, dann …«

»Ich konnte an nichts anderes denken als an dich.« Sie beugte sich zurück und sah mir tief in die Augen.

Ihr Eingeständnis machte mich sprachlos.

»Es mag vielleicht aussehen, als würde ich wieder mit Brady zusammenkommen, aber in Wahrheit hatte ich noch keine

Entscheidung getroffen. Wir haben einfach Zeit miteinander verbracht und …«

»Du musst mir nichts erklären. Wir sind kein Paar. Wir sind zwei Leute, die eine super Zeit zusammen hatten. Wir hatten zwar ein Wiedersehen ins Auge gefasst, aber es war nicht in Stein gemeißelt. Es ging immer darum, was sich richtig anfühlt. Du musst tun, was sich *jetzt* für dich richtig anfühlt. Wenn du Brady willst …«

»Als ich wieder zu Hause war, ist mir das, was zwischen uns war, beinahe wie ein Traum vorgekommen, Matteo. Und als Brady mir gesagt hat, dass er es bereut, die Hochzeit abgeblasen zu haben, musste ich mich mit der Realität auseinandersetzen. Ich dachte, ich wäre es ihm schuldig, ihm eine Chance zu geben, aber zugleich bin ich es *mir* schuldig herauszufinden, wer ich wirklich bin und was ich will. Doch trotz alldem bist du mir keine Sekunde aus dem Kopf gegangen.« Sie streckte die Hände nach mir aus. »Und als ich dann erfahren habe, wer du bist … Es ist einfach zu viel.«

Ich nahm ihre Hände. »Ich war völlig fertig mit den Nerven.«

Wir sahen uns schweigend an, bis sie sagte: »Ich muss dich etwas fragen.«

»Du kannst mich alles fragen.«

»Warum ist dir kein einziges Mal in den Sinn gekommen, ich könnte Bradys Ex sein?«

Das war die einzige Frage, vor der ich Angst gehabt hatte. Denn wenn ich ihr die Wahrheit sagte, würde ich Bradys Vertrauen missbrauchen und ihr erklären müssen, dass er mich belogen hatte.

Ich konnte es ihr einfach nicht sagen. Ich musste mir eine akzeptable Antwort überlegen, die mir Zeit verschaffte. »Ehrlich, daran habe ich nicht ein einziges Mal gedacht.« Immerhin war das die Wahrheit.

»Nein, du konntest es wirklich nicht wissen … Was passiert ist, ist einfach unfassbar.« Sie atmete tief durch. »Erzähl mir, was du gemacht hast, nachdem ich aus Atlanta abgereist bin.«

»Ich habe Trübsal geblasen. Du hast mir so gefehlt! Ursprünglich wollte ich ja direkt nach New York, aber dann hatte ich das Bedürfnis, zuerst noch eine Weile zu Hause zu sein. Also bin ich nach Seattle geflogen, habe Thanksgiving mit einem Freund verbracht und nach meiner Wohnung und Bach gesehen.«

Sie lächelte. »Deine Katze heißt Bach?«

»Ja.« Ich grinste. »Mein Kater. Er ist jetzt bei einer Kollegin von mir. Sie hatte angeboten, ihn bei sich aufzunehmen.«

»Du hast also zu Hause nach dem Rechten gesehen, und dann bist du nach New York gekommen. Was hattest du als Nächstes geplant?«

Sie musste es erfahren.

»Willst du die Wahrheit hören?«

»Ja …«

»Die kommenden Monate hätte ich einfach nur Zeit totgeschlagen und darauf gewartet, dich endlich wiederzusehen. Und jetzt habe ich das Gefühl, ich müsste die ganze Zeit die Luft anhalten.« Ich legte meine Hand an ihre Wange. »Ich weiß nicht, wie es in dir aussieht, Hazel, aber ich kann dir hundertprozentig versichern, dass ich geplant hatte, dich in New Orleans zu treffen und nicht wieder gehen zu lassen. Zum jetzigen Zeitpunkt habe ich keine Pläne mehr. Ich weiß nicht mal, was morgen ist.«

Sie kniff gequält die Augen zusammen. »Wie lange bleibst du in New York?«

»Ich habe schon mehrmals mein Hotelzimmer verlängert und meine Flüge umgebucht. Aber nach dem heutigen Stand der Dinge checke ich morgen aus und fliege nach Hause.«

Ihre Augen weiteten sich in Panik. »Wann geht dein Flug?«

»Gegen zwanzig Uhr.«

»Kannst du das bitte noch mal ändern? Würdest du noch ein bisschen länger bleiben?«

Ich wusste nicht, was ich antworten sollte. »Brady ahnt, dass irgendetwas mit mir los ist«, sagte ich. »Er erwähnt immer wieder, dass ich Kimber neulich habe abblitzen lassen. Er weiß, ich habe mich in jemanden verliebt, aber er weiß nicht, dass du diejenige bist. Ich habe keine Ahnung, wie lange ich noch so tun kann, als wäre nichts, Hazel.«

»Wir brauchen mehr Zeit, um uns über alles klar zu werden«, sagte sie. »Bitte …«

Ich nickte. »Ich könnte Brady vielleicht sagen, dass ich mich entschieden habe, die Stadt noch etwas zu erkunden.«

Sie atmete erleichtert auf. »Ja, bitte tu das.«

Dann nahm sie meine Hand und ging mit mir auf den weißen Hintergrund zu, der zum Fotografieren heruntergerollt war.

»Was hast du vor?«

»Lass mich einfach mal machen, ja?«

Nachdem sie mich vor dem Hintergrund auf einen Hocker gesetzt und mir ein paar widerspenstige Haare aus den Augen gestrichen hatte, nahm sie ihre Kamera vom Schreibtisch. Sie schaute in den Sucher und sagte fröhlich: »Bitte recht freundlich!«

»Keine leichte Aufgabe zurzeit.«

Sie ließ die Kamera sinken und wurde ernst. »Ich weiß. Aber versuch es bitte, so gut du kannst. Ich möchte dir etwas zeigen.«

Ich starrte sie an und merkte, dass ich selbst jetzt noch so ziemlich alles für diese Frau zu tun bereit war. Hätte sie von mir verlangt, herumzuhüpfen wie ein Frosch, hätte ich mich sofort auf den Boden gehockt und gequakt. Ein Lächeln konnte ja nicht so schwer sein.

Ich ließ also mein bestes vorgetäuschtes Lächeln aufblitzen, und Hazel machte mehrere Bilder. Als sie fertig war, sah sie sich die Digitalfotos auf dem Display an und druckte eins davon auf einem riesengroßen Drucker aus, der eher nach einem Kopiergerät aussah. Dann öffnete sie die Ledertasche, die neben ihrem Schreibtisch auf dem Boden stand, nahm etwas aus einer Mappe und kam wieder zu mir.

Sie hielt mir das Bild hin, das sie gerade gemacht hatte, und ich erschrak. *Oh Gott! Sehe ich wirklich so aus?* Meine Miene war derart gequält, als hätte mir eben jemand gesagt, dass mein Hund überfahren worden war, und mich dann mit vorgehaltener Waffe zum Lächeln gezwungen. Ich setzte zu einem Kommentar an, als sie mir das Foto zeigte, das sie in der anderen Hand hielt.

Mein Gesicht war nicht darauf zu sehen, aber ich erkannte mich auf Anhieb. Nicht weil ich meinen Mund unzählige Male im Spiegel betrachtet hatte und mit dem Aussehen meiner Zähne bestens vertraut war, sondern weil ich beim Anblick meines Lächelns direkt wusste, woran ich in dem Moment gedacht hatte. Ich hatte mir ausgemalt, sie würde umgekehrt auf mir liegen, mit meinem Schwanz im Mund, während ich sie leckte. Ja, an dieses Lächeln konnte ich mich gut erinnern … Ich schluckte und sah zu ihr auf.

»*Das* …« Sie wedelte mit Foto neunundsechzig. »*Das hier* vermisse ich, Matteo. Dieses herrliche Lächeln und den Mann, der es mir so oft und gern geschenkt hat. Du kannst nicht gehen …« Sie hielt das andere Foto hoch. »*So* kannst du nicht gehen.«

Wir sahen uns lange in die Augen, bis ich schließlich nickte. Mir gingen so viele Fragen durch den Kopf, zum Beispiel wie uns das Leben nur so eine unangenehme Überraschung bereiten konnte und ob ich dieser eine Kerl für Brady sein konnte, den jeder von uns in seinem Freundeskreis hatte: Dieser Kerl stand zwar etwas am Rand, war aber dennoch Teil der Gruppe. Alle waren mit ihm befreundet, doch keiner würde seine beschwipste Freundin mit ihm allein lassen.

Ich war nicht sicher, ob ich dieser Kerl sein konnte. Ebenso wenig wusste ich allerdings, ob ich dieser Frau den Rücken kehren konnte, ohne es später zu bereuen. Ich war innerlich völlig zerrissen. Doch mir war klar, dass ich noch nicht abreisen wollte. Hazel und ich endeten wahrscheinlich nicht als glückliches Paar – dessen war ich mir ziemlich sicher –, aber auf der Stelle beenden konnte ich es auch nicht.

Noch nicht.

Nicht so.

»Können wir also etwas Zeit miteinander verbringen?«, fragte sie zaghaft.

Ich fuhr mir durch die Haare und atmete tief durch. »Ja, aber wir müssen vorsichtig sein. Brady darf es nicht erfahren. Ich will dir nichts versauen, falls du …« Ich brachte es nicht über mich, den verdammten Satz zu beenden.

Hazel lächelte traurig. »Selbst in dieser Situation denkst du zuerst an mich.« Sie strich mir über die Wange. »Dazu braucht es ein besonderes Herz. Ich hoffe, das weißt du.«

Da stand sie nun und erzählte mir, was für ein gutes Herz ich hätte, während die flüchtige Berührung in mir den Wunsch weckte, sie an die Wand zu drücken und bis zur Besinnungslosigkeit zu küssen.

»Glaub mir«, sagte ich und genoss ihre Berührung, »mein Herz denkt gerade nicht an meinen Freund.«

Und da funkte es wieder zwischen uns, wie schon so oft zuvor auf unserer Reise, und tief in meinem Inneren wurde ein

Feuer entfacht. Als ich Hazel in die Augen schaute, sah ich, wie sich auch in ihr die Wandlung vollzog. Das bedeutete, dass ich schnellstmöglich von hier verschwinden musste. Ich war nicht klar im Kopf und wollte keinen Mist bauen, nachdem ich beschlossen hatte, noch eine Weile zu bleiben.

Ich nahm ihre Hand von meiner Wange und hielt sie einen Moment fest. »Ich sollte jetzt gehen.«

Sie nickte. »Wann sehen wir uns wieder?«

»Am Sonntag bin ich mit Brady verabredet. Wir wollen mit einem Freund vom College pokern und das Spiel der Giants ansehen.«

»Können wir uns vielleicht danach treffen? Montag habe ich ein Shooting, das den ganzen Tag dauern wird, und abends habe ich einen privaten Fototermin mit einer Schwangeren. Ich will nicht bis Dienstag warten. Ich könnte zu dir ins Hotel kommen.«

Ich schüttelte den Kopf. »Das ist keine gute Idee. Mein Zimmer besteht praktisch nur aus einem Bett.« Ich traute mir und meiner Selbstbeherrschung nicht mehr über den Weg.

»Gibt es eine Bar in dem Hotel? Vielleicht können wir da etwas trinken. Oder irgendwo in der Nähe.«

»Ich möchte nicht, dass du so spät noch mit der Bahn in die City fährst.«

»Das mache ich ständig!«

»Kann schon sein, aber du wirst es nicht meinetwegen tun. Ich komme nach Connecticut.«

»Dann komm doch zu mir nach Hause, und ich zeige dir die Wand des Lächelns.«

Solange wir uns auf das Wohnzimmer beschränkten, war ich einverstanden. Außerdem wollte ich nicht draußen mit ihr herumspazieren, wo wir womöglich Leuten begegneten, die sie und Brady kannten. »Das wäre schön.«

Ich neigte den Kopf Richtung Tür. »Ich schicke dir eine Nachricht, wenn ich die Stadt verlasse.«

Wir sahen einander beklommen an. Als wir uns das letzte Mal unter Ausschluss der Öffentlichkeit voneinander verabschiedet hatten, war es zu einem leidenschaftlichen Kuss gekommen. Aber gegen eine Umarmung war nichts einzuwenden – eine freundschaftliche Umarmung. Ich machte also einen Schritt auf sie zu und schloss sie in die Arme. Hazel drückte mich fest an sich und schien gar nicht mehr loslassen zu wollen.

Schließlich löste ich mich von ihr und nickte ihr noch einmal zu. »Gute Nacht, Ma…« Ich korrigierte mich. »Hazel.«

Sie lächelte traurig. »Dir auch, Mi… Matteo.«

20. KAPITEL

Matteo

Ich kam mir vor wie ein verdammter Verräter.

»Was machst du, zum Teufel? Lernst du deine Karten auswendig? Willst du noch eine oder nicht?«

Ich blinzelte verdutzt und merkte, dass Brady mich anstarrte. »Hm?«

Er schüttelte schmunzelnd den Kopf. »Du kannst von Glück sagen, dass ich ein guter Freund bin, sonst würdest du ohne einen Cent in der Tasche hier rausgehen. Früher hast du mich immer beim Poker fertiggemacht. Was ist heute eigentlich mit dir los?«

Trevor stand auf und zeigte auf Brady. »Willst du ein Bier?« Dann drehte er sich um und zeigte in meine Richtung. »Willst du ein Bier?«

Ich musste unwillkürlich grinsen. *Doppel-Trevor.* »Du hast wohl einen Schwips, was? Du hast wohl einen Schwips?« Ich konnte es mir einfach nicht verkneifen.

Brady feixte. »Er hat schon mindestens acht getrunken. Er hat schon mindestens acht getrunken.«

Trevor zeigte uns den Stinkefinger. »Blödmänner! Dann hole ich eben nur für mich ein Bier.«

Eddie, der Nachbar von Brady und vierte Mann in unserer Runde, erhob sich. »Ich muss mal kurz runter und den Fraß, den meine Frau vorbereitet hat, in den Ofen schieben, damit sie ihn verbrennen lassen kann, wenn sie nach Hause kommt. Bin in fünf Minuten wieder da.«

Brady streckte die Arme über dem Kopf aus. Wir hatten um eins angefangen und inzwischen ein paar Stunden gespielt. »Und? Was hast du gestern Abend gemacht?«, fragte er mich.

Verdammt. Ich musste mir meine Lügen allmählich aufschreiben, um sie alle zu behalten. »Ich war auf einen Drink in einer Kneipe in der Nähe des Hotels.«

Er nahm einen Schluck von seinem halb vollen Bier. »Du warst also unterwegs? Du hättest Kimber neulich mit nach Hause nehmen können, wenn du auf eine Affäre aus wärst.«

Ich zuckte die Achseln. »Mir war nicht danach.«

»Ja, klar. Sie ist ein attraktives Model, das auf dich steht, nichts Festes will und weit weg von dir wohnt. Ich verstehe, warum sie nicht die ideale Kandidatin für eine schnelle Nummer ist«, entgegnete er sarkastisch. »Hast du mit dieser Frau geredet, in die du so verschossen bist?«

Scheiße. »Äh, ja. Nur ein paar Minuten.«

»Lässt du dich noch immer von ihr verarschen?«

Ich schüttelte den Kopf. Ich hatte das Gefühl, Hazel verteidigen zu müssen. »Sie verarscht mich nicht. Sie hat gerade eine Beziehung hinter sich und ist nicht sicher, ob sie wirklich vorbei ist.«

Brady trank sein Bier aus. »Oh, die ist vorbei!«

Ich runzelte die Stirn. »Wie kommst du darauf?«

»Nun, ob sie nun bei dir landet oder sich da draußen in einen anderen verliebt – was immer sie mit dem ersten Typen hatte, hätte sowieso nicht gehalten.«

Wenn er wüsste …

Brady war noch nie ein großer Philosoph gewesen, aber er hatte recht. Wenn man wirklich in jemanden verliebt war, dann war das Herz voll, und es gab keinen Platz mehr für jemand anderen darin. »Da ist was dran.«

»Wart ihr miteinander im Bett?«

Ich konnte nicht glauben, dass wir dieses Gespräch führten. »Nein, so war das mit uns nicht.«

»Es geht also nicht um tollen Sex?«

Ich schüttelte den Kopf. Ich musste unbedingt von mir ablenken und das Thema wechseln. Dann ging mir auf, dass ich den Spieß einfach umdrehen konnte. Meine krankhafte Neugier drängte mich dazu nachzuhaken, was mit der Griechin gelaufen war, die Brady zur Absage seiner Hochzeit veranlasst hatte. Dies war die perfekte Gelegenheit, ihn danach zu fragen und gleichzeitig von mir abzulenken.

»Was ist mit dir?«, fragte ich. »Du hast eben gesagt, wenn man in einer Beziehung ist und sich da draußen in jemand anders verknallt, ist die Beziehung zum Scheitern verurteilt. Hast du mir nicht von dieser Frau erzählt, von dieser Athena? Bedeutet das nicht, dass aus Hazel und dir nichts mehr werden kann?«

Er lächelte. »Das ist etwas anderes.«

»Wieso? Weil es jetzt um dich geht und nicht um mich?«

»Nein. Weil ich mich nicht in Athena verliebt habe. Das mit ihr war nur eine körperliche Sache. Wenn du wüsstest, wie sie aussieht, würdest du es verstehen.«

Trevor kehrte aus der Küche zurück. Trotz seiner Ansage, nur Bier für sich zu holen, gab er jedem von uns eins und öffnete seine Flasche. »Wie *wer* aussieht?«

»Eine griechische Göttin aus meinem Büro«, entgegnete Brady.

Trevor trank einen Schluck. »Ach ja? Mach mich mit ihr bekannt!« Er wackelte mit den Augenbrauen. »Ich liebe griechisches Essen.«

»Sie ist nicht dein Typ«, sagte Brady.

Trevor war beleidigt. »Warum nicht?«

Er grinste. »Weil sie auf große, gepflegte, sportliche und erfolgreiche Kerle steht. Deshalb.«

Trevor war klein und dürr und hatte einen langen Hipsterbart. Er sah zu mir herüber und wies mit dem Daumen auf mich. »Dann ist Duncan wohl auch nicht ihr Typ? Er muss dringend zum Friseur.«

Brady lachte. »Warst du nicht mit uns am College? *Alle* Frauen stehen auf Duncan. Ich bin nur mit ihm um die Häuser gezogen, um die Reste abzugreifen.«

Inzwischen war auch Eddie wieder da, und ich ahnte, dass wir immer mehr vom Thema abkommen würden. Ich unternahm einen letzten Versuch. Ich öffnete mein Bier, warf den Verschluss auf den Tisch und zeigte mit der Flasche auf Brady. »Dann stell mir Athena doch mal vor. Vielleicht gefällt sie mir besser als Kimber.«

Brady nahm die Karten vom Tisch und mischte sie. »Würde ich machen, aber du hast ja diesen Grundsatz. Hattest du zumindest früher.«

»Welchen Grundsatz?«

»Nicht in fremden Gewässern fischen.«

Es war fast einundzwanzig Uhr, als der Fahrer der Bahn, in der ich saß, Maddies Station als nächsten Halt ankündigte. Ich hatte mir anderthalb Stunden lang extreme Selbstvorwürfe gemacht. Wer verbrachte schon den Tag mit einem seiner besten Collegefreunde, bei dessen Hochzeit er der Trauzeuge hätte sein sollen, und schlich sich dann abends in das Haus seiner Verlobten beziehungsweise Ex-Verlobten?

Ein Arschloch. Nur ein Arschloch zog so eine miese Nummer ab. Ich kannte ein paar Typen, die im Lauf der Jahre derartigen Mist gebaut hatten, und ich hatte sie immer auf Distanz gehalten und auf sie herabgesehen, weil sie den Bro-Code verletzt hatten. Doch während ich hart mit mir ins Gericht gegangen war, hätte ich genauso gut ein Dutzend Mal aussteigen und zurück zum Hotel fahren können.

Stattdessen hatte ich mein Verhalten vor mir gerechtfertigt.

Brady hatte Hazel betrogen. Das hatte er heute ganz klar gesagt.

Er hatte sie also gar nicht *verdient*.

Eigentlich war er der Scheißkerl in dieser Geschichte.

Streng genommen war alles *seine* Schuld. Hätte er die verdammte Hochzeit nicht abgesagt, weil er seinen Schwanz nicht in der Hose lassen konnte, hätte ich Hazel überhaupt erst am Tag der Trauung kennengelernt, und sie wäre schon so gut wie seine Ehefrau gewesen.

Dieser Vollidiot! *Er* hatte Schuld an diesem Schlamassel, in dem wir alle steckten.

Nicht ich.

Das war die Wahrheit.

Tja … wenn ich den Unsinn geglaubt hätte, den ich mir in den letzten anderthalb Stunden hatte einreden wollen, wäre es mir vielleicht etwas besser gegangen.

Ich seufzte, als die Bahn langsamer wurde und an der Haltestelle stehen blieb. Ich hatte Hazel nach dem Einsteigen geschrieben, um ihr Bescheid zu geben, dass ich unterwegs war. Sie hatte angeboten, mich abzuholen, aber weil ich lieber mit dem Taxi fahren wollte, hatte ich sie um ihre Adresse gebeten, und sie hatte sie mir geschickt. Deshalb war ich überrascht, als sich die Türen öffneten und Hazel genau in meiner Sichtlinie neben einem geparkten Auto stand.

Meine Mutter hatte früher viele Liebesromane gelesen, und die Bücher hatten immer aufgeschlagen irgendwo im Haus gelegen. Als Teenager hatte ich mir gern eins genommen und daraus vorgelesen, während sie das Essen kochte. Dabei hatte ich mich über die albernen Frauenfantasien lustig gemacht, die in meinen Augen völlig übertrieben und realitätsfern klangen. Aber scheinbar war dieser »Blödsinn« – die feuchten Hände, das klopfende Herz, der rasende Puls beim Anblick der geliebten Person und all das – gar nicht so unrealistisch gewesen.

Ich wischte mir die Hände an der Hose ab, während ich auf Hazel zuging. Ich hörte das Blut in meinen Ohren rauschen. Sie lächelte, und für einen Augenblick konnte ich nichts anderes sehen als sie. Ich hatte den kompletten Tunnelblick. Mir war schon länger klar, was ich für sie empfand, aber verdammt … es hatte mich wirklich schwer erwischt.

»Hey.« Ich lächelte sie an, als ich bei ihrem Auto ankam.

Sie fiel mir stürmisch um den Hals und drückte mich fest. »Ich war den ganzen Tag in Sorge, dass du vielleicht einen Rückzieher machst.«

Ich drückte sie ebenso fest wie sie mich. »Hätte ich auch fast gemacht, ein Dutzend Mal. Aber ich konnte einfach nicht.«

Hazel sah mir in die Augen. »Da bin ich froh.«

Ich strich ihr eine Haarsträhne aus dem Gesicht. »Ja, ich auch.«

Sie atmete tief durch. »Komm, ich habe etwas im Ofen, und als ich losgefahren bin, konnte ich Abbot nicht finden und in ihren Käfig setzen. Sie versteckt sich manchmal gerne.«

Ich lächelte. »Stimmt ja! Jetzt lerne ich endlich Abbott das Kaninchen kennen.«

»Richtig. Und wenn du Glück hast, darfst du die Leine nehmen, wenn wir einen Spaziergang mit ihr machen. Um diese Uhrzeit gehen wir abends immer noch mal raus.«

Die Fahrt zu Hazels Haus dauerte nur zehn Minuten. Ich

hatte angenommen, ich würde mich genauso unbehaglich fühlen wie bei meinem Besuch in ihrem Studio, aber wir hatten die Hälfte der Zeit, die wir uns kannten, im Auto verbracht, und irgendwie fühlte es sich richtig an, wieder neben ihr zu sitzen. Ich wollte fast nicht aussteigen, als wir ankamen.

»Hier wohne ich.« Sie zeigte auf ein kleines weißes Haus im Cape-Cod-Stil. Es befand sich in einer ruhigen, gepflegten Straße mit hohen Bäumen, die mich sehr an mein eigenes Zuhause erinnerte.

»Sieht aus wie zu Hause in Seattle.«

»Echt?«

Ich nickte. »Ich habe ein Apartment, aber die Häuser und Straßen in meiner Gegend sind diesen hier sehr ähnlich.«

»Mein Haus ist winzig. Mit meinen Eltern haben wir nie mehr als zwei Zimmer gehabt, daher würde ich mich in einem großen Haus wahrscheinlich verloren fühlen.«

Ich liebte ihre bescheidene Art, und als wir auf die Haustür zugingen, kam mir der Gedanke, wie unterschiedlich sie und Brady waren. Bradys Familie hatte Geld, und wenn man mit ihm befreundet war, wusste man das. Er protzte zwar nicht unbedingt damit, aber man erkannte es an den Dingen, für die er Geld ausgab: hundert Dollar für eine Wollmütze, nur weil irgendein Logo darauf war, und immer ein neues iPhone, obwohl das alte noch völlig in Ordnung war. Daher hatte es mich nicht überrascht, dass er eine Wohnung in einem Gebäude mit Portier besaß. Es passte einfach zu ihm: ein Typ im Anzug, der ihm die Tür öffnete, glänzender Edelstahl in der Küche und Marmor im Badezimmer. Ich konnte mir Brady nicht in einem so schlichten Häuschen vorstellen.

Beim Hineingehen sah ich mich um. Wir kamen als Erstes ins Wohnzimmer, an das die Küche anschloss. Hazel ging schnurstracks zum Ofen, und ich folgte ihr.

»Mmm … riecht lecker hier. Sind das Brownies?«

»Ja.«

Als ich die Küche betrat, machte ich große Augen. Auf sämtlichen Arbeitsflächen standen die köstlichsten Leckereien. Es gab ein Blech mit Chocolate Chip Cookies, einen Teller Rice-Crispie-Schnitten, Cupcakes mit Vanilleglasur und einen großen Kuchen mit Schokoguss – zusätzlich zu den heißen Brownies, die Hazel gerade aus dem Ofen holte. »Hast du das alles gemacht?«

Hazel setzte das Backblech auf dem Herd ab und biss sich auf die Unterlippe. »Ja. Ich … kann nicht so gut stillsitzen, wenn ich nervös bin, und da dachte ich, ich mache dir eine Kleinigkeit zum Naschen.« Sie sah sich um. »Ich schätze, ich habe ein bisschen übertrieben.«

Ich lächelte. Ihre Küche war im krassen Gegensatz zu der von Brady recht einfach gehalten. Die Einrichtung war in schlichtem Weiß, und es gab praktisch keine Markengeräte – nicht so kalt und stylisch wie Bradys.

»Wo wolltet ihr wohnen, nachdem …?« Ich konnte es nicht aussprechen.

»Ich wollte in die City ziehen, zu Brady.«

In ihrem Gesicht war nicht die geringste Enttäuschung darüber zu erkennen, dass es nicht dazu gekommen war. »Dort möchtest du gern wohnen? In Manhattan?«

Sie zuckte die Achseln. »Eigentlich bin ich kein Stadtmensch. Ist schon komisch. Ich liebe das Abenteuer, aber zu Hause habe ich es gerne ruhig. Mir würde die Stadt, die niemals schläft, vermutlich gar nicht so guttun.«

Ich legte den Kopf schräg. »Warum hast du eingewilligt, zu ihm zu ziehen, wenn du da nicht leben willst?«

Sie zog ihre Ofenhandschuhe aus und seufzte. »Keine Ahnung. War wohl ein Kompromiss.«

Meine Lippen zuckten. »Ein Kompromiss definiert sich dadurch, dass *alle* Beteiligten Zugeständnisse machen. Das ist dir schon klar, oder?«

Sie sah mich mit zusammengekniffenen Augen an, nahm den Teller mit dem Kuchen und balancierte ihn auf einer Hand. »Hmmm … Ich würde dir diesen Kuchen am liebsten ins Gesicht klatschen! Sollen wir einen Kompromiss machen? Vielleicht ist dir ein Cupcake lieber, du *Klugscheißer.*«

Ich hob die Hände und ergab mich, und sie stellte den Kuchen lachend wieder hin. Sobald er auf dem Tisch war, brach ich ein großes Stück davon ab und hielt es hoch, als wollte ich es ihr ins Gesicht schmieren.

Ihre Augen funkelten.

»Du willst eine Kuchenschlacht?« Ich machte einen Schritt auf sie zu, während kleine Krümel aus meiner Hand auf den Boden rieselten. »Ich bin bereit!«

Sie lachte und wich mir aus. »Das wagst du nicht!«

Ich zog eine Augenbraue hoch und machte noch einen Schritt. »Bist du sicher?«

Hazel ging abermals zurück, doch weit kam sie nicht, weil sie gegen die Küchentheke stieß. »Ich habe diese vielen Köstlichkeiten für dich gemacht, und so willst du es mir danken? Mit Kuchen im Gesicht?«

Ich trat nah an sie heran und stützte eine Hand auf die Arbeitsfläche hinter ihr. Nachdem ich sie von drei Seiten eingekeilt hatte, hielt ich ihr den Kuchen dicht vors Gesicht. »Du hast angefangen.«

»Schon gut! Schon gut!« Sie lachte. »Du kriegst von mir keinen Kuchen ins Gesicht und ich nicht von dir.«

Ich grinste. »Was sagt man dazu? Plötzlich versteht es die Frau, einen Kompromiss zu schließen.« Ich nahm einen großen Bissen von dem Kuchenstück in meiner Hand. »Mmm …

Ziemlich gut! Bist du sicher, dass du nicht doch was ins Gesicht haben willst?«

Ich wollte sie nur ärgern, aber der Kuchen war wirklich köstlich. Ich leckte mir die letzten Krümel von den Lippen, und da merkte ich, wie Hazel mit großen Augen meinen Mund anstarrte. Es sah aus, als hätte sie Hunger, jedoch nicht auf Kuchen. Ich schaute sie wie hypnotisiert an und beobachtete, wie sich ihre Pupillen weiteten und ihre blaue Iris dunkler wurde. Dann sah sie auf, und unsere Blicke kreuzten sich.

Es war der perfekte Moment, um sie in die Arme zu schließen und zu küssen. Und ich hätte es verdammt gern getan. Aber ich war eben erst zur Tür hereingekommen. Wir waren allein. Und obwohl ich bisher nur Wohnzimmer und Küche gesehen hatte, wusste ich bereits fünfzig verschiedene Flächen, auf denen ich sie nehmen wollte. Deshalb durfte ich nicht einmal einen Kuss wagen. Doch Hazel hatte offensichtlich andere Vorstellungen.

Ich hielt die Luft an, als sie auf die Zehenspitzen ging und sich vorbeugte. Sie war mir so nah, dass ihr warmer Atem meine Lippen kitzelte. Mein Herz klopfte wie verrückt, als sie die Augen schloss, und ich dachte, sie würde nun den ersten Schritt tun. Doch kurz bevor sich unsere Nasen berührten, drehte sie den Kopf nach rechts, in Richtung des Schokokuchenstücks in meiner Hand, und schloss ihre sinnlichen Lippen um meine Finger.

Ach du Scheiße.

Hazel blickte mit einem teuflischen Funkeln in den Augen unter ihren dichten Wimpern hervor. Als sie sicher war, dass sie meine volle Aufmerksamkeit hatte, saugte sie an meinen Fingern und leckte langsam die Schokolade ab.

Verflucht.

Es war das Erotischste, was ich seit langer Zeit gesehen hatte. Meine Jeans wurde mir zu eng, als sie meine Finger schließlich mit einem lauten Schmatzer freigab.

Nach einem Blick in mein Gesicht grinste sie wie der leibhaftige Teufel. »Das war ein guter Kompromiss, oder?«, fragte sie kokett.

Ich schüttelte den Kopf und schloss stöhnend die Augen. »Erinnere mich daran, nie mit dir über irgendetwas zu verhandeln. Wo ist das Badezimmer? Ich brauche einen Moment.«

Es war mir ernst. Ich musste dringend ins Bad, weil das Problem in meiner Hose nicht von allein weggehen würde.

Sie lachte. »Den Flur runter auf der rechten Seite.«

»Bin gleich wieder da«, sagte ich.

Sie lächelte, als wüsste sie, warum ich es so eilig hatte. »Okay. Ich suche inzwischen nach Abbott.«

Ich ging mit meiner wachsenden Erektion ins Bad und konnte nicht aufhören, daran zu denken, wie es sich angefühlt hatte, als sie an meinen Fingern gesaugt hatte. *Das war zu viel!* Nun konnte ich mir nur allzu leicht ausmalen, was für ein Gefühl es sein musste, wenn sie ihre Lippen um meinen Schwanz schloss.

Ich würde nur wenige Sekunden brauchen, um mir Erleichterung zu verschaffen. Allerdings glaubte ich nicht, dass mir an diesem Abend irgendetwas helfen konnte, mich zu entspannen. Mein Verlangen nach Hazel war jenseits von Gut und Böse und nahezu außer Kontrolle. Wie hatte ich diesen Besuch nur für eine gute Idee halten können, wo ich meinen Schwanz offensichtlich nicht im Zaum halten und mir selbst nicht trauen konnte? Und ihr war ebenso wenig zu trauen – das Fingerlecken hätte mich fast umgebracht.

Nachdem ich die Tür abgeschlossen hatte, ging ich ans Waschbecken und spritzte mir kaltes Wasser ins Gesicht.

Plötzlich landete etwas wie aus dem Nichts auf der Ablagefläche.

Was zum Teufel ...?

Zu Tode erschrocken machte ich einen Satz nach hinten. Ein kleines Vieh mit langen Schlappohren sah zu mir auf. Dann musterte es mich prüfend ... und verurteilte mich wegen der Beule in meiner Hose.

Abbott. Das Kaninchen.

Ein ungünstiger Moment zum Kennenlernen.

»Heilige Scheiße! Du hast mir einen gehörigen Schrecken eingejagt!«

Ich atmete ein paarmal tief durch und wusch mir die Hände. Das Kaninchen beobachtete mich die ganze Zeit.

Jetzt war ich froh, dass ich mich beherrscht hatte, sonst hätte ich noch Publikum gehabt.

»Vergessen wir einfach, was hier gerade gelaufen ist, okay?«

Das Kaninchen gab ein knurrendes Geräusch von sich. Mir war gar nicht klar gewesen, dass Kaninchen so knurren konnten.

Ich nahm es vorsichtig auf den Arm. Es machte wieder dieses Geräusch, schien den Kontakt aber zu dulden.

Als ich aus dem Bad kam, staunte Hazel nicht schlecht.

»Du meine Güte!« Sie lief mir entgegen. »Du hast Abbott gefunden! Ich habe sie überall gesucht.«

»Außer im Badezimmer. Die Kleine hat mich total erschreckt. Sie ist aus der Badewanne auf das Waschbecken gesprungen.«

»Ja, solche Sachen macht sie gern. Ich finde sie manchmal an den unmöglichsten Orten.«

Nun schnurrte das Kaninchen. Es hatte sich anscheinend an mich gewöhnt.

»Sie mag dich.« Hazel lächelte. »Und ihre Mama mag dich auch.« Sie sah zu mir auf und wurde rot.

Ach, Hazel! Was würde ich gern heute Nacht alles mit dir ma-

chen, wenn ich könnte. Am liebsten hätte ich sie auf der Stelle verschlungen. Mein Blick fiel auf ihren Hals, und ich hätte nur zu gerne daran geknabbert.

Vielleicht war es das Beste, erst einmal an die frische Luft zu gehen. »Hast du nicht gesagt, du musst noch mit ihr nach draußen?«

»Ja. Es wird Zeit. Ich hole schnell die Leine.«

Ich grinste in mich hinein, als sie die Küche verließ. Das würde interessant werden.

Als sie wiederkam, ließ ich das Kaninchen auf den Boden und sah zu, wie Hazel ihm die Leine anlegte. Wir nahmen unsere Jacken und gingen zur Tür hinaus, um eine kleine Runde zu drehen.

Bis auf das Licht aus den Fenstern der Häuser war es dunkel draußen. Abbott hoppelte einen Meter vor uns her.

»Hat dich eigentlich noch nie jemand gefragt, warum du mit einem Kaninchen spazieren gehst?«

»Oh, die Leute gucken natürlich komisch, aber das ist mir egal.«

»Finde ich gut. Die Leute sind selbst schuld, wenn sie ein Problem damit haben!«

Hazel verlangsamte ihre Schritte und verrenkte sich den Hals, um in ein Haus zu schauen.

»Was ist denn da so spannend?«, fragte ich.

»Ach, nichts. Ich gehe einfach gern in der Dunkelheit spazieren und schaue in die Häuser«, entgegnete sie. »Wenn die Leute das Licht anhaben, kann man gut hineinsehen. Ich finde es interessant, die Menschen in ihrem Alltagsleben zu beobachten, ohne dass sie es merken – ob es sich um einen Mann handelt, der in der Wohnzimmerecke ein Buch liest, oder um eine Familie, die zu Abend isst. Das ist das wahre ungefilterte Leben, weißt du?«

»Ich glaube, dafür gibt es einen Begriff.«

»Ja?«

Ich stieß sie mit der Schulter an. »Das nennt man Voyeurismus.«

»Sehr witzig!« Sie lachte.

»Das machst du also jeden Abend? Den Leuten beim Spaziergang mit Abbott in die Häuser gucken?«

»Ja. Abbott ist gern an der frischen Luft, und für mich ist es sehr entspannend. Nur einmal hat ein Hund sie angreifen wollen. Hast du schon mal ein Kaninchen schreien gehört?«

»Ich glaube nicht.«

»Es passiert nicht oft, aber es klingt wie ein schreiendes Kind. Es war ein Schock für mich, dieses Geräusch von ihr zu hören. So schreien Kaninchen nur, wenn sie sich wirklich bedroht fühlen.«

Das konnte ich nachvollziehen. Ich empfand ein Gefühl der Bedrohung bei dem Gedanken, Hazel an Brady zu verlieren. Vielleicht hätte ich mich besser gefühlt, wenn ich meine Ängste in die Nacht hinausgeschrien hätte wie ein Kaninchen.

Ich atmete die kalte Abendluft ein. Der Spaziergang war gut für uns. Je weniger Zeit wir allein in ihrem Haus verbrachten, desto besser.

Nach einer Weile färbte Hazels abendliche Angewohnheit offenbar auf mich ab. Nun schaute auch ich in die fremden Häuser. Wir beobachteten ein Paar bei einem heftigen Streit und verfolgten zwei Minuten lang die Nachrichten, die in einem Wohnzimmer im Fernsehen liefen.

»Danke noch mal, dass du ein bisschen länger in der Stadt bleibst«, sagte Hazel.

Ich sah zu Boden. »So schnell wieder abzureisen hat sich nicht richtig angefühlt, dabei bin ich nicht einmal sicher, ob es tatsächlich etwas bringt, länger zu bleiben. Die Situation ist …

unerträglich. Und ich habe nicht den Eindruck, dass die Zeit unser Problem lösen könnte.«

Damit hatte ich mehr gesagt, als ich auf einem unbeschwerten Spaziergang hätte sagen dürfen. Solange ich keine Ahnung hatte, was sie wirklich für Brady empfand, war die Zukunft für mich ungewiss. Ich wusste nicht, was mit uns beiden passieren würde – und mit meiner Freundschaft zu ihm. Ich wusste nicht einmal, ob ich sie jemals wiedersehen würde, wenn ich bald nach Hause flog. Ich musste darauf vertrauen, dass ich nicht ohne Grund in diese Situation geraten war und alles so kommen würde, wie es kommen sollte.

Ich ruderte zurück. »Weißt du was? Ich hätte nicht davon anfangen sollen. Lass uns einfach heute Abend die Zeit miteinander genießen.«

Sie verschränkte wortlos ihre Finger mit meinen, und den Rest des Weges gingen wir Hand in Hand.

21. KAPITEL

Hazel

Nach unserer Rückkehr setzten wir uns in die Küche, und die Stimmung wurde leichter, während wir die süßen Sachen genossen, die ich gebacken hatte. Ich hätte seine Finger gern in den Schokoguss gestippt, um sie noch einmal abzulecken. Aber das ließ ich lieber bleiben. Die entspannte Atmosphäre beim Naschen erinnerte mich an unsere Zeit als Milo und Maddie Hooker.

Mich überkam ein nostalgisches Gefühl. Noch vor wenigen Wochen war alles so viel einfacher gewesen. Aber ich wollte nicht emotional werden und verdrängte diesen Gedanken.

»Ich habe dir noch gar nicht das ganze Haus gezeigt.« Ich stand auf. »Komm, ich führe dich herum.«

Er erhob sich zögernd von seinem Platz. Ich wusste warum, denn schließlich kannte ich ihn. Wir hatten immer darauf geachtet, uns nicht allein in einem Schlafzimmer aufzuhalten. Es war beinahe komisch, wie penibel wir in dieser Hinsicht gewesen waren. Doch ich war nun einmal stolz auf mein Haus und wollte ihm jedes Zimmer zeigen.

Wir begannen mit der Wand, an der meine Porträts der achtundsechzig Lächeln hingen.

»Wow.« Er blieb staunend davor stehen und sah sich die Schwarz-Weiß-Fotos an. »Die berühmte Wand des Lächelns.«

»Ja.«

Ich beobachtete seine Miene, als er sie betrachtete.

Er zeigte auf eins der Bilder. »Wer war das?«

»Das war ein Mann am Flughafen, der mit ausgebreiteten Armen seine Freundin begrüßte. Wie man sieht, hat er sich sehr gefreut, sie zu sehen.«

Er ging zu einem anderen Foto, und ich folgte ihm.

»Und das?«

»Das war eine Oma, die ihrer Enkelin beim Rollschuhlaufen im Park zugesehen hat.«

»Jedes Lächeln ist echt.«

»Ja, das ist der entscheidende Punkt. Du hast den Unterschied gesehen, als ich dir deine Fotos gezeigt habe.«

»Es kommt mir geradezu surreal vor, hier zu stehen und die Bilder mit eigenen Augen zu sehen. Als du mir die Wand beschrieben hast, hatte ich zwar eine gewisse Vorstellung, aber dass ich sie tatsächlich mal zu sehen bekomme, hätte ich nicht gedacht.«

»Es ist verrückt, hm? Dass du jetzt hier bist.«

Er schaute zu der Wand auf. »Ich bereue nichts, Hazel«, sagte er nach einer Weile und wandte sich mir zu. »Trotz allem, was wir mittlerweile wissen. Ich bereue keine einzige Sekunde.«

»Es klingt verrückt, aber ich auch nicht.«

»Was auch geschieht, ich bin für immer ein besserer Mensch, weil ich dich kennengelernt habe und Zeit mit dir verbringen konnte.«

Warum klangen seine Worte wie ein Abschied?

Mit einem unguten Gefühl im Bauch legte ich die Hände um sein Gesicht und gab ihm einen zärtlichen Kuss auf die Stirn.

Nachdem wir uns mehrere Sekunden lang in die Augen geschaut hatten, richtete er seine Aufmerksamkeit wieder auf die Wand und trat näher an ein Foto heran.

»Das ist es, oder? Dein Lieblingsbild? Das kleine Mädchen.«

»Ja, das ist es.«

Er sah mir abermals tief in die Augen. »Du hast so eine Freude daran, andere glücklich zu sehen.« Dann nahm er mein Gesicht sanft in beide Hände, so wie ich es eben bei ihm getan hatte. »Bist du glücklich, Hazel? Das ist alles, was ich wissen muss. Und du musst mir nicht sofort antworten. Denk einfach darüber nach und sag es mir, wenn du dir im Klaren bist. Denn wenn du mit Brady glücklich bist, dann ist alles in Ordnung. Aber wenn nicht, solltest du dich nicht damit abfinden, sondern das wahre Glück suchen.«

Als ich mit ihm unterwegs gewesen war, war ich glücklicher gewesen als je zuvor, das stand auf jeden Fall fest. Ich musste einen Weg finden, dieses Glücksgefühl in meinem Leben zu halten. Doch wenn ich das eingestand, wirkte ich dann unsensibel gegenüber Brady? Matteos Worte hatten einige Fragen aufgeworfen, die mir nun durch den Kopf gingen. Ich hatte gedacht, ich liebte Brady. Aber wegen der abgesagten Hochzeit hatte ich ein echtes Vertrauensproblem. Ich hatte auch geglaubt, tiefe Gefühle für Matteo zu haben, doch wie viel wusste ich eigentlich über ihn und darüber, wie das Leben mit ihm aussehen würde?

Brady stand für Sicherheit. Er liebte mich – behauptete er jedenfalls. Konnte Matteo mich lieben, da nun diese dunkle Wolke über uns schwebte? Und konnte ich es Brady jemals antun, ihn wegen seines Freundes zu verlassen? Würde Matteo ihre Freundschaft verraten, um mit mir zusammen sein zu können? Es gab so viele Ungewissheiten, die sich bis zu Matteos Abreise gewiss nicht klären ließen.

»Im Augenblick bin ich unsicher in Bezug auf so vieles, Matteo. Allerdings weiß ich ganz genau, was ich fühle, wenn ich mit dir zusammen bin.«

Er strich mit dem Daumen über meine Lippen. Ich begann innerlich zu brennen, schloss die Augen und genoss die Berührung so sehr, dass ich die Luft anhielt. Ich spürte seinen Atem an meiner Wange. Ich wollte ihn. Es war nicht zu leugnen. Meine Nippel wurden hart. Jetzt war mir klar, dass ich darauf verzichten musste, ihm mein Schlafzimmer zu zeigen, denn ich konnte mir selbst wirklich nicht trauen.

Er wusste offenbar, was ich dachte.

»Hast du eine Gesichtsmaske da?«, fragte er.

Am nächsten Morgen roch es in meinem Haus noch nach Matteos Eau de Cologne. Allem Anschein nach hatte die Couch, auf der er am vergangenen Abend gesessen hatte, den Duft aufgesogen. Ich hatte ihn nicht gehen lassen wollen, aber schlussendlich hatten wir uns darauf geeinigt, dass es das Beste war, wenn er eine späte Bahn zurück in die Stadt nahm. Hatten wir eine Wahl? Die Wahrscheinlichkeit, dass wir einen Fehler begingen, wenn er die Nacht bei mir verbrachte, war groß. Das wussten wir beide. Und nun hörte ich förmlich die Uhr ticken, denn in ein paar Tagen würde er New York verlassen. Seine Auszeit war fast vorbei, und nach Weihnachten musste er wieder als Lehrer arbeiten.

Ich hatte keine Ahnung, wie ich mich von Matteo verabschieden und mit dem Brady-Problem umgehen sollte. Wenn Matteo nach Seattle abgereist war, musste ich ein paar handfeste Entscheidungen in Bezug auf meine Zukunft treffen.

Am Nachmittag stattete ich Felicity einen längst überfälligen Besuch ab. Ich hatte sie das letzte Mal gesehen, bevor Matteo in die Stadt gekommen war, und sie wusste nichts von seiner Freundschaft zu Brady. Bei dem Gedanken, ihr alles erklären zu müssen, war mir nicht wohl gewesen, weshalb ich das Treffen länger vor mir hergeschoben hatte.

Sie hatte sich mittlerweile ganz gut von den Folgen ihres Unfalls erholt und fand sich im Alltag zurecht. Während ich mit hochgelegten Beinen am Tisch saß, räumte sie ihre Küche auf.

Sie war zwar parteiisch und auf Bradys Seite, aber ich musste mit jemandem über meine Probleme reden. Und ich wusste, dass ich Felicity vertrauen konnte.

Sie musterte mich von oben bis unten. »Hast du abgenommen?«

»Ja … Ich stand in den letzten Tagen ziemlich unter Stress.«

»Was ist los? Ist etwas mit Brady?«

»Indirekt ja.«

Ich erzählte ihr die ganze Geschichte von Milo, der eigentlich Duncan war. Sie ließ alles stehen und setzte sich zu mir.

»Das ist nicht dein Ernst! Bitte sag mir, dass das ein Scherz ist!«

»Doch. Leider ist es die Wahrheit.«

Sie verfiel in nachdenkliches Schweigen. »Es ergibt irgendwie Sinn, wenn man es sich überlegt – dass er zu der Zeit in Vail war«, sagte sie nach einer Weile. »Schon verrückt, wieso er nicht darauf gekommen ist, wer du bist.«

»Wir haben uns nie unsere richtigen Namen gesagt, das darfst du nicht vergessen …«

»Stimmt, aber trotzdem.« Sie schüttelte den Kopf. »Willst du es Brady irgendwann erzählen?«

»Ich weiß ehrlich gesagt nicht, was das Beste ist. Du bist zwar dafür, dass Brady und ich wieder zusammenkommen, aber ich bin mir einfach nicht mehr sicher.«

Als Nächstes erzählte ich ihr von dem Abend mit Matteo und wie sehr ich mich mit ihm verbunden fühlte.

Sie grinste skeptisch. »Und es ist nichts gelaufen?«

»Nein. Wir sind mit Abbott spazieren gegangen. Danach haben wir einfach bei mir abgehangen. Wir haben den lustigsten Film geguckt, den wir finden konnten, und extra so weit wie möglich auseinander gesessen.«

Dass wir ein paarmal beinahe der Versuchung erlegen wären und ich Matteo die Finger abgeleckt hatte, musste ich ihr nicht auf die Nase binden. Felicity betrachtete das Ganze sowieso schon als Verrat an Brady. Ich jedoch nicht. Es waren einfach Pech und schlechtes Timing, die Matteo und mich in diese Lage gebracht hatten.

»Der arme Brady! Wenn er es erfährt … Gott, ich mag es mir gar nicht vorstellen.«

Ich richtete mich auf und stützte den Kopf in die Hände. »Niemand wollte irgendjemanden verletzen.«

»Je länger ich darüber nachdenke, desto besser erscheint es mir, Brady nichts zu sagen. Er würde dich nie wieder mit den gleichen Augen sehen, und es würde ihm nur wehtun.«

»Darüber bin ich mir noch nicht im Klaren. Vieles hängt auch davon ab, wie Matteo es sieht. Die Freundschaft der beiden steht auf dem Spiel, und Matteo und ich müssen diese Entscheidung gemeinsam treffen.«

»Das klingt, als wärt ihr ein Paar. Sei nicht so vorschnell. Matteo ist nur eine Urlaubsbekanntschaft. Du musst tun, was *du* für das Beste für dich und Brady hältst, und darfst dich bei der Entscheidung nicht von jemand anderem beeinflussen lassen.«

Ich bedauerte einmal mehr, dass ich mich ihr anvertraut hatte. Sie würde niemals beide Seiten sehen.

»Hast du ein Foto von ihm?«, fragte sie.

Ich suchte in meinem Handy und rief ein Foto von Milo und Maddie Hooker auf der Bourbon Street auf. Ehrlich gesagt wunderte es mich, dass sie nicht schon früher danach gefragt hatte.

»Okay, ich verstehe, warum du auf ihn abfährst. Er sieht toll aus. Seine Haare gefallen mir. Wow. Und diese Lippen!«

»Er ist so viel mehr als das, Felicity. Du machst dir keine Vorstellung. Ich weiß, ich soll deiner Meinung nach wieder mit Brady zusammenkommen, aber …«

»Klar, er ist ein Traum«, fiel sie mir ins Wort. »Doch ich wette, wenn du nur eine Woche mit ihm in Seattle verbringst … es war doch Seattle?«

»Ja.«

»Ich wette, du wirst feststellen, dass die Wirklichkeit ganz anders aussieht.«

»Kann sein. Wir haben aber auf unserer Reise wahnsinnig viel Zeit miteinander verbracht. Ich habe das Gefühl, ihn gut genug zu kennen, um ihm vertrauen zu können.«

»Spielt keine Rolle. Du warst im Urlaub. Du weißt, wie es ist. Im Urlaub ist jeder frei von Sorgen. Du hast dir keine Gedanken über die Finanzen oder deinen Job oder sonst was gemacht. Du hast einfach im Moment gelebt. Aber so etwas hält nicht ewig an.«

Wie sehr sie auch versuchte, mich davon zu überzeugen, dass die Geschichte mit Matteo nicht von Dauer sein konnte, ich weigerte mich, es zu glauben.

»Das Problem ist, ich kann nicht aufhören, an ihn zu denken. Du kannst sagen, was du willst, Felicity, aber seit unserer ersten Begegnung habe ich kaum an etwas anderes gedacht – bevor und nachdem ich erfahren habe, wer er ist.«

Sie seufzte. »Weißt du, du gehst ein großes Risiko ein, wenn du darauf hoffst, dass es funktionieren wird. Bisher hast du nur im Urlaub oder hinter dem Rücken deines Verlobten Zeit mit ihm verbracht.«

»Meines *Ex*-Verlobten.«

»Okay, aber woher willst du wissen, wie es wirklich ist, mit Matteo zusammen zu sein?«

Da war etwas dran. Ich dachte darüber nach.

»Du hast recht. Ich weiß nicht, wie unser alltägliches Leben aussehen würde. Ich weiß ja nicht mal, wo wir wohnen würden. Er ist in Seattle. Mein Leben ist hier. Wie soll das gehen? Trotzdem …« Ich verstummte.

»Trotzdem denkst du ständig an ihn.«

»Genau. Und das ist Brady gegenüber nicht fair. Ich muss mir also ernsthaft Gedanken machen, wenn Matteo nach Hause fliegt.«

»Wann ist das?«

»In ein paar Tagen. Er hat noch ein bisschen frei, aber nach den Weihnachtsferien muss er wieder arbeiten.«

»Vielleicht vergisst du ihn ja mit der Zeit, wenn er weg ist. Dann kannst du dich auf Brady konzentrieren und nimmst hoffentlich Vernunft an.«

Ich wollte Matteo nicht vergessen. Bei jedem Rat, den Felicity mir gab, merkte ich, dass ich das Gegenteil wollte. Sie zeigte mir unbeabsichtigt, wonach sich mein Herz sehnte.

Und das machte mir Angst. Denn egal wie die Sache ausging, es würde jemand verletzt werden.

Zwei Tage später drehte ich allmählich durch, weil ich Matteo seit dem Abend bei mir nicht mehr gesehen hatte. Wegen meiner Arbeit und Brady hatte es nicht geklappt, ein neues Treffen zu vereinbaren.

Und heute hatte Brady Geburtstag, und ich musste den Abend wohl oder übel mit ihm verbringen.

Als ich eine Nachricht von Matteo bekam, schlug mein Herz höher.

Matteo: Hey, Brady hat mich eingeladen, mit euch heute zu Abend zu essen, aber ich habe ihm gesagt, ich hätte mich erkältet. Ich wollte dir nur Bescheid geben, dass ich nicht krank bin, damit du dir keine Sorgen machst. Ich … kann einfach nicht.

Seine Worte brachen mir das Herz.

Hazel: Verstehe ich total.

Matteo: Es ist zu schwer, ihm etwas vorzumachen. Ich kann ihm nicht mehr in die Augen sehen.

Hazel: Für mich wird es auch immer schwieriger.

Matteo: Du wirst mir fehlen, Hazel.

Ich bekam Panik. Meinte er für immer? Oder bezog er sich auf seine baldige Abreise?

Hazel: Dein Flug geht morgen Abend. Wann sehen wir uns?

Matteo: Kannst du tagsüber in die City kommen? Ich habe Angst, meinen Flug zu verpassen, wenn ich zu dir komme.

Hazel: Ja, das hatte ich geplant. Ich wollte nur sicher sein, dass du es willst.

Matteo: Natürlich will ich es!

Hazel: Okay, dann bis morgen. Treffen wir uns bei dir im Hotel?

Matteo: Ja. Schreib mir, wenn du da bist. Dann komme ich runter.

Hazel: Okay.

Matteo: Viel Spaß heute Abend.

22. KAPITEL

Hazel

»Hey.« Brady gab mir lächelnd einen Kuss auf die Wange. »Du siehst bezaubernd aus.«

Zum Glück konnte er nicht sehen, was in meinem Inneren los war, denn sonst hätte er sagen müssen, dass ich furchtbar aussehe.

»Danke«, entgegnete ich.

»Ist das Kleid neu?«

Ich nickte und schaute an mir hinunter. »Ich hatte es für unsere Flitterwochen gekauft.«

Brady runzelte die Stirn. »Komm rein.«

Meine Bahn hatte Verspätung gehabt, und unser Tisch im Restaurant war für halb acht reserviert. »Sollten wir nicht aufbrechen? Ich bin ein bisschen zu spät.«

Brady machte die Tür weit auf und trat zur Seite. »Du kommst genau rechtzeitig. *Chez Oppenheimer* ist bereit.«

Ich schaute vom Flur aus in die Wohnung. Das Licht war gedämpft und der Esstisch für zwei Personen gedeckt. In der Mitte brannten Kerzen, und vor dem Platz, auf dem ich meistens saß, stand ein großer Blumenstrauß.

»Ich dachte, wir gehen aus?«

»Planänderung. Ich habe stattdessen einen Koch engagiert, der dir dein Lieblingsessen zaubert. Du hattest heute einen langen Tag, und ich dachte, das hier ist dir lieber, als auszugehen.«

Früher hätte es mir gefallen, aber nun behagte mir ein romantisches Essen zu zweit überhaupt nicht. Es hatte eine Zeit gegeben, in der ich alles für solch eine romantische Geste von ihm gegeben hätte. Doch heute scheute ich mich, allein mit ihm in seiner Wohnung zu sein.

Brady spürte, dass ich zögerte. Zum Glück dachte er jedoch, ich wäre überrascht. Er nahm lächelnd meine Hand. »Ich weiß. Es ist untypisch für mich. Aber du hast gesagt, wir gehen an meinem Geburtstag essen, wo ich will. Und ehrlich gesagt möchte ich mit dir nirgendwo anders sein als hier.« Er drückte mir die Hand. »Ich will dich mit niemandem teilen.«

Er zog mich in die Wohnung, und mir blieb nichts anderes übrig, als ihm zu folgen. Als die Tür ins Schloss fiel, fühlte ich mich schrecklich. Wie verquer es auch war, es kam mir falsch vor, einen romantischen Abend mit Brady zu verbringen. Würde Matteo davon erfahren, wäre er am Boden zerstört. Ich wollte keinen der beiden Männer verletzen.

Brady trat hinter mich und half mir, die Jacke auszuziehen.

»Danke.«

Nachdem er sie aufgehängt hatte, zog er am Esstisch einen Stuhl heraus. »Komm, setz dich. Wir haben drei Gänge.«

Ich nahm Platz, während Brady in die Küche ging. Obwohl ich sah, wie er den Korkenzieher in eine Weinflasche schraubte, zuckte ich zusammen, als der laute Plopp kam. Meine Nerven waren zum Zerreißen gespannt.

Brady schenkte jedem von uns ein Glas Chardonnay ein und stellte einen großen Vorspeisenteller mit all meinen Lieblingsantipasti auf den Tisch.

»Bist du sicher, dass es nicht *meine* Geburtstagsfeier ist? Du bedienst mich, und es ist mein Lieblingsessen und nicht deins.«

Er setzte sich lächelnd mir gegenüber. »Alles, was dich glücklich macht, ist mein Lieblingsessen.«

Wo hatte sich dieser Brady in den vergangenen Jahren versteckt? »Das ist lieb von dir!«

Wir genossen die Vorspeisen, und ich trank meinen Wein ziemlich schnell. Ich war mit den Nerven am Ende.

»Also …« Brady legte seine Gabel zur Seite und wischte sich den Mund ab. »Ich habe über diese Wohnung nachgedacht.«

»Oh? Was ist damit?«

»Mein Mietvertrag läuft in zwei Monaten aus, und ich glaube, ich werde ihn nicht verlängern.«

»Nein? Das überrascht mich. Du wohnst doch gern hier. Möchtest du näher beim Büro sein?«

Brady ergriff meine Hand. »Ich möchte näher bei dir sein.«

»Brady, ich …«

»Lass mich ausreden. Ich weiß, du bist noch nicht bereit, mit mir zusammenzuziehen. Und nach unserer Hochzeit wollten wir eigentlich hier wohnen. Aber deine Arbeit ist in Connecticut. Du brauchst immer eine Menge Ausrüstung, das wäre mit der Bahn nicht so leicht zu bewerkstelligen. Es wäre sinnvoller, wenn ich pendele.«

Wow. Er legte sich wirklich mächtig ins Zeug.

»Außerdem möchte ich dich öfter sehen als nur am Wochenende. Wenn ich nicht so weit weg von dir wohnen würde, könnten wir mehr Zeit miteinander verbringen.« Er zwinkerte mir zu. »Und ich würde dich vielleicht schneller zurückgewinnen.«

Ich wollte nicht, dass er sein Leben meinetwegen umorganisierte, denn es wurde von Tag zu Tag klarer, dass es mit uns möglicherweise nicht klappen würde. »Und wo willst du wohnen?«

»Ich kann bestimmt ein Apartment irgendwo in deiner Nähe finden.« Er warf mir ein schiefes Lächeln zu. »Es sei denn, du willst einen Mitbewohner.«

Als er meinen Gesichtsausdruck sah, schmunzelte er. »Okay, erst mal nicht. Verstanden. Dann werde ich nach einer eigenen Wohnung Ausschau halten – oder darf ich nicht mal im selben Staat leben wie du?«

Ich schüttelte den Kopf. »Nein, natürlich darfst du das. Aber das ist ganz schön viel auf einmal. Einfach eine große Veränderung. Gibst du mir ein bisschen Zeit zum Nachdenken?«

Er nickte und bemühte sich, nicht gekränkt zu wirken, obwohl ich seine Gefühle eindeutig verletzt hatte. »Sicher.«

Das Essen verlief ohne größere Stolperer, aber ich fühlte mich unheimlich unter Druck. Brady wollte sein Leben für mich ändern. Es war nicht fair, das zuzulassen, wenn ich nicht mit ihm zusammen sein wollte. Während wir uns also unterhielten und sogar einige Male lachten, lastete unsere Situation schwer auf meinen Schultern.

Nach einem köstlichen Essen räumten wir gemeinsam auf. Brady spülte das Geschirr, und ich trocknete ab. Es war vermutlich das erste Mal, dass ich ihn mit einem Schwamm in der Hand sah. Später wischte ich die Arbeitsfläche, die das Esszimmer von der Küche trennte, sauber, und Brady überzog eine Schale Essensreste mit Frischhaltefolie.

Ich betrachtete ihn nachdenklich. *Könnte ich wieder mit ihm zusammen sein?*

Liebte ich ihn noch?

Und wenn nicht, hatte ich ihn jemals geliebt?

Kann man sich innerhalb von ein paar Monaten entlieben?

Ich erinnerte mich an den Tag, an dem ich ihn kennengelernt hatte. Ich hatte bei einem Konzert von Coldplay fotografiert. Dazu gehörten auch Aufnahmen vom Publikum. Ich suchte mir meistens eine Frau, die jubelnd auf den Schultern eines Mannes saß, oder eine Gruppe von Jungs im Moshpit – Motive, die die Atmosphäre des Konzerts widerspiegelten. Als ich die Kamera jedoch an jenem Tag auf das Publikum richtete, entdeckte ich einen netten Kerl, der mich direkt ansah und mir lächelnd zuwinkte. Ich machte ein paar Bilder von ihm, nur weil er gut aussah, und lächelte zurück. Dann neigte sich das Konzert dem Ende zu, ich ging in den Backstagebereich, und als ich später meine Sachen zusammenpackte, hatte ich den netten Typen schon wieder vergessen. Ich blieb noch eine Weile bei der Band und machte Schnappschüsse von der Party im Anschluss. Als ich die Halle kurz vor zwei verließ, war der Parkplatz leer.

Nur Brady war noch da. Er wartete am Ausgang auf mich.

Wir gingen in einen nahegelegenen Diner und redeten, bis die Sonne aufging. Auf meine Frage, woher er gewusst habe, dass ich noch da war, hatte er schulterzuckend geantwortet, er habe es nicht gewusst, aber selbst für den unwahrscheinlichen Fall, mich wiederzusehen, habe er gern gewartet.

Ich war so in Gedanken verloren, dass mir erst bewusstwurde, dass ich Brady immer noch anstarrte, als er mich lächelnd fragte: »Was geht in deinem Kopf vor?«

»Nichts.«

»Komm schon. Ich kenne dich. Du warst ganz woanders.«

Ich schüttelte den Kopf. »Ich habe nur an den Abend gedacht, an dem wir uns kennengelernt haben.«

Brady warf grinsend das Wischtuch auf die Küchentheke. »Das war der beste Abend meines Lebens!«

»Du hast wirklich lange auf mich gewartet.«

Er schaltete die Lampe in der Küche aus und kam zu mir ins Esszimmer. Nun spendeten nur noch die Kerzen ein wenig Licht. Brady umfing mein Gesicht mit den Händen. »Für dich lohnt sich das Warten, Hazel.«

Mir ging das Herz auf. Er war wirklich süß. »Danke für das schöne Essen.«

Brady beugte sich zu mir und neigte den Kopf, als wollte er mich küssen.

Ich stemmte die Hände gegen seine Brust. »Nicht, Brady!«

»Ach, komm schon, Süße. Nur einen Kuss. Weil ich Geburtstag habe.«

Ich wollte keine Zicke sein, aber es fühlte sich für mich einfach nicht richtig an, ihn zu küssen. Deshalb drehte ich den Kopf zur Seite, als er sich wieder zu mir vorbeugte – und meine Gegenwehr ignorierte.

»Brady, ich sagte Nein!«

»Was ist denn schon dabei? Ist doch nur ein Kuss, um Himmels willen. Wir haben uns schon Millionen Mal geküsst.«

»Ich … ich will nicht, dass du etwas Falsches denkst.«

Er umschloss mein Gesicht fester. »Das werde ich auch nicht. Ich habe schon verstanden. Nur ein Kuss. Ich werde nichts weiter versuchen. Ich gehe dir nicht an die Wäsche, versprochen!« Er neigte wieder den Kopf und presste seine Lippen auf meine.

»Hör auf, Brady!« Diesmal stieß ich ihn fort.

Er stolperte nach hinten und hob verteidigend die Hände. »Was soll das, Hazel?«

»Ich habe dir gesagt, du sollst mich nicht küssen.«

Er verzog verärgert das Gesicht. »Dann hör auf, mir widersprüchliche Signale zu senden, verdammt! Du starrst mich an und denkst an den Tag unseres Kennenlernens, aber an meinem verdammten Geburtstag darf ich meine langjährige Freundin nicht küssen?«

»Ich bin nicht deine Freundin.«

»Wie soll ich dich denn sonst nennen? Wie wär's mit Freundin *ohne* Vorzüge? Gefällt dir das besser? Oder soll ich mich noch präziser ausdrücken? Bist du die Frau, die ich zum Essen einladen, aber nicht vögeln darf?«

Ich senkte den Blick. »Ich sollte gehen.«

Brady versperrte mir den Weg. »Nein, sag es mir! Ich will es wissen. Was sind wir, Hazel? Ich begreife nämlich nicht, was wir hier machen. Du denkst irgendwie, wir könnten einfach Freunde sein. Aber weißt du was? Wir waren nie Freunde. Ich bin in dich verliebt, seit ich dich zum ersten Mal gesehen habe, und das lässt sich nicht ändern.«

Ich holte tief Luft. »Ich glaube, wir brauchen eine Pause, Brady.«

Er lachte hysterisch. »Eine Pause? Haben wir die nicht schon? Soll das heißen, es geht noch weniger als jetzt, wo ich dich nicht mal küssen darf?«

Ich schüttelte den Kopf. »Eine richtige Pause, Brady. In der wir uns nicht sehen und keinerlei Kontakt haben.«

»Großartig. Dann soll ich also andere Frauen vögeln?«

Seine Worte versetzten mir einen Stich ins Herz. »Wenn du das brauchst.«

Brady schüttelte den Kopf und rieb sich den Nacken. »Es war nur ein Kuss! Nur ein verdammter Geburtstagskuss!«

»Tut mir leid, Brady.«

»Was soll's?« Er zuckte mit den Schultern und gab sich geschlagen. »Geh, wenn es das ist, was du willst!«

Es gefiel mir nicht, dass der Abend mit einem solchen Missklang endete. Dennoch musste ich gehen. In Bradys Nähe war ich noch nie nervös gewesen, doch in dem Moment, als er meine Gegenwehr ignoriert hatte, war mir bewusst geworden, wie viel größer und stärker er war. Und dieses Gefühl war sehr unangenehm gewesen. Er war verärgert, das war mir klar. Aber es war Zeit zu gehen.

Brady beobachtete schweigend, wie ich meine Jacke holte. Weil ich nicht länger auf der Situation herumreiten wollte, lief ich ohne ein weiteres Wort den Flur hinunter. Ohne mich noch einmal umzudrehen, öffnete ich die Tür und ging hinaus. Wie auch immer die Zukunft für Brady und mich aussah, sie war sicher nicht in der Vergangenheit zu suchen, in der wir ganz offensichtlich stecken geblieben waren. Es wurde Zeit, dass ich mir erlaubte loszulassen, mir überlegte, was *ich* wirklich wollte, und schaute, wohin mich das Leben führte.

Ich lief ziellos durch die Gegend.

Es war kalt, doch ich spürte die Kälte nicht. Als ich das Haus verlassen hatte, war ich nach rechts abgebogen und einfach losmarschiert. Ich ging und ging, bis ich nicht mehr wusste, wo ich war. Aber ich war nicht mehr in Bradys Zuhause, und das fühlte sich in diesem Moment gut an.

Vielleicht *hatte* ich Brady widersprüchliche Signale gesendet. Ich war mir nicht sicher. Ich war den Abend mehrmals in Gedanken durchgegangen, doch die einzige klare Erinnerung war mein rasendes Herz, als ich Brady weggeschubst hatte. Alles andere war verschwommen. Anstatt mich weiterhin damit zu beschäftigen, was geschehen war, beschloss ich daher, mich auf das zu konzentrieren, was nun kam.

Es war mir bisher eher abstrakt erschienen, obwohl ich nicht mehr mit Brady zusammen gewesen war. Irgendwie war ich noch so mit ihm verbunden gewesen, dass ich es als Treuebruch empfunden hatte, Zeit mit jemand anderem zu verbringen. Aber nun war diese Bindung durchtrennt, und ich war zum ersten Mal seit vier Jahren frei.

Das bedeutete natürlich nicht, dass meine Gefühle für Brady sofort verschwanden, denn das war nicht der Fall. Und es bedeutete ebenso wenig, dass ich gleich etwas Neues anfangen wollte. Was immer zwischen mir und Matteo war, es konnte keine Zukunft haben, solange ich vor Brady davonlief. Matteo hatte eine Frau verdient, die aus freien Stücken auf ihn zuging – und nicht eine Frau, die von jemand anderem wegwollte.

Abgesehen davon hatte Felicity recht gehabt. Ich musste Zeit mit Matteo verbringen, nicht auf Reisen, sondern im ganz normalen Leben, um herauszufinden, ob sich dadurch etwas an meinen Gefühlen für ihn änderte. Und nachdem ich nun frei war, konnte ich es versuchen. Ich war noch nie mit ihm zusammen gewesen, ohne dass Brady bei mir gedanklich im Vordergrund gestanden hatte.

An der nächsten Ecke bog ich noch einmal nach rechts ab, als plötzlich mein Telefon klingelte. Ich nahm es aus der Tasche und sah eine New Yorker Nummer, die ich nicht kannte. Ich nahm das Gespräch trotzdem an.

»Hallo?«

»Alles okay mit dir?«

»Matteo?«

»Ja. Ich rufe von der Rezeption aus an. Ich wollte nicht, dass meine Handynummer auf deinem Display erscheint und Brady es sieht. Aber es ist schon spät. Du hattest gesagt, du wolltest gegen zehn nach Hause, und ich habe angefangen, mir Sorgen zu machen.«

Ich schüttelte den Kopf. »Entschuldige! Ich hätte dich anrufen sollen. Mir geht es gut. Ich habe nur einen Spaziergang gemacht.«

»Einen Spaziergang? Ganz allein?«

»Ja.« Ich seufzte. »Ich musste einen klaren Kopf bekommen.«

Ich blieb zum ersten Mal stehen und sah mich um. Die Gegend war mir unbekannt, und ich konnte das Straßenschild, das ein gutes Stück von mir entfernt war, nicht lesen. »Ich weiß nicht genau, wo ich bin.«

»Das ist mir neulich auch passiert. Ich bin aus dem Hotel

raus und einfach losgegangen. Ich hatte keine Ahnung, wo ich war, und eigentlich war es mir auch egal. Aber um diese Uhrzeit solltest du nicht mehr in Gedanken versunken durch die Stadt laufen.«

»Wie spät ist es?«

»Kurz vor halb zwölf.«

Wow. Ich war um halb acht bei Brady eingetroffen. Das Essen konnte nicht länger als zwei Stunden gedauert haben. Meiner Schätzung nach war ich etwa eine halbe Stunde unterwegs, aber ganz offensichtlich waren es fast schon zwei Stunden.

»Tut mir leid. Ich wollte dir keine Sorgen bereiten.«

»Ist wirklich alles in Ordnung, Hazel? Ist irgendetwas passiert, oder warum läufst du schon so lange durch die Straßen?«

»Nein. Also, ja. Nein … ich meine, es ist alles in Ordnung. Mach dir keine Gedanken!«

»Wo bist du? Ich komme zu dir, und dann reden wir über das, was dich beschäftigt.«

»Schon gut. Ich kann auch mit einem Uber zu dir kommen. Wenn ich mir eins bestelle, dann weiß zumindest der Fahrer, wo ich bin.«

»Sicher?«

»Ja. Aber meinst du, wir können in deinem Zimmer reden? Ich weiß, das hast du immer vermeiden wollen, aber ich würde wirklich gern meine Schuhe ausziehen und ein bisschen mit dir zusammensitzen.«

»Ja, klar. Natürlich.«

»Okay. Dann rufe ich mir jetzt einen Wagen. Welche Zimmernummer hast du?«

»713.«

»Okay, bis gleich!«

23. KAPITEL

Matteo

Hazel traf bei mir ein, als der Zimmerservice meine Bestellung geliefert hatte und gerade wieder den Flur hinunterging. Ihre Nase und die Wangen waren gerötet von der Kälte, und sie wirkte ein wenig verloren.

»Hey!«

Sie rannte geradezu in meine Arme. Es fühlte sich wahnsinnig gut an, sie zu halten. Ich merkte erst in diesem Moment, wie angespannt ich den ganzen Tag gewesen war, als mit einem Seufzer eine Welle der Erleichterung durch meinen Körper ging. Hazels Haare rochen so gut, und sie passte so perfekt unter mein Kinn. Wir blieben ganze fünf Minuten eng umschlungen stehen. Ich strich mit einer Hand über ihre Haare und hielt sie mit der anderen fest, während sie sich an mich schmiegte. Doch die Verzweiflung, mit der sie sich an mir festklammerte, bereitete mir Sorgen. Ich musste ihr Gesicht sehen, um mich davon zu überzeugen, dass es ihr wirklich gut ging.

Ich legte meine Hände an ihre kalten Wangen. Sie klapperte mit den Zähnen. »Alles okay mit dir? Was ist los?«

Sie lächelte traurig. »Alles okay. Mir ist nur plötzlich eiskalt. Ist schon komisch. Ich bin so lange draußen herumgelaufen, ohne die Kälte zu spüren, aber jetzt habe ich das Gefühl, völlig durchgefroren zu sein.«

»Ich dachte mir schon, dass du erst mal auftauen musst, und habe eine Kanne heißen Kakao bestellt.«

Hazel trug ein Kleid und High Heels. Ihre Beine waren nackt, und sie hatte am Telefon gesagt, sie würde gern ihre Schuhe ausziehen. Ich schenkte ihr eine Tasse von dem dampfenden Kakao ein und wies mit dem Kinn auf ihre Füße. »Möchtest du ein Paar Socken haben?«

Sie nippte an der Tasse. »Das wäre toll! Und könntest du mir vielleicht auch eine Jogginghose und ein T-Shirt leihen?«

Mir gefiel der Gedanke, sie in meinen Klamotten zu sehen. »Ja, natürlich.«

Ich suchte in meinem Koffer nach sauberen Sachen. Das meiste hatte ich inzwischen getragen, doch ich hatte noch ein frisches Paar Socken und eine unbenutzte Jogginghose. Saubere T-Shirts hatte ich keine mehr, bot ihr aber eins an, das ich nur ein paar Stunden angehabt hatte.

»Das ist alles, was ich noch habe. Ich habe es schon getragen, aber nur zwei, drei Stunden. Ich war damit nicht im Fitnessstudio oder so.«

Hazel nahm mir die Sachen lächelnd ab. »Ich würde auch deine stinkenden Trainingssachen anziehen! Hauptsache, ich kann es mir bequem machen und den Kakao genießen.«

Während sie sich im Badezimmer umzog, schenkte ich mir auch einen Kakao ein und schaltete den Fernseher aus. Als Hazel wenige Minuten später wieder auftauchte, sah sie absolut hinreißend aus. Das erste Lächeln seit Tagen breitete sich auf meinem Gesicht aus. »Du siehst total süß aus.«

Sie schaute an sich hinunter. Den Bund meiner Jogginghose hatte sie umgeschlagen und die Beine hochgekrempelt. Das T-Shirt war so groß, dass sie die Hose nicht gebraucht hätte, um sich zu bedecken. Es reichte ihr bis zu den Knien.

»Lieb, dass du das sagst. Aber ich finde, der Look wäre zusammen mit meiner Schlammmaske ein richtig gutes Abschreckungsmittel.«

Ich grinste. »Du bist in meinen Sachen alles andere als abschreckend, das kannst du mir glauben.«

Sie lächelte.

Ich sah mich in dem kleinen Zimmer um. Es gab nur das Bett und einen Stuhl in der Ecke. Und auf dem Stuhl lag mein Gepäck, weil ich sonst nicht einmal zum Fenster hätte durchgehen können.

»Soll ich meine Sachen wegräumen, damit du dich auf den Stuhl setzen kannst?«

Sie schüttelte den Kopf. »Können wir uns einfach aufs Bett setzen? Und darf ich meine Füße vielleicht unter die Decke stecken? Sie sind eiskalt.«

»Ja, sicher. Ab mit dir aufs Bett!«

Hazel setzte sich ans Kopfende, zog sich die Decke über die Beine und klopfte auf die Matratze. »Komm her.«

Ich folgte ihrer Aufforderung, ließ mich aber am anderen Ende nieder und hob die Decke an. »Gib mir deine Füße. Ich wärme sie dir auf.«

Als ich ihren kleinen Fuß in die Hand nahm, spürte ich durch die Socke, wie eisig er war. Ich begann, ihn kräftig zu reiben.

»Und? Wie ist es?«

»Das ist gut, es funktioniert!«

Nach einer Weile nahm ich mir ihren anderen Fuß vor. »Dann erzähl mal. Ist heute Abend irgendetwas zwischen dir und Brady vorgefallen?«

Hazel nickte und trank einen Schluck Kakao.

»Möchtest du mit mir darüber reden?«

»Eigentlich nicht. Er hat nur …« Sie schaute auf ihre Hände. »Ich glaube, ich habe keinem von uns einen Gefallen damit getan, dass ich weiterhin Zeit mit ihm verbracht habe. Er hat gemerkt, dass ich mit den Gedanken woanders war und … Also, ich habe ihm gesagt, dass ich ihn nicht mehr sehen will, bis ich ein paar Dinge für mich geklärt habe.«

Mir fiel eine schwere Last von den Schultern, die ich lange mit mir herumgetragen hatte. Sie hatte zwar nicht *endgültig* Schluss gemacht, aber immerhin musste ich mir nicht mehr ständig den Kopf darüber zerbrechen, was die beiden gerade machten. Es hatte mich innerlich zerrissen, besonders am heutigen Tag. Allerdings konnte ich mir nicht vorstellen, dass Brady die Nachricht gut aufgenommen hatte, zumal er ja Geburtstag hatte. Plötzlich ging mir auf, dass Hazel sich niemals vorsätzlich ausgerechnet an diesem Tag von ihm getrennt hätte. Es *musste* also etwas Unerfreuliches zwischen ihnen passiert sein.

Da sie meinem Blick nach wie vor auswich, beugte ich mich vor und legte die Hand unter ihr Kinn. »Was hat er getan?«

Hazel runzelte die Stirn. »Wie kommst du darauf, dass er irgendwas gemacht hat?«

»Ich kenne dich doch! Du hättest ihm niemals an seinem Geburtstag den Laufpass gegeben, wenn er nicht totalen Mist gebaut hätte.« Meine Wangenmuskeln zuckten. »Hat er dir in irgendeiner Form … wehgetan?«

Sie schaute zur Seite. »Nein, alles in Ordnung.«

Wir saßen eine Zeit lang schweigend beieinander. Mir jagten hundert Gedanken durch den Kopf. Offenbar hatte er etwas ziemlich Beschissenes getan. Je länger sie schwieg, desto furchtbarere Dinge stellte ich mir vor. Wenn er ihr auch nur ein Haar gekrümmt hatte …

Als Hazel meine Hände ergriff, wurde mir bewusst, dass ich sie zu Fäusten geballt hatte. Sie öffnete die Finger und verschränkte ihre Hand mit meiner.

»Matteo?«

Ich sah auf.

Sie sah mir lächelnd in die Augen. »Nimmst du mich mit zu dir nach Hause?«

»Zu mir nach Hause? Nach Seattle, meinst du?«

Sie nickte.

»Liebend gern! Wann denn?«

»Morgen Abend, oder ist das zu aufdringlich?«, entgegnete sie etwas verlegen.

»Was ist mit deiner Arbeit?«

»Ich habe morgen nur noch einen Termin, und dann passiert bis nach den Ferien nichts mehr. So ist das mit der Schulfotografie. Es gibt Zeiten, in denen ich richtig viel zu tun habe, am Jahresanfang und im Frühling zum Beispiel. In den Schulferien habe ich in der Regel Pause.«

»Du willst wirklich mit nach Seattle kommen?«

»Ja. Ich bleibe ein paar Tage und verschwinde vor Weihnachten wieder. Ich will sehen, wo du wohnst. Ich will sehen, wo du deine Freizeit verbringst und wo du arbeitest, vielleicht deine Freunde treffen … Außerdem will ich Bach kennenlernen.«

Ich lächelte. »Du willst meine Katze kennenlernen?«

Ihr Gesicht leuchtete auf. »Unbedingt! Du hast Abbot ja auch gesehen. Da ist es nur fair.«

Noch vor einer Minute hätte ich jemanden zusammenschlagen können, und nun fühlte ich mich, als hätte ich einen Sechser im Lotto gewonnen.

»Komm her.« Ich breitete die Arme aus, und sie kuschelte sich an mich. Ich strich ihr eine Haarsträhne hinters Ohr. »Ich nehme dich furchtbar gern mit nach Hause.«

»Dann ist es abgemacht!«

Ich war der glücklichste Mann der Welt. Mein Mädchen war frei und kam mit zu mir nach Hause. Das Problem war nur: Wie um alles in der Welt sollte ich in der Lage sein, sie wieder gehen zu lassen, wenn sie einmal da war? Und würde ich meinem Freund jemals wieder in die Augen sehen können?

Mit Hazel am Flughafen zu sein weckte nostalgische Gefühle in mir. Es war, als hätte es die letzten Wochen nicht gegeben und als könnten wir einfach wieder Milo und Maddie Hooker sein – im Geiste zumindest.

Hazel hatte den letzten freien Platz in meinem Flieger ergattert. Das Glück war auf unserer Seite, und ich konnte nur hoffen, dass es so weiterging, wenn wir gelandet waren.

Am vergangenen Abend waren wir aneinandergekuschelt eingeschlafen. Ich wusste immer noch nicht, was bei Brady vorgefallen war, aber es hatte dafür gesorgt, dass in diesem Hotelzimmer nichts lief. Und das war auch gut so. Obwohl sie eine Pause mit Brady eingelegt hatte, musste ich vorsichtig sein. Es war erst vorbei, wenn es vorbei war.

Als wir darauf warteten, an Bord gehen zu können, war ich immer noch fassungslos, dass sie mit zu mir kam. Es war wie ein Traum. Leider versuchte Brady unablässig, Hazel auf ihrem Handy zu erreichen, und erinnerte uns auf diese Weise daran, dass wir längst nicht mehr durch unser persönliches Traumland reisten.

Sie ließ jedes Mal die Mailbox rangehen.

»Was wirst du ihm sagen?«

»Du meinst, wohin ich reise?«

»Ja.«

Sie blies Luft durch ihre Lippen. »Im Moment umgehe ich es, ihn anzulügen. Wahrscheinlich schreibe ich ihm nachher und gebe ihm Bescheid, dass ich weggefahren bin, um nachzudenken. Lügen ist nie gut, aber ich habe ihm gesagt, dass ich eine Pause brauche, daher verstehe ich gar nicht, warum er mich ständig anruft.«

»Wahrscheinlich bereut er, dass er dich hat gehen lassen.«

Plötzlich bekam ich Gewissensbisse. Sie schienen in Wellen zu kommen. Aber ich konnte meine Schuldgefühle eindämmen, indem ich mir in Erinnerung rief, dass Brady sie betrogen hatte. Ich rang nach wie vor mit mir, ob ich ihr sagen sollte, was ich wusste. Aber es hatte einen Grund, warum ich es ihr bisher nicht gesagt hatte. Sie sollte die Entscheidung, was sie wirklich wollte, für sich und unbeeinflusst von mir treffen. Wenn sie mich nur wegen Bradys Treulosigkeit wählte, wie sollte ich dann jemals sicher sein, dass ich der Richtige für sie war? Die Ungewissheit würde mich umbringen.

Wenn sie sich für ihn entschied, würde ich wahrscheinlich eine Möglichkeit finden, dass sie es erfuhr – denn »einmal Betrüger, immer Betrüger«. Aber damit würde ich mich befassen, wenn es so weit war.

Während die Warteschlange langsam vorwärtsrückte, drehte sich Hazel zu mir um.

»Und? Was ist ihre Geschichte?«

Ich erinnerte mich an unser Flughafenspiel und sah mich unter den vielen Menschen um. »Wen nehmen wir denn heute ins Visier?«

Sie packte mein T-Shirt und zog mich an sich. »Diese zwei hier. *Uns!* Was läuft da?«

Ich überlegte kurz. »Ach so, *diese* zwei Verrückten meinst du! Die tauchen für eine Weile unter.«

»Warum?«, fragte sie.

»Weil ihre Realität irrer ist als jede Fantasie. Aber sie kommen besser mit dem Leben klar, wenn sie zusammen sind. Und dieses Gefühl haben sie vermisst.«

Sie lächelte.

»Er hofft nur, sie macht nicht auf dem Absatz kehrt, wenn sie sieht, wie klein seine Wohnung ist.«

»Ich dachte, der Satz endet anders.« Hazel lachte.

Als mir dämmerte, was sie meinte, grinste ich. »Oh nein! Mein Apartment ist das Einzige, was dir zu klein erscheinen wird. Das kann ich dir versichern.«

24. KAPITEL

Hazel

Matteo hatte mich zwar vorgewarnt, doch sein Apartment war noch kleiner, als ich es mir vorgestellt hatte. Aber weil es drei Fenster hatte, wirkte es nicht so beengt.

Ich sah mich um, während er unsere Koffer in die Ecke rollte.

»Hübsch hier.«

Er drehte sich zu mir um. »Freundliche Umschreibung für winzig und erdrückend?«

Auf der linken Seite war eine Kochnische, rechts der Wohnbereich. An der Wand lehnte eine Gitarre, und daneben stand ein Regal mit Dutzenden Schallplatten.

»Es ist klein … aber es entspricht dir.«

»Bitte bring das Wort ›klein‹ nicht mit mir in Verbindung«, sagte er mit einem Augenzwinkern.

»Sorry!« Ich musste lachen. »Ich meinte, die Wohnung strahlt deine Persönlichkeit aus.«

»Mehr kann ich mir nicht leisten, wenn ich im Zentrum wohnen will. Die Miete für die meisten Einzimmerwohnungen in der Stadtmitte ist dreimal so hoch. Also begnüge ich mich mit einem Apartment. Richtig eng wird es eigentlich nur, wenn ich Leute einlade, und das mache ich recht selten.«

Ich warf einen Blick aus dem Fenster. »Ich freue mich schon darauf, Seattle zu erkunden.«

»Morgen können wir uns ansehen, was du möchtest. Von hier ist alles gut zu Fuß zu erreichen.«

Ich wandte mich ihm zu. »Es ist aber auch total okay, wenn wir erst mal keine Besichtigungstour machen. Du hast bestimmt einiges zu tun, nachdem du so lange weg warst. Ich kann dir helfen. Wir sollten einkaufen gehen und so.«

»Ja, ich habe wirklich nichts im Kühlschrank. Natürlich können wir einkaufen gehen, aber ich werde dich hier nicht arbeiten lassen, Hazel. Das soll doch ein Urlaub für dich sein.«

»Nein, eigentlich nicht, Matteo. Schon vergessen? Ich möchte dein Leben kennenlernen, wie es ist. Und ich möchte mir Seattle natürlich gern ansehen, aber den Rest der Zeit tust du einfach, was du normalerweise tun würdest, wenn ich nicht da wäre. Sightseeing gehört wahrscheinlich nicht dazu. Ich schließe mich dir einfach an.«

»Du willst also, dass ich wie Al Bundy in ›Eine schrecklich nette Familie‹ vor der Glotze sitze und mir den Bauch kratze?«

»Klar, wenn du das sonst auch machst.« Ich zuckte mit den Schultern.

Sein Ton wurde ernst. »Das ist in gewissem Sinne ein Test, oder? Du willst sehen, ob dich irgendetwas an meinem Leben stört?«

Ich fand es schrecklich, dass er so empfand. »Nein, so ist es nicht! Das darfst du nicht denken!«

»Nun, es ist schon eine Art Wettkampf, oder?«

Sein Stimmungswechsel überraschte mich. Aber wie konnte ich erwarten, dass er angesichts der schwierigen Situation nicht auch frustriert war?

»Nein, Matteo, hier und jetzt gibt es keinen Wettkampf. Ich freue mich einfach, bei dir zu sein.«

Seine Gesichtszüge entspannten sich.

Bevor wir weiterreden konnten, klopfte es an der Tür.

»Erwartest du jemanden?«, fragte ich.

»Nicht um diese Zeit«, sagte er.

Als er die Tür öffnete, sah ich zu meinem Erstaunen eine attraktive Frau im Flur stehen. Sie war ungefähr Mitte zwanzig und hatte einen großen orangeroten Kater auf dem Arm.

Bach.

Als er Matteo erblickte, begann er zu miauen.

»Hey!«, sagte Matteo. »Ich habe nicht erwartet, dass du ihn heute schon zurückbringst.«

»Ja, ich weiß, wir hatten morgen gesagt. Aber ich dachte, er hat dir gefehlt.«

Matteo kraulte dem Kater die Ohren. »Und wie!«

Unsere Blicke kreuzten sich, und sie schien überrascht zu sein, dass Matteo Besuch hatte.

Ja, klar, du bist nur wegen des Katers noch so spät vorbeigekommen!

»Hazel, das ist Carina«, sagte Matteo. »Carina, das ist Hazel.«

Carina hatte dunkelbraune Haare, große braune Augen und volle Lippen. Und ich hatte nicht den geringsten Zweifel daran, dass sie mit Matteo geschlafen hatte.

»Freut mich, dich kennenzulernen«, sagte ich und fühlte mich leicht verunsichert.

»Ebenfalls.« Sie legte den Kopf schräg. »Woher kennt ihr euch?«

Matteo antwortete, bevor ich etwas sagen konnte. »Ich habe Hazel auf meiner Reise kennengelernt. Sie ist aus Connecticut.«

»Oh … okay. Interessant.« Sie schaute zwischen ihm und mir hin und her. »Na, dann willkommen in Seattle!«

Es war bestimmt nicht aufrichtig gemeint. »Danke.«

Carina setzte den Kater auf dem Boden ab, und er strich Matteo schnurrend um die Beine.

»Und? Wie ist es gelaufen? Hat Bach sich gut benommen?«, fragte er.

»Ja, absolut. Es war nur total schwierig, ihn ins Auto zu bekommen. Ich glaube, er hat sich daran gewöhnt, bei mir zu sein, und wollte nicht weg.«

»Ja, wahrscheinlich hasst er mich jetzt, nachdem er gesehen hat, wie andere leben. Du hast viel mehr Platz.«

»Nun, er kann mich gern besuchen, wenn er Sehnsucht hat.«

»Danke noch mal, dass du dich um ihn gekümmert hast.«

»War mir ein Vergnügen. Jederzeit wieder.« Sie sah zu mir herüber. »Dann verschwinde ich jetzt wohl besser. Mach's gut, Hazel.«

Ich schluckte. »Du auch.«

Als sie sich zum Gehen wandte, fragte sie Matteo: »Du kommst doch nach den Ferien wieder in die Schule, oder?«

»Ja, gleich nach Weihnachten.«

»Alle freuen sich schon sehr auf deine Rückkehr.«

»Wenn ich wieder im Einsatz bin, freue ich mich bestimmt auch«, sagte er. »Im Moment ist die Vorstellung zurückzukehren noch ein bisschen beängstigend. Aber ich komme bestimmt schnell wieder rein. In jedem Fall vermisse ich die Kinder.«

»Und sie vermissen dich.« Sie seufzte. »Also, dann wünsche ich euch eine gute Nacht.«

»Danke«, murmelte ich. Als die Tür ins Schloss gefallen war, herrschte ein paar Sekunden lang peinliche Stille. »Sie … macht einen netten Eindruck. Sie ist also eine Kollegin von dir?«

»Ja, sie unterrichtet Englisch.«

»Aha. Ich wusste ja, dass eine Freundin auf deine Katze aufpasst, das hattest du erzählt, aber ich dachte, sie ist nicht so …«

Ich schüttelte den Kopf und verstummte, um mich nicht lächerlich zu machen und total eifersüchtig zu erscheinen.

»Hazel, nun frag schon, was du eigentlich fragen willst.«

»Es geht mich nichts an.«

»Ich habe nichts zu verbergen. Mit Carina läuft überhaupt nichts. Wir sind früher eine Weile miteinander ausgegangen, aber das ist schon lange her.«

Sein Eingeständnis schmerzte mich, obwohl ich sofort gespürt hatte, dass zwischen den beiden etwas gewesen war.

»Und jetzt ist da nichts mehr?«

»Bei mir nicht.«

»Aber sie mag dich immer noch.«

»Weiß ich nicht. Vielleicht. Es spielt keine Rolle für mich.«

»Warum hast du es beendet?«

»Sie war nicht die Richtige. Ich habe ihr gesagt, dass ich nichts Festes will. Jetzt ist sie eine gute Freundin – die zufällig Katzen mag und einer der wenigen Menschen ist, die Bach ertragen kann.«

»Also, ich bin mir sicher, dass sie nicht nur deinen Kater mag. Sie bringt Bach nachts um halb zwölf her, obwohl ihr für morgen verabredet wart. Es gibt nur einen Grund, warum eine Frau um diese Uhrzeit noch bei einem Kerl auftaucht. Sie hatte nicht damit gerechnet, mich hier vorzufinden. Und sie ist eindeutig noch nicht mit dir fertig.«

Falls meine Eifersucht nicht vorher schon offensichtlich gewesen war, so hätte ich sie jetzt kaum noch leugnen können.

»Ich kann dir ehrlich nicht sagen, welche Absichten sie hatte. Aber sie hat gesehen, dass du nun bei mir bist.«

Eines musste ich noch wissen, denn es ließ mir keine Ruhe. »Als du zwischen unserer Reise und New York nach Hause gefahren bist, wolltest du nach Bach sehen, wie du erzählt hast. Ist da etwas zwischen euch beiden gelaufen?«

»Nein«, sagte er mit Nachdruck. »Da ist nichts passiert, Hazel. Es ist schon eine ganze Weile vorbei mit Carina und mir, und ich war viel zu besessen von dir, um überhaupt an eine andere zu denken. Wenn du glaubst, ich könnte so leicht umschalten, kennst du mich schlecht.« In seinen Augen lag ein gequälter Ausdruck. »Du hingegen hast anscheinend ziemlich schnell umgeschaltet, als du nach Hause gekommen bist.«

Seine Worte taten weh, aber ich musste zugeben, dass er recht hatte. Zumindest hatte es oberflächlich so ausgesehen.

Er ruderte zurück. »Tut mir leid. Das war unangebracht.«

»Ich habe dich keine Sekunde vergessen, Matteo. Ich war nach meiner Rückkehr nur verwirrt.«

Er sah mich durchdringend an. »Und du bist es noch immer … Oder?«

Ich konnte ihm nicht verübeln, dass er meine Absichten hinterfragte. Ich hatte ihm gesagt, ich wolle sehen, wie es sich anfühlt. Versprochen hatte ich ihm nichts. Und offen gesagt hatte er Besseres verdient.

»Mittlerweile sehe ich die Dinge viel klarer«, sagte ich. »Ich bin aus den richtigen Gründen hier, und mein Herz ist hier. Meine Absichten sind aufrichtig, Matteo. Ich will dir nicht wehtun.«

Er schloss kopfschüttelnd die Augen und schien seine kurzzeitige Unsicherheit ablegen zu können. »Komm her. Entschuldige bitte.«

Als er mich in seine Arme zog, sagte ich: »Nein, *ich* muss mich entschuldigen.«

»Diese Wochen gehören echt zu den härtesten meines Lebens«, gestand er.

Ich musste noch einmal auf etwas zu sprechen kommen, das er vorher gesagt hatte. Es ging mir nicht aus dem Kopf.

Ich löste mich von ihm. »Kann ich dir eine Frage stellen?«

»Ja.«

»Du hast Carina gesagt, du willst nichts Festes. Aber das ist nicht die Wahrheit, oder?«

»Ich wollte nichts Festes mit *ihr*. Aber ich vergeude nicht deine Zeit, Hazel. Das würde ich niemals tun.«

»Die ganze Fragerei tut mir leid. Ich versuche, erwachsen damit umzugehen. Es hat mich nur ein bisschen durcheinandergebracht, dass sie so kurz nach unserer Ankunft vor der Tür stand.«

Seine Mundwinkel gingen nach oben. »Du warst eifersüchtig.«

»Ja. Und das ist nicht schön.«

»Hast du eine Ahnung, wie glücklich es mich macht, nicht der Einzige zu sein, der in letzter Zeit höllisch eifersüchtig ist?«

»Du siehst gerade eine ziemlich müde, verletzliche, unter Jetlag leidende Seite von mir.«

»Na komm, dann ruhen wir uns jetzt mal aus!«

Matteo ging zur Couch und schüttelte die Kissen auf. »Leg dich doch hin. Ich mache dir einen Tee. Das ist das Einzige, was ich noch im Haus habe. Wir machen es uns ein bisschen gemütlich, bevor wir zu Bett gehen.«

»Wo *ist* überhaupt das Bett?«, fragte ich, weil nirgends eins zu sehen war.

»Diese Couch kann man in ein sehr bequemes Bett verwandeln. Und es gehört dir allein.«

Ich setzte mich auf die Couch. »Und wo schläfst du?«

»Wir finden doch immer eine Lösung, nicht wahr?« Er ging zu seinem Wandschrank. »Schau mal.« Er nahm eine Luftmatratze heraus. »Das Ding bläst sich in Sekundenschnelle auf. Es ist mein Ersatzbett, wenn ich Besuch habe – obwohl meine Eltern beim letzten Mal geschworen haben, nie wieder bei mir zu übernachten. Es ist ihnen zu eng hier. Deshalb werden sie im Hotel wohnen, wenn sie in ein paar Tagen kommen. Sie wollen schon vor Weihnachten hier sein, um den Feiertagstrubel am Flughafen zu vermeiden.«

Es dauerte einen Moment, bis ich begriff. »Warte mal, deine Eltern kommen hierher? In ein paar Tagen?«

»Ja, das wollte ich dir noch erzählen.«

Ich werde seine Eltern kennenlernen? »Warum hast du es mir nicht gesagt?«

»Nun, ich sage es dir ja jetzt. Als du verkündet hast, dass du mit nach Seattle kommen willst, wollte ich dich nicht abschrecken. Ich habe einfach gehofft, du hast nichts dagegen, sie zu treffen.«

»Ich habe auch nichts dagegen. Ich habe nur nicht damit gerechnet, obwohl ich mir hätte denken können, dass du die Feiertage mit deiner Familie verbringst. Keine Ahnung, warum es mir nicht in den Sinn gekommen ist. Wahrscheinlich, weil in meiner Familie alles so ganz anders läuft als bei anderen.«

»Meistens fahre ich nach Vail, aber weil ich ja gerade erst dort war, haben sie beschlossen hierherzukommen. Manchmal verbringen sie Weihnachten bei mir, manchmal bei meinem Bruder und seiner Familie in Boston, und manchmal fahren alle nach Vail. Es ist jedes Jahr anders. Siehst du deine Eltern denn auch manchmal über die Feiertage?«

»Meine Eltern sind immer unterwegs. Ab und zu treffe ich mich mit ihnen da, wo sie gerade sind. Aber ich habe ihnen schon gesagt, dass ich dieses Jahr mein eigenes Ding machen will. Ich gehe zu Felicity. Ich dachte, sie kann bestimmt Hilfe beim Kochen gebrauchen. Natürlich hätte ich niemals gedacht, dass ich vorher noch in Seattle lande und deine Eltern kennenlerne. Oh mein Gott!«

»Tja, du hast gesagt, du willst sehen, wie mein Leben ausschaut. Dann kannst du auch meine Familie kennenlernen. Ich weiß, das Timing ist nicht ideal, aber ich hätte nicht im Traum für möglich gehalten, dass du jetzt bei mir bist.«

»Ich bin wirklich froh, hier zu sein, Matteo. Lass uns noch mal von vorn anfangen, okay? Ich habe das Gefühl, dass wir durch meine Unsicherheit einen schlechten Start hatten.«

»Du musst dich nicht für deine Eifersucht entschuldigen. Ich habe es auch nie für meine getan.«

Er nahm mich in die Arme, aber das Pfeifen des Wasserkessels unterbrach den zärtlichen Moment. Er stand auf und ging in die Kochecke.

Während er mir einen Tee aufgoss, sagte er: »Eigentlich könnte ich mir eine etwas größere Wohnung leisten. Nach Zoes Tod bin ich aber irgendwie zum Minimalisten geworden. Ich hatte nie das Gefühl, mehr Platz zu brauchen. So habe ich weniger sauberzumachen. Wenn jemand dazukäme, müsste ich natürlich umziehen.«

»Die Lage macht die Größe bestimmt mehr als wett.«

»Ja. Aber um hier einzuziehen, musste ich mich von der Hälfte meiner Sachen trennen. Und wenn ich etwas kaufe, muss ich etwas anderes rauswerfen. Das Gute ist, dass ich nur eine Viertelstunde zum Putzen brauche.«

Der Kater war Matteo die ganze Zeit gefolgt. Er nahm ihn auf den Arm, nachdem er mir meinen Tee gebracht hatte.

»Bach musste sich erst daran gewöhnen. Nach dem Einzug war er regelrecht deprimiert. Es funktioniert nur wegen der Fenster. Er guckt nach draußen und ist auf diese Weise den ganzen Tag beschäftigt.«

Er setzte sich neben mich.

Als ich Bach streicheln wollte, fauchte er mich an.

Ich zog schnell die Hand zurück. »Macht er das immer bei Fremden?«

»Ich könnte jetzt lügen und Ja sagen, aber …«

»Autsch!«

»Vielleicht spürt er, wie sehr ich dich mag, und hält dich für eine Bedrohung.«

»Da hast du gerade noch mal die Kurve gekriegt!«

Bach sprang ihm aus dem Arm und verzog sich in seinen Korb.

Matteo und ich unterhielten uns noch eine Weile, dann klappte er die Couch für mich aus. Nachdem ich mich hingelegt hatte, schlief ich sehr schnell ein.

Ich wachte auf, weil es an der Tür klopfte. Die Sonne schien zu den Fenstern herein. Ich griff zu meinem Telefon und sah, dass es fast elf war.

Matteo kratzte sich den Kopf und rappelte sich von der Luftmatratze auf.

Er schaute durch den Türspion. »Okay, flipp jetzt nicht aus.«

Ich richtete mich auf und fuhr mir mit den Händen durch die verstrubbelten Haare. »Wieso?«

Er grinste verlegen. »Ich weiß nicht, warum sie drei Tage zu früh sind, aber meine Eltern sind da.«

25. KAPITEL

Matteo

Als ich die Tür öffnete, blickte ich in die strahlenden Gesichter meiner Eltern. Sie hatten mehrere Einkaufstüten in den Händen.

»Überraschung!«

»Mom, Dad … was macht ihr denn hier? Ihr seid zu früh dran.«

»Tja, du hattest uns gesagt, wann du hier eintriffst, und wir haben gedacht, wir überraschen dich und kommen ein paar Tage eher. Offen gesagt haben wir uns in Vail gelangweilt.«

Die arme Hazel sah aus, als hätte sie ein Gespenst gesehen. Einen solchen Überfall hätte ich ihr natürlich gern erspart. Sie war in ihren Sachen eingeschlafen, die nun völlig zerknittert waren. Ein unsanftes Erwachen, gelinde gesagt.

Meine Mutter machte große Augen, als sie Hazel sah. »Oh … Sie müssen Carina sein?«

Verdammt.

Scheiße.

Man hätte eine Stecknadel fallen hören können, so still wurde es. Hazel ärgerte sich sicherlich über die Vermutung meiner Mutter. Aber die einzige Frau, die ich seit Zoe ihr gegenüber erwähnt hatte, war Carina. Und das auch nur, damit meine Eltern wussten, wo Bach war, falls mir etwas zustieß.

»Nein, Mom. Das ist Hazel. Ich konnte ja nicht ahnen, dass ihr früher kommt. Natürlich hätte ich euch noch Bescheid gesagt, dass ich nicht allein bin. Hazel ist eine sehr liebe Freundin, die ich auf meiner Reise kennengelernt habe. Sie besucht mich für ein paar Tage vor Weihnachten.«

Hazel ging mit müden Augen auf sie zu, um sie zu begrüßen.

»Freut mich sehr, Ihre Bekanntschaft zu machen, Mr und Mrs Duncan.«

»Die Freude ist ganz auf unserer Seite«, entgegnete mein Vater lächelnd.

Er war wesentlich entspannter als meine Mutter. In ihren Augen war keine Frau gut genug für ihren Sohn. Sie hatte lange gebraucht, um mit Zoe warm zu werden. Abgesehen von ihr hatte ich meinen Eltern kaum einmal eine Frau vorgestellt.

»Wir hätten gewiss nicht gestört, wenn wir gewusst hätten, dass du nicht allein bist. Ich wollte einfach einen schönen Brunch für dich machen. Aber ich fürchte, wir kommen ungelegen. Sollen wir wieder gehen?«

Bei der bloßen Erwähnung von Essen knurrte mir der Magen. »Ein Brunch ist eigentlich eine gute Idee! Ich sterbe vor Hunger.«

Mein Vater lachte. »Wenn Hazel nichts dagegen hat, dass wir alten Knacker euch Gesellschaft leisten?«

»Ganz und gar nicht. Das fände ich schön.« Sie lächelte.

Ich rechnete ihr ihre Freundlichkeit hoch an. Die Situation war bestimmt nicht leicht für sie.

Meine Eltern packten die Lebensmittel aus, die sie mitgebracht hatten. Innerhalb von Minuten duftete es nach Kaffee, und kurz darauf brutzelte schon der Speck in der Pfanne. Es wurde von Minute zu Minute besser.

Hazel hatte mein Leben kennenlernen wollen, und dazu gehörte offensichtlich, dass meine Eltern gleich am ersten Tag meiner Rückkehr auf der Matte standen.

Zum Essen zwängten wir uns alle an meinen kleinen Küchentisch, und ich war froh, dass ich zumindest vier Stühle besaß.

»Sagen Sie, Hazel, was machen Sie beruflich?«, fragte meine Mutter.

»Ich bin Fotografin.«

»Selbstständig?«

»Ja, ich habe mein eigenes Studio in Connecticut.«

»Dann würden Sie wahrscheinlich nicht von dort wegziehen?«

»So genau habe ich noch nicht darüber nachgedacht.«

»Ich kann mir Matteo nicht in Connecticut vorstellen. Er muss immer da sein, wo etwas los ist – wenn er überhaupt einmal länger an einem Ort bleibt.«

»Jetzt mach ihr keine Angst, Mom«, sagte ich und steckte mir einen Streifen Speck in den Mund.

»Das ist gar nicht meine Absicht. Ich treffe einfach nur selten eine Frau, mit der du Zeit verbringst.« Sie trank einen Schluck Kaffee. »Allerdings sehe ich hier getrennte Betten.«

»Marianne …«, mahnte mein Vater.

»Ist schon okay«, sagte Hazel.

Im Ernst? Für mich ist es nämlich nicht okay.

Meine Mutter zog die Augenbrauen hoch. »Nun frage ich mich, ob Sie tatsächlich eine liebe Freundin sind, wie er sagte, und nicht mehr. Tut mir leid, wenn ich aufdringlich erscheine, aber ich bin wirklich neugierig, und mein Sohn erzählt mir nie etwas.«

»Wir gehen die Dinge langsam an«, erklärte Hazel.

»Also, das finde ich in der heutigen Zeit sehr beeindruckend.«

»Mom, Hazel war so nett, dir deine unsinnigen Fragen zu beantworten, weil sie höflich ist, aber wenn du nicht aufhörst, werde ich ziemlich unhöflich. Mein Sexleben geht dich nichts an.«

Danach herrschte Schweigen, bis Hazel das Eis brach.

»Beziehungsweise sein nicht vorhandenes …«, murmelte sie.

Ich zog die Augenbrauen zusammen. Zuerst stand ich auf der Leitung, aber dann begann ich zu lachen und Hazel ebenfalls. Vielleicht hatten wir eine Auflockerung gebraucht, vielleicht waren wir auch beide komplett durchgeknallt, aber nachdem wir einmal angefangen hatten, konnten wir nicht mehr aufhören. Wir hatten einen richtigen Lachanfall.

Irgendwann, als wir uns allmählich beruhigten, grunzte Hazel beim Lachen, und wir brachen erneut in Gelächter aus. Mein Vater beobachtete uns amüsiert, meine Mutter hingegen sah nicht sonderlich begeistert aus.

Als ich endlich wieder sprechen konnte, tätschelte ich die Hand meiner Mutter. »Hazel macht mich glücklich, Mom. Mehr musst du nicht wissen.«

Etwas später, nachdem wir uns mit ihnen zum Abendessen in einem Restaurant ihrer Wahl verabredet hatten, brachen meine Eltern auf. Sie wollten schauen, ob sie früher in ihrem Hotel einchecken konnten.

Hazel und ich waren endlich wieder allein. Ich machte den Abwasch, während sie abtrocknete, und danach checkte sie ihre beruflichen E-Mails. Ich sprang kurz unter die Dusche, bevor ich ihr das Bad überließ.

Als sie wieder ins Wohnzimmer kam, trug sie mein T-Shirt, das ich an der Tür hatte hängen lassen, und ein Handtuch auf dem Kopf. Ich starrte sie mit großen Augen an, denn sie sah hinreißend aus.

»Was ist?« Sie wischte sich über die Wange. »Habe ich noch Creme im Gesicht oder so?«

Ich schüttelte den Kopf. »Ich sehe dich einfach gern an.«

Ihre Miene entspannte sich, und sie kam zu mir herüber, um sich auf meinen Schoß zu setzen. Sie schlang die Arme um meinen Hals und rieb ihre Nasenspitze an meiner.

»Ich bin so froh, hier bei dir zu sein, Matteo.«

»Obwohl meine aufdringliche Mutter gefragt hat, ob wir miteinander schlafen?«

Sie lächelte. »Gerade deshalb! Ich erfahre mehr über dich, als ich erwartet hatte.«

Ich legte die Hände um ihr Gesicht. »Ich möchte dir danken. Du bist wahnsinnig gut mit der Situation umgegangen. Und nur fürs Protokoll: Was ich zu meiner Mutter gesagt habe, ist die absolute Wahrheit. Du machst mich glücklich. Und ich denke wirklich, mehr muss im Augenblick keiner von uns wissen. Wir sollten die ganzen Hintergrundgeräusche ignorieren und versuchen, uns auf uns selbst zu konzentrieren, solange du hier bist.«

Sie nickte lächelnd. »Das klingt gut.«

Ich wusste, wie heikel es war, mit ihr in meinem kleinen Apartment zu sein. Doch als ihr Blick auf meine Lippen fiel, konnte ich einfach nicht anders. »Komm näher«, sagte ich.

Hazel lehnte sich an mich. »So?«, hauchte sie.

Ich legte ihr die Hand in den Nacken, zog sie an mich und legte meine Lippen auf ihre. Sekunden später trafen unsere Zungen aufeinander. Hazel setzte sich rittlings auf mich, sodass sich ihre Brüste an meinen Brustkorb schmiegten. Es fühlte sich an, als könnten wir einander nicht nah genug kommen. Ich legte den Kopf zur Seite, um sie noch leidenschaftlicher zu küssen, packte ihren Hintern mit beiden Händen und drückte sie fest an mich. Hazel stöhnte in meinen Mund, als sie meine Erektion spürte. Mein Schwanz war – ganz wie sein Eigentümer – innerhalb von dreißig Sekunden von null auf hundert gegangen.

Ich wollte nichts mehr, als in ihr zu sein, war aber unsicher, was sie davon hielt. Wie sehr ich es mir auch wünschte, sie musste sich ihrer Entscheidung sicher sein. Doch als sie die Hände in meine Haare krallte und sich an mir rieb, hatte ich das Gefühl, dass sie mir genau zu verstehen gab, wonach ihr der Sinn stand.

Ich löste mich schwer atmend von ihr und legte meine Stirn an ihre. »Verdammt, das ist nicht so leicht, Hazel.«

Sie grinste mich an. »Nein, ich würde sogar sagen, ganz schön *hart*.«

Ich senkte schmunzelnd den Kopf. »Sag mir, was du willst. Ist es okay, dass ich dich küsse?«

Sie stöhnte. »Ich will *dich*, Matteo. So sehr.« Sie rutschte ein Stück auf meinem Schoß nach hinten, schaute nach unten und biss sich auf die Unterlippe. »Ich fürchte, ich habe einen kleinen Beweis dafür auf deiner Hose hinterlassen.«

Verdammt. Tatsächlich entdeckte ich da, wo sich die Beule in meiner Jeans befand, einen feuchten Fleck. Hazel trug keinen Slip unter meinem langen T-Shirt. Ich fuhr mir mit den Fingern durchs Haar. »Das ist das Heißeste, was ich seit Langem gesehen habe. Wundere dich nicht, wenn ich meine Hose nie mehr wasche. Ich schäme mich nicht mal zuzugeben, dass ich ab und zu daran riechen werde, wenn du weg bist.«

Hazel kicherte, und ihre Wangen röteten sich.

Das Handtuch, das sie sich um den Kopf geschlungen hatte, war während unseres Kusses hinuntergerutscht, und ihre nassen Haare fielen ihr auf die Schultern. Ich strich ihr eine Strähne hinters Ohr und gab ihr einen zärtlichen Kuss. »Aber das Gespräch, wie es weitergehen soll, führen wir besser nicht mitten in der Hitze des Gefechts. Dann sind wir wahrscheinlich ehrlicher zueinander und zu uns selbst.«

Sie lächelte. »Okay.«

»Ich gehe schnell duschen«, sagte ich.

»Aber du warst doch vorhin erst unter der Dusche.«

»An manchen Stellen muss ich mich wohl noch mal waschen«, entgegnete ich mit einem Augenzwinkern. »Ich hoffe, du hast deine Gesichtscreme im Bad gelassen.«

26. KAPITEL

Matteo

Ich hielt es für unnötig, gleich am Nachmittag im Supermarkt einkaufen zu gehen, weil wir mit meinen Eltern zum Abendessen verabredet waren. Der Himmel über Seattle war ausnahmsweise einmal blau, und es war der perfekte Tag, um Hazel einige Sehenswürdigkeiten zu zeigen.

Wir gingen zur *Space Needle*, dem berühmten Aussichts- und Restaurantturm, fuhren mit der Einschienenbahn, und auf dem Rückweg machten wir einen Abstecher zum Pike Place Market. Hazel hatte ihre Kamera mitgenommen, und ich wollte ihr den Fischmarkt zeigen. Dort warfen die Händler ihre Waren im hohen Bogen von der Theke zum Verpackungstisch, wo sie für die Kunden in Papier eingewickelt wurden. Diese Tradition der »fliegenden Fische« gab meiner Meinung nach ein hervorragendes Fotomotiv her.

Wir hatten beide viel Spaß auf unserer Besichtigungstour, doch für mich war es das Größte, einfach Händchen haltend mit meinem Mädchen herumzuspazieren.

Wir hatten eine traumhafte Reise gehabt, aber da waren wir Milo und Maddie gewesen, und in New York hatten wir uns heimlich treffen müssen, als täten wir etwas Unrechtes. Ich hätte mir also nichts Schöneres vorstellen können, als Hand in Hand mit Hazel unterwegs zu sein, ihr meine Stadt zu zeigen und sie lächeln zu sehen, wann immer sie etwas Neues entdeckte.

Hazel liebte den Fischmarkt und schoss mindestens hundert Fotos von den Männern, die riesengroße Makrelen und Kabeljaue durch die Luft schleuderten. Danach holte ich uns zwei große Becher Kaffee und versprach ihr, sie an den perfekten Ort für das Gespräch zu führen, das wir morgens begonnen hatten. Ich ging mit ihr in eine ruhige Gasse auf der Rückseite der Fischgeschäfte. Hinter einem von ihnen waren neben einem stinkenden Müllcontainer mindestens fünfzig Milchkisten aufgestapelt. Ich nahm zwei davon und stellte sie vor dem übelriechenden Container auf den Boden.

»Bitte sehr!« Ich bedeutete ihr, sich hinzusetzen. »Wir sind da.«

Hazel zog die Nase kraus. »Hier willst du mit mir Kaffee trinken?«

»Ich kann mir keinen besseren Ort vorstellen.«

Sie lachte. »Aber hier stinkt es!«

Ich ließ mich auf einer der Kisten nieder. »Eben! Wir wollen über Sex reden, und wenn wir Vernunft bewahren und unsere Lust in Schach halten wollen, sitzen wir hier genau richtig.«

Hazel schien unsicher zu sein, ob ich sie auf den Arm nehmen wollte. Doch als ich die Beine übereinanderschlug und einen Schluck von meinem Kaffee trank, zog sie die Augenbrauen hoch. »Oh mein Gott, das ist kein Witz, oder?«

Ich schüttelte den Kopf. »Ich nehme Gespräche über Sex mit dir sehr ernst. Und jetzt setz dich, damit wir es hinter uns bringen können, bevor wir von dem Gestank in Ohnmacht fallen.«

Hazel sah mich an, als wäre ich verrückt geworden, aber sie lächelte. Schließlich schob sie die andere Kiste näher zu mir und nahm Platz. »Okay, reden wir über Sex, Mr Duncan!«

Wirklich? Ich wurde ja schon hart, wenn sie das verdammte Wort »Sex« nur aussprach. Und es gefiel mir sehr, von ihr Mr

Duncan genannt zu werden. Ich nahm mir vor, irgendwann einmal Lehrer und Schülerin mit ihr zu spielen.

Ich schüttelte den Kopf. Wer hätte gedacht, dass ich meinen Schwanz nicht einmal an einem Ort im Zaum halten konnte, wo mich der widerliche Geruch von totem Fisch umgab?

Ich atmete tief durch, schloss die Augen und konzentrierte mich. »Ja, reden wir über Sex. Ich liebe Sex und wünsche mir nichts sehnlicher als Sex mit dir. Missionarsstellung, Hündchenstellung, auf dir, unter dir, umgekehrte Reiterstellung, Löffelchen, an der Wand oder Schnee-Engel. Ich will alles!«

Sie lachte. »Schnee-Engel? Was ist das?«

Ich wackelte mit den Augenbrauen. »Das zeige ich dir vielleicht nach diesem Gespräch.«

Sie riss die Augen auf. »Oh mein Gott!«

Ich sah mich nach rechts und links um, weil ich dachte, sie hätte eine Ratte gesehen. »Was? Was ist denn?«

Hazel schlug die Hände vor den Mund. »Ich werde geil, obwohl ich neben einem Container voll totem Fisch sitze.«

»Ach so.« Ich schmunzelte. »*Das* Gefühl kenne ich.«

Hazel seufzte. »Jetzt mal im Ernst, Matteo. Ich will dich so sehr, dass es wehtut. Mein Verlangen nach dir war nie das Problem. Seit dem Abend, an dem wir die Hookers wurden, kreisen all meine schmutzigen Fantasien nur um dich. Und da wusste ich noch gar nicht, was für ein wundervoller Mensch du bist.«

Ich ergriff ihre Hand. »Ich empfinde genauso. Deshalb dachte ich gestern, als du mich gefragt hast, ob ich vor meinem Besuch in New York mit Carina geschlafen hätte, dass du tatsächlich nicht begreifst, was ich für dich empfinde. Selbst wenn eine attraktive Frau splitternackt vor meiner Tür gestanden, sich an mich rangeschmissen und um einen One-

Night-Stand gebettelt hätte, wäre nichts gelaufen. Weißt du, warum?«

»Warum?«

Ich drückte ihre Hand. »Weil ich nur dich will, Baby.«

Hazel lächelte, aber dann schaute sie unvermittelt auf ihre Hände. »An seinem Geburtstag hat Brady mich geküsst.«

Mir rutschte das Herz in die Hose. Als sie meinen Gesichtsausdruck sah, schüttelte sie den Kopf.

»Also, wir haben uns nicht richtig geküsst. Es war eher so, dass er *versucht* hat, mich zu küssen. Ich habe ihn weggestoßen, und er hat es trotzdem noch mal versucht.«

Ich biss die Zähne so fest zusammen, dass sie knackten. »Soll das heißen, er hat dich bedrängt? Zur Hölle, das ist einfach nicht in Ordnung! Ob du nun mir gehörst oder nicht, ich reiße ihm sein verdammtes Herz aus dem Leib!«

Hazel ergriff auch meine andere Hand. »Nein, so war das nicht. Zumindest ist es nicht so weit gekommen. Ich habe ihm gesagt, er soll es lassen, und bin gegangen.«

Ich erhob mich und begann auf und ab zu laufen. »Warum hast du es mir nicht gesagt, als wir noch in New York waren?«

»Weil ich nicht wollte, dass du dich aufregst. Ich bin damit fertiggeworden und Brady … Nun, es war eher meine Schuld als seine. Ich war an seinem Geburtstag bei ihm zu Hause, und wir haben uns gut verstanden. Er hat die Situation einfach falsch interpretiert. Wenn man vier Jahre zusammen war, hat man sich gewissermaßen daran gewöhnt, Signale zu deuten, und bittet nicht mehr jedes Mal um Erlaubnis. Und obwohl wir kein Paar mehr sind, dachte er offensichtlich, es wäre okay. Und als ich Nein gesagt habe, hat er wohl geglaubt, es bräuchte nur ein bisschen Überzeugungsarbeit. Um ehrlich zu sein, war ich im Lauf der Jahre öfter mal müde oder nicht in Stimmung. Dann hat er ein wenig gedrängelt, und ich habe es mir anders überlegt. Das hatte er wahrscheinlich im Hinterkopf. Aber ich war mit den Gedanken ganz woanders.«

Ich marschierte Haare raufend hin und her. Eigentlich war ich kein gewalttätiger Mensch, doch als ich mir ausmalte, was zwischen den beiden vorgefallen war, wurde ich derart wütend, dass ich am liebsten die Faust in den Müllcontainer gerammt hätte.

Hazel trat mir in den Weg und stoppte mich. »Ich wollte nicht, dass du sauer wirst.«

»Hazel, er hatte nicht das Recht, dich gegen deinen Willen anzurühren, schon gar nicht zweimal. Ganz egal, wie du es rechtfertigst, es war *nicht* okay.«

In meiner Rage war ich aufgesprungen und ausgerastet, ohne Hazel anzusehen. Als sie mir nun gegenüberstand, brach mir der Anblick ihres Gesichts das Herz. Ihr standen die Tränen in den Augen.

Ich umfing ihre Wangen. »Hazel, bitte weine nicht. Es tut mir leid. Ich wollte dich nicht verletzen.«

Sie legte ihre Hände auf meine und schüttelte schniefend den Kopf. »Das ist jetzt irgendwie total nach hinten losgegangen. Ich habe das mit Brady nicht erwähnt, um dich wütend zu machen, sondern weil ich dir erklären wollte, dass ich keinen anderen Mann küssen kann als dich – nicht mal einen, den ich früher heiraten wollte, und nicht einmal zu seinem Geburtstag, Matteo.«

Ich schloss sie in die Arme. Bisher hatte ich mich auch aus alter Verbundenheit zu meinem Freund zurückgehalten – einem Freund, der seine Verlobte betrogen, ihr das Herz gebrochen und Schluss gemacht hatte und sich ihr dann aufzwingen wollte, nachdem es sich mit der anderen Frau ausgevögelt hatte.

Aber jetzt reichte es mir! Ungeachtet meiner Gefühle für

Hazel brauchte ich einen Typen wie Brady nicht als Freund. Und ich war ein Idiot, wenn ich die wenige Zeit, die ich mit der Frau, die ich liebte, hatte, nicht dazu nutzte, sie für mich zu gewinnen.

Ich sah Hazel in die Augen. »Pass auf, ich vereinfache die Sache jetzt mal: Ich will dich. Ich will Hand in Hand mit dir herumspazieren, ob in New Orleans, in Seattle oder New York. Ich will deine Schlammmasken in unserem Bad und dein Lächeln überall an unseren Wänden. Ich will dich in meinem Bett haben, unter mir oder auf mir – wie du willst. Ich werde mich nicht mehr zurückhalten. Wenn du bereit bist, brauchst du nur ein Wort zu sagen.«

Wir sahen uns sehr lange an. Schließlich nickte Hazel. »Okay.«

»Okay?«

Sie lächelte. »Welches Wort?«

Ich runzelte die Stirn. »Wie? Welches Wort?«

»Du hast gesagt, ich brauche nur ein Wort zu sagen, wenn ich bereit bin. Wie heißt denn das Zauberwort?«

»Wie wäre es mit *Hooker?* Das würde doch passen, oder?«

Sie schlang lächelnd ihre Arme um mich. »Danke dafür, dass du du bist, Matteo.«

Ich schmunzelte. »Keine Ursache, zumal ich gar nicht anders sein kann.«

Hazel schaute zu dem Container und rümpfte ihr süßes Näschen. »Können wir dann jetzt gehen?«

»Und, wie ist euer Hotel?«, fragte ich meinen Vater, der mir gegenübersaß.

Wir hatten uns im *Homer's* getroffen, einem Restaurant, in das ich sie bei ihrem Besuch im vergangenen Jahr bereits ausgeführt hatte.

»Gut. Ich bin zufrieden, weil sie meine Sportsender haben, und deine Mutter ist zufrieden, weil sie schon zwei Gründe gefunden hat, sich zu beschweren.«

Meine Mutter, die in ihre Speisekarte geschaut hatte, setzte die Lesebrille ab. »Die Wasserflasche auf dem Zimmer war nicht richtig zu. Da hätte jemand wer weiß was hineinschütten können! Heutzutage muss man mit allem rechnen. Und die Jalousien lassen sich nicht ganz herunterfahren. Dein Vater stellt mich immer als Nörglerin hin, aber ich bin keine. Ich bin nur …«

»Pingelig«, warf mein Vater ein. »Das wissen wir, Marianne. Du bist nur pingelig, keine Nörglerin.«

Ich grinste. Meine Eltern änderten sich einfach nicht.

»Was nimmst du denn?«, fragte ich Hazel.

»Ich kann mich nicht entscheiden. Das klingt alles sehr lecker.«

Ich warf einen Blick auf ihren Mund. »Ich weiß, was ich will.«

Ihre Augen funkelten, und sie schaute rasch wieder in ihre Speisekarte, um ihr Grinsen zu verbergen.

»Und Sie, Mrs Duncan?«, fragte Hazel. »Was haben Sie sich ausgesucht?«

Meine Mutter beugte sich naserümpfend vor. »Ich habe mit dem Fisch geliebäugelt, aber hier ist ein komischer Geruch in der Luft. Er ist schwach, aber er ist mir aufgefallen, als wir dahinten in der Ecke standen und auf unseren Tisch gewartet haben. Es riecht, als wären die Makrelen schlecht geworden.«

Ich legte die Speisekarte weg und faltete die Hände. »Nein, nein! Das ist nur Hazel. Sie riecht nach totem Fisch.«

Hazel sah mich entgeistert an. »Wie bitte?«

Ich zuckte die Achseln. »Riechst du es nicht?«

»Vorhin habe ich etwas gerochen. Sogar ein paarmal. Aber ich dachte, der Geruch wäre mir nur in der Nase hängengeblieben. Findest du wirklich, *ich* rieche?«

Ich beugte mich zu ihr und schnupperte. »Eindeutig. Tote Makrele.« Ich warf meiner Mutter ein Lächeln zu. »Richtig geraten, Mom!«

Meine Mutter machte ein entsetztes Gesicht, während ich mich köstlich amüsierte. Ich hatte immer großen Spaß daran, Hazel auf die Schippe zu nehmen.

Sie schnupperte unauffällig an ihrem Pullover, und als sie merkte, dass der Geruch tatsächlich von ihr kam, riss sie die Augen auf.

Peinlich berührt bemühte sie sich, meinen Eltern die Sache zu erklären. »Ich … rieche normalerweise nicht nach Fisch. Wir waren nur vorhin auf dem Fischmarkt. Dieser Pulli ist ein Mischgewebe, und er hat bestimmt den Geruch angenommen, als ich neben einem stinkenden Fischmüllcontainer gesessen habe.«

Meine Mutter zog die Augenbrauen hoch. »Sie haben neben einem Müllcontainer gesessen?«

Ich konnte mir das Lachen kaum noch verkneifen. Die Situation wurde immer komischer.

»Ja«, sagte Hazel. »Weil Ihr Sohn dachte, es wäre ein guter Platz zum Kaffeetrinken.«

Um ihr den Rücken zu stärken, wandte ich mich nickend meiner Mutter zu. »Wir haben über Sex gesprochen.«

Sie blinzelte irritiert, schürzte die Lippen und nahm sich wieder die Speisekarte vor. Ich schaute zu meinem Vater, aber der schmunzelte nur und versteckte sich hinter seiner Karte.

Hazel hingegen fand das alles gar nicht so witzig. »Danke, dass du mir gesagt hast, dass ich rieche.«

Ich zuckte die Achseln. »Mich stört das überhaupt nicht.«

»Aber mich schon!«

Ich beugte mich zu ihr. »Was ist mit mir? Rieche ich?«

Sie schnupperte. »Du riechst gut.«

Ich lächelte. »Ja, ich dachte mir, dass der Geruch nur von dir kommt.«

Hazel funkelte mich böse an, aber dann begann sie zu lachen. »Ich bringe dich nachher um!«, flüsterte sie mir zu.

»Ich freue mich schon darauf«, entgegnete ich augenzwinkernd.

Danach begannen meine Mutter und Hazel ein längeres Gespräch darüber, ob Trüffelöl seinen Preis wert war. Irgendwann erwähnte Hazel dann ihr Hauskaninchen Abbott, und meine Mutter taute zusehends auf. So hatte ich sie noch nie erlebt. Allem Anschein nach hatte sie in ihrer Kindheit ein Kaninchen gehabt, was ich nicht gewusst hatte. Die beiden tauschten ein halbes Dutzend Geschichten aus, und meine Mutter erklärte meinem Vater, sie wolle sich nach der Rückkehr nach Hause ein Kaninchen besorgen, um es auch an der Leine spazieren zu führen. Als schließlich die Rechnung kam, hatte meine Mutter mein Mädchen richtig ins Herz geschlossen.

»Wie lange bleiben Sie in Seattle, meine Liebe?«, fragte sie Hazel.

»Nur ein paar Tage.«

»Und was dann?«

Hazel und ich sahen uns ratlos an. Ohne es zu wissen, hatte meine Mutter die entscheidende Frage gestellt. *Und was dann?*

»Das haben wir uns noch nicht überlegt, Mrs Duncan.«

Meine Mutter langte über den Tisch und ergriff Hazels Hand. »Ich habe ein gutes Gefühl, was Sie und meinen Sohn angeht, Hazel. Und bitte nennen Sie mich Marianne.«

»Vielen Dank, Marianne.«

27. KAPITEL

Hazel

Meine Zeit in Seattle war viel zu schnell vergangen, und ich konnte es gar nicht glauben, als mein letzter Tag anbrach. Der Gedanke, Matteo zu verlassen, machte mich krank, aber ich musste nach Connecticut zurückkehren und mich der Situation stellen, was immer das unter den Umständen bedeutete. Ich hatte mich Brady entzogen, ihm nicht einmal gesagt, wo ich war, und so konnte es natürlich nicht ewig weitergehen.

Die Zeit, die wir zusammen verbracht hatten, hatte meine Beziehung zu Matteo gefestigt, doch keiner von uns hatte das Thema zur Sprache gebracht, wie wir mit Brady umgehen sollten und wie es überhaupt weitergehen würde, wenn ich wieder in Connecticut war. Wir hatten unsere kostbare Zeit nicht damit vertun wollen, über den unvermeidbaren Konflikt zu reden, der auf uns zukam.

An unserem letzten Abend ging Matteo mit mir zu einer Open-Mic-Veranstaltung in einem Café. Mit seinen verschlissenen Ledersofas und der schummrigen Atmosphäre entsprach es genau meiner Vorstellung von einem Kaffeehaus in Seattle. Außerdem gab es dort den besten, kräftigsten Espresso, den ich je getrunken hatte.

Wie Matteo mir erzählte, hatte er schon immer in diesem Café auftreten wollen, aber in den Jahren nach Zoes Tod nie den nötigen Mut aufgebracht. In der kurzen Zeit, die ich ihn kannte, war es sein dritter Auftritt, und das Gefühl, vielleicht einen Teil dazu beigetragen zu haben, erfüllte mich mit Stolz. Ich war sehr stolz auf *ihn*.

Die Musiker hatten ihre Anlage in einer Ecke aufgebaut, die mit weißen Weihnachtslichterketten beleuchtet war. Die Bühne stand im Mittelpunkt der Aufmerksamkeit, denn im restlichen Raum war es dunkel.

Als Matteo an die Reihe kam, stand er auf und gab seine eigene Version von »*I'm Yours*« von Jason Mraz zum Besten. Ich saugte jedes einzelne Wort in mich auf und dachte darüber nach.

Das Lied mochte von mir handeln oder von der Liebe, vielleicht aber auch einfach davon, sein Schicksal anzunehmen. Und das mussten wir auf unserem weiteren Weg in jedem Fall tun: auf das Schicksal vertrauen.

Als der Song zu Ende war, flippte das Publikum aus. Ich lief auf die Bühne und fiel Matteo um den Hals. Trotz des lauten Jubels hatte ich das Gefühl, wir wären allein auf der Welt. Einen schöneren Abschluss meines Besuchs in Seattle hätte es wahrhaftig nicht geben können: Ich hielt Matteo im Schein der Bühnenbeleuchtung in den Armen, nachdem er für Begeisterungsstürme gesorgt hatte.

Als wir das Café verließen, kippte die Stimmung jedoch ins Melancholische.

Es war kurz nach neun, und wir hatten geplant, noch irgendwo in der Stadt zu Abend zu essen.

»Hast du dir überlegt, worauf du Appetit hast?«, fragte er.

Ich war zu dem Schluss gelangt, dass ich ihn in unseren letzten gemeinsamen Stunden für mich allein haben wollte.

»Ja, ich würde den Abend eigentlich gern im *Chez Duncan* verbringen. Vielleicht können wir uns eine Pizza holen und mit zu dir nehmen?«

»Sicher.« Er ergriff meine Hand und drückte sie. »Das machen wir.«

Wir kauften uns also unterwegs eine Pizza, halb Peperoni und halb Käse, denn ich mochte sie ohne zusätzlichen Belag am liebsten.

Zurück bei Matteo setzten wir uns zum Essen auf den Boden. Die Atmosphäre blieb gedrückt. Jeder von uns aß nur ein Stück. Ich war nicht besonders hungrig, und er offenbar auch nicht.

Als mein Telefon klingelte, wusste ich, wer es war, bevor ich auf das Display schaute. Und als sich meine Vermutung bestätigte, lehnte ich den Anruf ab.

»Er schon wieder?«, fragte Matteo in bitterem Ton.

»Ja«, antwortete ich zögernd.

»Warum zum Teufel ruft er immer wieder an, obwohl du offensichtlich nicht mit ihm reden willst?«

Darauf hatte ich natürlich keine Antwort.

Mir war im Verlauf meines Besuchs aufgefallen, dass Matteo immer schlechter auf Brady zu sprechen war. Etwas hatte sich verändert. Am Anfang schien er noch mehr Mitgefühl für seinen Freund gehabt zu haben, doch nun reagierte er schon gereizt bei seiner bloßen Erwähnung. Ich konnte nur vermuten, dass Matteo Brady zunehmend als Rivalen betrachtete, je stärker seine Gefühle für mich wurden.

Ich seufzte. »Es tut mir leid, Matteo. Du verdienst etwas Besseres, als dich mit einer derartigen Situation herumschlagen zu müssen.«

Er sah mich nachdenklich an. »Ich denke, wir sollten nicht kommunizieren, wenn du zu Hause bist.«

Mir wurde das Herz schwer. »Wie bitte?«

Er stand auf, holte ein Papier aus der Schublade des Beistelltischs und kam damit zu mir zurück.

»Ich habe dir ein Ticket nach New Orleans für den Valentinstag gekauft. Hier hast du alle Reservierungsinformationen«, sagte er und gab es mir.

»Und was hat das jetzt damit zu tun, dass wir ›nicht kommunizieren‹ sollten?«

»Ich denke, du musst dir zu Hause ohne meine Einmischung über alles klar werden. Du gibst mir das Gefühl, dass du mich willst, dass du *das hier* willst – uns. Aber Brady ist eindeutig noch nicht aus der Sache raus. So oder so, ich möchte nicht, dass du eine Entscheidung triffst, die du später bereust. Du hast inzwischen gesehen, dass ein Leben mit mir anders aussehen würde als das, was du gewohnt bist. Ich kann dir selbstverständlich nicht die finanzielle Stabilität bieten, die du bei jemandem wie Brady hast. Ich weiß nicht mal, wo wir wohnen würden. Alles wäre erst mal ungewiss. Aber eins kann ich dir sagen: Ich möchte keine Beziehung mit einer Frau, die sich nicht hundertprozentig sicher ist, dass sie mit mir zusammen sein will.«

Mein Besuch in Seattle hatte meine Gefühle für Matteo nur verstärkt. Deshalb fragte ich mich, warum er besorgter zu sein schien als je zuvor.

»Habe ich dir durch irgendetwas den Eindruck vermittelt, ich wäre noch unsicher? Denn jede Sekunde, die ich hier mit dir verbracht habe, hat mich darin bestärkt, dass du der Richtige für mich bist, Matteo.«

Er wirkte, als wollte er meinen Worten Glauben schenken, doch irgendetwas hinderte ihn daran.

Schließlich schüttelte er den Kopf. »Das sagst du jetzt, wo du noch bei mir bist. Aber vergiss nicht, was passiert ist, als du von unserer Reise nach Hause zurückgekehrt bist. Brady ist angekrochen gekommen, und du hast ihn wieder in dein Leben gelassen.«

Das ließ sich nicht bestreiten. Ich war nach meiner Heimkehr eindeutig durcheinander gewesen. Zu der Zeit war mir Matteo – Milo – neu und fremd erschienen und Brady alt und vertraut. Obwohl er mich verlassen hatte, hatte ich in ihm die sicherere Alternative gesehen. Und irgendwie hatte ich das Gefühl gehabt, ihm eine zweite Chance schuldig zu sein. Doch Sicherheit hin oder her, mit Matteo war ich viel glücklicher, als ich es je mit Brady gewesen war. In den vergangenen Wochen hatte ich gelernt, dass mein Glück wichtiger war als Stabilität.

»Es gibt keinen Teil von mir, der nicht dir gehört«, sagte ich. »Aber nur die Zeit wird dir zeigen, dass mein Herz allein für dich schlägt. Das ist mir bewusst.«

Matteo schwieg eine Weile, bevor er sich mir zuwandte. »Ich dachte immer, der Tod eines geliebten Menschen wäre das Schlimmste, was einem passieren kann. Aber eine Frau zu verlieren, die man liebt und die dann ohne einen weiterlebt, ist möglicherweise genauso schlimm, wenn nicht schlimmer.«

Es dauerte ein paar Sekunden, bis mir klar wurde, dass Matteo mir gerade seine Liebe gestanden hatte – versteckt in einer schmerzlichen Erkenntnis. Trotzdem, er hatte es gesagt. Es wäre vermutlich eine gute Gelegenheit gewesen, ebenfalls meine Liebe auszudrücken, doch der Zeitpunkt schien mir nicht der richtige zu sein. Er sollte nicht den Eindruck haben, dass ich es nur sagte, weil er es gesagt hatte.

Er hatte es verdient, diese Worte von mir zu hören, wenn ich mich wirklich befreit hatte. Ich war zwar nicht mehr mit meinem Ex zusammen, aber solange Brady die Wahrheit nicht kannte, lebten Matteo und ich im Schatten einer Lüge und mit einer gewaltigen Last auf den Schultern.

Bevor ich mir überlegen konnte, was ich Matteo antworten sollte, klingelte mein Telefon erneut.

Mist.

Schon wieder Brady. Ganz schlechtes Timing.

Ich wusste, dass jeder Anruf von Brady ein Stich in Matteos Herz war. Diesmal sagte er jedoch nichts, sondern stand auf und ging ins Badezimmer. Als die Tür zuknallte, zuckte ich zusammen. Ich konnte es ihm aber nicht verdenken. In einem Ein-Zimmer-Apartment war das Bad die einzige Rückzugsmöglichkeit.

Einige Minuten später hörte ich das Wasser laufen. Es war zwar ein merkwürdiger Zeitpunkt, um sich unter die Dusche zu stellen, aber ich konnte es nachvollziehen. Matteo hatte sich lieber zurückgezogen, als etwas zu sagen oder zu tun, das er später bereuen würde.

Ich wollte nicht, dass wir mit schlechten Gefühlen auseinandergingen, zumal Matteo sich bis New Orleans eine Kontaktsperre gewünscht hatte. Ich wusste, er war wütend, weil das Leben ein böses Spiel mit uns trieb, doch mir war ebenso bewusst, dass seine Wut in seiner großen Zuneigung zu mir begründet war.

Wie magisch angezogen stand ich auf und ging zum Badezimmer. Ich wollte mich nur vergewissern, dass alles okay war mit ihm – zumindest sagte ich mir das.

Aber nachdem ich die Tür zu dem dampfgefüllten Raum geöffnet hatte und seine nackte Silhouette durch die beschlagene Trennwand sah, war mir klar, dass es kein Zurück gab.

Eine Weile sah ich ihm einfach dabei zu, wie er sich die Haare schamponierte.

Doch je länger ich dort stand, umso unerträglicher wurde mein Verlangen nach ihm.

»Was machst du da?«, fragte er plötzlich.

Ohne zu antworten, zog ich mir mein T-Shirt aus und streifte meine Jeans ab, bevor ich mich meiner Unterwäsche entledigte. Dann öffnete ich die Duschkabine und stieg hinein.

Unsere Blicke trafen sich, dann schaute er an mir herab. Das Wasser lief ihm übers Gesicht, während er zum ersten Mal meinen nackten Körper betrachtete.

»Verdammt, Hazel, willst du mich umbringen?«, stieß er hervor.

Ich bestaunte seinen schönen muskulösen Körper, und plötzlich dachte ich nur noch daran, dass ich ihn in der kurzen Zeit, die uns noch blieb, genießen wollte.

Ich ging auf die Knie und beantwortete seine Frage, indem ich ihn in den Mund nahm.

Als er den Kopf in den Nacken legte, entfuhr ihm ein lautes Stöhnen, das durch das Badezimmer hallte. Ich schloss die Lippen um seinen Schwanz und begann daran zu saugen, immer fester. Etwas so Verwegenes hatte ich noch nie getan.

Er griff mir in die nassen Haare. »Verdammt. Langsamer, Baby. Das ist zu viel!« Doch er hielt meinen Kopf fest, drang tiefer in meinen Mund ein und bewies damit, dass er es eigentlich gar nicht sanfter haben wollte.

Nach einem letzten Stoß zog er sich aus meinem Mund zurück.

»Steh auf, Hazel.«

Ich folgte seiner Aufforderung, und er schob mich langsam gegen die Wand. Sein Ton war barsch … fast höhnisch. »Du meinst, du kannst hier einfach nackt hereinspazieren und mir einen blasen, und dann wird alles wieder gut?«

Meine Atemzüge wurden schwerer. »Ich dachte, wenn du wütend bist, kannst du es vielleicht an mir auslassen.«

Ich spürte seinen Atem auf meinen Lippen. »Das willst du also? Dass ich Dampf bei dir ablasse?«

Ich wurde mit jedem Wort erregter, drehte mich kurzerhand um und stemmte die Hände gegen die Kacheln.

Ich spürte seinen heißen, pochenden Schwanz an meiner

Poritze. Dann landete sein Mund auf meinem Hals, und er saugte langsam und fest an meiner Haut. Meine Klitoris kribbelte vor Verlangen, und ich drückte mein Hinterteil gegen ihn, weil ich ihn in mir haben wollte.

»Was habe ich dir gesagt, Hazel?«

»Hm?«, machte ich, denn ich war kaum in der Lage zu sprechen.

Ich spürte sein Lachen auf meiner Haut. »Wie heißt das Zauberwort?«

Völlig benebelt von meinem Verlangen hatte ich unsere Abmachung vollkommen vergessen.

»Hooker«, wisperte ich.

»Wie bitte?« Er presste seinen Schwanz fester gegen meinen Po. »Ich habe dich nicht verstanden.«

»Hooker!«, sagte ich lauter.

Er bedeckte meinen Rücken mit Küssen, bevor er in mich eindrang. Es brannte ein bisschen, als er sich tief in mich hineinschob. Mit den Händen an der Wand bewegte ich die Hüften im Rhythmus seiner Stöße. Das Gefühl war unglaublich, und ich wusste, dass es nicht mehr lange dauern würde, bis ich kam. Normalerweise hatte ich das umgekehrte Problem.

Er atmete schwer, und seine ruhige und dominante Souveränität wurde von einer unkontrollierbaren Leidenschaft verdrängt, wie auch ich sie empfand, seit ich einen Fuß in die Dusche gesetzt hatte.

Er schlang die Arme um meine Taille, um noch tiefer in mich einzudringen.

»Du gehörst mir, Hazel«, flüsterte er mir zu. »Du gehörst mir, verdammt.«

Ein Schauder überlief meinen Körper. Ich fand es toll, wenn Matteo so besitzergreifend war. Hätte ich doch nur mehr Zeit, um es zu genießen!

28. KAPITEL

Matteo

In ihr zu sein fühlte sich noch besser an, als ich es mir vorgestellt hatte. Es gefiel mir sehr, wie Hazels Körper jedes Mal auf mich reagierte, wenn ich etwas sagte. Sie war so eng, und wann immer sie sich bewegte, befürchtete ich, auf der Stelle zu kommen, aber irgendwie gelang es mir, mich zu beherrschen.

Als ich schließlich die Kontrolle verlor, geschah es jedoch plötzlich und unerwartet. Ich füllte sie mit meinem Samen, während ich auf ihren weichen runden Hintern starrte.

»Scheiße«, murmelte ich. Ich war enttäuscht, bis ich merkte, dass auch sie zum Höhepunkt kam.

Ihr entfuhr ein Stöhnen, das mich das Ende meines Orgasmus noch intensiver erleben ließ.

Danach hielt ich sie minutenlang fest, weil ich mich nicht zurückziehen wollte. Ich hatte immer das Gefühl gehabt, Hazel gehörte mir, aber nun hatte sie mir ihren Körper geschenkt, und das bestärkte dieses Gefühl noch. Und wenn ich vorher schon besitzergreifend gewesen war, dann war es jetzt noch schlimmer geworden.

Uns lief die Zeit davon, doch ich musste sie noch einige Male nehmen, bevor ich sie wieder gehen lassen konnte.

Vielleicht fand ja alles ein gutes Ende, und sie tauchte in New Orleans auf, um mir zu sagen, dass ich der Richtige war. Aber was, wenn nicht? Wenn sie nach Hause kam und Brady sie gewissermaßen einer Gehirnwäsche unterzog? Mein Bauchgefühl sagte mir, dass ihr Herz mir gehörte, aber falls es aus irgendeinem Grund bei dieser einen Nacht bleiben sollte, sollte sie verdammt noch mal etwas Besonderes sein.

Ich drehte den Hahn zu und drückte das Wasser aus ihren feuerroten Haaren, die in nassem Zustand einen dunkleren Farbton annahmen.

»Komm«, sagte ich, half ihr aus der Dusche, nahm ein Handtuch und trocknete sie ab, während die Wassertropfen an meinem Körper hinunterliefen.

Als wir beide trocken waren, hob ich Hazel hoch, und sie quiekte überrascht, als ich sie aus dem Bad trug. Im Wohnzimmer blieb ich einen Moment stehen, um sie zu küssen, bevor ich sie absetzen musste, um die Couch aufzuklappen.

So schnell hatte ich sie noch nie zuvor in ein Bett verwandelt. Bach saß auf der Fensterbank und sah sich das Ganze mit grimmiger Miene an. Er würde mich schon bald wieder ganz für sich haben – das musste er jetzt aushalten.

Ich nahm Hazel an die Hand, um sie aufs Bett zu ziehen. Sie legte sich auf den Rücken, und ich beugte mich auf allen vieren über sie. Ich war schon wieder hart.

»Irgendwie surreal, dich endlich nackt unter mir zu haben«, sagte ich.

»Ist es unnormal, dass ich dich schon wieder will?« Ihr schien die Frage fast peinlich zu sein, was ich unglaublich bezaubernd fand.

»Merkst du nicht, dass ich schon wieder einen Ständer habe? Ich bräuchte das Gegenteil von Viagra – eine verdammte Beruhigungspille!«

»Apropos Pille«, sagte sie. »Falls du es nicht wusstest, ich nehme die Pille. Es ist also …«

»Ich weiß, Hazel. Auf unserer Reise habe ich die Packung

in deiner Kosmetiktasche gesehen. Aber ich bin nicht sicher, ob ich dir heute hätte widerstehen können, selbst wenn du die Pille nicht nehmen würdest.« Ich küsste sie hingebungsvoll auf den Mund. »Ich habe keine Ahnung, wie ich dich nach dieser Nacht gehen lassen soll.«

Sie schlang die Arme um meinen Hals. »Lass mich erst gehen, wenn es sein muss. Wir wollen keine Minute dieser Nacht vergeuden.«

Das ließ ich mir nicht zweimal sagen. Ich schob ihre Beine auseinander und drang in sie ein. Ich genoss es, ihren Körper nun auf andere Weise zu erleben: Haut an Haut, ganz ohne Wasser. Und weil ich die Wärme in ihrem Inneren nun intensiver spürte, war es sogar besser als beim ersten Mal.

Hazel umklammerte meinen Hintern mit ihren zarten Händen und spreizte die Beine weiter auseinander, damit ich sie härter nehmen konnte. Ihre Hemmungslosigkeit machte mich endlos glücklich.

An Brady dachte ich in diesem Moment keine Sekunde. Für mich zählte nur der Gedanke, in dieser fantastischen Frau zum Höhepunkt zu kommen und ihr mit meinem Körper zu zeigen, wie sehr ich sie begehrte und brauchte.

»Du bist unglaublich feucht, das fühlt sich gut an.«

»Das liegt nur an dir. Du machst das mit mir.«

»Ich sehne mich schon so lange danach, in dir zu sein.« Ich stöhnte.

Bei jedem Stoß war ich versucht, Hazel zum Bleiben zu bewegen. Ich wollte sie jeden Tag auf diese Weise lieben und sie das Problem vergessen lassen, das in Connecticut auf sie wartete. Aber ich musste sie freigeben. Falls sie zu Brady zurückkehrte, war sie sowieso nicht die Richtige für mich. Ich hoffte jedoch inständig, dass ich mich nicht in ihr täuschte. Vorerst musste ich mich auf mein Bauchgefühl verlassen, und mein

Bauchgefühl sagte mir, dass Hazel vom ersten Moment an mein gewesen war.

Ich konnte meinen Orgasmus hinauszögern, bis sie unter mir zu zittern begann. Wir erreichten gemeinsam den Höhepunkt, und diesmal stellte ich mir vor, dass ein Teil von mir bei ihr blieb. Es war verrückt, wie sehr ich sie begehrte, und es war ebenso verrückt, wie wenig mich Brady kümmerte. Vielleicht war ich deshalb ein schlechter Mensch, aber Hazel war das Einzige, was mir wichtig war.

Als ich am folgenden Morgen aufwachte, lag Hazel in meinen Armen. Ich hatte nicht die Absicht, das Bett zu verlassen, bevor wir wirklich aufstehen mussten. Und ausgerechnet an diesem Morgen schaute ausnahmsweise einmal die Sonne zum Fenster herein. Warum war es nicht wie üblich bewölkt und regnerisch in Seattle?

Wir waren unausgeschlafen, weil wir bis tief in die Nacht nachgeholt hatten, was wir uns so lange versagt hatten. Und nun wünschte ich, wir hätten unseren Gefühlen viel früher nachgegeben – direkt in der ersten Nacht in Vail. Denn wir hatten wirklich eine Menge versäumt.

»Ich bin ganz schön wund.« Sie lächelte.

»Hoffentlich war ich nicht zu hart zu dir.«

Sie schüttelte den Kopf. »Es war der beste Sex, den ich jemals hatte!«

Nach einem langen Kuss wollte ich sicherstellen, dass sie über meine Gefühle Bescheid wusste, bevor sie ins Flugzeug stieg.

Ich verschränkte meine Finger mit ihren. »Hör zu, Hazel, eine Sache muss ich noch loswerden …«

Ein beunruhigter Ausdruck huschte über ihr Gesicht. »Okay …«

»Ich weiß nicht, was in den nächsten Wochen geschehen wird. Aber auch wenn ich dir deinen Freiraum lasse, sollst du nicht denken, ich wäre nicht für dich da, falls du mich wirklich brauchst. Ich bin immer für dich da, ja?«

»Danke. Ich weiß nämlich nicht, ob ich es aushalte, so lange nicht mit dir zu reden.«

»Trotzdem halte ich es für das Beste, wenn wir versuchen, keinen Kontakt zu haben.«

Als sie den Blick senkte, fasste ich ihr unter das Kinn. »Ich möchte furchtbar gern dein Ein und Alles sein, okay? Es gibt nur eins, was ich noch mehr will: Ich will, dass du glücklich bist und das Leben führst, das du dir wirklich wünschst – ob mit mir oder einem anderem. Lass dir nicht von Brady einreden, du wärst ihm etwas schuldig. Bleib dir und deinen Wünschen einfach treu. Hör auf dein Herz!« Ich nahm ihre Hand und legte sie auf meine Brust. »Meins wird weiter für dich schlagen – bis New Orleans.«

29. KAPITEL

Hazel

Der Heimflug nach Connecticut war lang und qualvoll. Ich sehnte mich zurück in Matteos Arme. Der Abschied von ihm fühlte sich völlig unnatürlich und abrupt an, als wären wir quasi gewaltsam auseinandergerissen worden.

Als mich das Uber zu Hause absetzte, sah ich zu meinem Schreck Bradys Auto am Straßenrand stehen. Am Flughafen hatte ich ihm endlich auf seine Textnachrichten geantwortet und ihn über meine Rückkehr informiert. Und er hatte offenbar beschlossen, mich sofort hier zu treffen. Eine unangenehme Überraschung.

Ich hätte meinen Hausschlüssel von ihm zurückfordern sollen, als er Schluss gemacht hatte, aber dummerweise hatte ich es versäumt. Dass er sich noch während meiner Abwesenheit in meinem Haus aufhielt, empfand ich als Verletzung meiner Privatsphäre. Mein Herz hämmerte. Auf eine Begegnung mit ihm war ich nicht gefasst. Ich fragte mich, ob er es mir auf Anhieb anmerken würde. Ich war so erfüllt von Matteo.

Als ich die Tür öffnete und ihn sah, setzte ich ein künstliches Lächeln auf. »Hey, das ist ja eine Überraschung.«

Er kam ein paar Schritte auf mich zu. »Ja, das kann ich mir vorstellen.«

»Warum hast du mir nicht Bescheid gegeben, dass du vorbeikommen willst?«

Als er keine Anstalten machte, mich zu umarmen, wusste ich, dass etwas nicht stimmte.

»Hattest du eine schöne Reise?«, fragte er kalt.

»Ja.«

Sein Verhalten machte mich von Sekunde zu Sekunde nervöser.

Ernsthaft beunruhigt war ich allerdings, als ich in die Küche ging und eine Reihe von Fotos auf der Theke liegen sah. Nicht irgendwelche Fotos, sondern die, die ich von Matteo gemacht hatte.

Mir brach der kalte Schweiß aus. »Was ... was soll das hier?«

Brady verschränkte die Arme vor der Brust. »Keine Ahnung. Ich habe gehofft, *du* könntest es mir sagen. Ich bin hergekommen, um mit dir zu reden, weil du nicht auf meine Nachrichten reagiert hast. Seit meinem Geburtstagsabend habe ich mich furchtbar gefühlt und wollte mich persönlich bei dir entschuldigen. Eine deiner Kameras hat im Wohnzimmer auf dem Tisch gelegen, und ich dachte, ich mache ein paar Bilder von mir, wie wir es früher mit unseren Handys gemacht haben. Das weißt du doch noch, oder, Hazel? Wenn ich mein Telefon liegen ließ, um kurz ins Bad zu gehen, fand ich darauf am nächsten Tag eine hübsche Überraschung – ein Dutzend Fotos von dir, auf denen du lächelst, die Zunge herausstreckst oder Grimassen schneidest. Auf diesen Fotos sahst du immer so glücklich aus. Aber heute habe ich etwas anderes gefunden, nicht wahr?«

Brady schien eine Antwort von mir zu erwarten, doch ich hatte keine. Ich stand da wie das redensartliche Kaninchen vor der Schlange. Er starrte mich eine ganze Weile an, bevor er zu den Fotos ging und eins davon in die Hand nahm. Es war ein Bild, das ich in New Orleans von Matteo gemacht hatte, als er auf der Bühne stand.

»Das hier habe ich zuerst gesehen. Aber ich bin so verflucht naiv, dass ich einfach dachte, du hättest es an dem Abend gemacht, als wir zu viert in diesem Café im West Village waren, obwohl ich mich nicht daran erinnern konnte, dass du die Kamera dabeihattest. Weißt du, was ich dachte, als ich mir dieses Foto angesehen habe?« Er fuchtelte mit dem Hochglanzabzug vor meiner Nase herum. Als ich nicht antwortete, wiederholte er seine Frage mit erhobener Stimme. »*Ich sagte*, weißt du, was ich dachte, als ich mir dieses Foto angesehen habe?«

»Nein«, entgegnete ich leise und schüttelte den Kopf.

»Ich habe gelächelt und deine Arbeit bewundert.« Brady lachte hysterisch. »Ich war so ahnungslos, dass ich dasaß und dachte, wie talentiert du doch bist!«

Das zornige Funkeln in seinen Augen machte mich total nervös. Er warf noch einmal einen Blick auf das Foto und schleuderte es zu Boden. Dann nahm er ein anderes Foto zur Hand, eine Nahaufnahme von Matteo. Er hatte gerade seinen Auftritt beendet und schaute in die Kamera. Tiefe Emotionen standen in seinen Augen.

»Weißt du, was ich dachte, als ich mir dieses hier angesehen habe?«

Er starrte mich abermals abwartend an.

Ich schüttelte den Kopf, senkte den Blick und antwortete wieder mit einem leisen Nein.

»Gut, dass dieser Kerl mein bester Freund ist, habe ich gedacht. Er sieht nämlich verdammt gut aus. Früher hat er oft am College Gitarre gespielt und gesungen. Ein bisschen Geschramme, ein paar Verse, und schon standen die Frauen Schlange, um sich von ihm vögeln zu lassen. Aber darüber muss ich mir keine Sorgen machen, habe ich gedacht. Mein Mädchen ist mir treu, und mein bester Freund steht immer hinter mir.«

Er schleuderte auch dieses Foto auf den Boden. Dann nahm er gleich mehrere und warf sie eins nach dem anderen zum Stakkato seiner Worte hinterher.

»Nicht.«

»Mein.«

»Mädchen.«

»Nicht.«

»Mein.«

»Bester.«

»Freund!«

Nun lagen noch drei Fotos auf der Theke. Er nahm eins und wedelte damit.

»Dann habe ich das hier gesehen. Ein Foto von meinem besten Freund mit einer Menge *Schnee* im Hintergrund. In New York sind meines Wissens dieses Jahr nur ein paar Flocken heruntergekommen. Trotzdem habe ich weiterhin gedacht, ich läge falsch, und irgendwo auf einem Parkplatz müsste ein großer Schneehaufen gewesen sein, den ich einfach nicht bemerkt habe. Dumm, ich weiß.« Brady warf das Foto zu den anderen.

»Und dann kam dieses hier.« Er hielt mir das vorletzte Foto hin, bevor er es betrachtete. »Hier ist mein Kumpel mit T-Shirt und Shorts zu sehen, und er steht vor einem Haus, das für mich ziemlich nach den Südstaaten aussieht.« Brady drehte das Foto und zeigte es mir erneut. »Das sieht nicht nach New York aus, oder, Hazel?«

Ich schüttelte den Kopf.

Brady warf es zu Boden und nahm das letzte Foto. »Aber selbst mit einem Dutzend Bilder vor Augen weigerte ich mich, es zu glauben. Es musste eine vernünftige Erklärung dafür geben, warum mein Mädchen diese Fotos von meinem besten Freund an anderen Orten als New York in der Kamera hatte.

Und so schaute ich weiter, blind gegenüber der Wahrheit, bis ich zu dem hier kam.«

Es war ein Selfie, das ich am Tag vor unserer Abreise aus New Orleans von mir und Matteo gemacht hatte. Ich grinste breit in die Kamera, und Matteo drückte mir einen Kuss auf die Wange.

»Wie sollte ich mir dieses Foto erklären? Sag es mir, Hazel!« Er hielt inne und lachte. »Ich bin wirklich ein Vollidiot! Ein Teil von mir hat sich trotz alldem an die Hoffnung geklammert, dass es eine vernünftige Erklärung für das Ganze gibt. Erst als du gerade reingekommen bist und dir das schlechte Gewissen ins Gesicht geschrieben stand, habe ich es begriffen.« Brady ging zu meinem Koffer und sah sich den Anhänger der Fluggesellschaft an, den ich noch nicht abgerissen hatte.

»SEA? Wenn ich mich nicht irre, ist das der Flughafencode von Seattle.« Seine Stimme brach, als er fortfuhr. »Wie war es, mit meinem besten Freund zu vögeln, Hazel?«

Mir liefen die Tränen übers Gesicht. »Brady …« Ich schüttelte den Kopf. »Es tut mir sehr leid. Ich wollte nicht, dass so etwas passiert.«

Er schleuderte das letzte Foto zu Boden und ließ die Schultern hängen. Sein Zorn schien in Trauer umzuschlagen. Es brach mir das Herz. Ich ging mit ausgestreckten Armen auf ihn zu, aber er hob die Hände und wich zurück.

»Fass mich nicht an!«

»Wir wollten nicht, dass es dazu kommt, Brady.«

»Wie lange? Wie lange schläfst du schon mit meinem besten Freund?«

Ich wich seinem Blick aus. »Wir haben uns in Vail kennengelernt.«

Er schnaubte. »Perfekt! Hast du mit ihm in der Hochzeitssuite gevögelt, die ich für uns gebucht hatte?«

Ich schüttelte abermals den Kopf. »So war das nicht! Das musst du mir glauben.«

»Ja? Muss ich das? Weil du in letzter Zeit so ehrlich zu mir warst? Als wir drei zusammen ausgegangen sind, habt ihr euch bestimmt prächtig über mich amüsiert. Was ist er nur für ein Idiot, dass er es nicht checkt!«

»Brady, ich schwöre, wir haben uns zufällig in Vail in einem Hotel kennengelernt, und keiner von uns hat geahnt, dass es eine Verbindung zwischen uns gibt. Wir hatten beide keinen Schimmer, bis Matteo vor ein paar Wochen in diese Bar kam, in der wir zwei uns verabredet hatten.«

»Ja klar, klingt absolut glaubwürdig. Ihr seid euch in Vail begegnet, wo unsere Hochzeit stattfinden sollte, und da Hazel und Matteo ja völlig gewöhnliche Namen sind, seid ihr natürlich nicht draufgekommen!« Seine Stimme triefte vor Sarkasmus.

»Wir … wir haben uns nicht unsere richtigen Namen gesagt.«

Brady hob ungläubig die Augenbrauen. »Ach so! Das erklärt natürlich alles! Dann verstehe ich es jetzt. Ist ja völlig klar, wie das alles passieren konnte.«

Dass Matteo und ich zwei Wochen lang falsche Namen benutzt hatten und uns kein einziges Mal in den Sinn gekommen war, dass wir uns aus dem gleichen Grund in Vail aufhielten, wirkte tatsächlich lächerlich. Die Geschichte klang zu weit hergeholt, und ich konnte sie fast selbst nicht glauben.

Brady und ich blieben lange schweigend voreinander stehen. Er betrachtete die Fotos von Matteo, die auf dem Boden verstreut lagen, und schüttelte den Kopf.

Als er wieder aufsah, hatte er Tränen in den Augen. »Liebst du ihn?«

Ich wusste nicht, ob ich ihm die Wahrheit sagen sollte, aber wenn Brady mir die verrückte Geschichte, wie Matteo und ich uns kennengelernt hatten, jemals glauben sollte, musste ich ehrlich zu ihm sein.

»Ja.« Ich nickte.

Brady schloss die Augen. »Athena hat mir nie etwas bedeutet. Ich war bloß dämlich und hatte Schiss. Mag sein, dass ich dich zuerst betrogen habe, aber es war nur Sex, Hazel. Ein Betrug des Herzens wiegt wesentlich schwerer.«

Ich hatte das Gefühl, keine Luft mehr zu bekommen. »Wer … wer ist Athena?«

Brady schnaubte. »Na toll! Du hast es also nicht mal getan, um es mir heimzuzahlen? Du hattest keine Ahnung, dass ich Mist gebaut habe, als du etwas mit meinem besten Freund angefangen hast? Weißt du, ich habe immer gedacht, wir wären sehr unterschiedlich, und du wärst viel zu gut für mich. Aber wie sich gerade herausstellt, bist du genauso armselig wie ich.«

Ich schüttelte den Kopf, weil ich es immer noch nicht begriffen hatte. »Wer ist Athena? Deine Arbeitskollegin?«

Brady winkte ab. »Weißt du was? Ich bin hier fertig. Wenn du hören willst, was zwischen mir und Athena war, frag deinen Lover. Ich habe ihm vertraut und ihm alles von ihr erzählt.«

Heilige Scheiße. Ich begann innerlich vor Wut zu kochen, als mir bewusst wurde, wie lange ich *mir* die Schuld am Ende unserer Beziehung gegeben hatte – und absolut *niemand* hatte mir die Wahrheit gesagt.

Brady sah mir noch einmal in die Augen, dann drehte er sich um und marschierte zur Haustür hinaus.

30. KAPITEL

Matteo

»Komm schon ... Geh dran!« Ich lief in meinem Apartment auf und ab.

Meine Mutter runzelte die Stirn. »Sie meldet sich immer noch nicht?«

Ich fuhr mir durch die Haare und schüttelte den Kopf. Vor drei Tagen hatte Brady mich in der Nacht, als Hazel nach Hause geflogen war, lallend angerufen. Mein Handy hatte mich um vier Uhr Ostküstenzeit geweckt. Ein Anruf um diese Zeit hatte nie etwas Gutes zu bedeuten, doch als ich mein Handy vom Nachttisch angelte und den Namen auf dem Display sah, wusste ich es. *Ich wusste es.*

Da ich mich bisher feige vor einer Aussprache mit meinem Freund gedrückt hatte, hatte ich das Gespräch angenommen, um mich meiner verdienten Strafe zu stellen. Aber Brady war in seinem betrunkenen Zustand kaum zu verstehen gewesen. Ich hatte nur mitbekommen, dass er bei Hazel zu Hause auf ihre Rückkehr gewartet und Fotos von uns auf einer ihrer Kameras gefunden hatte. Ansonsten hatte er überwiegend wild geflucht und mich als elendes Stück Scheiße beschimpft. Damit hatte er ohne Frage recht. Er hatte mehrmals aufgelegt und jeweils eine Viertelstunde später erneut angerufen, um weiter herumzuschreien. Es war das Mindeste, was ich tun konnte, jedes Mal dranzugehen, damit er Dampf ablassen konnte. Kurz vor sechs Uhr seiner Zeit hatte mein Handy endlich aufgehört zu klingeln.

Ich hatte eine Stunde damit gewartet, Hazel anzurufen, aber sie hatte sich nicht gemeldet. Bis zum späten Nachmittag hatte ich ihre Nummer weitere fünfzig Mal gewählt und irgendwann den Teufel an die Wand gemalt. Um in Erfahrung zu bringen, ob sie okay war, versuchte ich es sogar bei Brady. Doch er meldete sich auch nicht. Ich war derart verzweifelt – zumal ich mich auf der anderen Seite des Landes befand –, dass ich schon die Polizei anrufen wollte. Aber dann fiel mir ein, dass Hazel ihre Freundin Felicity einmal mit meinem Telefon angerufen hatte. Also checkte ich meine Anrufliste und wählte stattdessen ihre Nummer.

Nachdem ich mich vorgestellt und Felicity die Lage kurz erklärt hatte, bat ich sie, nach Hazel zu sehen. Bis sie mich zurückrief, verging eine Stunde – diese sechzig Minuten gehörten zu den schlimmsten meines Lebens. Es war unvorstellbar, was für ein Mist mir in dieser Zeit durch den Kopf ging. Aber schließlich versicherte Felicity mir, dass es Hazel physisch gut ging. Ich war zwar erleichtert, verstand jedoch nicht, warum sie nicht ans Telefon ging, um es mir selbst zu sagen.

Zugegeben, ich war derjenige, der eine Kontaktsperre vorgeschlagen hatte, doch es handelte sich um einen Notfall. Ich musste wissen, was los war, denn Felicity konnte ich lediglich entlocken, dass Brady die Sache mit uns herausgefunden hatte und Hazel momentan mit niemandem sprechen wollte.

Es war die Hölle für mich, Hazels Stimme nicht hören zu können. Trotzdem wartete ich zwei Tage, bis ich einen neuen Versuch startete, sie zu erreichen. Doch inzwischen waren sechs Tage seit ihrer Rückkehr nach Hause vergangen, und sie reagierte immer noch nicht. Ich hatte sie angerufen und ihr geschrieben – sogar über die sozialen Medien.

Gestern, an Heiligabend, hatte ich sie angerufen und fest damit gerechnet, dass sie endlich ans Telefon gehen würde. Als sie es nicht tat, konnte ich nicht anders als Felicity ein zweites Mal anzurufen. Ich konnte sie zwar nicht dazu bewegen, mir viel mehr zu sagen als bei unserem ersten Telefonat, aber sie ließ zumindest durchblicken, warum Hazel mich ignorierte. Der verdammte Brady hatte ihr von der Frau erzählt, mit der er geschlafen hatte, und ihr zudem gesteckt, dass ich davon gewusst hatte.

Am heutigen Morgen hatte ich mit dem Gedanken gespielt, nach Connecticut zu fliegen. Aber dann stand plötzlich meine Mutter vor meiner Tür – ohne meinen Vater. Sie fragte mich, was los sei und ob es mir gut gehe. Daraufhin schüttete ich ihr mein Herz aus und erzählte ihr die ganze Geschichte: von meiner ersten Begegnung mit Hazel, von unserem Roadtrip und von dem Schock, als ich in New York in eine Bar spaziert war, um meinen alten Kumpel Brady zu treffen, nur um festzustellen, dass meine Maddie gar nicht meine Maddie war, sondern die Hazel meines Kumpels.

Meine Mutter konnte ziemlich nervig sein, aber heute war sie für mich da. Ich bekam von ihr den Zuspruch, den ich brauchte. Sie gab mir sogar ein paar gute Ratschläge und brachte mich dazu, die Dinge aus der Perspektive einer Frau zu sehen. Wenn sie mich nicht beruhigt hätte, wäre ich wahrscheinlich schon unterwegs, um Hazel zu zwingen, mit mir zu reden, obwohl sie noch nicht bereit dazu war.

Ich setzte mich an den Tisch und schnaufte vernehmlich.

»Ich weiß, Liebling.« Meine Mutter tätschelte mir die Hand. »Sie wird schon noch die Kurve kriegen. Du musst ihr nur ein bisschen Zeit geben. Ich habe mitbekommen, wie sie dich angesehen hat. Es ist nicht vorbei. Sie ist nur gerade durcheinander und fühlt sich von euch beiden verraten, von dir und Brady.«

»Ich dachte, du wolltest mich aufmuntern, damit es mir besser geht.«

»Will ich ja auch. Aber wir dürfen den unschönen Teil der Wahrheit nicht ignorieren. Ich kann nachvollziehen, dass du in einer schwierigen Situation warst, und ich verstehe, warum du Hazel nicht die Wahrheit über Brady sagen wolltest. Du wolltest, dass sie sich für dich entscheidet, weil sie dich wirklich will und nicht weil sie wegen seines Fehltritts nicht mehr mit Brady zusammen sein möchte. Das verstehe ich wirklich. Es ändert jedoch nichts an der Tatsache, dass du ihr etwas verheimlicht hast. Nach dem, was du mir erzählt hast, war sie von Anfang an ehrlich zu dir. Am Ende eurer Reise hat sie dir sogar gesagt, sie wisse nicht genau, ob es mit ihr und Brady tatsächlich vorbei ist, und das war bestimmt nicht leicht für sie. Sie ist damit das Risiko eingegangen, dich zu verlieren. Aber sie war ehrlich zu sich selbst und zu dir.«

Ich blies die Wangen auf. »Im Gegensatz zu mir. Ich war nicht ehrlich zu ihr, weil ich nicht darauf vertraut habe, dass sie die Entscheidung für eine Beziehung mit mir aus den richtigen Gründen trifft.«

Meine Mutter nickte. »Leider ja. Manchmal ist das Beste, was man für jemanden tun kann, den man liebt, ihm oder ihr den nötigen Freiraum zu lassen. Obwohl es unglaublich schwierig ist.«

Ich lächelte gezwungen. »Danke, Mom.«

Mein Vater kam später dazu, und es gelang uns, einen ruhigen, aber schönen Weihnachtsabend zu verleben. Als meine Eltern gingen, dachte ich länger über die Worte meiner Mutter nach. Ich hatte Hazel ständig angerufen, nur um ihre Stimme zu hören und mich besser zu fühlen – aus völlig eigennützigen Motiven also. Deshalb beschloss ich, damit aufzuhören und ihr den Freiraum zu gewähren, den sie offensichtlich brauchte.

Zuerst musste ich sie allerdings wissen lassen, dass meine ausbleibenden Anrufe nicht bedeuteten, dass ich nicht trotzdem ständig an sie dachte. Und so schrieb ich ihr eine Nachricht:

Hazel, es tut mir leid, dass du verletzt wurdest. Und es tut mir noch mehr leid, dass ich einen Teil dazu beigetragen habe. Mir ist klar, dass du Freiraum brauchst, und den werde ich dir auch geben. Doch du sollst wissen, dass keine Sekunde vergeht, in der ich in Gedanken nicht bei dir bin. Ich hatte gehofft, es dir persönlich sagen zu können, aber wenn es das Letzte ist, was ich dir mitteilen kann, bevor wir uns eine Weile nicht sprechen, dann muss ich es jetzt sagen. Ich liebe dich, Hazel! Ich denke, ich habe dich vom ersten Augenblick an geliebt. Wenn ich zurückschaue, weiß ich nicht, wie ich so lange ohne dich leben konnte. Aber im Grunde habe ich gar nicht richtig gelebt, bevor du mein Herz wieder zum Schlagen gebracht hast.

Ich war überrascht, als wenige Minuten später mein Telefon surrte. Hazels Name auf dem Display stimmte mich hoffnungsvoll. Doch dann las ich ihre Nachricht:

Danke. Pass auf dich auf, Matteo.

Und schon war die Hoffnung, die eben in mir aufkeimen wollte, wieder dahin. Ihre Nachricht klang verdammt noch mal mehr nach Abschied als nach ein bisschen Freiraum.

31. KAPITEL

Matteo – Sieben Wochen später

Ich war einen Tag früher angereist.

Die vergangenen sieben Wochen waren mir wie sieben Jahre vorgekommen. Ich war jeden Tag aufgestanden und hatte mich dem alltäglichen Trott hingegeben, ohne das Gefühl zu haben, richtig zu leben. Gott sei Dank war mein Sabbatjahr vorbei, und ich musste wieder zur Arbeit gehen, sonst hätte ich mir vermutlich vor lauter Lichtmangel ein Vitamin-D-Defizit eingehandelt. Ich stellte nur ungern Vergleiche zwischen allem, was mit Zoe zu tun hatte, und der Situation mit Hazel an, aber diese Sache warf mich fast noch mehr aus der Bahn als Zoes Tod. Das mag verrückt erscheinen, und in vielfacher Hinsicht kam es mir respektlos gegenüber Zoe vor, etwas Derartiges zu denken. Aber nach ihrem Tod hatte ich keine andere Wahl gehabt, als zu akzeptieren, dass sie weg war, und die tragische Geschichte hinter mir zu lassen. Das bedeutete natürlich nicht, dass ich mich gleich auf die Suche nach einer neuen Freundin gemacht hatte oder dergleichen. Doch nachdem der Schock nachgelassen hatte, fand ich mich damit ab, dass sie für immer aus meinem Leben gegangen war. Es war eine knallharte Tatsache, an der ich nichts ändern konnte.

Ich war mir nicht sicher, ob ich jemals in der Lage sein würde zu akzeptieren, dass es mit Hazel vorbei war, solange sie und ich noch die gleiche Luft atmeten.

In den letzten sieben Wochen wurde jedoch mit jedem Tag, an dem ich nichts von ihr hörte, das Gefühl stärker, dass die Chancen auf ein Happy End dahinschwanden.

Im Hotelzimmer herumzusitzen – in eben jenem Zimmer, das Hazel und ich uns vor ein paar Monaten geteilt hatten – und mich zu fragen, ob sie am nächsten Tag auftauchen würde, trieb mich fast in den Wahnsinn. Daher beschloss ich, einen Spaziergang zu machen. Auf der Bourbon Street war immer etwas los. Ich brauchte Ablenkung, wenigstens für eine Weile.

Ich ging an dem kleinen Restaurant vorbei, in dem Hazel und ich Jambalaya gegessen hatten. Danach wurden meine Schritte jedoch schwerer und fühlten sich an, als hätte ich Blei an den Füßen. Ich kam an der Bar vorbei, in der wir etwas getrunken hatten, dann an dem Lokal, in dem ich am Open-Mic-Abend gesungen und von der Bühne aus ihr wunderschönes Gesicht betrachtet hatte. Eigentlich sollte mir der Spaziergang helfen, einen klaren Kopf zu bekommen, aber er bewirkte genau das Gegenteil.

Schließlich ging ich an einem Laden vorbei, an den ich gar nicht mehr gedacht hatte, und blieb ruckartig stehen. *Wahrsagung und Chakra-Therapie*. Wie hatte ich diesen Ort nur vergessen können? Zara hatte mir schließlich eine Botschaft von Zoe überbracht. Und sie hatte Hazel von einem ihr bevorstehenden Konflikt wegen eines Mannes erzählt, dessen Name mit »M« anfing. Damals waren wir Milo und Maddie gewesen und hatten keinen Schimmer gehabt, welch ein Riesenschlamassel uns bevorstand.

Ich konnte der Versuchung nicht widerstehen, bei Zara reinzuschauen. Der kleine vordere Empfangsraum war leer. Er war durch einen violetten Samtvorhang von dem hinteren Raum getrennt, in dem sie ihre Sitzungen abhielt. Also wartete ich geduldig, um sie nicht zu stören, falls sie Kunden hatte. Nach ein paar Minuten hörte ich eine vertraute Stimme aus dem anderen Raum.

»Wurde auch Zeit, dass du zurückkommst.«

Ich vermutete, dass sie mit demjenigen redete, der bei ihr war, und sagte nichts. Doch kurz darauf rief Zara: »Nun komm schon, worauf wartest du? Ich werde nicht jünger!«

Ich runzelte die Stirn. »Äääh … Reden Sie mit mir?«

»Na, mit mir selbst bestimmt nicht. Ich bin medial veranlagt und nicht plemplem!«

Ich zog den schweren Vorhang zur Seite und sah Zara allein an ihrem Tisch sitzen. Sie winkte mich ungeduldig zu sich. »Komm her, komm her, lass uns anfangen. Diesmal hast du deine Süße nicht mitgebracht, hm?«

Ich setzte mich zögernd zu ihr. »Sie erinnern sich an mich?«

»Meistens kommen Betrunkene zu mir, die nach schalem Bier riechen, und Mädchen, die wissen wollen, ob sie den Richtigen finden, wenn sie in der Bourbon Street ihre Titten zeigen. Einer, der so aussieht wie du, verirrt sich nur selten hierher.«

Ich lächelte, was derzeit nur selten vorkam. »Danke. Beim letzten Mal war Ihre Arbeit wirklich beeindruckend, daher habe ich gehofft, Sie könnten mir noch mal helfen.«

Zara streckte die Hand aus. »Selbstverständlich. Das macht vierzig Dollar.«

Ich zog meine Geldbörse aus der Tasche. »Vierzig? Letztes Mal waren es zwanzig.«

Zara zuckte die Achseln. »Wenn ich mit toten Promis reden muss, verlange ich einen Aufschlag.«

Es dauerte einen Moment, dann lachte ich. »Sie meinen David Bowie? Das war nicht Bowie, sondern *Zoe*.«

Zara schüttelte den Kopf. »Kostet trotzdem vierzig, weil ich mir anscheinend ein verdammtes Hörgerät für die Gespräche mit Leuten auf der anderen Seite zulegen muss.«

Ich nahm zwei Zwanziger aus meinem Portemonnaie und drückte sie Zara in die Hand. Vierzig Dollar waren im Grunde gar nichts. Ich hätte verdammt noch mal mein Bankkonto geleert, um herauszufinden, ob Hazel morgen auftauchen würde! So viel wäre es mir tatsächlich wert gewesen, endlich wieder eine Nacht durchschlafen zu können.

Zara steckte die Scheine in ihren BH, schloss die Augen und streckte beide Hände aus.

Als ich nicht reagierte, öffnete sie ein Auge. »Gib mir deine Hände!«

»Oh. Ja, natürlich. Sorry.«

Ich saß ganze fünf Minuten schweigend da und beobachtete sie. Ihr Gesichtsausdruck wechselte mehrmals. Irgendwann kniff sie Augen und Lippen zusammen und machte einen verärgerten Eindruck. Kurze Zeit später breitete sich ein Lächeln auf ihrem Gesicht aus. Dann öffnete sie die Augen und ließ meine Hände los.

Ich war nervös. »Haben Sie etwas Unangenehmes gesehen?«

Sie winkte ab. »Ach was. Ich wollte nur ein klein wenig deine Hände halten. Ist lange her, seit ein so gut aussehender Mann das getan hat.« Sie nahm ein Kartendeck aus dem Holzkasten, der auf dem Stuhl neben ihr stand. Es waren die Tarotkarten, die sie auch beim letzten Mal verwendet hatte.

Zara strich sich die Dreadlocks aus dem Gesicht und legte drei Karten auf den Tisch. Sie betrachtete sie prüfend und tippte auf die ersten beiden. »Über deine Vergangenheit haben wir schon geredet, und ich nehme an, du bist heute hier, um etwas über deine Gegenwart und Zukunft zu erfahren.«

Ich nickte. »Ja, das wäre großartig.«

Sie nahm die mittlere Karte vom Tisch und hielt sie sich mit geschlossenen Augen an die Stirn. »Du bist einsam«, sagte sie kurz darauf.

Ich nickte stirnrunzelnd.

Zara beugte sich vor und senkte die Stimme. »Ich kann dir einen kleinen Laden auf der anderen Seite der Stadt empfehlen. Wenn du denen sagst, Zara hat dich geschickt, bist du für fünfzig Mäuse nicht mehr einsam.«

Ich schmunzelte. »Nein, danke. Ich denke, ich komme klar.«

Sie legte die mittlere Karte hin und nahm die nächste, um sie sich ebenfalls einen Moment lang an die Stirn zu halten. »Deine Muschi will keine neue Freundin.«

Ich zog die Augenbrauen zusammen. »Wie bitte?«

»Du hast doch eine Katze?«

»Ja, einen Kater.«

»Also, er wird seine neue Freundin nicht mögen.«

»Wer ist seine neue Freundin?«

»Woher soll ich das wissen? Ich gebe nur weiter, was ich empfange.«

»Okay, okay.« *Bedeutet das, dass Hazel kommt?* Mein Kater hatte sie bei ihrer ersten Begegnung nicht so sehr gemocht. War das vielleicht ein gutes Zeichen?

»Und wenn du einen Apfel suchst, der ist im Kofferraum eines Autos.«

»Einen Apfel? Das sehen Sie? Ich werde nach Obst suchen?«

»Hey!«, fuhr Zara mich an. »Ich bin nur der Bote!«

Ich fuhr mir durch die Haare. »Ja, tut mir leid. Ich bin einfach nervös.«

»Macht dich der Rotschopf nervös, mit dem du letztes Mal hier warst?«

Mein Puls begann zu rasen. »Ja. Was empfangen Sie über sie?«

Zara schloss kurz die Augen. »Nichts«, sagte sie. »Tut mir leid. Ich empfange überhaupt nichts.«

Mir rutschte das Herz in die Hose.

»Aber ich sehe etwas anderes«, sagte Zara. »Hast du zufällig etwas für Astrologie übrig?«

Ich schüttelte den Kopf.

»Hast du im Mai Geburtstag, oder hat vielleicht eine Frau in deinem Leben im Mai Geburtstag?«

Ich schüttelte abermals den Kopf.

»Ich sehe einen Stier, aber keinen richtigen. Es könnte auch ein Stiersymbol sein, wie es in der Astrologie verwendet wird.«

Ich zerbrach mir den Kopf und grübelte, ob ich irgendetwas mit dem Monat Mai oder astrologischen Zeichen anfangen konnte, aber mir fiel nichts ein.

Als Zara mein Gesicht sah, runzelte sie die Stirn. »Hör mal, Junge. Normalerweise denke ich mir irgendeinen Unsinn aus, wenn ich nichts Aufregendes empfange. Ich könnte dir zum Beispiel sagen, dass du nächsten Mittwoch deine zukünftige Frau triffst oder dass ich eine Trennung in deiner Zukunft sehe. Aber du scheinst mir nicht zu denen zu gehören, die so einen Quatsch hören wollen.«

Ich lächelte traurig. »Nein, wirklich nicht. Ich bin Ihnen dankbar für Ihre Mühe, Zara.«

»Kein Problem, Süßer.« Sie griff in ihre Holzkiste und holte etwas heraus, das wie eine Visitenkarte aussah. »Hier, das ist ein Rabattcoupon für den Laden, den ich vorhin erwähnt habe. Ein Besuch wird dich deine Einsamkeit vergessen lassen. Falls du es dir anders überlegst.«

Ich schüttelte den Kopf und stand auf. »Bewahren Sie ihn für mich auf, Zara. Vielleicht komme ich morgen Abend wieder und hole ihn mir.«

32. KAPITEL

Matteo

Morgens bei Sonnenaufgang durch das French Quarter zu gehen war eine interessante Erfahrung. Es herrschte eine unwirkliche Ruhe wie nach einem Sturm. Mir begegneten einige Nachtschwärmer, teils in betrunkenem Zustand, die noch nicht ins Bett gefunden hatten.

Außerdem waren da die älteren Ehepaare, die gemächlich dahinschlenderten und nach einem Ort zum Frühstücken suchten, und irgendwo in der Ferne spielte ein Straßenkünstler Klarinette. Die Wagen der Stadtreinigung waren unterwegs, um die Sünden der vergangenen Nacht wegzuwaschen, und frühe Pendler zischten auf Fahrrädern an mir vorbei. Die Stadt erwachte, und ich wünschte mir Hazel an meiner Seite, um gemeinsam mit ihr durch die Straßen zu spazieren.

Für alle anderen war es ein ganz normaler Morgen in New Orleans. Für mich war es jedoch der Beginn eines Tages, der über den Rest meines Lebens bestimmen würde – der Tag, an dem die Entscheidung zwischen einer hoffnungsvollen Zukunft und einem gebrochenen Herzen fallen würde.

Ich setzte mich in ein Café und bestellte mir zwei Beignets mit Puderzucker und einen Kaffee. Sie waren köstlich, aber mein Magen rebellierte, und ich konnte sie nicht aufessen. Ich dachte an nichts anderes als den heutigen Abend.

Hätte ich wetten müssen, hätte ich darauf gesetzt, dass Hazel nicht auftauchte, denn sie hatte mich in anderthalb Monaten kein einziges Mal zu erreichen versucht. Trotzdem hätten mich keine zehn Pferde davon abhalten können, nach New Orleans zu reisen – für den unwahrscheinlichen Fall, dass sie doch kam.

Je länger Hazel und ich getrennt waren, desto mehr vermisste ich, was wir gehabt hatten. Doch sie hatte ihr Vertrauen in mich zu einem gewissen Teil verloren, und womöglich würde es mir nicht so leicht gelingen, es wieder zurückzugewinnen. Ich musste einfach hoffen, dass das geschah, was geschehen sollte.

Ich bemühte mich, mir die Zeit zu vertreiben bis zum Eintreffen des Flugs, den ich für Hazel gebucht hatte, aber das Gedankenkarussell in meinem Kopf ließ sich durch nichts stoppen.

Im Verlauf des Nachmittags spielten meine Nerven immer mehr verrückt.

Gegen sechzehn Uhr kehrte ich ins Hotel zurück und beschäftigte mich, so gut es ging: Ich stellte mich unter die Dusche, schaute fern und futterte gedankenlos Knabberzeug aus der Minibar. Mehr konnte ich nicht tun, denn ich wollte das Zimmer nicht verlassen. Ich wollte es nicht riskieren, draußen irgendwo aufgehalten zu werden und nicht rechtzeitig zu Hazels Ankunft zurück zu sein.

Um Viertel vor sechs schaltete ich den Fernseher aus und begann auf und ab zu gehen. Um sechs Uhr checkte ich auf der Flughafenwebsite den Flugstatus.

GELANDET.

Ich bekam Herzrasen.

GELANDET.

Das war's. Entweder war sie hier oder nicht. Die Würfel waren gefallen.

Danach vergingen die Minuten nur noch im Zeitlupentempo. Nach meiner Einschätzung brauchte Hazel mindestens eine Stunde, um ihr Gepäck abzuholen und vom Flughafen zum Hotel zu kommen.

Und so brach mir der Schweiß aus, als es schließlich sieben Uhr wurde. Ich ging ans Fenster, als würde sie wie von Zauberhand auftauchen, wenn ich nach draußen schaute.

Um halb acht schwand meine Hoffnung.

Und die folgende halbe Stunde war wohl die qualvollste für mich, denn ich hatte mir überlegt, dass ich sämtliche Hoffnungen begraben konnte, falls sie bis acht Uhr nicht aufgetaucht war. Ich hatte die Rezeption über ihre Ankunft informiert und gebeten, ihr einen Schlüssel zu geben, damit sie gleich zu mir aufs Zimmer kommen konnte. Ich spielte mit dem Gedanken, unten anzurufen und mich zu vergewissern, dass es kein Missverständnis gegeben hatte. Aber wem wollte ich etwas vormachen? Wäre sie eingetroffen und beim Check-in auf Probleme gestoßen, hätte mich jemand angerufen. *Sie* hätte mich angerufen. Ein Anruf bei der Rezeption brachte mich also nicht weiter.

Ich legte mich aufs Bett und starrte an die Decke. Ich musste mich allmählich mit der Tatsache abfinden, dass Hazel nicht kam. Das war unendlich schmerzhaft. Und je bewusster es mir wurde, desto weniger konnte ich es akzeptieren. Brady als Freund zu verlieren war eine Sache. Es war scheiße, und ich würde ewig bedauern, wie unsere Freundschaft geendet hatte. Doch Hazel war die Liebe meines Lebens.

Die Liebe meines Lebens.

Wow.

Seltsam, dass ich es jetzt eingestand, wo es womöglich zu spät war. Ich hatte Zoe sehr geliebt, und es war nicht fair, meine Empfindungen für sie mit denen für Hazel zu vergleichen. Sie waren zwei unterschiedliche Frauen, und ebenso unterschiedlich war meine Liebe zu ihnen. Aber meinem Gefühl nach war Hazel diejenige, die für mich bestimmt war. Und sie zu verlieren machte mir bewusst, wie sehr ich sie liebte. Es fühlte sich an, als besäße sie einen Teil von mir, den ich niemals wieder zurückbekommen würde.

Ich rappelte mich mühsam auf und setzte mich auf die Bettkante. Dort blieb ich bestimmt eine Stunde lang sitzen, den Kopf in die Hände gestützt.

Dann passierte etwas. Ich verspürte urplötzlich einen Adrenalinschub, eine von Liebe getriebene innere Stärke.

Du wirst nicht einfach so aufgeben!

Sei ein Mann und hol dir deine Frau zurück!

Ich packte auf der Stelle hastig meine Sachen zusammen, um zum Flughafen zu fahren und den nächsten Flug nach Connecticut oder New York zu nehmen.

Ich wollte uns nicht aufgeben, bevor ich ihr nicht erklärt hatte, warum ich ihr nichts von Bradys Untreue hatte erzählen können. Ich war es ihr und mir schuldig, dafür zu sorgen, dass sie meine Gründe verstand und mir glaubte, dass ich ihr nie hatte wehtun wollen. Und wenn sie mir dann immer noch nicht vertrauen konnte, hatte ich zumindest die Gewissheit, alles in meiner Macht Stehende getan zu haben.

Ich hatte gerade fertig gepackt, als es klopfte. Ich rannte zur Tür, und als ich sie aufriss, hätte es mich fast umgehauen.

Hazel.

Sie sah müde und zerzaust aus und … sie hatte ein Kätzchen auf dem Arm.

Warum?

Es war mir egal. Ich stand da wie vom Donner gerührt und erfüllt von neuer Hoffnung.

Denn sie war da, verdammt noch mal. Meine Hazel war da.

»Da bist du«, wisperte ich fassungslos.

Sie nickte schweigend und drückte das Kätzchen an sich.

Was zur Hölle …?

Nachdem sie das Tier auf dem Boden abgesetzt hatte, schloss ich sie in die Arme.

»Ich wollte gerade abreisen«, flüsterte ich in ihr Haar. »Gott sei Dank bin ich noch hier.«

»Wohin wolltest du?«

»Nach Connecticut. Zu dir.«

Ich wischte ihr eine Träne aus dem Gesicht. Sie wirkte erschöpft.

»Was ist passiert, Hazel?«

»Lange Geschichte. Kannst du mich bitte zuerst küssen?«

»Verdammt, natürlich!«

Ich legte augenblicklich meine Lippen auf ihre. Das Stöhnen, das mir vor Erleichterung entfuhr, spürte sie vermutlich tief in ihrer Kehle. Je länger der Kuss dauerte, desto klarer wurde mir, dass es gar keine Rolle spielte, warum sie sich verspätet hatte, warum sie eine kleine Katze mitgebracht hatte und warum ihre Haare aussahen, als hätte sie einen Stromschlag bekommen.

Ich war einfach glücklich, sie in meinen Armen zu halten. Nur darauf kam es an.

Als ich sie hochhob, schlang sie die Beine um meine Taille, und ich zögerte nicht lange und presste sie gegen die Wand.

Sie löste meinen Gürtel, während ich ihre Hose hinunterschob. Innerhalb von Sekunden zog ich ihr auch den Slip aus und drang in ihre herrliche Wärme ein. Hazel krallte die Finger in meine Haare, und wir waren völlig berauscht von unserer Lust. Ich hatte das Gefühl, dass sich alle Anspannungen und Ängste, die sich in den letzten vierundzwanzig Stunden in mir aufgestaut hatten, in Luft auflösten.

Als sich ihre Muskeln um meinen Schwanz zusammenzogen, ließ ich mich gehen und legte schützend die Hand um ihren Hinterkopf, während ich in ihr kam. So schnellen Sex hatten wir noch nie gehabt, aber es war wahrscheinlich der intensivste Orgasmus meines Lebens.

»Ich liebe dich so sehr, Hazel«, sagte ich keuchend.

»Ich liebe dich auch, Matteo. Ich dachte schon, ich komme nicht mehr rechtzeitig hier an, um es dir zu sagen. Und alles Liebe zum Valentinstag! Ich habe ein Geschenk für dich besorgt, aber am Flughafen ist mir aufgefallen, dass ich vergessen habe, es einzupacken. Heute ist wirklich alles schiefgegangen, was schiefgehen konnte!«

Ich strich ihr die Haare aus dem Gesicht. »Du hast mir gerade dein Herz geschenkt. Ein schöneres Geschenk kann es gar nicht geben. Alles Liebe zum Valentinstag, Baby.«

Als die kleine Katze miaute, ließ ich Hazel langsam herunter. Sie ging ins Badezimmer, und ich richtete meine Kleidung, während das Kätzchen um meine Beine strich. Irgendwie fühlte sich die ganze Szene surreal an.

Als Hazel wiederkam, nahm ich sie an die Hand und führte sie zum Bett. Wir machten es uns bequem, sie legte den Kopf auf meine Brust und begann zu erzählen.

»Als Erstes habe ich meinen Flug verpasst. Auf der 95 gab es wegen Bauarbeiten einen langen Stau, und obwohl ich extra ein paar Stunden früher aufgebrochen bin, habe ich es nicht pünktlich zum Flughafen geschafft. Und der einzige Flieger, der mich zu einer akzeptablen Uhrzeit herbringen konnte, ist auf einem Flughafen gelandet, der ein paar hundert Kilometer von hier entfernt liegt.«

Meine Augen weiteten sich. »Du bist einen Teil der Strecke mit dem Auto gefahren? Warum hast du mir nicht Bescheid gesagt? Ich hätte dich abgeholt.«

Sie seufzte. »Tja, auf dem Flug hat sich leider mein Handy verabschiedet, und ich habe in meiner Nervosität vor der Abreise nicht nur dein Valentinstagsgeschenk, sondern auch mein Ladekabel zu Hause vergessen.«

»Mist.«

»Gleich nach der Landung habe ich mir einen Mietwagen besorgt und an der nächsten Tankstelle Halt gemacht, um ein Ladegerät zu kaufen. Aber noch bevor ich mein Telefon aufladen konnte, hatte ich eine Reifenpanne und damit das nächste Problem, das ich lösen musste.«

Scheiße.

»Oh Baby, das tut mir leid.« Ich gab ihr einen Kuss auf den Scheitel.

Ihr kamen von Neuem die Tränen, als sie fortfuhr. »Ich wollte nicht am Straßenrand warten, bis jemand kommt, und bin mit dem Platten zur Tankstelle zurückgefahren. Weit war ich ja noch nicht gekommen. Während der Reifen gewechselt wurde, ist plötzlich dieses süße Kätzchen wie aus dem Nichts aufgetaucht. Wie der Mechaniker mir erzählte, hatte die Mutter einen Teil ihres Wurfs im Stich gelassen. Das putzige Ding lief mir die ganze Zeit um die Beine und hat mich irgendwie beruhigt. Ich war ehrlich gesagt ziemlich mit den Nerven am Ende.« Sie wischte sich über die Augen. »Ich konnte es nicht da zurücklassen. Ich musste es einfach mitnehmen.«

»Und dann bist du direkt hergekommen?«

Sie schüttelte den Kopf. »Nicht direkt. Nach zwanzig Minuten Fahrt habe ich gemerkt, dass mein Telefon weg war. Ich dachte, ich hätte es vielleicht in der Tankstelle liegen gelassen.«

Ich erschauderte. »Hazel, diese Geschichte ist verrückter als die letzten drei Monate zusammen!«

»Es wird noch besser.« Sie schniefte und lachte leise. »An

der Tankstelle war mein Telefon nicht zu finden, also bin ich weitergefahren.«

»Ach herrje.«

»Aber als ich vorhin mein Gepäck aus dem Kofferraum holte, habe ich mein Telefon entdeckt. Es ist mir anscheinend hineingefallen, als ich an der Tankstelle nach dem Ersatzrad geschaut habe.«

In diesem Moment wurde mir etwas völlig Verrücktes klar. »Heilige Scheiße.« *Kofferraum.*

»Was denn?«

»Ich bin gestern schon hier angekommen. Um mir die Zeit zu vertreiben, habe ich Zara besucht, diese Wahrsagerin. Sie hat mir etwas gesagt, das ich jetzt gerade erst begriffen habe.«

»Oh, oh! Was denn?«

»Sie hat gesagt, der gesuchte Apfel sei im Kofferraum eines Autos. Ich habe an die Frucht gedacht, an einen schönen roten Apfel eben. Und jetzt ist mir klar, dass sie das iPhone in deinem Kofferraum gemeint hat!«

Hazel kicherte. »Das ist eindeutig kein Apfel – so wie ich keine Haselnuss bin.«

»Mannomann. Das ist wirklich verrückt.«

»Was hat sie sonst noch gesagt?«

Ich kratzte mich am Kopf und überlegte. »Sie hat einen Stier gesehen, ›aber keinen richtigen‹, wie sie es formuliert hat. Du hast nicht zufällig unterwegs bei einem Saloon Halt gemacht, um einen mechanischen Bullen zu reiten?«

Sie sah mich nachdenklich an. »Einen Stier? Mein Mietwagen ist ein Ford Taurus.«

Ich musste lachen. »Na, dann ist das Rätsel ja gelöst!«

Das Kätzchen sprang zu uns aufs Bett.

Ich strich Hazel über die Wange und sah ihr in die Augen. »Ich kann nicht glauben, dass du hier bist.«

Sie atmete tief durch. »Ich habe eine Weile gebraucht, um herzukommen – im wörtlichen wie im übertragenen Sinn. Obwohl ich wusste, dass du mir Bradys Untreue nicht aus Böswilligkeit vorenthalten hast, hat es mich verletzt.«

Ihre Worte trafen mich schmerzlich. »Ich weiß. Ich habe egoistisch gehandelt. Aber du sollst wissen, dass ich immer die Absicht hatte, es dir zu sagen. Hättest du dich für Brady entschieden, hätte ich dich nicht ziehen lassen, ohne dich aufzuklären. Aber ich ...« Ich hielt inne, um meine Gedanken zu sammeln. »Ich brauchte die Gewissheit, dass du dich aus Liebe für mich entscheidest und nicht, weil er dich betrogen hat.«

Ihr Blick wurde sanft. »Ich hätte mich sowieso für dich entschieden. Die Entscheidung ist in dem Moment gefallen, als ich dich in dieser Bar in New York wiedergesehen habe. Ich habe den Schmerz in deinem Gesicht gesehen und gemerkt, dass ich dir genauso viel bedeute, wie du mir bedeutest. Und mit jedem Moment, den wir seitdem zusammen waren, habe ich mich mehr in dich verliebt. Ich liebe dich so sehr, Matteo Duncan. Ehrlich.«

Ich drückte sie an mich. »Ich lasse dich nie wieder gehen«, murmelte ich an ihrer Halsbeuge.

»Gut. Ich habe nämlich nicht vor, nach Connecticut zurückzukehren.«

Ich wich zurück, um sie anzusehen. »Wie bitte?«

Sie biss sich auf die Unterlippe. »Wenn du mich willst, möchte ich mit dir nach Seattle kommen.«

»Und was ist mit deinem Job?«

Hazel zuckte die Achseln. »Die Schulfotografie war nie meine große Leidenschaft. Ich möchte meine Liebe leben, und die bist du. Ich kann auch freiberuflich arbeiten, ich werde schon etwas finden. Seit unserer Reise denke ich darüber nach, wie ich mir ein Leben gestalte, das ich wirklich führen will, und mein Studio hat mich in gewisser Weise zurückgehalten und daran gehindert. Deshalb habe ich mich entschlossen, es zu verkaufen. Felicity und ihr Mann übernehmen es mit Freude. Sie war total begeistert von meinem Vorschlag.«

Wow. Ich fühlte mich wie in einem Traum.

»Und was ist mit Abbott?«, fragte ich.

Hazel schaute zu Boden, und ihre Lippen begannen zu zittern.

»Abbott … ist gestorben.«

Oh nein.

Mir wurde flau im Magen. »Was ist passiert?«

»Vermutlich hatte sie einen Herzinfarkt. Laute Geräusche können Kaninchen manchmal zu Tode erschrecken. Eines Tages bin ich nach Hause gekommen und … da lag sie. Ich weiß im Grunde gar nicht genau, was passiert ist.« Hazel fing an zu weinen.

Es brach mir schier das Herz. »Wann war das?«

Sie wischte sich über die Augen. »Vor ein paar Wochen.«

»Es tut mir so leid, dass ich nicht für dich da war, Baby.«

Sie schniefte. »Danke. Dadurch war die Zeit ohne dich noch schwerer für mich. Aber Abbotts Tod hat mich nur in meinem Entschluss bestärkt, aus Connecticut fortzugehen. Das Leben ist zu kurz, um es mit Menschen oder einer Arbeit zu vergeuden, für die man keine Leidenschaft empfindet. Und im Augenblick … brennt meine Leidenschaft nur für dich.«

»Verdammt, Frau, jetzt habe ich schon wieder einen Ständer. Ich will dich ganz sicher nicht von deiner Leidenschaft abhalten.« Ich küsste sie lange, bevor ich sie losließ.

Mit geröteten Lippen fragte sie mich: »Meinst du, du hast Platz für mich und Nola?«

»Nola?« Ich schaute zu der kleinen grauen Katze hinüber. »Heißt sie so?«

»Ja. Ich dachte, wenn wir lebendig hier ankommen, nenne ich sie Nola.« Sie lächelte. »Ich habe sie unter anderem deshalb mitgebracht, weil ich dachte, sie könnte eine Ablenkung für Bach sein. Du weißt schon, weil ich ihm seinen einzigen Kameraden wegnehme – oder zumindest einiges von deiner Aufmerksamkeit. Wie es aussieht, hasst er mich, und vielleicht kann sie ihn ein bisschen besänftigen.«

Heilige Scheiße.

Nun leuchtete mir auch Zaras andere Warnung ein.

Deine Muschi will keine neue Freundin.

»Ich weiß nicht, ob Bach so begeistert sein wird.«

»Wieso?«

Ich brachte es nicht übers Herz, ihr von Zaras Prophezeiung zu erzählen.

»Mach dir keine Gedanken darüber. Wir kriegen das schon hin. Alles wird gut«, sagte ich lächelnd.

EPILOG

Hazel – Zehn Monate später

Matteo und ich verbrachten Heiligabend zu zweit, bevor wir nach Vail reisen und seine Eltern besuchen wollten.

Dafür, dass wir das Abenteuer so sehr liebten, hatten wir in den vergangenen Monaten ein vergleichsweise ruhiges Leben geführt. Allerdings hatten wir ein Glas voller zusammengefalteter Zettel mit Reiseideen, denn wir hatten uns geschworen, nie den Abenteuergeist zu verlieren, auf dem unsere Verbindung gründete. Manchmal fischten wir einen Zettel aus dem Glas und fuhren am Wochenende weg, wenn unsere Finanzen es erlaubten. Wir genossen unsere Freizeit aber genauso auch zu Hause, indem wir mit den Katzen spielten oder die örtlichen Cafés besuchten. Wenn man mit dem Richtigen zusammen war, war jeder Tag wie ein Abenteuer. Wir mussten nicht ständig durch die Gegend reisen, um ein erfülltes Leben zu haben. Es machte uns glücklich, einfach nur zusammen zu sein.

Wir waren dankbar, einander gefunden zu haben. Trotz des holprigen Beginns meiner Beziehung zu Matteo war ich davon überzeugt, dass es die Zeit mit Brady gegeben hatte, damit ich seinen Freund kennenlernen konnte. Das mochte verrückt sein, aber so war es.

Wegen Matteos Job hatten wir uns entschieden, in Seattle zu bleiben. Obwohl ich stets gesagt hatte, dass die Schulfotografie nicht meine Leidenschaft war, schloss ich letztendlich einen

Vertrag mit einem Schulbezirk hier. Aber ich beschränkte mich nicht mehr nur auf Schulfotos. Als Freiberuflerin machte ich immer mehr Hochzeits- und Familienfotos und Porträts – und sogar Konzerte kamen irgendwann wieder hinzu. Durch die Erweiterung meines Angebots wurde ich flexibler. Ich konnte mir meine Zeit selbst einteilen, und wenn ich mit Matteo zwei Wochen nach Vail fahren wollte, dann lag das allein in meiner Hand.

Wir waren von Matteos Apartment in eine nicht weit davon entfernte größere Wohnung gezogen. Mit unseren beiden Einkommen konnten wir es uns leisten, im Stadtzentrum zu bleiben. Connecticut fehlte mir überhaupt nicht. Ich hatte im Grunde erst zu mir selbst gefunden, als mir meine wahre Liebe begegnete, und ich sehnte mich nach nichts anderem als danach, mit Matteo zusammen zu sein. Ich brauchte weder Stabilität noch wilde Abenteuer, ich brauchte nur ihn. Er hatte mir zu der Erkenntnis verholfen, dass das wahre Glück darin lag, seinem Herzen zu folgen. Und er war mein Herz.

Während ich gedankenverloren im Wohnzimmer saß und Nola streichelte, kam Matteo herein.

»Worüber denkst du nach?«, fragte er.

»Darüber, wie viel besser dieses Weihnachtsfest im Vergleich zum letzten ist. Und es passt auch, dass wir nach Vail fahren. Irgendwie schließt sich dort der Kreis.«

Er setzte sich zu mir auf die Couch und gab mir einen Kuss auf die Stirn. »Ich kann es nicht erwarten, wieder mit dir Ski zu fahren.«

»Ja, vielleicht komme ich diesmal über den Babyhügel hinaus, weil wir mehr als einen Tag Zeit zum Üben haben.«

»Ich werde schon dafür sorgen«, entgegnete er mit einem Augenzwinkern.

Ich tätschelte sein Knie. »Mein sexy Skilehrer!«

»Ich habe überlegt, eine Nacht in dem Hotel zu buchen, in dem wir uns kennengelernt haben«, sagte er. »Wahrscheinlich halten wir es sowieso keine zwei Wochen bei meinen Eltern aus.«

»Das wäre toll! Wie in alten Zeiten!«

Er küsste meinen Hals. »Mit dem Unterschied, dass ich dich jetzt so oft haben kann, wie ich will, statt im Nebenzimmer von Sex mit dir zu träumen.«

Ich zog an seinem Shirt. »Und statt heimlich deine nackte Brust zu bestaunen, kann ich deinen Körper jetzt jederzeit haben.«

»Was wäre wohl geschehen, wenn wir beide damals nicht in diesem Hotel gelandet wären? Wo wären wir dann jetzt?«

Ich seufzte. »Ich sage es nur ungern, aber ich wäre vermutlich mit Brady verheiratet. Ich hätte nie erfahren, dass er mich betrogen hat. Ich würde gelangweilt und unzufrieden in Connecticut hocken. Und ich hätte keine Ahnung, wie großartig das Leben sein kann.«

Matteo nickte. »Ich fürchte, ich wäre noch genauso deprimiert wie vor unserer ersten Begegnung. Wahrscheinlich hätte ich dich in New York kennengelernt und gedacht, was für ein verdammter Glückspilz Brady doch ist. Mir wird übel bei der Vorstellung, du könntest heute noch mit ihm zusammen sein.«

Wir redeten nicht oft über Brady. Aber wenn es dazu kam, merkte ich jedes Mal, dass es Matteo ein wenig traurig machte.

»Fehlt er dir?«

Nola schlich sich schnurrend an uns heran.

Matteo überlegte einen Moment. »Mir fehlt das, was ich mit ihm hatte, bevor ich erfahren habe, dass er ein Fremdgänger ist. Er ist zwar kein schlechter Mensch, aber er hatte dich nicht verdient. Ich musste seine Freundschaft verlieren, um dich in meinem Leben zu haben, deshalb bedauere ich nichts.«

»Ich auch nicht. Mit dem Wissen, das ich heute habe, empfinde ich nicht einmal mehr Mitleid für ihn.« Ich starrte ins Leere und kraulte Nola den Bauch. »Aber ich vermisse seine Mutter. Wir standen uns nah, und ich habe ihr einen langen Brief geschrieben, bevor ich nach Seattle gekommen bin. Leider habe ich nichts von ihr gehört, und das finde ich sehr schade. Aber er ist ihr Sohn. Sie wird immer auf seiner Seite sein.«

Matteo legte den Kopf an meine Schulter. »Habe ich mich schon bei dir dafür bedankt, dass du dein altes Leben für mich aufgegeben hast?«

»Machst du Witze? Das war gar kein richtiges Leben.«

In der Küche piepte der Timer, und wir standen beide auf, um die Lasagne aus dem Ofen zu holen und den Tisch zu decken.

Wenig später saßen wir zusammen in unserer kleinen Küche und genossen das Essen, während die Katzen unter dem Tisch auf einen Leckerbissen hofften. Nach einem schweren Start kamen Bach und Nola mittlerweile recht gut miteinander aus – zum Glück. Sie hatten es sich zur Gewohnheit gemacht, jeden Abend spielerisch miteinander zu kämpfen. Natürlich hatten wir jemand anderes gesucht, der sich in unserer Abwesenheit um die beiden kümmerte, denn die attraktive Carina wollte ich ganz sicher nicht mehr als Katzensitterin haben. Wir hatten nun einen netten Nachbarn namens Elias, der sich bereit erklärt hatte, Bach und Nola zu versorgen, wenn wir verreist waren.

Nach dem Essen stand Matteo vom Tisch auf und ergriff meine Hand. »Und jetzt die Geschenke!«

Ich war nervös, freute mich aber darauf, Matteo mein Geschenk zu geben, mit dem er gewiss nicht rechnete.

Ich folgte ihm durch den Flur zum Gästezimmer, in dem er das Geschenk für mich verwahrt hatte. »Endlich darf ich sehen, was du hier die ganze Zeit versteckt hast.«

Matteo hatte mir gesagt, mein Geschenk sei zu groß, um es im Schrank verschwinden zu lassen. Deshalb hatte er mir verboten, das Zimmer zu betreten. Es hatte mich zwar gereizt, heimlich einen Blick hineinzuwerfen, doch ich hatte der Versuchung tapfer widerstanden. Ich dachte, es wäre vielleicht das Laufband, das ich ihm gegenüber erwähnt hatte.

Aber was ich dann sah, als er die Tür öffnete, war das beste, aufmerksamste Geschenk, das er mir hätte machen können.

»Wann …?« Ich schüttelte fassungslos den Kopf. »Wie ist es dir gelungen, es zusammenzubauen?«

»Das war gar nicht so einfach. Ich habe mich immer hier hereingeschlichen, wenn ich frei hatte und du zu einem Termin musstest. Neulich, als du in den Laden gelaufen bist, um dir deinen Tee zu holen, habe ich sogar diese Viertelstunde genutzt.«

Es war ein großes viktorianisches Puppenhaus, wie ich es mir als Kind gewünscht hatte. Ich hatte Matteo erzählt, dass Brady mir zwar einen Bausatz geschenkt, das Haus aber nie für mich aufgebaut hatte. Ich hätte niemals gedacht, dass er sich das gemerkt hatte.

Ich starrte es mit offenem Mund an. »Unglaublich! Es ist wunderschön.«

Das Puppenhaus hatte drei Etagen und eine blaue Fassade mit pinkfarbenen Fensterläden. Als ich es mir näher ansah, stellte ich fest, dass es kein normales Puppenhaus war – und nicht nur wegen seiner Größe. Es war sehr persönlich gestaltet.

»Das Tier da an der Wand!«

Matteo lachte. »Das ist ein ausgestopfter Waschbär, eine Erinnerung an unsere Zeit im Wyatt Manor.«

Ich schüttelte den Kopf. »Unfassbar, mit wie viel Liebe zum Detail du es gemacht hast.«

»Schau dir die Tischdecke in der Küche an«, sagte er.

Ich schlug die Hand vor den Mund. »Oh mein Gott!«

Sie hatte ein Ananasmuster – ein Hinweis auf die Sexparty, auf der wir in Santa Fe gewesen waren.

Er hatte all unsere Abenteuer in diesem Haus verewigt und damit im Grunde eine Metapher für unsere gemeinsamen Erlebnisse geschaffen.

Es war einfach ein toller Anblick: Miniaturmöbel, echte Stoffe, Teppiche, Beleuchtung. Aber wo waren die Bewohner?

Dann entdeckte ich das Schlafzimmer im Obergeschoss. Das männliche Püppchen kniete vor dem weiblichen – einem Rotschopf mit Cowboystiefeln – und hatte eine winzige Schachtel in den Händen.

Mein Herz schlug schneller, als mir aufging, dass es sich um die Darstellung eines Heiratsantrags handelte.

Als ich mich zu Matteo umdrehte, war er auf ein Knie gegangen und hielt mir eine kleine Schachtel hin.

Mir fiel die Kinnlade herunter.

»Hazel, wir kennen uns keine zwei Jahre, aber dass es eine Zeit ohne dich gab, habe ich schon längst vergessen. Du bist meine Gefährtin für jedes Abenteuer, meine beste Freundin, meine Geliebte und meine Seelenverwandte. Ich möchte den Rest meines Lebens mit dir verbringen. Willst du mich heiraten?«

Er ahnte nicht, wie viel es mir bedeutete, dass er mich gerade heute fragte.

Ich wischte mir gerührt die Tränen aus den Augen. »Ich liebe dich so sehr. Ich würde lieber sterben, als ohne dich zu leben. Ich will dich unbedingt heiraten!«

Erst jetzt sah ich mir den Ring genauer an. Es war ein Solitärring mit einem herrlichen runden Diamanten. Matteo steckte ihn mir sofort an den Finger, und der Moment, in dem er es tat, fühlte sich magisch an – so magisch wie alle meine Erlebnisse mit ihm seit unserer ersten Begegnung.

Matteo hob mich hoch und wirbelte mich herum.

Als er mich wieder absetzte, sagte ich: »Jetzt hole ich schnell mein Geschenk für dich. Bin sofort wieder da.«

Nervös lief ich ins Schlafzimmer, um die Geschenktüte zu holen. Zurück im Gästezimmer überreichte ich sie ihm.

Er entfernte das Seidenpapier und runzelte die Stirn. Dann nahm er zwei schwarz-rot karierte Schlafoveralls mit Fuß heraus – einen für ihn und einen für mich. Auf seinem stand *Mr Hooker* und auf meinem *Mrs Hooker*.

Ich räusperte mich. »Ich war mir nicht sicher, ob ich wirklich *Mr* und *Mrs* bestellen sollte. Ich wollte nicht, dass du mich für anmaßend hältst. Es sollte ein Witz sein. Aber jetzt passt es total, nicht wahr? Und das schwarz-rote Buffalo-Karo ist auch richtig weihnachtlich.«

»Absolut! Woher wusstest du, dass ich schon immer so einen haben wollte?« Er zwinkerte mir zu. »Ziehen wir die jetzt gleich an? Das fände ich cool! Obwohl es dann natürlich länger dauert, dich auszuziehen …« Er hielt inne. »Moment mal. Buffalo-Karo? Vielleicht hat Zara überhaupt nicht deinen Mietwagen gemeint! Vielleicht hatte sie wegen dieses Stoffs das Bild eines Büffels vor Augen. Oder eines Stiers …«

»Mag sein. Auf die Idee bin ich gar nicht gekommen.«

Ich bekam allmählich feuchte Hände. Er hatte nicht gesehen, dass noch etwas in der Tüte war – eigentlich das Wichtigste an der ganzen Sache.

»Da ist noch etwas drin«, sagte ich schließlich.

»Wirklich?« Er griff hinein. »Oh, verflixt. Tatsächlich.«

Matteo holte einen dritten Schlafoverall heraus, einen sehr kleinen. Er faltete ihn auseinander, und als er ihn hochhielt, sah er die Aufschrift: *Baby Hooker*.

Er grinste. »Total süß! Den wird unser zukünftiges Baby eines Tages tragen.«

Er kapierte es nicht.

Ich biss mir auf die Unterlippe. »Eines Tages wäre dann in ziemlich genau acht Monaten«, sagte ich mit klopfendem Herzen.

Er brauchte ein paar Sekunden …

»Moment mal, was? Du bist … du bist schwanger?« Er schüttelte ungläubig den Kopf. »Wie ist das denn möglich?«

»Kurkuma.« Ich lachte nervös.

»Hä?«

»Kurkuma. Ich habe mit Nahrungsergänzungsmitteln angefangen. Ich hatte gehört, dass Kurkuma sehr gesund ist, aber dass es die Wirkung der Pille beeinträchtigen kann, habe ich leider nicht gewusst.«

Er blinzelte mehrmals. »Verdammt, ich liebe Kurkuma! Das Zeug tun wir jetzt überall rein!« Mit dem Babyschlafanzug in der Hand schloss er mich in die Arme.

»Du freust dich?«

Er drückte mich ganz fest. »Natürlich freue ich mich. Das ist das beste Weihnachtsgeschenk, das du mir machen konntest.«

»Ich hatte Angst, dass es vielleicht zu früh ist.«

»Ach, es kann gar nicht früh genug kommen!« Seine Augen funkelten vor Begeisterung. »Warte, ich muss kurz etwas holen.«

Er ging zum Schrank, zog einen Karton aus dem oberen Regal und nahm etwas heraus. »Das hier wollte ich noch eine Weile aufbewahren, aber ich denke, es kann jetzt schon an seinen Platz.«

Er hielt eine Babyfigur hoch und ging damit zum Puppenhaus, wo er zunächst in das Schlafzimmer griff, um dem Mann die kleine Schachtel aus den Händen zu nehmen und ihn zu der Frau zu stellen. Dann streckte er die Arme der beiden aus und legte das Baby hinein. Es war einer der schönsten Momente meines Lebens.

Matteo kniete sich vor mich und schmiegte die Wange an meinen Bauch.

»Hallo, du dadrin! Hier ist dein Daddy«, sagte er und sah zu mir auf.

Ich lächelte ihn an und sah, wie ihm die Tränen in die Augen stiegen. Er weinte nur selten, und nun musste ich ebenfalls weinen.

»Ich dachte«, erzählte er unserem Baby, »die Haarsträhne deiner Mutter in dem Zip-Beutel wäre mein Lieblingsandenken an unsere gemeinsame Zeit. Aber nein! Du, mein kleiner Schatz, wirst immer mein liebstes Souvenir sein.«

DANKSAGUNG

Wir sind den vielen Blogger:innen unendlich dankbar, die begeistert über unsere Bücher schreiben, obwohl es immer schwieriger wird, in den sozialen Medien gesehen zu werden. Dieses Jahr war eine Herausforderung für uns alle: für Blogger:innen, Leser:innen und Autor:innen gleichermaßen. Deshalb sind wir euch dankbarer denn je für eure Unterstützung dabei, Leserinnen und Leser zu gewinnen, die sonst nie von uns gehört hätten.

Außerdem sagen wir danke …

An Julie: Wir schätzen uns glücklich, dich als Freundin, Unterstützerin und Förderin an unserer Seite zu haben. Danke, dass du immer für uns da bist.

An Luna, unsere rechte Hand: Wir wertschätzen deine Freundschaft und Hilfe sehr und sind unheimlich stolz auf alles, was du dieses Jahr geschafft hast.

An unsere Agentin Kimberly Brower: Wir sind so froh, dass du unsere Freundin und Agentin bist, und zudem sehr dankbar dafür, dass du bei diesem literarischen Abenteuer immer an unserer Seite stehst.

An Jessica: Es ist uns immer ein Vergnügen, mit dir als Lektorin zusammenzuarbeiten. Danke dafür, dass du Hazel und Matteo druckreif gemacht hast.

An Elaine: Du bist eine großartige Korrektorin, Editorin, Formatiererin und Freundin. Wir wertschätzen dich sehr!

An Sommer: Danke dafür, dass du Matteo auf dem Cover zum Leben erweckt hast. Es ist perfekt – eines unserer Lieblingscover!

An Brooke: Danke für die Organisation dieser Veröffentlichung und dafür, dass du uns jeden Tag eine Menge von unserer endlosen To-do-Liste abnimmst.

Nicht zuletzt an unsere Leserinnen und Leser: Wir schreiben, weil ihr Lust auf unsere Geschichten habt. Wir lieben es, euch immer wieder zu überraschen, und hoffen, ihr hattet so viel Spaß beim Lesen dieses Buchs, wie wir beim Schreiben hatten. Wie immer ein dickes Dankeschön für eure Begeisterung, Liebe und Treue. Ihr seid die Besten!

Alles Liebe
Penelope und Vi